Silver Wolf 6

Von Kevin Groh

Omni Legends

Silver Wolf

Bravestone

Von Kevin Groh

OMNI LEGENDS

Die Deutsche Nationalbibliothek verzeichnet diese Publikation in der Deutschen Nationalbibliografie; detaillierte bibliografische Daten sind im Internet über http://dnb.dnb.de abrufbar.

Covergestaltung: Trif Bookdesign
Kartengestaltung: Illumarie (Ann-Marie Rechter)

1. Auflage, 2025
© 2025 Kevin Groh – alle Rechte vorbehalten.
Kastanienweg 2
35321 Laubach
Hessen, Deutschland
Verlag: BoD · Books on Demand GmbH, Überseering 33,
22297 Hamburg, bod@bod.de
Druck: Libri Plureos GmbH, Friedensallee 273,
22763 Hamburg
ISBN: 978-3-7693-8980-7
admin@omni-legends.com
www.omni-legends.com

Inhaltsverzeichnis

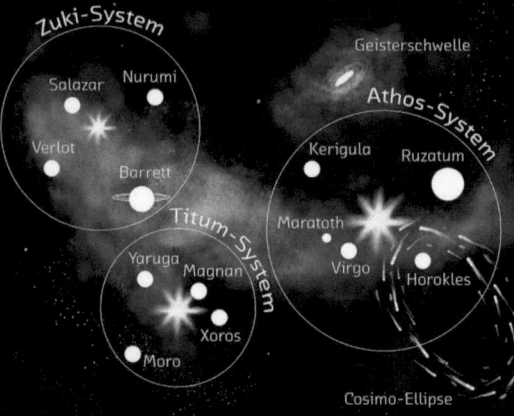
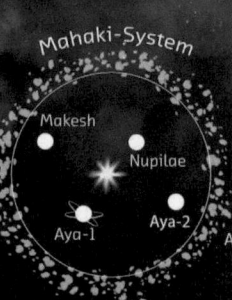

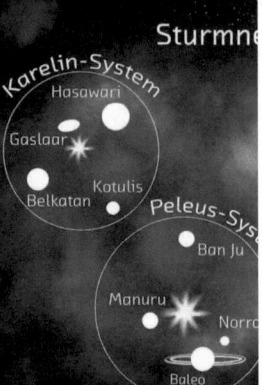

Wokun-Territorium

Zuki-System

Salazar
Nurumi

Verlot
Barrett

Geisterschwelle

Athos-System

Kerigula
Ruzatum

Maratoth

Virgo
Horokles

Titum-System

Yaruga
Magnan

Xoros

Moro

Cosimo-Ellipse

Haalu-

Mahaki-System

Makesh

Nupilae

Aya-1
Aya-2

Fahlgot-Haufen

Saban-System

Haro Kudos

Mindil

Mar Kelu

Sturmne

Karelin-System

Hasawari

Gaslaar

Kotulis

Belkatan

Peleus-Sys

Ban Ju

Manuru
Norr

Baleo

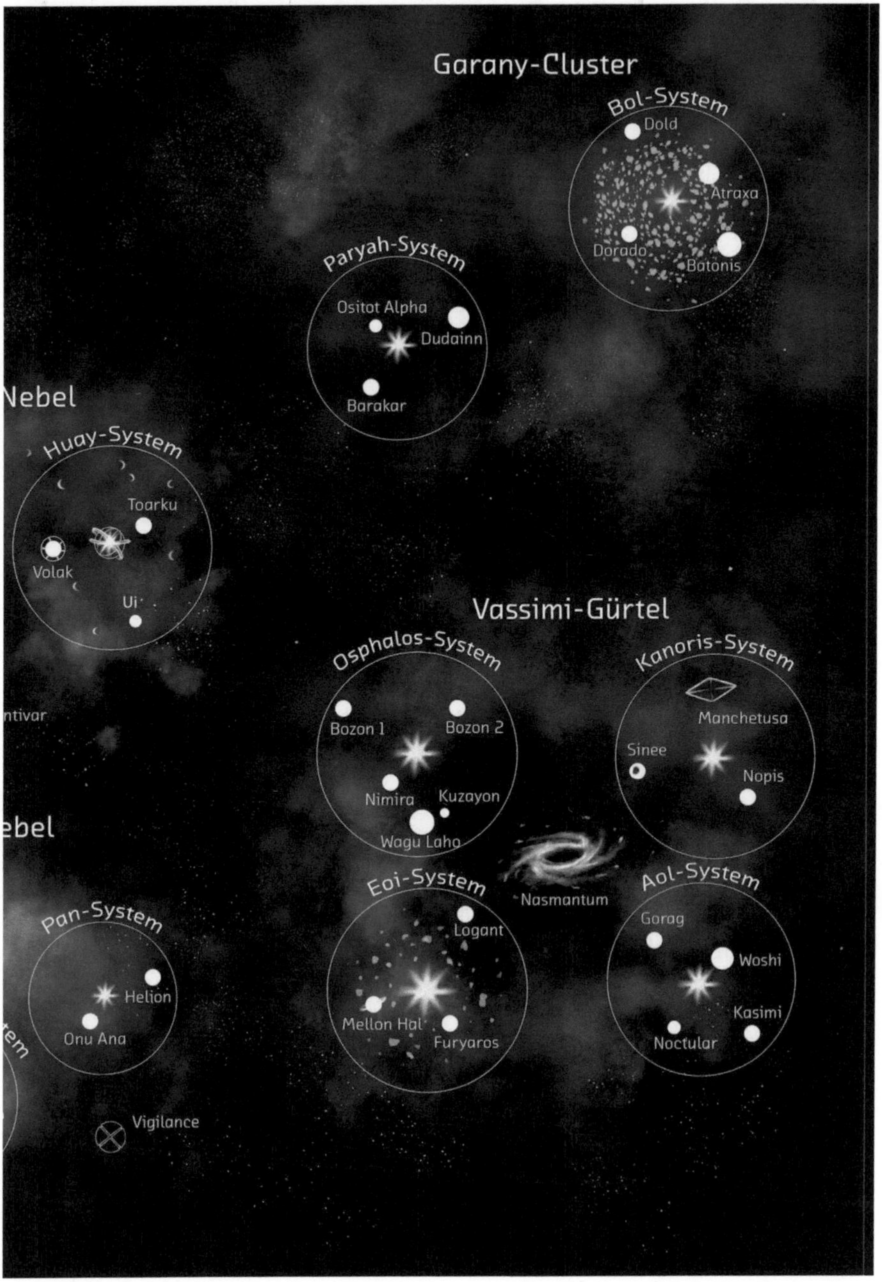
Garany-Cluster
Bol-System
Dold
Atraxa
Dorado
Batonis
Paryah-System
Ositot Alpha
Dudainn
Barakar
Nebel
Huay-System
Toarku
Volak
Ui
ntivar
Vassimi-Gürtel
Osphalos-System
Bozon 1
Bozon 2
Nimira
Kuzayon
Wagu Laho
Kanoris-System
Manchetusa
Sinee
Nopis
ebel
Eoi-System
Logant
Mellon Hal
Furyaros
Nasmantum
Aol-System
Gorag
Woshi
Kasimi
Noctular
Pan-System
Helion
Onu Ana
tem
Vigilance

Isaiah Bravestone

Lamui war kein Planet, auf dem sich Kane gerne länger aufhielt. Das stellte er bei jedem Besuch auf der paradiesischen Welt aufs Neue fest, deren Atmosphäre für Menschen nicht atembar war. Auch seine Schwester Kate sah sehr erleichtert aus, als sie auf der Defiance II ihren Helm nach fast 17 Stunden endlich wieder abnahm.

»Wie kann ein Ort gleichzeitig so reizvoll und doch so unbehaglich sein? Reisen wir auch mal auf eine angenehme Welt, Kane?«, fragte sie ihren Bruder.

Jaxo trat hinter ihr über die Laderampe ins Schiff, wobei seine schwarzgrau-roten Schuppen schimmerten. Er legte seine Technikausrüstung in seinen Spind und kicherte. Mit seiner tiefen Stimme sagte er, »Hier gab es wenigstens zivilisierte Bereiche und Pausen. Die letzten beiden Jobs auf Felsplaneten haben dir auch nicht zugesagt.«

»Sicher, dass das Söldnerleben das Richtige für dich ist?«, fragte Ruby sie. Die Krodaa legte ihre großen Teufelsschwingen dicht an den Körper und strich sich mit der flachen Hand über die abgesägten Hörner. Aufgrund ihrer Spezies sah sie dennoch jünger aus, als man vermutete, dachte Kane, als er sie beobachtete. Ihr Schwanz mit Dreiecksspitze huschte ins Schiff, bevor die sich die Luke schloss.

Kate ließ sich auf die Sitzbank im Aufenthaltsbereich fallen und seufzte zufrieden. »Soll das ein Witz sein? In den Monaten seit ich bei euch bin, habe ich mehr von der Galaxie gesehen, als ich je für möglich gehalten hätte. Und das trotz des Krieges mit den Vindurern und den riesigen Weltraumdrachen im System der Salvani. Wenn ich irgendwann alt bin, werde ich diese Erinnerungen immer mit Begeisterung wach-rufen.«

Jaxo bugsierte seinen massigen Körper ans Steuer und bewegte ihr Schiff vom Landeplatz, um in den Steigflug in den Orbit überzugehen. »Ich dachte, mit 42 wärst du für einen Menschen schon recht alt, um noch als Söldnerin zu arbeiten. Paco hat deswegen immer rumgeheult.«

»Pff. Paco hat wegen allem und jedem rumgeheult«, schmunzelte Ruby und hängte ihr Snipergewehr in eine Aufhängung an der Wand.

Pacos Verschwinden lag inzwischen mehr als 6 Monate zurück und Kane vermutete, dass er tot war. Dennoch dachte er noch oft an ihn. Er setzte sich auf eines der beiden halbrunden Sofas und musterte seine Schwester. »Du bist zwar nur zwei Jahre jünger als ich, aber du bist Computerspezialistin. Der Alltag auf einem Raumschiff ist kein Bürojob. Kämpfe auf widrigen Planeten sind hier der Normalfall.«

Sie hob nur eine Braue und starrte ihn mit ihren blauen Augen an, sagte jedoch nichts.

Nachdem ihre Frau während des lorganischen Angriffs auf Athen starb, hatte sie Kane gebeten, sie mitzunehmen und zur Söldnerin auszu-bilden. Er fand, dass sie zufriedener wirkte, seit sie nur noch alle paar Wochen auf die Erde flogen. Ihre Sorgenfalten bemerkte er nur, wenn sie in Gedanken versank. Sie packte ihr braunes, gewelltes, schulter-langes Haar und band sich einen Pferdeschwanz. Ihre sportliche Figur ging in der zu großen Rüstung unter, die sie von getöteten Feinden zusammengeklaut hatte.

»Und was ist mit Kane? Er hat schon graue Strähnen und könnte die Knarre längst an den Nagel hängen«, warf sie ein.

Er lächelte sie an. »Ich kämpfe schon so lange, dass ich gar nichts mehr anderes kenne. Aber du schlägst dich wirklich gut. Noch vor ein paar Monaten konntest du deine Pistole kaum richtig halten. Jetzt triffst du auf sechs Meter genau jedes Ziel und weißt deine Fäuste zu nutzen.«

Sie kratzte sich an der Wange. »Du trainierst mich ja auch pausenlos.«

Schmunzelnd legte er seinen Wolfshelm auf den Tisch zwischen ihnen. »Ich gebe nur an dich weiter, was Langtatze mich gelehrt hat. Ich musste damals auch in kurzer Zeit viel lernen. Es war nicht immer angenehm, aber es hat funktioniert. Ohne ihre Strenge würde ich heute nicht hier sitzen.«

»Also ich fand sie ja nicht so toll. Wortkarg und rätselhaft wie die meisten T'zun«, kommentierte Ruby. »Andererseits bist du ja genauso«, fügte sie noch grinsend hinzu und mixte sich einen Drink. Sie reichte Kate einen Becher und setzte sich neben sie, als das Schiff gerade die Schwärze des Alls erreichte.

»Ich bin zwar inzwischen schon eine Weile mit euch unterwegs, aber dieser Anblick verliert nie seine Anziehungskraft. Die Sterne sind wunderschön ... und die Nebel verwandeln es in ein Gemälde aus Farben und Formen«, schwärmte Kate.

Kane verschränkte die Arme. »Ach, mittlerweile beachte ich das kaum noch. Es gibt keine Welt in den vier Sektoren, auf der wir noch nicht waren, oder Jaxo?«

»Die Einzige, die mir auf Anhieb einfällt, ist Witto hier im Rurha-System. Aber das ist im Grunde nur ein großer Felsbrocken, genau wie all die anderen im Asteroidengürtel«, antwortete der Lorganer.

Sie flogen unterhalb des angesprochenen Gürtels hindurch und Kate bestaunte das Phänomen.

Kane folgte ihrem Blick. »Ich weiß noch, wie ich damals auf jedem Flug am virtuellen Fenster geklebt habe, um all die vielen Dinge zu betrachten. Manchmal wünsche ich mir diese Faszination zurück, aber mittlerweile ist das irgendwie verschwunden.« Er überprüfte die Systeme seiner Rüstung.

»Könnte daran liegen, dass du ständig abgelenkt bist«, gab seine Schwester zurück. »Wohin fliegen wir denn als Nächstes?«

Jaxo antwortete von vorne, »Das war der letzte offene Job, den wir hatten. Die Auftragslage ist aktuell eher mager. Wir fliegen jetzt Trader's Paradise an, die große Raumstation im Orbit von Subos.«

Mit verwundertem Gesichtsausdruck kratzte sich Kate am Kopf. »Jetzt wo der Hazkan-Krieg zu Ende ist, sollte es doch haufenweise Jobs geben. Jede Menge Schäden, Plünderung und kaum Militärpräsenz. Eine goldene Zeit für Piraten.«

Daraufhin entgegnete Kane, »Das stimmt auch, aber bevor Söldner gebraucht werden, um Verbrechen zu bestrafen, müssen diese Verbrechen zuerst begangen werden. Wir befinden uns gerade in dem kleinen Zeitfenster, in dem die Leute entweder erleichtert über das Kriegsende sind, oder aber sie sind mit ihren eigenen Dingen beschäftigt. Erst muss sich wieder Normalität einstellen, bevor man sich neuen Problemen widmet.«

Ruby legte die Füße auf den Tisch und schlürfte an ihrem Getränk. »Und das bedeutet für uns einen ausgedehnten Urlaub!«

»Fliegen wir wieder nach Hause? Lara würde sich sicher über deinen Besuch freuen. Oder geht es zurück zur Lycan Station?«, wollte Kate wissen.

»Das überlegen wir uns bei ein paar Drinks und fettigem Essen auf Trader's Paradise«, entgegnete Kane zufrieden und lehnte sich zurück.

Da er die Defiance II mit einem modernen Talon-4-Antrieb ausgestattet hatte, dauerten Reisen innerhalb kleinerer Systeme meist weniger als eine Stunde. Aus diesem Grund kam der braune Gasriese Subos schnell in Sicht.

»Waren wir schonmal hier?«, wollte Kate wissen.

Die tiefe Stimme von Jaxo antwortete ihr. »Nicht seit du bei uns bist, nein. Der einzige interessante Ort in diesem System ist Lamui, aber viele Transportrouten führen hier vorbei, sodass die Raumstation im Orbit dieser braunen Kugel ein beliebter Stopp für Frachter und Langstreckenflüge ist. Hier treffen sich Piloten, Schmuggler, Reisende und alle möglichen anderen Leute aus den vier Sektoren.«

»Ist es denn gefährlich dort?«

Diesmal reagierte Ruby. »Dieses System gehört offiziell zum Gebiet der Lorganer und Gumai. Es ist kein Ort für Gesetzlose wie Garbag's Nest oder Sopa-Kul, aber man sollte trotzdem aufmerksam sein. Gauner gibt es überall.« Sie blickte zu Kane hinüber. »Wie macht sich die Erweiterung deiner Multischiene?«

Er betrachtete gerade sein Multitool und tippte auf dem holografischen Display über seinem linken Unterarm herum. »Da das Modul von Kalohi auf Dao Prime gebaut wurde, fügt es sich perfekt ein. Allerdings sind die Anzugsysteme nicht darauf abgestimmt, also synchronisieren die Daten nicht immer ganz zuverlässig.«

»Kriege ich auch sowas?«, fragte Kate fasziniert und die anderen drei lachten. Sie verzog den Mund. »Ihr müsst ja nicht gleich gemein werden ...«

Kane sah sie an. »Ein Hurricane-Aufsatz ist eine extrem gefährliche Waffe. Es ist eine kleine Kugel, die nach dem Abfeuern mit einer Druckexplosion Dutzende Synthiumprojektile in alle Richtungen verteilt. Man sollte so etwas nur in extremen Notfällen verwenden. Du bist noch bei weitem nicht erfahren genug für eine solche Macht. Selbst mir wollte Kalohi keine geben, aber sie war durch Langtatzes Tod so aufgewühlt, dass sie nicht diskutiert hat. Bleib du erstmal bei normalen Waffen und vielleicht organisieren wir dir bald eine Multischiene mit Elektrobolzen oder so.«

»Wie kommst du damit klar, dass Langtatze tot ist?«, hakte Ruby vorsichtig nach und nahm einen Schluck.

Er legte die Hände auf seine Oberschenkel, fühlte aber wie üblich nichts. »Damals in der Crimson Void war sie überzeugt, dass der Fluss sie zu ihrem Ziel trägt. Er hat sie zum Commander geführt und sie war Teil des Teams, das den Krieg beendet hat. Ich denke, sie hat ihre Entscheidung nicht bereut. Es wäre unsinnig, ihre Wahl zu betrauern. Stattdessen ehre ich sie und freue mich, dass sie ihr Leben nach ihren eigenen Regeln leben konnte. Diese Freiheit ist nur wenigen Individuen vergönnt. Das Einzige, was mir Sorgen macht, ist ihr Bruder Kilian. Rhasiah dachte, es sei ihre Aufgabe, ihn aufzuhalten. Nun da sie fort ist, kann sie das nicht.«

»Von dem Burschen haben wir seit Basura'Tanoh nichts mehr gehört. Vermutlich hat sich das Thema bereits von selbst erledigt«, brummte Jaxo und ging zum Landeanflug über.

»Das kann man nur hoffen ...«

***

Die Raumstation namens Trader's Paradise bestach durch ihre ungewöhnlich flache und breite Form. Aufgrund ihres Alters nutzten die Betreiber noch große Landeflächen anstelle von Hangars. Der Bereich um die Station wurde von einem Energiefeld geschützt, sodass die meisten Besucher sich dort ohne Helm aufhielten. Dennoch hatte Kane immer das Gefühl, als wäre er unmittelbar im All. Die Bauten und Werkstätten waren nur drei- bis fünfstöckig und die virtuelle Karte zeigte viele Restaurants und Geschäfte, aber auch eine große Betankungsstation für Raumschifftypen mit Treibstoffantrieben.

Wie üblich riss Kate die Augen auf und sie funkelten beim Anblick der vielen verschiedenen Schiffe und Aliens, die ihren Geschäften nachgingen. Sie bewunderte das Geschehen über die virtuellen Sichtfenster, während Jaxo die Defiance landete.

»Du musst wirklich aufhören, wie ein Tourist auszusehen, wenn wir irgendwo landen«, kicherte der Lorganer. »Da kannst du dir auch gleich ein Schild auf die Stirn kleben, auf dem steht: *Bitte zieht mich über den Tisch, ich bin unerfahren.*«

»Dafür habe ich doch euch!«, gab sie frech zurück und fragte ihren Bruder, »Wieso gibt es eigentlich noch so viele Raumschiffe, die mit Treibstoff fliegen? Schränkt das die Reichweite nicht stark ein?«

Er folgte ihrem Blick zur nächstgelegenen Plattform, auf der mehrere große Frachter betankt wurden. »Das ist eine Kostenfrage. Talon-Antriebe gibt es erst seit etwa 20 Jahren und die alten Modelle brauchen noch viel häufiger Iom-Gas. Die neuen Varianten können ihre Reserven beim Flug durch Weltraumnebel automatisch füllen, aber die sind auch ziemlich teuer. Ältere Schiffe umzurüsten kostet sogar noch mehr. Das lohnt sich für viele Unternehmen nicht, weil die Kosten für Treibstoff auf kürzeren Frachtrouten günstiger sind.«

»Technologien entwickeln sich immer nur sehr langsam. Es dauert, bis eine Innovation richtig verbreitet ist«, warf Ruby ein und stand vom Sofa auf.

Kane führte das Wolf Pack in gemächlichem Tempo in ziviler Kleidung über die Plattform und betrachtete die verschiedenen Schiffe, die dort standen. Er erkannte grobe lorganische Modelle, schlanke Fregatten des Katzenvolkes und auch einige menschliche Varianten. Von den Salvani sah man seit dem Ende des Krieges kaum noch Reisende, da die meisten mit dem Wiederaufbau ihrer Heimatwelt beschäftigt sein durften.

Die Personen vor Ort verhielten sich entspannt und Kane achtete ganz automatisch auf den Takt des Lebens in seiner Umgebung. »Selten habe ich so viele leichte Herzen erlebt. Nach Jahren der Konflikte ohne Angst vor Angriffen reisen zu können, stimmt die meisten Leute sehr froh«, sagte er.

Wie üblich deuteten immer wieder Finger in seine Richtung und man munkelte, wenn er erkannt wurde, doch daran hatte er sich schon lange gewöhnt.

Sie entschieden sich für ein klassisches Diner, in dem Speisen und Getränke für Menschen, T'zun, Pintaner und Lorganer angeboten wurden. Da Krodaa beinahe alles verdauen konnten, brauchten sie keine separaten Restaurants.

»Das sieht doch vielversprechend aus! Du kannst sagen, was du willst, aber über das Essen der Menschen gibt es nichts zu meckern.

Steaks, Burger und Pizza vermisse ich hier draußen oft am meisten«, kam es von Jaxo, der sich beim Duft der ungesunden Speisen bereits sehnsüchtig die schuppigen Lippen mit der langen Zunge leckte.

Kate kicherte, als sie ihm durch die Tür hinein folgte. »Ich wusste gar nicht, dass du so ein Genießer bist.«

»Tja, anders als eure Art nehme ich nicht zu, wenn ich 15 Steaks verdrücke!«, grinste er und bestellte die verschiedensten Leckereien.

Kane hatte sich Langtatzes Lehren zum Thema Ernährung zu Herzen genommen und sie verinnerlicht. Hin und wieder gönnte er sich trotzdem ein paar ungesunde Dinge. Diesmal lief es auf eine Pizza hinaus.

Während sie in Ruhe ihr Essen genossen und sich über die entspannte Situation unterhielten, sagte Ruby kauend, »Es ist wirklich eine schöne Abwechslung, nicht von allen möglichen Militärs durch die Sektoren gejagt zu werden. Ich wünschte, Paco könnte das noch erleben.«

»So oder so ist er nun endlich zur Ruhe gekommen«, kommentierte Kane und nahm einen Schluck von seinem Softdrink. Bilder des gefallenen Freundes schossen ihm durch den Kopf.

Jaxo stupste ihn an. »Und was ist mit dir, Kumpel? Wir sind schon viele Jahre gemeinsam unterwegs und ich erinnere mich noch, wie du sagtest, du wolltest mehr Zeit mit deinem Kind verbringen. Jetzt hättest du die Gelegenheit. Es ist aktuell nicht viel zu tun und wir haben genug Geld für eine längere Pause.«

Daraufhin protestierte Kate mit einer Gabel voll Käsenudeln in der Hand. »Hey! Ihr sollt mir beibringen, wie man hier draußen überlebt, und nicht in den Ruhestand gehen!«

Leise kichernd beruhigte Kane sie. »Ich habe nicht vor, meine Pistole an den Nagel zu hängen. Zumindest noch nicht. Irgendetwas sagt mir, dass ich noch einen weiten Weg vor mir habe. Das Söldnerleben erfüllt mich nicht wirklich, daher muss ich weitersuchen.«

Ruby betrachtete Kate von der Seite. »Vielleicht sollten wir die Pause nutzen, um dir endlich eine ordentliche Rüstung zu besorgen. Diesen zusammengesuchten Müllhaufen, den du immer noch trägst, kann man ja nur bemitleiden.«

Sie warf die Arme in die Luft. »Danke! Endlich stimmt mir mal jemand zu, aber nein! Kane sagt, ich müsste erst lernen, gute Ausrüstung wertzuschätzen.«

»Da hat er nicht ganz Unrecht, Kleine«, schmatzte Jaxo an seinem siebten Steak. »Wirklich hochwertige Sachen sind hier draußen selten. Darauf muss man gut achten, weil sie dich am Leben halten. Andererseits habe ich nicht den Eindruck, dass du unachtsam bist.«

Sie hob eine Braue. »Wer von uns hat denn die Ersatzteile im Hauptquartier katalogisiert und ein ordentliches System entworfen, um fehlende Teile zu bestellen? Du bist brillant, Schuppengesicht, aber du arbeitest manchmal ein wenig chaotisch.«

Kane schluckte einen Bissen seiner Pizza herunter. »Du hast in der Tat viele nützliche Talente, Schwesterherz. Ich weiß, ich bin ein strenger Ausbilder, aber du solltest wissen, dass ich stolz auf deinen Fortschritt bin. In ein paar Monaten wirst du es sogar mit dem Nebelteufel aufnehmen können.«

Bei der Erwähnung dieses Namens schnitt Ruby eine Grimasse. »Ich will nicht hoffen, dass wir diesen schmierigen Bastard nochmal zu

Gesicht bekommen. Von seiner tollen Beteiligung bei der Devaron Corporation haben wir keinen Unit gesehen.«

Sie plauderten noch eine ganze Weile über vergangene Aufträge, bis eine auffällig laute Gruppe Lorganer das Diner betrat und unverhohlen grölte. Die Bedienung blickte sich sofort besorgt um. Die Symbole auf den Lederwesten der Kerle deuteten klar auf eine Bandenmitgliedschaft hin.

»Es könnte hier gleich unangenehm werden. Beeil dich besser, Jaxo«, sagte Kane und der Techniker schaufelte sich zwei Steaks auf einmal in den Mund.

»Wir wollen Bier! Los, bring uns ein Fass!«, verlangte einer von ihnen.

Die Bedienung, eine zierliche junge Menschenfrau, sagte mit zittriger Stimme, »Wir ... wir geben hier keine ganzen Fässer heraus, tut mir leid. Sie können aber gerne Gläser in Lorganergröße bestellen.«

Mit der Rückhand fegte der Echsenmann einige Becher und Teller von der Theke. »Hörst du schlecht, Frau?! Ich sagte, ich will ein Fass!«

Auch seine Kumpane warfen Besteck, Geschirr und Gläser auf den Boden, knurrten die anderen Gäste an oder pöbelten los. Einer baute sich vor Kate auf und schnaufte ihr ins Gesicht, dass ihre Haare flatterten.

»Was starrst du mich so an, hä?! Noch nie einen kraftvollen Krieger gesehen, was?« Er griff sich ein paar ihrer Nudeln und leckte sie mit seiner langen Zunge von seiner Handfläche. »Gar nicht schlecht. Du! Gib mir was von der Pizza!«, verlangte er von Kane.

Der Wolf musste unwillkürlich grinsen. Seit seiner Hirnverletzung gab es nur wenige Situationen, die ihm noch Freude machten. Überheblichen, selbstverliebten Schlägern Manieren beizubringen, gehörte jedoch definitiv dazu.

»Dreh dich um, nimm deine Leute und verschwinde von hier, sonst erfährt jeder in diesem Lokal, wie ein Lorganer klingt, der wie ein kleines Mädchen schreit«, entgegnete er vollkommen gelassen, aber mit deutlich drohendem Unterton.

Der Echsenmann kratzte sich hörbar am Kopf und schien irritiert, da er offenbar keinen Widerspruch und erst recht keine Drohungen erwartete. »Wie war das gerade, du schwächlicher Mensch?«

Kane blieb weiterhin völlig ruhig. »Du hast mich schon verstanden. Zieh Leine. Jetzt.«

Der Lorganer lachte und einige seiner Freunde stimmten mit ein. »Habt ihr das gehört, Jungs? Da will einer den starken Mann markieren. Ich werde dich lehren, uns zu respektieren, kleiner Kerl.«

Er streckte die klauenbewährte Hand aus, um nach Kanes Pizza zu greifen, aber darauf hatte der Wolf nur gewartet. Blitzschnell packte er zwei seiner Finger, brach sie, und drehte das Handgelenk ruckartig herum, sodass der Kerl zischend in die Knie sank. Er öffnete das Maul, um zuzubeißen, doch Kane schnappte dessen Zunge, zog sie heraus und nagelte sie mit Jaxos Steakmesser auf den Tisch.

Schreiend zappelte der hilflose Lorganer, bis der Söldner ihn mit einem Schlag ins Reich der Träume schickte. Die wenigsten Echsenwesen rechneten mit einem mit Synthiumupgrades verbesserten Menschen.

»Will noch jemand einen Versuch starten?«, fragte Kane herausfordernd.

In dem Moment öffnete sich die Tür des Diners erneut und ein ungewöhnlich gekleideter Mann trat ein. Kane erfasste die Details in einem Sekundenbruchteil. Der Kerl war fast zwei Meter hoch, breit gebaut und gerüstet. Er trug eine Kombination aus beige-weißer Robe mit weiter Kapuze samt Armschienen und Waffengurt. Ihm fiel sofort das große Gewehr auf, das bei jedem Schritt leicht wackelte. Unter dem Umhang bemerkte Kane eine silberhelle Rüstung mit Panzerstiefeln von einer Machart, wie er sie noch nie zuvor gesehen hatte.

»Da ist dieser seltsame Kerl schon wieder! Jungs, es wird Zeit, dass wir diese Klette loswerden!«, brummte der Anführer der Bande.

Bereits an seiner Körperhaltung erkannte der Wolf, dass der Mann ein erfahrener Krieger war. Er schätzte ab, welcher Lorganer die größte Bedrohung war und verlagerte sein Gewicht kaum merklich. Das dunkelbraune Gesicht mit kurzem, schwarzem Vollbart zeigte keinerlei Emotion.

Die vier noch stehenden Riesenechsen umzingelten den ungerührt dastehenden Mann. Als der erste zu einem Schwinger ansetzte, trat er hinter sich in den Magen eines Gegners, tauchte unter dem Schlag weg und stieß seine eigene Faust mit akribischer Präzision gegen den Schulteransatz des dritten. Es folgten Treffer in die Seite und ins Gesicht. Der Fremde packte den Unterkiefer des Feindes, zog ihn zu sich herunter und rammte ein Messer von oben in dessen Schädel. Sofort wich er einem Schlag aus und stach mit der Klinge in schneller Abfolge in Achsel, Oberschenkel, Brust und Hals eines zweiten Lorganers. Am dritten Gegner tänzelte er leichtfüßig vorbei. Er schlug mit dem Ellenbogen eine Frontscheibe ein und schmetterte den vierten Kerl mit dem Kopf auf die Kante. Eine herausstehende Scherbe bohrte sich in dessen Kehle und er blieb dort reglos hängen.

Der letzte Schläger wich erschrocken zurück. Der Mann in der Robe eilte auf ihn zu und sprang mit einem Satz auf die Theke. Er riss den Oberkiefer des Lorganers nach oben. Sobald das Maul weit offenstand, zückte er eine wuchtige Pistole und schoss drei Male senkrecht in dessen Hals. Grünes Blut spritzte auf den Fußboden, doch nichts und niemand bekam etwas ab. Mit einem dumpfen Aufprall schlug die Leiche auf dem Boden auf und der Mann ließ sich wieder vom Tresen fallen.

Alle Anwesenden starrten ihn fassungslos an, selbst Kane war von seinem Kampfstil fasziniert.

Er legte einen Stapel Unitchips vor die Bedienung. »Ich entschuldige mich für den Trubel und die Schäden. Ich denke, das hier sollte die Reparaturen abdecken.«

Anschließend trat er an Kanes Tisch und hob die schlaffe Hand des festgenagelten Lorganers hoch. Dabei brach er eine Klaue ab und steckte sie ein.

Mit einem direkten Blick in die Augen des Söldners sagte er. »Wir sollten uns unterhalten, Silver Wolf. Es gibt da etwas, dass ich dir vorschlagen möchte.«

Dann ging er hinaus und ließ schweigende Gäste zurück.

***

Kane zahlte und das Wolf Pack verließ das Diner. Neben der Defiance parkte ein anderes Schiff, wie er es noch nie zuvor gesehen hatte. Der schlanke, längliche Rumpf schimmerte silberfarben. Das Cockpit stellte eine kantige Variante eines Drachenkopfes dar, während das spitz zulaufende Heck den entsprechenden Schwanz symbolisierte. Zu beiden

Seiten ragten Flügel leicht schräg nach oben, die Kane grob an die Form von Drachenschwingen erinnerten. Drei schmale Turbinen hingen je links und rechts unterhalb des Hecks.

»Das ist das coolste Raumschiff, das ich je gesehen habe!«, staunte Kate.

»Hey!«, murrte Jaxo, musste aber zugeben, dass sie recht hatte.

Es war klar, dass der seltsam gekleidete Mann im ebenso seltsam designten Schiff ankam, also gingen sie in diese Richtung.

Kane beobachtete, wie er eine kleine Kiste öffnete, die mit einem seltenen lorganischen Klauenschloss verschlossen war. Das erklärte, wozu er die Klaue des Ganoven brauchte. Er holte einen Datenstick heraus und warf die Kiste beiseite.

Als die vier Söldner ihn erreichten, zog er seine Kapuze zurück. Darunter schimmerte eine Glatze, über die sich mehrere lange Narben zogen. Seine blauen Augen musterten die Besucher.

Kane hielt vor ihm an. »Du hast einen ziemlich eindrucksvollen Auftritt hingelegt. Nur wenige Menschen können eine Gruppe Lorganer so effektiv auseinandernehmen.«

Die tiefe Stimme des Mannes strahlte Erfahrung aus, als er antwortete. »Oh, ich bin kein Mensch. Meine Spezies wird Onu genannt und ich komme von sehr weit her. Angesichts unserer Ähnlichkeit kann ich die Verwirrung natürlich verstehen.«

»Von einem Onu habe ich noch nie gehört und ich kenne den Index der bekannten Spezies ziemlich gut«, kommentierte Jaxo.

»Der euch bekannten Spezies. Die Völker der Wallsektoren leben sehr abgeschieden und isoliert. Eure Antriebstechnologie und euer Wissen über den Rest der Galaxie sind erschreckend rückständig, wenn man bedenkt, dass die älteste aller Spezies hier lebt«, erwiderte der ungewöhnliche Krieger.

Kane verschränkte die Arme. »Deinen Worten entnehme ich, dass du und deine Art aus einem Bereich der Galaxie kommt, der weit entfernt liegt. Das wirft allerdings die Frage auf, weshalb du den Weg auf dich genommen hast, nur um ein paar Lorganer umzulegen.«

»Eine berechtigte Frage, Silver Wolf. Die Antwort darauf erfordert einiges an Vorwissen, daher erlaube mir bitte, etwas weiter auszuholen. Kommt gern an Bord und ich erkläre euch, wieso ich hier bin«, entgegnete der Mann und deutete auf die offene Rampe in sein Schiff.

Allein schon aufgrund der Neugier marschierte Kate unerschrocken vor und Ruby heftete sich schützend an ihre Fersen. Kane bildete den Schluss und behielt den Kerl in der hellen Robe genau im Auge.

Das Innere war wesentlich geräumiger, als er es von außen eingeschätzt hatte. Er erkannte eine Waffenkammer direkt oberhalb der Rampe. Dahinter traten sie in einen Aufenthaltsbereich, der ans Cockpit angrenzte, ganz ähnlich wie auf der Defiance II, nur in dreifacher Größe. Das Design im Inneren fand Kane ebenfalls seltsam fremdartig. Er fuhr mit der Hand über die geradlinigen, starren Oberflächen und alles wirkte pragmatisch und praktisch. Er entdeckte kaum Verzierungen oder Farben.

Kane ließ sich auf einer weichen Sitzbank nieder und ein runder, holografischer Tisch fuhr aus dem Boden, genau wie auf ihrem Schiff.

Der Fremde legte eine Hand auf seine Brust, nachdem er sich setzte. »Zunächst einmal möchte ich mich für meine Unhöflichkeit entschuldigen. Mein Name lautet Isaiah Bravestone, aber Bravestone genügt. Ich komme aus einem Bereich der Galaxie, den wir die Randsektoren nennen.«

Er rief eine galaktische Karte auf und ein Areal weit oben am äußeren Rand leuchtete auf. Ein anderer, wesentlich kleinerer Teil viel näher am Zentrum hob sich durch ein Blinken ab.

»Das ist eure Domäne. Wir nennen sie die Wallsektoren, wegen des Nebels, den ihr Khaki-Linie nennt.«

Ruby betrachtete das Hologramm. »Zwischen hier und dort liegen tausende Sektoren. Man bräuchte Jahre, um dorthin zu gelangen.«

Er kicherte leise. »Mit euren Schiffen vielleicht. Dieses hier kann die Strecke in knapp zwei Wochen bewältigen. Je nach Planetenkonstellationen.«

Diese Aussage musste Kane zunächst auf sich wirken lassen. »Bis heute glauben viele Leute, es gäbe kein anderes Leben in der Galaxie, da niemand je versucht hat, mit uns Kontakt aufzunehmen. Mir war immer klar, dass das Unsinn ist.«

Bravestone schnaubte amüsiert. »Es gibt hunderttausende bewohnte Welten in der Omni-Galaxie, darunter etwa 5% raumfahrende Spezies. Selbst wir kennen nicht alle Sektoren. Der Grund, weshalb ihr davon nichts mitbekommen habt, ist der, dass ihr bislang nicht fortgeschritten genug wart. In der Fülle der Möglichkeiten sind die isolierten Wallsektoren den Aufwand einer Reise nicht wert.« Er kratzte sich über die breite Nase. »Die meisten Zivilisationen durchlaufen ähnliche Entwicklungszyklen mit vergleichbaren Problemen. Eure Konflikte und Auseinandersetzungen haben andere Spezies bereits vor Jahrtausenden durchlebt. Es hätte keinen Mehrwert, mit euch in Kontakt zu treten, da ihr für das, was euch dort erwartet, noch nicht bereit seid.«

Kate starrte auf die Raumkarte und ihre Augen leuchteten. »Bitte erzähle uns von dem Ort, von dem du stammst!«

Dieser Bitte schien Bravestone gerne nachzukommen. Er deutete auf den oberen Bereich. »Die Randsektoren sind ein recht ausgedehnter Abschnitt der äußeren Galaxie. Es gibt dort eine Vielzahl verschiedener Spezies mit unterschiedlichen Kulturen und reichhaltiger Geschichte. Sie alle aufzuzählen oder auch nur von Einzelnen zu berichten, würde Monate dauern.« Wieder legte er die Hand auf seine Brust. »Mein Volk, die Onu, sind ein sehr altes Kriegervolk. Vor vielen tausend Jahren umspannte unser edles Reich beinahe 25% der gesamten Galaxie. Es war das größte Imperium in der galaktischen Geschichte.«

Kane rieb sich über den Bart. »Lass mich raten: Hochmut und Dekadenz führten zu eurem Untergang.«

Als Antwort nickte Bravestone. »Unter anderem. Ein Reich dieser Größe kann unmöglich lange Bestand haben. Es gibt einfach zu viele Spezies, die alle verschiedene Bedürfnisse haben. Es zerfiel und irgendwann gab es nur noch vereinzelte Kolonien der Onu, bis auch sie verschwanden. Mein Volk stammt vom Planeten Onu Ana, einer Gartenwelt mit sehr harten Lebensbedingungen. Die Flora und Fauna sind gefährlich und wir haben uns zu unnachahmlichen Kriegern entwickelt, um zu überleben. Selbst heute, nach all der langen Zeit, sind wir noch immer gefürchtet.«

»Das erklärt nicht, was dich hierher führt. Woher kennst du meinen Namen?«, wollte Kane wissen und musterte Bravestone aufmerksam.

Der Mann zupfte an seiner Robe herum. »Euch ist doch sicherlich meine Kleidung aufgefallen. Ich bin nicht nur ein Onu, sondern auch ein Mitglied des Ordens der Vigilancer. Dabei handelt es sich um eine Gruppierung bestehend aus den besten Kriegern aller Spezies, die beitreten wollen. Unsere Aufgabe ist es, zwischen Völkern zu vermitteln, Ungerechtigkeit zu bekämpfen und den Frieden zu wahren.«

»Also wie die Kriegsmönche der T'zun?«, hakte Jaxo nach, der sein Kinn auf den Armen abstützte.

»Der Begriff sagt mir leider nichts. Jedenfalls ist meine Aufgabe bei den Vigilancern, in entlegene Gegenden zu reisen und Personen oder Dinge aufzuspüren, die den Verlauf der Geschichte beeinflussen könnten. Vor vielen Jahren wurde ich geschickt, um einen Mann auf Utopia Beta zu finden und ihn mit in meine Heimat zu nehmen. Um seine Familie zu schützen, bestand er darauf, nur mit einem Codenamen angesprochen zu werden: der Wolf. Ich nehme an, dieser Name sagt dir etwas«, erklärte Bravestone mit vielsagendem Blick auf Kane.

Der runzelte die Stirn und tausende Fragen überfluteten seine Gedanken. »Du ... kanntest meinen Vater? Wenn er in den Randsektoren war, würde das erklären, weshalb er verschwunden ist.«

Der fremde Krieger hob die Hand. »Er ist nicht auf den Reisen mit mir gestorben. Nachdem wir eine Zeit lang gemeinsam unterwegs waren, brachte ich ihn hierher zurück. Seither habe ich nie wieder von ihm gehört.«

Daraufhin verzog Kane das Gesicht und verschränkte die Arme. »Du kennst also weder seinen Namen noch sein Schicksal. Was willst du dann hier?«

»Ich bin auf der Suche nach dir, Silver Wolf. Er hat zwar nicht viel über seine Familie gesprochen, aber er hat hin und wieder deinen Namen erwähnt - Kane Walker. Als wir auf Reisen waren, haben wir vieles gelernt und von Orten gehört, die große Geheimnisse verbergen.

All dieses Wissen war gefährlich, deshalb speicherte er es auf einer kleinen Karte mit dem Symbol eines Erdenwolfs darauf«, beschrieb er.

Sofort sahen Ruby, Jaxo und Kate ihren Anführer aufgeregt an. Seit seiner Jugend hatte er versucht, das Geheimnis der Wolfskarte zu lüften, und nun schien er endlich eine Antwort gefunden zu haben.

»Warum erzählst du mir das?«, fragte er.

»Weil er einst sagte, dass, sollte ihm etwas zustoßen, er die Karte dir geben würde.«

»Und was interessiert dich daran?«

Bravestone legte die Hände auf den Oberschenkeln ab. »Mein Auftrag verlangt die Beschaffung einer heiligen Substanz, die sich an einem Ort befindet, der nur auf der Wolfskarte verzeichnet ist. Ohne sie kann ich meine Mission nicht abschließen. Aus diesem Grund bitte ich dich und deine Leute um Hilfe. Ich bin schon seit einer Weile hier in den Wallsektoren. Ich kenne deinen Ruf und die Geschichten, die sich um deine Taten drehen. Du bist deinem Vater sehr ähnlich, daher bin ich sicher, dass du ebenso würdig bist, wie er es war.«

»Würdig?«, hakte Kane nach.

»Ja. Du bist klug und stark genug, um die Reise in die Randsektoren anzutreten. Ich biete dir an, mich in meine Heimat zu begleiten und als einer der ersten Menschen einen Bereich der Galaxie zu erkunden, den deine Art vermutlich erst in vielen tausend Jahren entdecken wird. Selbst wenn du nicht bleiben willst, so wirst du Dinge sehen und erleben, an die du dich bis zu deinem Tod erinnern wirst. Alles, um das ich dich im Gegenzug bitte, ist, dass du mir erlaubst, den Inhalt der Wolfskarte nach der Antwort zu durchsuchen, die ich brauche.«

Ein einmaliges Angebot

Die vielen neuen Informationen und die daraus folgenden Erkenntnisse, die sein bisheriges Weltbild radikal veränderten, brauchten Zeit, um sich zu setzen. Bravestone hatte vollstes Verständnis dafür und gab ihnen den nötigen Raum, um sich auszutauschen. Dazu kehrten sie in die Defiance II zurück und diskutierten.

Kate zögerte keine Sekunde und gestikulierte wild. »Was gibt es da zu überlegen? Wir können Orte sehen, die kein Mensch je zuvor erreicht hat und wohl in den kommenden Jahrtausenden auch nicht erreichen wird. Das ist eine unglaubliche Chance!«

»Aber wir wissen nichts über diese Randsektoren, sofern dieser Kerl überhaupt die Wahrheit sagt. Da gibt es zahllose Gefahren, die wir nicht verstehen. Alienvölker, Technologien, Orte ... Nichts davon wird mit dem vergleichbar sein, was wir kennen. Das ist schon etwas beängstigend«, gab Ruby besorgt zurück und spielte mit ihren Fingern herum.

Auch Jaxo rieb sich mit starrem Blick über die Armschuppen. »Stell es dir nur mal vor, Kane ... Ganze Zivilisationen, die noch fortschrittlicher sind als die T'zun. Es gäbe so viel zu lernen, dass wir es vermutlich kaum in einer Lebensspanne schaffen. Ruby und ich haben keine Familie und könnten so eine Reise wagen, aber ihr beiden habt Grace und Lara. Ihr könnt nicht einfach abhauen. Und vergessen wir nicht, dass all das Geld, das wir hier angehäuft haben, dort wahrscheinlich wertlos ist. Wir müssten wieder bei null anfangen.«

Kane schnaubte und beugte sich im Stehen auf die Sofalehne. »Bei null? Du meinst, wir sollten wieder als Söldner arbeiten? Wer würde denn schon Fremde ohne Ahnung anheuern? Wer weiß, wie groß, klug oder stark die Aliens dort sind? Dagegen bist vielleicht selbst du nur ein kleiner Kerl.« Er grübelte eine Weile und rieb sich das Kinn. »Ich kann doch nicht einfach in einen unerforschten Bereich der Galaxie aufbrechen, jetzt wo ich gerade erst wieder in Laras Leben zurückgekehrt bin. Außerdem bin ich 43 Jahre alt. Selbst mit dem Serum spüre ich die Narben und Verletzungen allmählich. Klar will ich noch eine Weile kämpfen, aber das könnte selbst für mich inzwischen zu viel sein.«

Kate winkte ab und rückte ein Stück näher zu ihm. »Es hat ja keiner behauptet, dass wir den Rest unseres Lebens dort verbringen. Wir begleiten Bravestone, sehen uns die Randsektoren an, fliegen ein bisschen rum und dann kommen wir wieder zurück. Es wäre wie ein Urlaub.«

Daraufhin lachten Ruby und Jaxo los. Die Krodaa hielt sich den Bauch. »Man merkt, dass du noch neu bist. Bei dem, was wir tun, tritt nur selten das ein, was man sich vornimmt. Eines muss dir klar sein: Wenn wir uns entschließen, diese Reise anzutreten, dann kann keiner von uns vorhersehen, ob und wann wir wieder zurückkehren. Bravestone hat uns angeboten, uns mitzunehmen. Von Zurückbringen war keine Rede. Und wenn wir erst dort sind, wissen wir nicht, welche Pläne er mit uns hat.«

»Das sind alles Fragen, die wir Bravestone direkt stellen sollten«, gab Kate schulterzuckend zurück. »Solange wir hier unter uns sind, werden wir wohl kaum Neues erfahren.«

Kane nickte und murmelte, »Ich muss zuhause anrufen. Ich sollte Lara zumindest davon erzählen und sehen, was sie darüber denkt. Erst dann kann ich wirklich eine ernsthafte Entscheidung erwägen.«

***

Im Schlafraum setzte er sich auf seine Bettkante und aktivierte das Holocom. Wie üblich dauerte es nicht lange, bis Laras Silhouette vor ihm erschien. Sie ließ meist alles stehen und liegen, wenn ihr Vater anrief.

»Dad! Wie war es auf Lamui?«, fragte sie.

Er schnitt eine Grimasse. »Woher weißt du denn das schon wieder?«

»Im Gegensatz zu dir meldet sich Tante Kate fast jeden zweiten Tag.«

Er konnte den Vorwurf in ihrer Stimme unmöglich überhören.

»Lamui war ein einfacher Job. Eine Krodaa-Familie hatte ein Problem mit einem T'zun und sie haben versucht, ihm einen Diebstahl in die Schuhe zu schieben. Wir haben den Gegenstand bei ihnen gefunden und die Sache geklärt. Ich musste nicht mal meine Waffe ziehen.« Er betrachtete die Gesichtszüge seiner Tochter. »Viel wichtiger ist doch die Frage, wie du deinen 14. Geburtstag feiern willst.«

Nun war sie es, die das Gesicht verzog. »Ach, du weißt schon. Ein paar Freundinnen, Torte, Gruselfilme und vielleicht gehen wir vorher ein bisschen ins Einkaufszentrum. Nichts Außergewöhnliches.« Sie musterte ihren Vater genau. »Es ist mitten in der Woche und auch schon spät. Irgendwas beschäftigt dich, oder? Soll ich Mum holen?«

Er zögerte kurz und sagte dann, »Ja, ich denke, das solltet ihr beide hören.«

Nach drei Minuten tauchte neben Lara die Silhouette ihrer Mutter Grace auf. Er blickte von einem Gesicht zum anderen. »Ihr beiden seht euch wirklich ähnlich. Ich bin froh, dass du optisch nicht so viel von mir abbekommen hast. Deine Mutter ist eine bildhübsche Frau und du entwickelst dich auch in diese Richtung.«

Beide lächelten ihn an. Grace fragte, »Was ist denn los, Kane? Du hast diesen Gesichtsausdruck, den du immer hast, wenn du nicht weiter weißt.«

»Deswegen rufe ich ja meine besten Berater an«, antwortete er zwinkernd. Anschließend erzählte er ihnen, was er von Bravestone erfahren und was dieser ihm und den anderen angeboten hatte.

Lara war sofort aufgeregt und sprudelte los, »Ein neuer Bereich der Galaxie mit Aliens, die noch niemand gesehen hat? Du musst ganz viele Aufnahmen machen und mir alles haarklein erzählen! Ich frage mich, wie ihre Heimatwelten aussehen und ob es da vielleicht Drachen oder andere coole Wesen gibt!«

»Du klingst genau wie deine Tante Kate«, schmunzelte er. »Von Drachen haben wir aber erstmal genug, würde ich sagen. Die haben nicht viel Gutes gebracht.«

Grace legte die Stirn in Falten. »Ist dieser Mann denn vertrauenswürdig? Seine Aussagen sind kaum überprüfbar, von daher kann er das alles leicht behaupten.«

Kane fuhr sich durch die Haare. »Schwer zu sagen, aber ich habe gesehen, wie er kämpft. Wenn er nur die Wolfskarte wollte, hätte er uns einfach angreifen können. Es muss einen Grund geben, weshalb er mich mitnehmen will. Mein Ruf reicht sicher nicht bis in die entlegensten Winkel der Galaxie.« Mit einem Seufzen fügte er hinzu, »Es ist auch nicht die Gefahr, die mich besorgt. Risiken haben mich noch nie aufgehalten, aber ich werde nicht jünger. Außerdem habe ich euch endlich wieder in meinem Leben und wer weiß, wie lange ich fort wäre?«

Lara lehnte sich an ihre Mutter. »Du warst noch nie ein Familienmensch, Daddy. Klar fände ich es schön, wenn du öfter hier wärst, aber ich bin stolz darauf, die Tochter des Silver Wolfs zu sein.«

Nickend stimmte Grace ihr zu. »Da hat sie recht. Dein Leben war schon immer davon bestimmt, das Undenkbare zu tun. Eine solche Chance bekommen nur die wenigsten Menschen. Du wärst nicht du, wenn du sie nicht ergreifst. Ich kenne dich, Kane. Wenn du ablehnst, fragst du dich für den Rest deines Lebens, was hätte sein können. Seit deiner Jugend suchst du nach Antworten über deinen Vater. Ich fürchte, näher als jetzt wirst du ihm nicht mehr kommen.«

Wie so oft wünschte er sich, er könnte noch etwas fühlen, doch mehr als leichte Rührung kam nicht. »Ich habe die beiden unabhängigsten und tapfersten Frauen in meiner Familie. Ich werde mich nochmal mit Bravestone unterhalten. Wenn ihre Technologie wirklich so fortschrittlich ist, müsste es einen Weg geben, euch selbst von diesem weit entfernten Ort aus zu erreichen. Ich rufe an, sobald das Team eine Entscheidung getroffen hat.«

***

Nach kurzer Rücksprache mit den anderen holte Kane den Fremden auf ihr Schiff, um ihm mehr Fragen zu stellen.

Bravestone ließ sich an ihrem Holotisch nieder und sah sich um. »Etwas klein, aber nicht so rückständig, wie ich erwartet hatte. Vielleicht seid ihr doch weiter, als man es in meiner Heimat annimmt.«

»Wir haben noch mehr Fragen an dich«, sagte Jaxo.

Nickend entgegnete er, »Alles andere hätte mich auch gewundert. Mir ist klar, wie seltsam euch mein Erscheinen und mein Angebot vorkommen müssen. Ich werde euch, so gut ich kann, antworten.«

Zuerst ergriff Ruby das Wort, die ihm direkt gegenübersaß. »Die Salvani und T'zun haben die modernsten Raumkarten erstellt, können aber selbst mit den besten Messsystemen nicht sicher sagen, ob und wo es noch Leben gibt. Wieso sollen wir dir glauben, dass du die Antworten hast?«

Der Onu aktivierte sein Multitool, eine völlig andere Variante, die über der Handfläche projiziert wurde und fremdartige Symbole verwendete. Dennoch konnte er sich mit dem Tisch verbinden und die holografische Darstellung der Galaxie aufrufen, die wie eine Scheibe aussah. Es erinnerte Kane an das Bild eines Hurrikans von oben, da alle Sterne spiralförmig zur Mitte gezogen wurden. Mehrere Stellen leuchteten farbig auf.

»Für uns sieht die Galaxie natürlich genauso aus wie für euch. Ohne Himmelsrichtungen oder eine klare Abgrenzung von oben und unten ist es schwierig, sich auf eine gemeinsame Form von Koordinaten zu einigen. Deshalb hat man bei uns Bezugspunkte festgelegt, die sich unabhängig von der Kartenausrichtung finden lassen.« Ein Muster von 27 Punkten blinkte auf. »Was ihr hier seht, ist das sogenannte Echelon-Sternenbild, bestehend aus den größten Sternen in unserer Galaxie. Anhand ihrer Positionen berechnen wir die Standorte jedes Sektors und Systems der Galaxie mithilfe von Distanzen und Vektoren. Ihr braucht das bislang nicht, weil ihr euch nur in eurem kleinen Bereich aufgehalten habt. Wer allerdings weiter reisen will, braucht genaue Sternenkarten mit Planetenrotationen, Asteroidenfeldern und diversen Faktoren, die ein Risiko darstellen können.«

Besonders Jaxo hing an Bravestones Lippen. »Das erklärt aber nicht, woher ihr von anderen Zivilisationen wisst.«

Der Onu markierte fünf Bereiche, darunter auch die Wallsektoren. »Wie ich vorhin schon angedeutet habe, ist mein Volk bereits sehr alt. Während der Zeit der großen Expansion sendeten wir Kundschafter in alle Richtungen aus, um genaue Karten zu erstellen und mögliche neue Vasallenvölker zu finden. Wir haben nicht alles erforschen können, aber wir fanden heraus, dass es insgesamt fünf Zonen gibt, in denen besonders viele bewohnte Welten vergleichsweise dicht beisammen liegen. Genau dort ergänzten sich Technologien und Raumfahrt untereinander, sodass die fortschrittlichsten Völker entstanden.« Er hob zwei Finger. »Zwei dieser Gebiete sind eure Wallsektoren und die Randsektoren. Natürlich gibt es noch zahllose andere bewohnte Welten. Manche davon stehen in Kontakt mit uns, andere befinden sich in früheren Stadien der Evolution.«

Kate ging mit dem Gesicht dicht an die Raumkarte heran. »Wieso helft ihr ihnen nicht, sich schneller zu entwickeln?«

»Es wurde vor langer Zeit entschieden, dass es zu gefährlich ist, sich in die natürliche Entwicklung einer Spezies einzumischen. Aus diesem Grund warten die meisten modernen Zivilisationen mit dem Kontakt, bis ein Volk ihn von sich aus sucht und damit Bereitschaft signalisiert.«

Ruby verschränkte die Arme und hob eine Braue, doch Kane fand in der Logik seiner Worte keine Fehler. Es machte Sinn, dass sich manche Spezies durch Kooperation exponentiell schneller entwickelten, während andere in Isolation blieben.

»Aus welchem Grund willst du uns mitnehmen? Wenn es nur die Informationen von der Wolfskarte sind, die du suchst, bräuchtest du uns nicht«, erkundigte er sich.

Nickend antwortete Bravestone, »Da hast du vollkommen recht. Ich brauche euch nicht, um meinen Auftrag zu erfüllen. Ich erinnere mich jedoch noch gut an meine Zeit mit dem Wolf. Er war ein großer Mann und ein guter Freund. Zugegeben, es hat durchaus nostalgische Gründe, wieso ich euch das anbiete.« Seine Augen fixierten Kane. »Ich hoffe darauf, dass du dich als ähnlich vertrauenswürdig erweist. Zudem habe ich deine Aktivitäten studiert, als ich nach dir gesucht habe. Obwohl du ein Söldner bist, hast du in den meisten Fällen die Dinge zum Positiven verändert. Das ist den Zielen der Vigilancer nicht unähnlich. Ich würde dich gern in Aktion sehen, dich einschätzen, um zu sehen, ob du vielleicht noch mehr sein kannst als nur ein Söldner.«

»Du willst mich also für euren Orden rekrutieren?«, fragte Kane und Jaxo brummte skeptisch.

Lächelnd schüttelte Bravestone den Kopf. »Aber nein. Von dieser Idee sind wir noch weit entfernt. Ich biete dir lediglich die Gelegenheit, dein Fertigkeitsspektrum zu erweitern.« Er hob beide Hände. »Du bist kein gewöhnlicher Mensch. In den wenigen Jahren, die du hier draußen aktiv warst, hast du sehr viel erreicht. Es wäre doch interessant, zu sehen, was du schaffst, wenn du noch mehr lernst. Ich selbst bin 153 Jahre alt und war lange Zeit Krieger meines Volkes, Anführer und dann auch Söldner, bevor ich zu den Vigilancern ging. Es gibt sehr vieles, das ich euch lehren kann.« Er faltete die Hände in seinem Schoß. »Was du schlussendlich mit diesem Wissen anfangen möchtest, ist allein deine Entscheidung. Abgesehen davon wirst du durch mich einige Leute kennenlernen, die dein Kontaktnetzwerk auf die Randsektoren erweitern. Wenn du ein Schiff mit unserer Antriebstechnik findest, steht dir danach die gesamte Galaxie offen.«

Kate beugte sich vor und klemmte einen Fingerknöchel zwischen ihre Zähne. Während Kane über seine Worte nachdachte, fragte sie energisch, »Was ist mit Geld? Sollen wir dort als Söldner arbeiten? Sind unsere Waffen und Technologien überhaupt nennenswert?«

Bravestone ließ sie ausreden und lächelte sie an. »Ihr werdet schnell sehen, dass all diese Fragen leicht beantwortet sind. Es wird nicht lange dauern, bevor ihr euch dort ebenso heimisch fühlt wie hier. Wenn es euch beruhigt, kann ich euch sagen, dass eure Währung in den Randsektoren nicht bekannt ist. Allerdings werdet ihr zu Beginn durch mich von den Vigilancern finanziert. Eure Waffen und Erfahrung sind dort ebenso gefragt wie hier. Das Kriegshandwerk unterscheidet sich in meiner Heimat kaum von anderen Orten.« Er deutete auf den Wolf. »Tatsächlich wäre Kanes Können mit einem Onu gleichzusetzen, was euch hochkarätige Aufträge verschaffen kann. Darüber müsst ihr euch aber vorerst keine Gedanken machen, solange ihr an meiner Seite bleibt. Meine Aufgaben für die Vigilancer ähneln Söldnerarbeit in vielerlei Hinsicht und mein Orden wird euch für eure Hilfe gern entlohnen.«

»Was ist, wenn wir wieder nach Hause wollen?«, bohrte Ruby weiter.

Er hob beschwichtigend die Hände. »Wenn ihr euch entscheidet, zurückzukehren, bevor ihr ein eigenes Schiff habt, bringe ich euch persönlich hierher. Ihr habt mein Ehrenwort als Krieger.«

Sie stellten ihm noch mehr Fragen und er zerstreute viele ihrer Sorgen. Jaxo legte einen Arm auf die Rückenlehne des Sofas und sagte irgendwann, »Also selbst wenn alles, was du uns erzählst, völliger Blödsinn sein sollte, ist die Geschichte gut genug, um mich zu begeistern. Wenn Kane diese Reise antreten will, bin ich dabei.«

»Mich braucht niemand zu überzeugen. Ich will diese neuen Welten unbedingt sehen!«, kam es von Kate, die nervös mit dem Fuß wippte.

Als sie Ruby fragend ansah, hob die Krodaa die Brauen. »Ich würde lügen, wenn ich sage, dass es mich nicht reizt. Auf so ein Abenteuer habe ich mein Leben lang gewartet. Ich gehe aber nur, wenn der Silver Wolf uns anführt. Nichts für ungut.«

»Loyalität ist ein wertvolles Gut. Es spricht für dich, dass deine Leute dir selbst in unbekannte Weiten folgen wollen«, sagte Bravestone zu Kane.

Sie alle warteten gespannt darauf, was er sagen würde. Er konnte die aufgeladene Stimmung im Raum beinahe greifen.

Kate warf den Kopf in den Nacken. »Komm schon, Bruderherz! Du hast selbst gesagt, dass deine Suche nach Erfüllung nicht beendet ist. Vielleicht ist das hier genau das, was du gesucht hast.«

Diese Worte spiegelten seine eigenen Gedanken wider. Schließlich sog er geräuschvoll die Luft ein. »Dem kann ich nicht widersprechen. Mein Leben lang habe ich dem Fluss vertraut, mich auf den Weg zu meiner Bestimmung zu führen. Ich bin zwar in Sorge, dass eine solche Reise mehr ist, als ich noch verkraften kann, aber es wäre unklug, einen so direkten Wink zu ignorieren.« Er seufzte erneut und sagte dann, »Also schön, Bravestone. Ich gehe das Risiko ein und vertraue dir. Wenn du uns anleitest und an unserer Seite stehst, werden wir dich in die Randsektoren begleiten.«

***

Nachdem die Entscheidung feststand, ging zunächst eine Welle der Begeisterung um. Besonders Kate und Jaxo tuschelten sofort aufgeregt miteinander. Auch Bravestone nickte ihm wohlwollend zu.

Kane erkannte in dieser Reise eine Chance, endlich mehr über seinen Vater zu erfahren und Dinge zu sehen, die er nie für möglich gehalten hatte. Er erinnerte sich noch gut daran, wie sehr sich sein Weltbild veränderte, als er die Erde verlassen musste, um Söldner zu werden. Seine gute Kenntnis der Heimatwelt erweiterte sich um die gesamten vier Sektoren. Schon bald war nur die Galaxie selbst die Grenze. Er fragte sich, ob sich historische Persönlichkeiten wie Kolumbus oder Henderson, der Entdecker von Utopia Beta, wohl genauso gefühlt hatten. Wenige Stunden zuvor hatte er kein wirkliches Ziel gehabt. Er dachte, dass er noch einige Jahre einfache Jobs machen, sich auf seinem Ruf ausruhen und dann mit Grace und Lara zur Ruhe setzen würde. Nun sah er einer ungewissen und völlig anderen Zukunft entgegen und konnte nicht leugnen, wie lebendig er sich deswegen fühlte.

Nachdem er Grace und Lara seine Entscheidung mitgeteilt hatte, die sie keineswegs überraschte, traf er die nötigen Vorbereitungen.

Bravestone trat mit ihm aus der Defiance heraus und deutete darauf. »Dir ist sicher klar, dass ihr damit nicht fliegen könnt. Euer Antrieb basiert zwar auf der Nutzung von Iom-Gas, aber die Leistung ist erschreckend gering. Fürs Erste solltet ihr mit mir auf die Dragonwing kommen. Ich habe genug Platz für euch vier. So lernen wir uns besser kennen und ihr erfahrt am schnellsten, was ihr über die Randsektoren wissen müsst.«

»Wie sieht es mit Vorräten aus?«, erkundigte sich Kane mit Blick auf die Geschäfte im Umkreis.

»Die Onu, ebenso wie einige andere Spezies wie die Morolan und die Volakar haben Stoffwechsel, die mit euren vergleichbar sind. Viele unserer Nahrungsmittel sind Menschen und Lorganer bekömmlich. Die

Krodaa kann ja ohnehin alles verdauen. Für den Anfang solltet ihr von hier noch einige Dinge mitnehmen. Die Waffen und Ausrüstung dürften euch gute Dienste leisten. Eine Reise wie diese lässt sich nur schwer planen. Ihr werdet unterwegs schnell lernen, worauf es ankommt und was ihr braucht«, versicherte er ihm.

Kane ging zu Jaxo und erklärte ihm, dass sie die Defiance II nicht mitnehmen konnten.»Kriegen wir sie zur Lycan Station? Ich würde sie nur ungern hier stehen lassen. Die Platzkosten sind nicht billig.«

Der Lorganer grinste.»Dann ist es ja gut, dass wir Jenny haben. Ich schalte ihren Zugriff auf die Steuerungssysteme frei und sie kann unser Prachtstück nach Hause bringen. Kate! Sei bitte so gut und fang schon mit dem Zusammenpacken meiner Werkzeuge an. Ich muss Jennys Protokolle anpassen, aber ich werde nicht auf den dreigliedrigen Präzisionslötkolben verzichten! Wer weiß, was unterwegs alles repariert werden muss?«

Sie brachten einige kleine Kisten mit Werkzeugen, Teilen und Ausrüstung an Bord der Dragonwing. Auch ihre Waffen und Rüstungen gehörten dazu.

Kate stand mit den Händen in den Hüften vor der Rampe des fremdartigen Schiffs.»Wir brechen in unbekannte Gefilde auf und ich habe immer noch nur eine grob zusammengewürfelte Piratenrüstung. Ich fühle mich nicht besonders gut vorbereitet.« Mit der Faust klopfte sie gegen die Brustplate, was ein hohles Geräusch erzeugte.

Kane legte den Arm um sie.»Als ich die Erde verließ, hatte ich nichts außer den Zaruko und einer Pistole. Es kommt nicht auf die Ausrüstung an, sondern auf dich. Wo immer uns unser Weg hinführt, dort haben die Leute sicher auch Rüstungen. Willst du dir wirklich jetzt eine kaufen, oder willst du dir nicht lieber eine völlig fremdartige Ausstattung besorgen, die sonst kein Mensch hat?«

Sofort strahlte ihr Gesicht und sie machte sich mit federnden Schritten wieder daran, Jaxo zu helfen.

Ruby klopfte ihre Hände ab und hielt neben Kane an. »Wir haben ja schon viele verrückte Dinger gedreht, aber das hier könnte unser größtes Abenteuer werden. Es ist verdammt lange her, dass ich so aufgeregt war.«

Er sah sie grinsend an. »Die stets abgehärtete RB ist aufgekratzt wie vor ihrem ersten Einsatz. Das ist schon irgendwie süß.«

Sie boxte ihn. »Ach, halt doch die Schnauze! Und tu nicht so, als würde dich das kalt lassen. Du hast kaum Emotionen, aber du bist kein Roboter. Selbst du musst merken, wie unwirklich das hier ist.«

Er nickte. »Ja, da hast du recht. Das Ganze ging ziemlich schnell und ich bin noch nicht zu 100% sicher, ob wir nicht in eine Falle laufen. Sollte es wirklich real sein, wird das ein unvergleichliches Erlebnis.« Er seufzte. »Paco fehlt mir, aber ich bin froh, dass ihr an meiner Seite seid.«

»Kein Grund, rührselig zu werden, du Mädchen«, neckte sie ihn.

Die Quelle des Lebens

Sobald sie alle Dinge an Bord der Dragonwing gebracht hatten, die sie unbedingt mitnehmen wollten, aktivierte Jaxo Jennys neue Steuerungsfreigaben und schickte die Defiance II zur Lycan Station.

Er klopfte sich die Hände ab und meinte, »So! Damit wäre unsere Präsenz bis auf Weiteres verschwunden. Ich frage mich, ob sich jemand nach uns erkundigen wird, wenn wir fort sind.«

Ruby zuckte mit den Schultern. »Unwahrscheinlich. Selbst unsere üblichen Kontakte sind mit den Folgen des Hazkan-Krieges beschäftigt. Sofern sie keine Hilfe brauchen, denken sie nicht an uns.«

»Habt ihr euch denn keine Freunde gemacht, während ihr hier draußen wart?«, wunderte sich Kate.

Kane ließ sie vorgehen, als sie die Rampe ins Schiff hinaufstiegen. »Wir können schon froh sein, dass wir uns nicht noch mehr Feinde gemacht haben. Wenn man jederzeit von jedem angeheuert werden kann, hat man maximal neutrale Kontakte, aber niemals Freunde. Denn man weiß nie, ob man morgen gegen sie kämpfen muss.«

Als Kate ihn mit erhobenen Brauen ansah, klopfte Jaxo ihr auf die Schulter. »Dein Bruder stellt es immer gern etwas extrem dar. Wir haben natürlich ein paar Freunde da draußen, die uns helfen und die wir nie hintergehen würden. Kwax zum Beispiel ... oder der Chief.«

Kane ließ sich neben Bravestone auf die Sitzbank fallen und kommentierte, »Laut offizieller Berichte ist Roderick Tindall in der Schlacht auf Nunak gefallen. So oder so ist die Liste unserer Freunde immer kurz gewesen. So ist das in diesem Geschäft.«

»Wie kommt dein Schiff denn eigentlich zu seinem Namen? Und zu seiner ungewöhnlichen Form, wo wir schon dabei sind?«, erkundigte sich Ruby, die den Innenraum genauer untersuchte.

Bravestone hatte die Arme verschränkt, öffnete sie aber beim Sprechen. »Tatsächlich ist es eine Erinnerung an die Hazkan, ob ihr es glaubt oder nicht.« Als sie ihn alle ungläubig ansahen, lächelte er leicht. »In den Randsektoren sind die Hazkan schon vor sehr langer Zeit eingefallen und haben Welten attackiert. Wir hatten damals allerdings keine Vindurer, die dafür verantwortlich waren, und keinen Commander, der sie aufgehalten hat. Sie kamen zufällig bei uns vorbei, zumindest geht man heute davon aus. Da kein Militär irgendeiner Welt die Lage richten konnte, fanden sich Krieger und Wissenschaftler mehrerer Systeme und Spezies zusammen, um eine Lösung zu finden. Sie entdeckten, dass das Material, aus dem die Panzerhaut der Bestien besteht, auf Schallwellen reagiert.«

»Du meinst Synthium«, warf Jaxo ein und spielte mit der Steuerung des Holotisches herum.

Bravestone nickte. »Ach ja, ihr habt ja Verwendung dafür gefunden, nicht wahr? Die Experten erbauten auf mehreren Monden und Asteroiden in den Randsektoren große Schallkanonen. Damit konnten sie die Hazkan verwirren und sie aus unseren Gefilden vertreiben. Im Laufe der Jahrtausende kamen sie immer mal wieder dicht an uns vorbei, aber die Kanonen verhinderten jedes weitere Vordringen. Die Erbauer der Schallkanonen wurden als Helden verehrt und erkannten, dass sie gemeinsam mehr erreichen konnten als allein.« Er zupfte an seinem Umhang. »Aus ihnen wurden die Vigilancer, die bis heute von allen Spezies der Randsektoren respektiert werden. Aus diesem Grund ist die Dragonwing an die Hazkan angelehnt. Für euch bedeuten sie Vernichtung, aber für meinen Orden symbolisieren sie den Beginn«, erklärte der Onu.

Kane holte die Wolfskarte aus seiner Tasche und zeigte sie dem Reisenden. »Ich bekam sie von meiner Mutter, als ich 17 Jahre alt war. Eine Nachricht meines Vaters sagte, dass sie mir helfen würde, ihn zu finden. Bis heute habe ich jede militärische und geheimdienstliche Quelle befragt, die ich finden konnte, doch niemand wusste, was das Ding ist. Wenn du mich fragst, ist es nur eine kleine Metallkarte ohne besonderen Nutzen.«

Bravestone nahm die schwarze Karte mit dem Wolfskopf entgegen und betrachtete sie. »Das ist sie. Es wundert mich nicht, dass dir niemand mehr dazu sagen konnte. Als dein Vater mit den Vigilancern gearbeitet hat, erkannte er, dass viele Dinge, die wir auf unseren Reisen fanden, zu gefährlich waren, um sie irgendwem anzuvertrauen. Einer unserer Chiffrierexperten erschuf daher diese Karte. Es ist eine uralte Technologie der Cerulae, einer Spezies, die vor langer Zeit zu den größten Widersachern des Onu-Reiches zählten. Die Informationen, die auf dieser Karte gespeichert sind, liegen nicht als elektronische Daten oder Markierungen vor, sondern die Karte selbst ist die Information. Die Moleküle ihrer Zusammensetzung sind so angeordnet, dass der richtige Laser sie entschlüsseln kann.«

»Von so einer Technik habe ich noch nie gehört«, sagte Jaxo und musterte den Gegenstand.

Eine digitale, weibliche Stimme mit authentischer, organischer Betonung entgegnete, »Es ist eine sehr seltene und gut gehütete

Sicherheitstechnik, die nur wenige Individuen kennen. Die Vigilancer sind die Einzigen, die sie noch verwenden.«

Während die anderen sich umsahen, vermutete Kane, »Du hast also eine KI an Bord. Es sollte mich nicht wundern, dass ihr einen Weg gefunden habt, so etwas gefahrlos zu nutzen.«

Bravestone legte sich die Hand auf die Stirn. »Oh, vor lauter Erklärungen habe ich völlig vergessen, euch Lato vorzustellen. Das tut mir leid, meine Liebe.«

»Wieso entschuldigst du dich bei einer KI? Sowas passiert, wenn man die Dinger zu lebensecht macht. Am Ende hält man sie für echte Lebensformen«, sagte Ruby kopfschüttelnd.

Die Stimme schlug einen strengen Ton an. »Bevor du derartige Kommentare abgibst, solltest du dich zunächst informieren, meinst du nicht?«

Jaxo richtete sich im Sitzen auf und staunte, »Hat deine KI gerade schnippisch reagiert? So etwas ist völlig unmöglich.«

»Lato ist keine künstliche Intelligenz, sondern ... Wisst ihr was? Warum erklärst du es ihnen nicht selbst, Lato?«, unterbrach Bravestone sich.

Die digitale Stimme erwiderte, »Das ist wohl das Beste, Captain. Eure Forscher arbeiten seit langer Zeit an künstlicher Intelligenz, genau wie es einst auch in den Randsektoren der Fall war. Der Aussage der Krodaa nach ist anzunehmen, dass eure Experten mit der Emotionsproblematik überfordert sind. Liege ich so weit richtig?«

Der Lorganer nickte. »Ja. Der Einsatz von KI ist offiziell untersagt, weil ein System, das rein auf Logik und rationalen Berechnungen beruht, oftmals zu extremen Schlüssen gelangt, die auf lange Sicht nicht das beabsichtigte Ziel verfolgen. So könnten ganze Zivilisationen vernichtet werden.«

»Korrektur: Solche Systeme haben bereits nachweislich mehrere Zivilisationen ausgelöscht«, berichtigte Lato ihn. »Aus diesem Grund entwickelte das Volk der Dor eine neuartige Konzeption, wie man genau diesen Aspekt vermeidet: die erweiterte Intelligenz, kurz EI. Es ist eine Weiterentwicklung der herkömmlichen KI.« Der Holotisch projizierte ein neurales Netz in die Luft, das einem Gehirn ähnelte. »Ich bin ein eigenständig lernendes System mit einer Emotionsmatrix. Als EI besitze ich die logischen und rationalen Kapazitäten einer KI, erweitert mit der Fähigkeit, organische Emotionen zu verstehen und zu simulieren. Dadurch bin ich in der Lage, die Befehle meiner Meister auch auf emotionaler Ebene zu begreifen und die subtilen, dahinterstehenden Absichten zu erkennen. Zudem kann ich Freude, Trauer und andere Gefühle nachempfinde. Also keine Angst – ich werfe euch im Notfall nicht einfach aus der Luftschleuse.«

Kate stand der Mund offen. »Wie empfindet ein Computersystem Gefühle?«

Lato entgegnete, »Genau wie organische Wesen. Beispielsweise ist Schmerz nichts anderes als ein Reiz, der durch elektrische Signale über Nervenbahnen an das Gehirn geleitet und dort als unangenehm interpretiert wird. Dieselben Interpretationen, die ein organisches Gehirn bei Schmerz, Glück, Trauer oder Zorn verarbeitet, werden auch in meinen Prozessoren imitiert. Es tut mir nicht physisch weh, aber es belastet meine Rechenleistung und behindert mich, sodass ich es zur Kenntnis nehme und berücksichtige.«

Nun war wieder Jaxo an der Reihe, skeptisch zu sein. Er tippte mit einer Klaue gegen seine schuppigen Lippen. »Tut mir leid, wenn ich das Thema in die Länge ziehe, aber ein System mit der dazu nötigen Rechenleistung würde ganze Lagerhallen füllen. Niemals passt so etwas auf ein Schiff dieser Größe.«

Auch dafür hatte Lato die passende Erklärung parat. »Eure Technologie basiert auf binären Computersystemen. Die kleinstmöglichen Einheiten eurer Hardware basieren auf 1 oder 0, weil Bauteile entweder eine elektrische Ladung halten oder nicht. Die Technologie der Randsektoren beruht auf einem Material, das je nach Ladungsstärke fünf verschiedene Grundzustände haben kann, sodass wir ein sogenannten teträres System nutzen. Unsere Hardware kann mit wesentlich weniger Komponenten sehr viel komplexere Anwendungen umsetzen. Wo eure Quantencomputer ganze Gebäude füllen, genügt bei uns eine kleine Box. Mein gesamtes System befindet sich in einer gekühlten Lagereinheit von der Größe des Tisches zwischen euch.«

Bravestone hob die Hände, »Wir können uns auf dem Flug noch ausgiebig über unterschiedliche Technologien, Aliens und Geschichte unterhalten. Wärst du so gut, die Informationen auszulesen, die wir brauchen?«

Er legte die Karte auf den Holotisch und ein Laser scannte sie von oben.

»Gar kein Problem, Captain. Sekündchen, ich hab's gleich«, gab Lato zurück.

»Unglaublich, wie lebensecht sie klingt ...«, staunte Kate und sah zur Decke hinauf.

»Bitte vermeidet eine Diskussion darüber, ob sie aufgrund ihrer Komplexität bereits als Lebensform gilt oder nicht. Wenn ihr damit einmal anfangt, hören wir tagelang nichts mehr anderes«, seufzte Bravestone halb lächelnd.

Lato erwiderte, »Ich entschuldige mich nicht dafür, für meine Überzeugungen einzustehen.« Kurz darauf blinkte der Bereich um die Karte grün. »Alles klar! Ich habe die Struktur des Datenschlüssels dechiffriert. Sehen wir mal, was wir da haben ...«

Sekunden später baute sich über der Karte eine holografische Raumkarte auf, die ein bestimmtes Sternensystem zeigte.

Bravestone verengte die Augen zu Schlitzen. »Das kommt mir bekannt vor. Welches System ist das?«

»Ich gleiche die Galaxiekarte ab. Ein bisschen Geduld wirst du schon brauchen«, antwortete Lato genervt.

»Ich mag sie«, grinste Kate.

Kane fragte derweil, »Vielleicht könntest du die Zeit nutzen, um uns zu sagen, worin deine derzeitige Mission genau besteht. Immerhin begleiten wir dich.«

Bravestone hon den Kopf. »Aktuell bin ich im Auftrag des Rates der Vigilancer unterwegs. Einer unserer ältesten Weisen hat eine schwere, als unheilbar geltende Krankheit. Sein Wissen ist jedoch unschätzbar und noch nicht gänzlich gesichert. Daher suche ich nach der legendären Quelle des Lebens. Das ist eine Quelle, deren Wasser starke Heilkräfte haben soll. Verständlicherweise ist der genaue Ort ein gut gehütetes Geheimnis, aber dein Vater und ich fanden ihn vor langer Zeit. Wir haben unsere Reiserouten gelöscht, doch ich wusste, dass er die Koordinaten auf seiner Karte gespeichert hat«, erklärte der Onu.

»Heilendes Wasser also. Klingt nützlich. Wir sollten ein paar Flaschen davon mitnehmen, nur für alle Fälle.« Ruby rieb sich die Nase und schniefte.

Lato meldete, »Übereinstimmung gefunden. Was wir hier sehen, ist das Rhodani-System im Nikosa-Nebel. Es liegt weit abseits der Randsektoren in der Dralek-Zone.«

»Keines dieser Worte sagt mir irgendwas«, gab Jaxo zu und zuckte mit den Schultern.

Der Vigilancer atmete laut aus. »Kaum verwunderlich. Es ist ein gänzlich uninteressanter Bereich der Galaxie. Allerdings ist es ein bewohntes System, wenn ich mich nicht irre, oder Lato?«

»Das ist korrekt. Die Gartenwelt Kanaga ist die Heimat der Schlangenspezies der Serpener. Die Koordinaten führen jedoch zu einem leeren Fleck des Systems. Anhand der Abstände der Umlaufbahnen der drei Planeten müsste sich dort etwas befinden, doch da ist nichts.«

»Fliegen wir erstmal dorthin und dann machen wir uns um das nächste Problem Gedanken. Setze Kurs zum Nikosa-Nebel!«, befahl er.

Ohne sein Zutun liefen die Triebwerke der Dragonwing an und das Schiff hob ab.

»Seid ihr bereit, die euch bekannten Welten zurückzulassen und in neue Gebiete vorzudringen?«, fragte Bravestone in die Runde.

Sie alle sahen sich an und nickten entschlossen.

***

Die Reise in den fernen Nebel dauerte knapp zwei Wochen. Während dieser Zeit hatte das Wolf Pack viel Gelegenheit, den Onu und seine EI nach allen möglichen Dingen auszufragen. Da es vorteilhaft war, genau über die neuen Bereiche Bescheid zu wissen, in die sie reisten, nutzten sie diese Chance aus.

Kate stand neben Kane bei Bravestone, der auf Latos Hinweis hin ein paar Kalibrierungen am Antrieb vornahm.

»Wie ist es möglich, dass dieses Schiff so viel leistungsstärker ist als unsere? Iom ist die stärkste bekannte Energiequelle«, erkundigte sich Kate.

Der Onu kicherte und schraubte dabei an einer Rohrleitung herum. »Bei weitem nicht. In den Randsektoren gibt es seit langer Zeit keine Energieprobleme mehr. Wir nutzen verschiedene effiziente Systeme wie kosmische Energiewandler. Die Sterne allein strahlen bereits so viel ungenutzte Energie ab, die man einfangen kann, dass man ganze Welten auf ewig versorgen könnte. Dann gibt es noch Strahlungswandler, Asteroidenanlagen und diverse andere Formen der Erzeugung. Iom ist dagegen ein Witz. Allerdings hast du recht, dass es die effizienteste Art ist, einen Schiffsantrieb zu betreiben.«

»Aber wie funktioniert das? Ich sehe keinen richtigen Iom-Generator hier«, wollte sie wissen.

Lato erklärte, »Ihr nutzt eine zentrale Gaskammer, in der das Iom elektrisch angeregt wird, damit es Energie für den Antrieb freisetzt. Fortschrittliche Schiffsmodelle nutzen Iomflow-Technologie. Das Gas wird im angeregten Zustand durch Rohrleitungen im ganzen Schiff gejagt und die freigesetzte Energie wird von Kollektoren überall zugleich aufgefangen. Das steigert die nutzbare Leistung exponentiell und reduziert die Angreifbarkeit durch das Fehlen eines Zentralantriebs.«

Daraufhin vertiefte sich Kate in eine lange Fachdiskussion mit der EI über die Vor- und Nachteile dieser Technik.

Derweil stieß Bravestone Kane mit dem Ellenbogen an. »Ein kluger Kopf, deine Schwester. Sie wirkt aber noch recht unerfahren. Wieso ist sie bei euch?«

Der Wolf reichte ihm ein Werkzeug. »Sie verlor ihre Frau im Krieg und wollte lernen, nicht mehr wehrlos zu sein. Ich bilde sie aus, damit sie uns hilft. Das lenkt sie ab und scheint sie glücklich zu machen.«

»Das verstehe ich. In den Randsektoren gibt es derzeit viele, die dieses Schicksal teilen. Besonders die Überlebenden meines Volkes folgen diesem Pfad recht häufig«, antwortete der Onu verständnisvoll und zerrte ein festgefressenes Bauteil aus der Wand.

»Wie meinst du das?«

»Vor mehr als 30 Jahren übernahm auf dem Planeten Volak ein extrem ambitionierter Mann namens Servan Ralek die politische Macht und gründete ein schnell expandierendes Reich, das Protektorat. Sie erobern Systeme, zwingen Völker in ihren Dienst und tun das alles im Namen der Sicherheit. Da wir Onu seit jeher aufgrund unserer kriegerischen Stärke als Gefahr für derartige Emporkömmlinge gelten, überzog uns das Protektorat mit Krieg und verwüstete im Laufe von fast 30 Jahren meine gesamte Heimatwelt. Heute sind nur noch wenige Onu übrig und wir alle haben jemanden verloren und die Schrecken dieses Massakers miterlebt. Jeder findet seinen eigenen Weg, damit umzugehen.«

Kane verschränkte die Arme. »Du hast nicht erwähnt, dass die Randsektoren sich in einem Eroberungskrieg befinden.«

Der Vigilancer lehnte sich vor, um ein Rohr zu erreichen, und ächzte dabei kurz. »Es ist kein aktiver Krieg mit anhaltenden Schlachten, sondern eher eine Art langfristiger Konflikt mit Auseinandersetzungen alle paar Monate. Natürlich ist das ein zu berücksichtigender Faktor, aber solange ihr mit mir reist oder euch dem Söldnerhandwerk widmet, dürfte euch das kaum betreffen.« Er zog seine Hand aus einer Öffnung und schnupperte an einer öligen Substanz an seinen Fingern. »Ihr seid ungebundene Reisende und insbesondere Söldner und Vigilancer haben innerhalb wie außerhalb des Protektorats freies Geleit. Sofern du also nicht vorhast, politische Überzeugungen oder moralische Entrüstung zu deiner Mission zu machen, ist die Präsenz der Volakar für uns höchstens eine zusätzliche Einnahmequelle.«

»Warst du Teil des Krieges in deiner Heimat?«, hakte Kane nach und nahm eine Abdeckung entgegen.

Bravestone zog ächzend eine Dichtung fest. »Eine Zeit lang. Ich war ein hochdekorierter Veteran ... hatte es fast zum General gebracht. Allerdings waren es die Onu nicht gewohnt, einen Kampf zu verlieren. Die Führungsriege geriet in Panik und erwog Methoden der Massenvernichtung wie biologische Kampfstoffe und Neutronenbomben. An derartigen Dingen wollte ich keinen Anteil haben. Es widersprach dem Kodex der Vigilancer, denen ich schon Jahre zuvor beigetreten bin. Stattdessen entschied ich mich, meinen eigenen Weg zu gehen. Mit deinem Vater arbeitete ich aber zusammen, bevor es das Protektorat überhaupt gab«, berichtete Bravestone.

Es faszinierte Kane, wie sehr die Geschehnisse der Randsektoren denen in seiner Heimat ähnelten. Machtspiele, Gier und Krieg für die Eroberungsphantasien einzelner Individuen. Selbst höherentwickelte Spezies schienen über derartige Schwächen nicht hinauswachsen zu können.

»Erzähl mir von meinem Vater. Ich weiß nur die wenigen Dinge über ihn, an die meine Mutter sich erinnern konnte. Im Laufe der Jahre habe ich mir die verrücktesten Geschichten über ihn ausgemalt, um die Lücke zu füllen«, bat er den Onu.

Bravestone setzte sich auf eine hochkant stehende Werkzeugkiste und wischte sich mit dem Unterarm den Schweiß von der Stirn. »Was kann ich dir über den Wolf erzählen? Er war ein extrem fähiger Soldat mit viel Erfahrung, der mehrfach erkennen musste, dass er von denen, für die er arbeitete, nur ausgenutzt wurde. Eure Regierungen missbrauchten Männer wie ihn zum Machtgewinn und sie wurden wie Müll entsorgt, wenn sie zu einer Belastung wurden. Sein Verständnis über das Zusammenspiel von Macht und Gewalt war sehr umfassend.« Er griff sich ein dreckiges Tuch und reinigte seine Finger. »Viele Krieger, die das erkennen, verlieren ihren Halt und drehen durch, aber nicht der Wolf. Er konnte sich trotz all der negativen Erfahrungen sein Mitgefühl und seinen Sinn für Gerechtigkeit bewahren. Das war einer der Gründe, weshalb wir so gut zusammengearbeitet haben.«

Kane lehnte sich an eine Seitenwand. »Er wurde also auch von seinen Arbeitgebern verraten und zurückgelassen. Das kenne ich aus eigener Erfahrung. Wie war er als Mensch? War er freundlich? Charismatisch?«.

Während der Onu das Werkzeug in die Kiste räumte, antwortete er, »Beides und so viel mehr. Er konnte sich mit jedem anfreunden und selbst aussichtslos erscheinende Situationen allein mit Worten lösen. Sein Charme war beinahe magisch, insbesondere beim anderen Geschlecht«, zwinkerte er. »Allerdings hat er sich nur selten solchen Dingen hingegeben.« Er hielt inne und kratzte sich am Oberarm. »Ich glaube, am meisten faszinierte mich seine endlose Begeisterung. Trotz allem, was er gesehen und erlebt hatte, blieb er selbst auf dem zwanzigsten Planeten noch so interessiert und optimistisch wie am ersten Tag. Es war regelrecht ansteckend.«

Ein großer Stein fiel von Kanes Herzen, endlich Informationen zu bekommen, mit denen er sich ein Bild von seinem Vater machen konnte. Selbst wenn er ihm niemals begegnet war, freute es ihn, mehr über den Mann zu erfahren, in dessen Fußstapfen er unabsichtlich trat. Leider konnte Bravestone ihm über dessen Leben auch nur wenig sagen, da der Wolf sein Leben in den Wallsektoren strikt von dem in den Randsektoren trennte. Lediglich ein paar seltene Gespräche über Mariah und seinen Sohn waren aufgekommen.

***

Einige Tage später meldete Lato, »Wir haben das Zielgebiet erreicht, Captain.«

Sie alle saßen auf den halbrunden Sitzbänken um den Tisch herum und Projektoren erzeugten die Illusion, als wäre ihre Umgebung unsichtbar. Kane hatte das Gefühl, direkt zwischen den Sternen zu schweben.

Kate machte große Augen, doch auch die anderen drehten die Köpfe umher, um den Anblick zu erfassen.

»Das Rhodani-System. Wie gesagt, passt hier etwas nicht zusammen. Zwischen den Umlaufbahnen des Felsplaneten Ranza und des Gasriesen Uniuu ist eine Lücke, die physikalisch keinen Sinn ergibt. Anhand der Bewegungen der umliegenden Himmelskörper müsste man annehmen, dass dort etwas ist, dass eine Gravitation hat«, erklärte Lato.

Kane rieb sich das Kinn. »Nur weil wir etwas nicht sehen, bedeutet das nicht, dass es nicht da ist. Wenn alle anderen Indikatoren darauf hindeuten, dass dort etwas ist, erkennen wir es möglicherweise nur nicht mit bloßen Augen. Ist es vielleicht sehr klein oder sehr schnell?«

Die EI reagierte, »Beides wäre zwar prinzipiell möglich, würde aber das Verhalten der umliegenden Himmelskörper nicht erklären.«

Jaxo kratzte sich hörbar über die Schuppen am Kopf. »Versuch es mit ein paar Sichtfiltern. Ich habe mal gelesen, dass manche Planeten nur in einem bestimmten Spektrum erkennbar sind.«

Kane beobachtete, wie die Umgebung sich veränderte, als Lato Infrarot, Ultraviolett und anderen Filter anwendete. Als sie Röntgenstrahlung testete, tauchte innerhalb des blinden Flecks plötzlich ein ganzer Planet auf.

»Da haben wir ja die schüchterne Welt. Sieht aus wie eine Wasserwelt«, schätzte Kate.

Bravestone trommelte mit den Fingern auf der Tischkante. »Ich erinnere mich vage an diesen Ort. Es ist schon sehr lange her, aber ich meine, dieser Planet heißt Nos. Wenn ich mich recht entsinne, ist er von einer primitiven Spezies bewohnt, die noch keine Raumfahrt betreibt.«

»Wir brauchen wohl Helme mit Röntgenfiltern«, überlegte Ruby.

Lato korrigierte, »Das wird nicht nötig sein. Viele Welten, die in anderen Sichtspektren existieren, tun das nur aufgrund von Gasen oder Strahlung in der oberen Atmosphäre. Sobald wir tief genug sind, sollten wir alles normal erkennen können.«

»Irgendeine Ahnung, wo genau die Reise hingeht. Ein ganzer Planet ist immer noch ein großes Suchgebiet«, warf Kane ein.

»Die Wolfskarte enthält präzise Koordinaten. Anhand des ersten Scans liegen sie auf einer der großflächigeren Felsinseln oberhalb des

Meeresspiegels«, antwortete die EI und versetzte die Dragonwing in den Sinkflug.

Das Wolf Pack ging gemeinsam in die Waffenkammer, um sich auszurüsten, aber als Kane nach der Wolfsrüstung griff, verformte sich ein Teil der Armschiene. Er machte die Veränderung rückgängig, doch das Synthium schien sich in einem formbaren Zustand zu befinden.

»Lato, kannst du hier irgendeine Art Kraftfeld oder Schallwelle messen?«

Nach einigen Sekunden kam die Antwort. »Tatsächlich empfange ich ein niederfrequentes Signal, wie eine dauerhafte Schwingung. Es ist ein Effekt des Planetenkerns und bleibt in seiner Stärke konstant. Es hat keinen Einfluss auf organische Wesen.«

»Nein, aber auf meine Rüstung. So ist sie nutzlos. Ich schätze, ich werde bei diesem Einsatz wohl etwas mehr auf Risiko spielen müssen«, murmelte er seufzend.

Bravestone tauchte hinter ihm auf. »Zu deinem Glück ist die Luft atembar.«

Kate trat zu ihm und grinste spöttisch. »Wie war das noch? Es kommt nicht auf die Rüstung an, sondern nur auf dich.«

»Die Worte eines brillanten Geistes«, gab er zwinkernd zurück und griff sich stattdessen die Viper und seine beiden Pistolen. Er war erleichtert, dass Handfeuerwaffen und Gewehre auch an magnetischen Halterungen anderer Kleidungsstücke hielten. Zudem waren modernere Synthiumupgrades vor Schallwellen geschützt.

»Ein wirklich schönes Sturmgewehr hast du da, Silver Wolf«, fand der Onu, dessen eigene Langwaffe der Viper in nichts nachstand.

»Ich bleibe an Bord und behalte mit Lato die Scanner im Auge.« Jaxo ließ sich wieder auf die Sitzbank sinken. Ruby und Kate standen bereit und nickten Kane zu.

Das Schiff setzte sachte auf dem unebenen Boden auf und die EI sagte, »Die Scanner empfangen viele Lebensformen und Felskonstruktionen. Das Gebiet scheint bewohnt zu sein. Ich rate zur Vorsicht.«

»Eine heilende Wasserquelle auf einer leblosen Welt wäre wohl auch ziemliche Verschwendung«, kam es von der Krodaa, die ihr Gewehr auf dem Rücken richtete.

Als sich die Rampe absenkte, setzte Bravestone seinen Helm auf. Bei genauerem Hinsehen bemerkte Kane an den Rüstungsteilen unter seinem Umhang, dass sie einem Samuraiharnisch von der Erde ähnelte, nur eben aus silbernem Metall. Auch der Helm ragte hinten über den Nacken hinaus, hatte einen geraden, weißen Leuchtstreifen als Visor und keine Andeutung der Mundpartie. Generell dachte Kane an einen Samuraihelm ohne Verzierungen, bestehend aus mehreren Einzelteilen, die ein Ganzes bildeten. Zu allem Überfluss trug Bravestone ein leicht gebogenes Einhandschwert am Oberschenkel.

»Woher stammt diese Rüstung?«, fragte Kane ihn.

»Das ist eine klassische Onu-Panzerung. Ich habe sie mir während meiner Jugend im traditionellen Kräftemessen mit anderen aufstrebenden Kriegern verdient und später mit Elementen der Vigilancer angepasst«, antwortete er.

Sie traten aus dem Schiff und Kane sah sich um. Der wolkenlose, blaue Himmel strahlte freundlich auf den deutlichen Kontrast der grauen Umgebung hinunter, überwuchert von glitschigen

Kriechpflanzen und Moos. Feuchte, salzige Luft drang an Kanes Nase, während er mit den Stiefeln Halt auf dem unebenen, rauen Felsboden suchte. Primitive Markierungen und Schnitzereien im Stein deuteten auf Anwohner hin.

Kate fuhr mit der Hand über einige davon. »Sieht aus, als wären die Bewohner eine Art Quallenvolk. Viele Tentakelarme und runder Korpus.«

Ein Geräusch erregte seine Aufmerksamkeit und er blickte auf die Wellen, auf denen einige Boote durch das Wasser pflügten. Es waren einfache, breite Modelle mit Segeln, die aus einer Art Holz und Schlingpflanzen gebaut zu sein schienen.

»Offenbar sind sie über die Phase mit den Steinmalereien hinaus«, stellte er fest.

»Verglichen mit uns sind sie aber noch immer primitiv«, kommentierte Ruby und musterte das Boot durch ihr Scharfschützengewehr.

Bravestone drückte den Lauf sanft herunter. »Lassen wir die Waffen lieber stecken, bis wir wissen, wie die Anwohner auf Besuch aus den Sternen reagieren.« Dennoch blieb Kane bereit, sich zu verteidigen.

Hinter dem Felsen, der vor dem Schiff in die Höhe ragte, lag eine karge Fläche. Von dort aus erkannten sie eine Ansiedlung. Der Wolf erspähte runde Hütten aus Treibholz mit Dächern aus getrockneten Algen. Einige krude, mit knalligen Farben verzierte Steinskulpturen erhoben sich dazwischen.

Die vier Besucher stiefelten über die unebene Fläche auf den Ort zu.

»Hat Lato irgendwelche Übersetzungsprotokolle?«, erkundigte sich Kane.

Bravestone tippte kurz auf seinem Multitool herum und transferierte dem Wolf Pack das nötige Programm, um mit der EI in Verbindung zu bleiben.

»Ich habe Zugriff auf die Linguistikdatenbank der Vigilancer, aber dort ist von Nos keine Rede. Vielleicht kann ich trotzdem Muster erkennen und eine rudimentäre Verständigung ermöglichen«, erwiderte sie.

Sobald sie in die Nähe des Dorfes kamen, bemerkte man sie. Einige der schwebenden Quallenwesen bewegten sich in ihre Richtung und hielten Holzspeere mit Steinspitzen auf sie gerichtet. Mit ihren acht Tentakeln stellten sie durchaus eine Gefahr dar. Da sie jedoch nicht sofort angriffen, schienen sie neugierig zu sein.

Da Kane das als Chance sah, trat er einen weiteren Schritt nach vorne und alle Speere richteten sich auf ihn. Mithilfe von Gestiken und Bewegungen versuchte er, ihnen begreiflich zu machen, dass sie keine feindseligen Absichten hatten. Ihm fiel auf, dass sich die Dorfbewohner miteinander verständigten, dabei jedoch keinerlei Laute von sich gaben.

»Lato, scanne bitte die unmittelbare Umgebung nach unsichtbaren Signalen und chemischen Stoffen ab. Diese Wesen nutzen eine nonverbale Kommunikation, also muss es über hochfrequente Töne, bioelektrische Impulse oder den Geruchssinn funktionieren«, sagte er in möglichst wenig bedrohlichem Ton, da er keine Ahnung hatte, ob diese Spezies überhaupt über akustische Wahrnehmung verfügte.

Kurz darauf bestätigte sie seine Vermutung. »Bravestones Helm misst winzige Mengen von Pheromonen und Botenstoffen. Das können wir leider nicht imitieren. Ihr müsst es auf andere Art versuchen.«

Kate deutete auf eine Wandmalerei. »Sie haben Symbole in den Stein gemeißelt, also dürften sie Zeichnungen verstehen.« Sie aktivierte ein sichtbares Hologramm eines kurzen Videos, in dem sich zwei Leute die Hand reichten und umarmten.

Diese Geste schienen die Quallenwesen zu begreifen, denn sie senkten die Speere. Eine davon schwebte auf Kane zu und hielt ihm einen Tentakel hin, den er sachte umfasste. Ruckartig näherte sich das Wesen und umschlang ihn mit allen acht Armen, wie bei einer Umarmung. Er bemühte sich, die glibberige Oberfläche in einer ähnlichen Geste zu umfassen. Dabei blieb einiges von der schleimigen Substanz an seiner Kleidung hängen.

»Na wunderbar ... Aber wenigstens müssen wir nicht kämpfen«, murmelte er und beobachtete, wie auch die anderen ein paar Quallen umarmten.

Man lud sie umständlich ein, das Dorf zu betreten und sich umzusehen. Einige der Anwohner holten getrocknete Algenblätter und weiße Steine, mit denen sie darauf zeichneten. Sie hatten viele Fragen, darunter, woher die Besucher kamen.

»Wenn wir ihnen das alles genau erklären wollen, sind wir noch ein ganzes Jahr lang hier«, erklang Jaxos Stimme in Kanes Ohr.

Bravestone kritzelte gerade etwas auf eine Alge und erklärte, »Dieses Volk ist für viele Wahrheiten noch nicht bereit. Wir dürfen sie nicht überfordern. Ich habe eine spezielle Ausbildung der Vigilancer erhalten, wie man mit primitiven Spezies umgehen muss, wenn man auf einer solchen Welt landet. Ich regle das. Versucht ihr doch inzwischen, euch nach der Quelle zu erkundigen.«

Ruby presste die Lippen zusammen und schloss die Augen, als die Quallen ihre Flügel berührten und ihren Schleim auf ihrer Waffe hinterließen.

Im Gegensatz dazu lachte Kate, als die Wesen ihre Rüstung vorsichtig betasteten und ihre Haare fasziniert beobachteten, wenn sie im Wind wehten. »Sie sind ein neugieriges Völkchen.«

»Offenbar haben sie an der Oberfläche keine natürlichen Feinde, sonst wären sie nicht so schnell zutraulich«, vermutete Kane und zeichnete ein Bild, auf dem ein Teich, ein kleiner Wasserfall und ein Fluss abgebildet waren.

Da er nicht wusste, wie die Quelle aussah, hoffte er, dass zumindest eine der Darstellungen auf Wiedererkennen stoßen würde. Mit dieser Hoffnung hatte er Glück.

Schon während er den Wasserfall malte, reagierten einige der Quallen darauf. Sie flatterten aufgeregt mit den Tentakeln und eine kritzelte hektisch auf einem Blatt. Als sie ihm das Ergebnis zeigte, erkannte er ein Rinnsal, das aus dem Fels kam und einen Teich bildete. Um die Stelle herum standen fünf Quallenwesen mit finsteren Bemalungen und Objekten, die wie Messer aussahen. Als er auf eines der Wesen deutete, schüttelte sich der Zeichner und gab ein quietschendes Geräusch von sich.

»Ich glaube, ich habe etwas herausgefunden«, sagte er und die anderen kamen näher. »Sie kennen die Quelle anscheinend, aber sie ist wohl bewohnt. Den Reaktionen der Leute entnehme ich, dass es nicht ihre Freunde sind.«

Bravestone nahm die Zeichnung entgegen und betrachtete sie mit Kate. »Wenn das Wasser wirklich heilende Kräfte hat, ist es nicht überraschend, dass es beschützt wird.«

»Aber wieso fürchten dann die Leute hier diese Beschützer?«, wunderte sich Ruby und wischte sich Schleim vom Flügel.

»Weil sie das Wasser vielleicht auch vor ihresgleichen schützen. Besondere Orte ziehen oft Fanatiker an. Möglicherweise hat sich um die Quelle herum eine Art primitive Sekte gebildet, die ein Anrecht auf das Wasser beansprucht und selbst ihre eigene Art von dort fernhält. Wäre nicht das erste Mal, dass so etwas passiert«, überlegte Kane laut.

Eine der Quallen tat so, als wolle sie mit einem Tentakel das Rinnsal berühren, und schlug sich dann mit einem anderen Arm dagegen.

»Wenn sie versuchen, das Wasser zu erreichen, greift man sie an«, schlussfolgerte Kate.

»Also müssen wir mit Gegenwehr rechnen, wenn wir uns nähern«, kam es von Ruby.

Bravestone fragte die Einheimischen, wo sich die Quelle befand. Sie deuteten nach Westen, wo ein größeres Felsmassiv in den Himmel ragte, in dem Lato mehrere Tunnel und Gänge erfasste.

»Dann müssen wir wohl da rein. Mit ein paar primitiven Quallen und Steinspeeren sollten wir zurechtkommen«, meinte die Krodaa und setzte sich als Erste in Bewegung. Sie hatte ganz klar kein Interesse daran, sich noch länger an diesem Ort aufzuhalten.

Der Onu bedankte sich bei den Einwohnern und gestikulierte, dass sie die Quelle befreien würden. Die meisten von ihnen schwebten unschlüssig um sie herum, aber niemand machte Anstalten, sie daran zu hindern.

Kate hielt sich neben ihrem Bruder und fragte, »Hast du sowas schonmal erlebt?«

Er schüttelte den Kopf. »Nein. Zuhause gibt es keine Spezies, deren Sprache wir nicht kennen. Außerdem haben wir auch keine primitiven Welten mehr übrig.«

»Dann ist das eine neue Erfahrung für dich. Ich sagte ja schon, dass du auf dieser Reise einiges lernen wirst«, sagte Bravestone zufrieden.

Der Weg zum nächstgelegenen Höhleneingang erforderte eine halbe Stunde Fußmarsch über unebenes Gelände. Ruby wartete dort schon auf sie, nachdem sie ein Stück vorausgeflogen war, um die Umgebung auszuspähen. Kane vermutete, dass sie in Wahrheit nur den Schleim von den Flügeln abschütteln wollte.

Vor der Öffnung blieben sie stehen und zogen ihre Waffen, wobei der Wolf die Lampe der Viper aktivierte, da er ohne Helm im Dunkeln nicht viel erkannte. Er überließ Bravestone den Vortritt und hielt sich hinter ihm.

Die Höhlenwände zeigten kein Anzeichen von Bearbeitung und lagen im Trockenen. Aus den rauen, kantigen Wänden standen immer wieder einzelne Spitzen heraus. Sie mussten ihnen ausweichen oder sie abbrechen.

»Es ist erschreckend, wie sehr man sich an ein HUD und die Vorzüge eines Helms gewöhnt«, stellte Kane fest, der seit Ewigkeiten nicht mehr ohne Ausrüstung im Einsatz war. Trotz seiner fehlenden technischen Hilfsmittel hörte er ein leises Klicken vor sich und stieß Bravestone unsanft nach vorne. In dieser Sekunde schossen sechs angespitzte Holzpflöcke aus der Wand seitlich an ihnen vorbei. Dabei war jedoch Kanes Arm zu langsam und einer davon durchbohrte seinen Unterarm.

Er knurrte vor Schmerz und hielt sich die Wunde. Sofort eilte Kate besorgt zu ihm, nahm ihren Helm ab und übergab sich dann direkt auf den Boden.

Der zehn Zentimeter lange Holzstock steckte quer in Kanes Arm und verhinderte eine starke Blutung. Er brach die Enden ab und ließ ihn stecken, da sie keine geeigneten Verbandsmöglichkeiten bei sich hatten.

Auf einen Blick von Bravestone hin entgegnete der Wolf, »Das geht schon. Ist nicht meine erste Verletzung.«

Seine Schwester starrte ihn keuchend an. »Wie kannst du sowas nur sagen, während dir ein Stock im Arm steckt?!«

Jaxo lachte über ihr Helmmikro. »Dein Bruder hat schon weit Schlimmeres überstanden.«

Ab da passte Kane auf, nicht mit dem Stock hängenzubleiben, wenn er die Viper im Anschlag hielt. Der andauernde Schmerz war eine jedoch wesentlich größere Ablenkung. Auch das tropfende Blut störte ihn nach einer Weile, doch es war keine bedrohliche Menge.

Ab da achteten sie verstärkt auf weitere Fallen. Dank der Scanner in ihren Helmen umgingen sie sie und warnten den Wolf davor. Nach und nach erreichte ein lauter werdendes Plätschern ihre Ohren.

»Wir nähern uns«, meinte Ruby und zielte den Gang entlang.

Niemand hielt sie auf, als sie die große Kaverne betraten, in der die Quelle plätscherte. Wie auf der Zeichnung des Dorfbewohners kam ein Rinnsal aus klarem Wasser zwischen den Felsen der Wand hervor und floss in kleinen Linien hinunter in ein steinernes Becken. Darin wuchsen hellblau leuchtende Kristalle, deren Licht von der Decke aus hellem Stein in alle Richtungen reflektiert wurde.

»Das ist wirklich schön ...«, staunte Kate und berührte das leichte Kräuseln auf der Wasseroberfläche.

Ruby sah sich mit gezücktem Gewehr um. »Wo sind die Wächter? Hier ist es entschieden zu ruhig.«

Dem konnte Kane nur zustimmen. »Kann mal jemand einen Infrarotscan machen? Hier müssen irgendwo Lebensformen sein.«

Gerade als Kate ihr Multitool aktivierte, prallte ein Speer an ihrem Beinpanzer ab und sie riss schnell ihre Pistole hoch.

Ruby erschoss den Werfer von der anderen Raumseite, doch auch hinter ihr kamen mehrere dunkel bemalte Quallen aus kaum sichtbaren Seitengängen hereingeströmt.

Bravestone wischte seinen Umhang zur Seite und zielte mit seinen beiden wuchtigen Pistolen in verschiedene Richtungen. In der Höhle hallte das Feuer laut von den Wänden wider.

Kane schoss Dreiersalven auf die Feinde ab. Sein verletzter Arm zitterte so stark, dass er oft verfehlte. Schnell wechselte er zur Pistole. Die meiste Zeit wich er aus, wenn Speere oder Messer in seine Richtung stießen. Das war allerdings alles andere als einfach, da einige der Quallen mehrere Klingen mit den Tentakeln führten und in extrem rapider Abfolge angriffen. Innerhalb weniger Augenblicke zuckte er mehrfach zurück, wenn er Schnitte abbekam. Seine Kleidung hing an einigen Stellen völlig ruiniert in Fetzen herunter.

Zwar genügten bereits zwei bis drei Schüsse, um einen Feind zu töten, doch es überrannten so viele den Raum, dass sie mehr mit ausweichen beschäftigt waren.

Kane erschoss drei Quallen und trat eine aus dem Weg, die es auf Kate abgesehen hatte, bevor ihm die Waffe aus der Hand geschlagen wurde. Sofort wich er zwei Schritte zurück und entging sieben hektischen Schlitzangriffen. Dank Langtatzes Training mit Klingenwaffen entriss er eines der Messer nach einer Parade seinem Besitzer. Damit konterte er wesentlich mehr Attacken und landete sogar selbst einige Treffer. Schleim und blaues Blut spritzten überall herum und Kane rutschte ständig darauf aus.

Wann immer eine Qualle getroffen wurde, hörte er ein schmerzhaft hohes Quietschgeräusch. Das hielt ihn jedoch nicht davon ab, weitere Angriffe auszuführen. Er schob drei Arme beiseite, packte den Tentakel eines Angreifers und schleuderte ihn gegen zwei seiner Kameraden. Sie alle klatschten an die Felswand, wo Bravestone sie erschoss.

Der Vigilancer ignorierte dank seiner dicken Rüstung die meisten Angriffe und konzentrierte sich darauf, tödliche Treffer auszuteilen.

Kate war trotz der schlecht sitzenden Teile gut geschützt und schlug noch etwas unbeholfen um sich. Aufgrund des engen Raums traf sie damit dennoch eine Menge Quallen.

Genau wie Kane, hatte auch Ruby mehr Probleme, da die vielen Steinklingen drohten, ihre Flügel zu verletzen, die sie nicht panzern konnte. Mit schnellen Umdrehungen und dicht an den Körper gepressten Membranen nutzte sie ihr Gewehr als Nahkampfwaffe und hielt die Feinde auf Abstand.

Es dauerte nicht lange, bis die Zahl der hereinschwebenden Angreifer abnahm. Das war besonders dem Wolf mehr als recht. Er blutete aus einer Vielzahl kleiner Wunden und seine Kraft ließ allmählich nach. Mit einem geraden Messerstoß glitt sein halber Arm in den Körper einer Qualle hinein. Da er das weder beabsichtigt noch erwartet hatte, erschrak er kurz und schleuderte den Kadaver dabei gegen einen anderen Feind.

Als der Lärm abflaute, schüttelte er seinen verletzten Arm, auf dem nun zusätzlich durchsichtiger, geleeartiger Glibber glänzte.

Auch Kate setzte ihren Helm ab und wischte die klebrige Substanz vom Visier. »Das war ... ekelhaft.«

Ruby zertrampelte einen Kadaver und betrachtete eine Schnittwunde an der Seite ihres Flügels.

»Sie sind primitiv, aber deswegen nicht weniger gefährlich«, kommentierte Bravestone. Er trat an das Becken heran, in dem nun ebenfalls einiges von den glibberigen Innereien der Quallen an der Oberfläche trieb. »Na dann will ich mal versuchen, etwas von dem Wasser zu retten. Du solltest vielleicht mal deinen Arm hier reinhalten, Kane. Und ... den Rest auch, wenn ich dich so ansehe.«

Kane hörte ihm jedoch nicht zu. Eine Markierung in einem der verborgenen Tunnel erregte seine Aufmerksamkeit. Sein Instinkt sagte ihm, dass diese Symbole zu etwas Wertvollem führten. Er hinkte leicht, weil ein Schnitt eine Sehne verletzt hatte.

»Soll ich mitkommen?«, fragte Kate.

Er nickte. »Aber bleib auf Abstand, damit du besser zielen kannst, wenn mich was anspringt.«

Vorsichtig, langsam und zu allem bereit folgte Kane dem markierten Weg, der einen engen Bogen beschrieb und steil nach oben führte. Wandmalereien prangten in diesem Bereich von beinahe jeder Fläche. Sie stellten seltsame Praktiken und rituelle Opfer dar.

»Ganz klar ein primitiver Kult«, murmelte er.

Der Weg endete in einer weiteren Kammer, die offenbar die eigentliche Quelle enthielt. Eine eine unförmige Kuhle, in der die Flüssigkeit von unten aus dem Fels sprudelte. Von dort lief das Wasser durch den Stein hinab und floss in das Becken. Kane bemerkte keine Kristalle, die den Raum erleuchteten. Trotzdem nahm er etwas wahr, das auf dem Boden der Kuhle schimmerte.

Bevor er nachsehen konnte, tauchten drei weitere Quallen auf, die in allen acht Armen je ein Messer hielten. Blitzschnell warf er sich aus dem Weg und presste dabei eine davon an die Wand, wo er sie mit vier harten Schlägen tötete. Die anderen beiden erreichten ihn jedoch und stießen mit energischen Angriffen zu. Er spürte deutlich, wie die Klingen in seinen Körper eindrangen und verschiedene Organe wie die Leber, die Nieren und die Lunge trafen. Selbst seine hohe Schmerztoleranz reichte dafür nicht aus und er schrie auf. Seine Sinne wurden von der anhaltenden Qual überlastet und er konnte sich nicht wehren.

Kate tauchte aus dem Gang auf und erschoss die beiden Wesen, doch das half ihm nicht mehr. Er fiel auf die Knie und konnte sich die vielen Wunden gar nicht halten, die nun heftig bluteten. Aus seinem Oberkörper quoll die rote Flüssigkeit unaufhörlich heraus und verteilte sich auf dem Steinboden mit dem Quallenschleim.

Kane verlor mehrmals für ein paar Sekunden das Bewusstsein und seine Sicht trübte sich. Er hatte sich immer gefragt, wie sich der Tod wohl anfühlte. Nun, da er spürte, wie ihn das Leben verließ, verstand er endlich, was sterbende Soldaten meinten, wenn sie sagten, dass sie das Ende kommen sahen. Keine Medikamente und keine Operationen würden die vielen tiefen Wunden heilen können. Selbst das Ascension-Serum arbeitete nicht schnell genug, um sein Leben zu retten.

Seine Gedanken flossen zäher und alle Sorgen fielen von ihm ab. Der Schmerz ließ nach, als sich Taubheit in seinem Körper ausbreitete. Er empfand es beinahe als angenehm, wie bei einer Meditation.

Kate starrte ihn mit aufgerissenen Augen und offenstehendem Mund an und eilte an seine Seite, um ihn am Umfallen zu hindern. »Kane! Oh Gott! Was soll ich jetzt machen? Sag mir, was ich tun kann! Bitte!«

Er wusste, dass sie nichts mehr tun konnte, doch bevor er seinen wohlverdienten Frieden akzeptierte, wollte er wissen, was in der Kuhle lag. Sein Instinkt war da sehr deutlich und ließ ihm keine Ruhe.

Keuchend stöhnte er, »Das Becken ...«

Sie schöpfte schnell Wasser heraus und verteilte es auf seinen Wunden. Überraschenderweise schlossen sie sich wie im Zeitraffer und ein Teil des Schmerzes ließ nach. Die äußeren Verletzungen zu heilen, würde jedoch die Organverletzungen nicht beheben.

Seine Schwester spritzte hastig Wasser auf ihn, hörte ihm aber in ihrem Schockzustand nicht zu. Er packte stöhnend die Kante des Beckens und hievte sich mit letzter Kraft und leisem Ächzen hinauf, um über den Rand zu lugen. Unter all den Blutschlieren und kleinen Wellen, die Kate an der Oberfläche hinterließ, während sie unentwegt Wasser heraus schaufelte, glänzte es noch immer. Mit einem langgezogenen Stöhnen tauchte Kane seinen Arm hinein und es kribbelte angenehm, als die Flüssigkeit all die kleinen Schnittwunden heilte. Er schloss bereits die Augen, weil er keine Kraft mehr hatte, sie offenzuhalten, als eine kaum noch zu überwindende Müdigkeit seinen Verstand ergriff.

Seine Schwester rief laut um Hilfe und er hörte ihr angestrengtes Keuchen.

Obwohl sein Körper und Geist beinahe übermächtig darum bettelten, einfach einschlafen zu dürfen, ertasteten seine Fingerspitzen am Grund der Kuhle etwas Festes mit glatten Flächen und geraden Kanten. Es fühlte sich an wie ein geschliffener Stein. Kane wusste nicht, warum, aber seine Finger umschlossen das Objekt und zogen es aus dem Wasser. Mit einem dumpfen, schmerzhaften Aufprall fiel er auf den Rücken und schlug sich den Kopf auf dem Steinboden auf. Der Stein in seinen Händen war das Letzte, was er noch wahrnahm, bevor sein Bewusstsein in die Dunkelheit driftete.

Vigilancer

Kane öffnete langsam die Augen und starrte an die Decke des Schlafraums der Dragonwing. Das leise Brummen des Antriebs deutete darauf hin, dass sie flogen.

Zunächst brauchte er einen Moment, um sich zu sammeln. Er erinnerte sich an den Kampf mit den Quallen und die tödlichen Wunden. In diesem Augenblick gab es keinen Zweifel, dass seine Zeit gekommen war. Irgendwie hatten die anderen es geschafft, ihn am Leben zu halten. Er spürte in sich hinein und schätzte anhand der Schmerzen die Schwere der Schäden ein. Zu seiner Überraschung bemerkte er nicht einmal ein unangenehmes Zwicken. Er sammelte Kraft, um sich aufzurichten und nachzusehen, wie viele Verbände er trug, doch er konnte sich problemlos aufsetzen. Zu seiner Verwunderung entdeckte er nicht einen einzigen Schnitt. Er begriff nicht, wie das möglich war. Um sich die Müdigkeit aus den Augen zu reiben, hob er die Arme. Dabei fiel ihm auf, dass er noch immer den Stein in der linken Hand umklammert hielt, den er aus dem Becken gefischt hatte. Sein Blick erfasste einen formvollendeten Smaragd von der Größe einer Mandarine. Mehrere glattpolierte Flächen spiegelten das Licht und saubere Kanten umrahmten eine ovale Grundform.

Ein leises Atmen erregte Kanes Aufmerksamkeit. Er bemerkte Kate, die neben seiner Koje kniete und mit dem Oberkörper auf der Matratze hängend schlief. Sie trug immer noch ihre blutverschmierte Rüstung.

Sanft und vorsichtig strich er über ihren Kopf, damit sie aufwachte. Sofort riss sie die Augen auf und umarmte ihn so fest, dass seine Gelenke knackten.

Keuchend hielt er das Gleichgewicht im Sitzen. »Alles gut, Kate. Es ist alles gut«, sagte er beruhigend. »Ich weiß zwar nicht, wie das möglich ist, aber es geht mir tatsächlich gut.«

Sie löste sich von ihm. »Ich dachte, du wärst tot ... Du warst übersät von Wunden, überall war Blut, du hast nur noch geröchelt, dich am Leben festgeklammert. Das Wasser hat ein paar Wunden geheilt, aber es waren einfach zu viele. Als wir dich an Bord brachten, hattest du keinen Puls mehr.«

Sie gab sich selbst eine Ohrfeige und er zuckte zusammen. »Was machst du denn?!«

»Ich muss träumen ... Du bist vor meinen Augen gestorben! Du kannst nicht mehr leben!«, beharrte sie.

Er packte ihre Schultern. »Kate! Ich bin es wirklich! Ich dachte auch, ich würde sterben, aber ich bin immer noch hier!«

»Aber all deine Wunden sind fort, als wären sie nie da gewesen! Das ist unmöglich!«, erwiderte sie und ohrfeigte sich erneut.

Er hielt ihre Hand fest. »Schluss damit!«, rief er und die Tür fuhr zur Seite.

Jaxo und Ruby starrten ungläubig herein und umarmten sich dann freudig lachend.

»Was ist denn nur in euch alle gefahren?«, wollte Kane wissen und schwang die Beine aus dem Bett. Er stand auf und stützte seine Schwester in den Aufenthaltsraum, wo Bravestone mit schwer zerrissenem Mantel saß und seine Rüstung säuberte. Sein Helm lag neben ihm auf der Sitzbank. Den Ausdruck auf seinem Gesicht deutete Kane als Erstaunen. »Würde mir mal jemand erklären, was los ist?«, verlangte er.

Der Onu wartete, bis sich alle gesetzt hatten. »Nun, du bist gestorben, Silver Wolf. Das soll keine Übertreibung sein. Als RB und ich Kate erreicht hatten, lagst du auf dem Boden in deinem eigenen Blut. Lato hat dich mehrfach gescannt und du warst faktisch tot. Du hattest diesen Edelstein festgeklammert und in eine Bauchwunde gepresst. Wir bekamen ihn nicht ab, also ließen wir ihn dort. Ich selbst habe deine Leiche zum Schiff getragen und dich auf die Koje gelegt.«

»Wir haben fast einen Tag um dich getrauert ...«, kam es von Jaxo, der seinen Arm berührte.

Kane begriff nichts davon, sondern sah abwechselnd in die ungläubigen Gesichter. »Aber ich sitze doch hier! Und es sind keine Wunden mehr da! Ich konnte fühlen, wie mein Leben mich verließ, aber jetzt ist es so, als wäre das alles gar nicht passiert. Wie ist das nur möglich?«

Sein Team schüttelte synchron den Kopf, doch Bravestone hob die Brauen, als ob ihm ein Licht aufgegangen wäre. »Natürlich!«

»Würdest du uns vielleicht einweihen?«, fragte Ruby, die den Arm um die völlig aufgelöste Kate gelegt hatte.

Der Onu deutete auf den Smaragd in Kanes Hand. »Ich habe nicht daran gedacht, dass die Quelle des Lebens möglicherweise gar nicht der Ursprung der heilenden Kräfte des Wassers war.« Er unterbrach sich selbst, hob die Arme und räusperte sich. »Nochmal von vorne: Es gibt eine uralte Legende vom sogenannten Velarstein, manche nennen ihn auch Stein der Weisen. Den Überlieferungen nach sollen es einer oder mehrere machtvolle Steine sein, die jedes Gebrechen heilen und sogar Tote ins Leben zurückholen können. Bislang hatte ich das immer für einen Mythos gehalten, eine Legende für hoffnungsfrohe Archäologen und Erfindung für spannende Geschichten, aber mir wäre nie in den Sinn gekommen, dass es diese Objekte wirklich gibt.«

Kane rieb sich das Gesicht. »Auch auf der Erde kennt man die Legende vom Stein der Weisen. Bei uns ist es eine Idee der alten Alchemisten, eine Substanz zu erschaffen, die ewiges Leben ermöglicht und jedes Metall in pures Gold verwandelt«, erinnerte er sich. »Aber was hat das mit der Wasserquelle zu tun?«

Bravestone legte das Reinigungstuch auf den Tisch. »Du hast diesen Smaragd aus dem Becken der Quelle geholt. Was, wenn das Wasser an sich gar nichts Besonderes ist, sondern nur deshalb heilende Kräfte besitzt, weil der Stein darin lag?« Wieder zeigte sein Finger auf den Smaragd. »Dieser Edelstein ist das eigentliche Artefakt mit den Kräften, die noch weit stärker sind, wenn er direkt verwendet wird. Es ist die einzige Erklärung, wieso du kerngesund hier unter uns sitzt, obwohl du noch vor wenigen Stunden klinisch tot warst. Der Stein in deinen Händen ... ist der Stein der Weisen.«

Kane betrachtete das Objekt, das nicht anders aussah als ein besonders großer Smaragd. Nun da er darauf achtete, bemerkte er jedoch eine unbändige Kraft darin, die in seinem gesamten Körper resonierte. Es fühlte sich an wie Wärme, die ihn von Kopf bis Fuß durchzog. Er sah zu Kate herüber, die neben ihm saß und einen leicht verkrusteten Schnitt an der Wange betastete.

»Nun ... Das lässt sich herausfinden, oder nicht?«, sagte er.

Er hielt ihr den Stein an die Haut und sie sahen zu, wie die Wunde innerhalb weniger Sekunden verschwand, als wäre sie nie dort gewesen.

Sie alle schwiegen angesichts dessen, was sie vor sich hatten.

»Völlig egal, wie dieses Ding genannt wird, es ist vermutlich das wertvollste Objekt in der gesamten Galaxie«, sagte Ruby mit funkelnden Augen.

Der Onu lehnte sich vor, um den Smaragd genauer zu betrachten. »Vielleicht nicht das wertvollste, aber definitiv eines der Gefragtesten. Der Velarstein wird in den Geschichten als Omni-Artefakt bezeichnet. Ein Überbleibsel einer uralten, lange ausgestorbenen Spezies gottgleicher Wesen, die ganze Welten erschaffen haben sollen. Es gibt einige solcher Hinterlassenschaften und sie alle können Wunder vollbringen, aber auch großes Unheil heraufbeschwören.«

Das kam dem Wolf Pack bekannt vor. Kane wog den Stein in den Händen »Vor einigen Jahren wurden wir damit beauftragt, einen Gegenstand mit ganz ähnlich gewaltigen Eigenschaften zu suchen. Etwas, das man den Universalchip nennt. Ich hörte auch von einem Buch des Wissens, das in den Wallsektoren gefunden wurde.«

Daraufhin nickte Bravestone gewichtig. »Ganz genau. Beides sind Begriffe, die meinem Orden bekannt sind. Die meisten dieser Artefakte sind eher Legenden als real nachweisbare Gegenstände, doch wo immer eines auftaucht, verändert es den Verlauf der Geschichte ... und das meist nicht zum Besseren.«

Kate nahm den Smaragd in die Hand und musterte ihn. »Aber dieser Stein ist ein Segen! Er kann so viel Gutes bewirken und so viele Leute retten. Wie sollte er eine Gefahr darstellen?«

Ihr Bruder sah sie ernst an. »Wer immer diesen Stein besitzt, kann entscheiden, wem seine Kräfte nutzen und wem nicht. Das entspricht der Macht über Leben und Tod. Viele würden alles tun, um sich diese Macht zu sichern. Eine Spur von Leichen würde den Weg dieses Steins pflastern, wenn seine Position offiziell bekannt wäre. Abgesehen davon ist es selten eine gute Idee, sich in den Fluss des Lebens einzumischen. Der Tod gehört zum Leben dazu und sichert die Balance des Kosmos. Daran herumzuspielen kann verheerende Folgen haben.«

»Du besitzt große Weisheit, Silver Wolf«, warf Bravestone mit anerkennendem Blick ein. »Selbst die Ältesten des Rates meines Ordens erkennen nicht immer das ganze Bild. Was ich aber mit Sicherheit sagen kann, ist, dass der Fund dieses Artefakts geheim bleiben muss. In den Randsektoren herrscht ein andauernder Krieg. Der Stein der Weisen würde alles verändern, und ich fürchte um die Stabilität der Galaxie, sollte er jemandem wir Servan Ralek in die Hände fallen. Das Protektorat ist auch ohne eine solche Macht schon gefährlich genug«, stellte er fest.

»Also willst du, dass wir ihn wegschließen und nie wieder darüber sprechen?«, wollte Jaxo ungläubig wissen und legte den Kopf schief.

Der Onu verschränkte die Arme. »So verlockend es auch sein mag, damit die ganze Galaxie zu heilen, so sind die Gefahren, sich an dieser Macht zu berauschen, noch viel größer. Niemand, der im Besitz solcher Objekte ist, lebt sonderlich lange.« Er nickte zu Kane herüber. »Genau deshalb hat dein Vater seine Entdeckungen und unsere Ergebnisse auch auf der Wolfskarte verschlüsselt. Es war klug von ihm, sie dir zu schicken. Ich hatte es nicht für möglich gehalten, einem anderen Menschen zu begegnen, der würdig ist, über einen derartigen Gegenstand zu wachen, doch seine Weisheit scheint in dir weiterzuleben. Nicht einmal die Vigilancer sind standhaft genug, den Stein ungenutzt zu lassen. Niemand darf davon wissen, dass wir ihn haben.«

Obwohl Kate und Jaxo lange diskutierten, machte Kane ihnen klar, weshalb es die beste Lösung war. »Langtatze sagte immer wieder, dass der Kosmos ein fragiles Konstrukt ist. Jede Handlung kann einen Welleneffekt haben, der Schäden verursacht, die man nicht beabsichtigt. Genau deswegen habe ich auch niemals jemandem von Xulhus Armreif erzählt. Auf der Lycan Station ist er gut aufgehoben, was immer er für Kräfte haben mag.«

Als Bravestone nachfragte, berichtete Kane ihm von ihrem Fund auf Mokatishu und wie sie ihn geheimgehalten hatten.

»Es gibt einige Omni-Artefakte in Form von Armbändern. Es wäre denkbar, dass es sich um eines davon handelt. Das bestätigt mich in meiner Einschätzung, dass du würdig bist, den Stein zu hüten. Bis auf Weiteres kann er hier auf der Dragonwing bleiben. Ihr anderen müsst schwören, dass ihr das Geheimnis wahrt«, verlangte der Vigilancer.

Kate, Ruby und Jaxo stimmten zu, da der Silver Wolf es von ihnen erwartete.

Kane schloss den Smaragd im Safe des Schiffes ein. Er verstand noch immer nicht, wie er die tödlichen Wunden überleben konnte. Er bat Lato um einen Scan seines Körpers, um wirklich alle Folgeschäden auszuschließen. Als er sich die Ergebnisse genau ansah, staunte er sogar noch mehr.

»Was ist?«, hakte Kate nach, die zu ihm in den Schlafbereich kam.

»Offenbar hat der Stein weit mehr geheilt als nur die Wunden des Kampfes. Ich hatte viele innere Vernarbungen und auch äußere Narben, die jetzt alle verschwunden sind. Selbst die sichtbaren Schäden im Gehirn von dem Kopfschuss damals sind wie weggewischt!«, freute er sich.

Und als er realisierte, dass er sich freute, wurde ihm auch klar, dass er das erste Mal seit langer Zeit wieder eine Emotion fühlte. Es war nicht wie vor der Verletzung, doch um ein Vielfaches stärker als alles andere in den vergangenen Jahren. Bei diesem Gedanken schossen ihm einige vereinzelte Tränen in die Augen.

»Kate ... Ich kann die Freude fühlen! Zwar schwach, aber sie ist wieder da! Es ist, als könnte meine Seele endlich durchatmen.«

Sie lächelte breit und umarmte ihn fest, während er vor Erleichterung seufzte.

»Ich bin immer noch auf gewisse Weise emotional betäubt, aber zumindest kann ich jetzt wieder leichter wahrnehmen, was ich fühlen sollte. Nur kann ich mich jetzt dazu entscheiden, ob ich es zulasse«, erklärte er kurz darauf den anderen im Aufenthaltsbereich.

»Selektive Emotionen. Das klingt wie eine sehr nützliche Fähigkeit«, sagte Ruby, die gerade einen Salat an einer Seitentheke zubereitete. »Zu viel Mitgefühl ist in unserem Arbeitsfeld auch eher hinderlich.«

Er betrachtete die Darstellung seiner selbst im Hologramm über seinem Arm. Mit fast 44 Jahren hatte er nicht erwartet, immer noch aktiv als Söldner zu arbeiten. Dank des Velarsteins fühlte er sich nun wieder so fit und kraftvoll wie in seinen Zwanzigern. Äußerlich sah man ihm das Alter jedoch inzwischen an. Er ließ seinen Bart nur noch um die Mundpartie stehen. Sein teilweise angegrautes Haar rasierte er an den Seiten kurz und kämmte das Deckhaar zurück. Das verlieh ihm eine gewisse Würde, wie er fand. Nun da seine Haut kaum noch Narben aufwies, empfand er seinen durchtrainierten Körper weniger beeindruckend. *Zumindest leuchtet das Blau in meinen Augen mit innerem Feuer*, dachte er.

Lato meldete sich zu Wort. »Deine Werte sind höchst ungewöhnlich.«

»Was meinst du?«, hakte er nach, während er sich rasierte.

»Verglichen mit den Daten früherer Scans in deinem Multitool kann ich eine deutliche Abweichung deiner DNS feststellen. Es sieht wie das Ergebnis einer Mutation aus. Ich berechne mögliche Szenarien, doch es könnte sein, dass das Ascension-Serum in Kombination mit den anderen Veränderungen deines Körpers unvorhergesehen auf den Kontakt mit dem Velarstein reagiert. Welche Auswirkungen das nach sich zieht, kann ich ohne weitere Daten jedoch nicht sagen. Du solltest dich in nächster Zeit genau beobachten und sehen, ob sich etwas spürbar verändert«, empfahl die EI.

***

Er zog sich neue Kleidung an und ging zu Bravestone, der seinen Helm betrachtete. Eine deutliche Kerbe zog sich quer über die Front und hatte sogar einen kleinen Sprung im Visor verursacht.

»Was ist da passiert?«

Der Onu hob den Kopf. »Der Protektor ist passiert. Im Laufe des Krieges auf Onu Ana gab es einige Raumschlachten im Orbit. Während einer davon gelang es einer Spezialeinheit, sein Schiff zu entern und ihn auf seinem Kommandodeck zu stellen. Dieser Tag hätte das Ende des Konflikts sein können, doch er hielt uns stand. Nie zuvor sah ich jemanden mit solcher Kraft. Unsere Schüsse schienen ihn nicht zu berühren, unsere Schläge ließen ihn nicht einmal zucken.« Bravestones Augen wurden leicht glasig und er starrte geradeaus. »Mit einer großen Axt griff er uns an und ich musste zusehen, wie er meine Kameraden und langjährigen Freunde umbrachte. Ich hielt mich einen Moment lang, doch dann überwältigte er auch mich. Es war pures Glück, dass ein Querschläger das Schiff erschütterte, sodass ich fliehen konnte.« Er seufzte. »Das war der Tag, an dem ich den Krieg hinter mir ließ. Ein Onu gibt niemals auf und zieht sich nie zurück. Ich hatte meine Ehre befleckt, also ging ich fort.«

Kopfschüttelnd setzte sich Kane ihm gegenüber. »Das ist keine sonderlich weitsichtige Einstellung.«

»Mein Volk brauchte nie eine andere. Der Pfad der Onu-Krieger wurde vor langer Zeit von Ulona Kraven definiert, der größten Schlachtenmeisterin, die Onu Ana jemals hervorbrachte. Mit ihrem unbeugsamen Willen brachte sie ganze Welten zu Fall. Es mag sein, dass die Onu etwas altmodisch denken, doch wir sind nicht ohne Grund selbst heute noch gefürchtet«, gab er mit Stolz in der Stimme zurück.

Der Wolf lehnte sich nach hinten. »Das war eine ziemlich unangenehme Erfahrung auf Nos, aber du hast dein Wasser bekommen. Was jetzt?«

Zufrieden aktivierte Bravestone die Raumkarte über dem Tisch. »Jetzt? Nun, jetzt kehren wir zu meinem Orden zurück und liefern es ab.« Ein Punkt blinkte in einem weitläufigen, unförmigen Weltraumnebel auf. »Wir fliegen den Sturmnebel an, einen der größeren Bereiche der Randsektoren. Meine Heimat liegt dort ... die alte und die neue.«

**

Der Flug dauerte nur drei Tage. Jaxo und Kate untersuchten regelmäßig die Raumkarte und diskutierten über die enorme Geschwindigkeit, die die Dragonwing erreichte.

Irgendwann verkündete Lato, dass sie die Randsektoren betreten hatten. Sie steuerten den Sturmnebel an, dessen Farbe irgendwo zwischen Gelb und Grün lag, sich aber laut der EI immer wieder veränderte. In diesem Sektor zählte Kane drei Sternensysteme.

»In welchem befindet sich unser Ziel?«, wollte Ruby wissen und starrte auf die holografische Raumkarte über dem Tisch.

»Die Raumstation Vigilance ist nicht innerhalb eines Systems beheimatet. Sie treibt außerhalb im Nebel selbst. Seht!«, gab Lato informativ zurück und aktivierte wieder die Holowände, sodass sie glaubten, im All zu schweben.

In einiger Entfernung zum Schiff fiel ihnen eine Kugel unterhalb einer besonders großen Nebelschliere auf. Sie wurde nach und nach größer, je näher sie kamen.

Sobald sie direkt davor schwebten, musste das Wolf Pack staunen. Umgeben von einem Netz aus kleinen Satelliten, hatte die Raumstation die Form einer Kugel mit zwei überkreuz verlaufenden Einschnitten, die sie in vier erkennbare Bereiche unterteilten. Tausende erleuchtete Fenster, montierte Geschütze und Antennen oder Parabolschüsseln zogen sich über die gesamte Oberfläche. Ganz oben ragte ein schmaler Turm heraus und endete in einer kleineren Kugel. Kane beobachtete einige Dutzend Schiffe und Raumjäger, die in der Nähe umherflogen, Manöver übten oder starteten und landeten. Die vielen Hangars, die mit hellblauen Energiebarrieren das Vakuum draußen hielten, leuchteten geisterhaft in der Schwärze.

»Das ist eine verdammt große Station ... Beinahe so groß wie die Harmony Station zuhause«, kommentierte Jaxo mit großen Augen.

Bravestone erhob sich und lächelte leicht. »Willkommen auf Vigilance, der Heimat meines Ordens, den Beschützern der Galaxie. Zumindest so gut wir können.«

»Was sind das für Satelliten?«, erkundigte sich Kane, während Lato die Dragonwing in Richtung eines Hangars steuerte.

»Das ist eine Verteidigungsmaßnahme. Sollten wir hier jemals angegriffen werden, erzeugen sie ein Lasernetz um die Station, durch die nichts eindringen kann, das größer als ein Raumjäger ist. Und die werden von den Geschützen abgeschossen«, erklärte der Onu.

Aus einem Lautsprecher ertönte eine tiefe, männliche Stimme. »Vigilance Control an Dragonwing: Bitte geben sie Ihre Kennung zur Verifizierung Ihrer Identität an.«

Bravestone setzte sich in den Pilotensitz und antwortete, »Hier Meister Bravestone, Kennung 3-Alpha-9-Z-Gadoken.«

Aus dem Lautsprecher rauschte, »Kennung bestätigt. Schön, dass Ihr zurück seid, Meister Bravestone. Landeplatz U-23 ist frei.«

»Verstanden. Beginne mit dem Landeanflug«, sagte er und übernahm das Steuer.

Langsam fuhr er die Flügel des Schiffes ein und schwebte durch das Energiefeld in den Hangar, wo bereits einige Raumschiffe verschiedener Größen und Formen standen und gewartet oder repariert wurden. Die unterschiedlichsten Aliens waren dort unterwegs. Selbst von der Dragonwing aus erkannte Kane deutlich, dass sie keiner Spezies angehörten, die ihm bekannt waren.

Das Schiff setzte sanft innerhalb der Markierung auf und der Antrieb fuhr herunter.

»Alles klar! Da wären wir. Rüstet euch aus, dann führe ich euch herum und erzähle euch mehr über den Orden und unsere Aufgaben«, forderte der Onu sie auf.

»Wozu sollen wir uns ausrüsten? Erwarten uns auf dieser Station heftige Feuergefechte?«, fragte Kate scherzend mit gerunzelter Stirn.

Bravestone erhob sich aus dem Pilotensitz. »Nein, das nicht, aber wir werden eure Sachen scannen und sehen, ob wir Verbesserungen daran vornehmen müssen. Eure Standards in Sachen Rüstung, Schutzschild und Waffentechnik sind völlig anders als bei uns. Wir wollen doch sicher sein, dass ihr den Gefahren der Randsektoren gewachsen seid.«

Obwohl sein Instinkt ihm versicherte, dass er an diesem Ort nicht in Gefahr schwebte, verschaffte es Kane ein Gefühl der Sicherheit, sobald er die Wolfsrüstung trug. Jaxo hatte seine leichte Rüstung und die Schockhandschuhe schon lange nicht mehr getragen, sodass er darin ungewohnt aussah. Lediglich Kate lief angesichts der groben, schlecht sitzenden Söldnerrüstung dezent rot an, die für einen männlichen Menschen mit breiterem Körperbau konzipiert war und an ihr zu groß wirkte.

Sie stiegen über die Rampe aus und traten in den geräumigen Hangar. Die meisten Schiffe dort kamen ihnen ebenso fremd vor wie die Aliens, die sich um sie kümmerten. Zudem liefen auch überall Personen mit denselben beigen oder weißen Umhängen herum wie Bravestone, jedoch unterschieden sie sich deutlich in Sachen Rüstungen und Bewaffnung.

Sobald sie durch die Tür in den ersten großen Gang traten, veränderte sich das Bild drastisch. Kane erwartete klassische kalt-metallische Decken und Wände. Tatsächlich erblickte er jedoch einen hellbraun-beigen Farbton, ähnlich wie Sandstein. Zudem lagen lange, dunkelrote, dunkelblaue oder dunkelgrüne Läufer auf den Böden und schluckten viele Laufgeräusche. Auf einer Seite jedes Ganges generierten in gleichmäßigen Abständen angebrachte ovale Fenster digitale Aussichten. Sie warfen zudem tagesähnliches Licht herein, sodass eine freundliche und natürliche Atmosphäre entstand. Auch standen hier und da einige Skulpturen oder Topfpflanzen, die mehr Leben in die Szene brachten.

Kane folgte Bravestone durch eine Reihe von Gängen zu einem Aufzug, wo sie gemeinsam mit anderen Vigilancern nach oben fuhren. Einer der fremdartigen Krieger ragte fast zweieinhalb Meter in die Höhe und hob vier massige Arme zum Gruß. Ein anderer sah aus wie ein Mensch mit einem orangefarbenen Kristall auf der Stirn. Wieder ein anderer erinnerte Kane an einen hellbraunen Affen.

Als sich die Fahrstuhltüren öffneten, traten sie auf einen sonnenbeschienenen Platz voller Personen. In der Mitte wuchs ein sehr großer Baum an einem künstlich angelegten Teich. Darum herum verliefen geschlängelte Wege, einige Grünflächen und weitere Skulpturen rundeten das Bild ab. Kane beobachtete fasziniert, wie viele Vigilancer dort verteilt saßen und plauderten, meditierten, oder sich im Schwertkampf übten. Die Decke glich einem blauen, beinahe wolkenlosen Himmel.

»So etwas habe ich auf einer Raumstation noch nie gesehen. Auf der Harmony Station haben sie zwar auch Wasser und Himmelsprojektionen, aber bei weitem nicht so natürlich und formvollendet wie hier«, staunte Ruby und drehte sich um sich selbst.

Bravestone lächelte mit stolzer Brust, während ihm viele Leute respektvoll zunickten. »Diese Station existiert schon seit Jahrtausenden und ist die Heimat tausender Vigilancer. Seit der Gründung des Ordens hat er zahllose Wandlungen durchgemacht. Die alten Ratsmitglieder haben erkannt, dass eine reine Ausrichtung auf Kampfkraft und generell das Kriegshandwerk hochspezialisierte Killer hervorbringt. Wer sich zu sehr auf den Konflikt konzentriert, verlernt irgendwann Mitgefühl und den Sinn für die positiven Aspekte des Lebens. Wir brauchten auch Diplomaten, Vermittler und Entdecker, nicht nur Kämpfer.«

Hinter dem Platz folgte ein weiterer Gang, auf dem sie einige Wesen sahen, die wie Erdmännchen auf der Erde aussahen.

Immer wieder ergriff der Onu das Wort und erzählte dem Wolf Pack mehr über seine Brüder und Schwestern. »Heute rekrutieren wir neue Mitglieder an jedem Ort, den es gibt. Die Herkunft spielt dabei keine Rolle, ebenso wenig die Kampferfahrung. Ein Vigilancer muss zwar kämpfen können, doch auch andere Fähigkeiten sollten kultiviert sein, darunter technisches Wissen, Redegewandtheit und Geschichte. Unsere Aufgabe ist es, Frieden in der Galaxie zu wahren, insbesondere in den Randsektoren. Wer bereit ist, sein Leben diesem Ziel zu widmen, kann bei uns aufgenommen werden. Allerdings nur, wenn er bereit ist, dem Kodex zu folgen.«

Das weckte Kanes Interesse. Er wich einem der vierarmigen Riesen aus. »Was ist das für ein Kodex?«

Bravestone nickte zwei Affenwesen zu. »Der Vigilancer-Kodex besteht aus 400 Regeln, die zu befolgen wir geschworen haben. Dabei geht es in erster Linie um den Schutz Unschuldiger, die Lebensweise als Ordensmitglied und philosophische Richtlinien, an die wir uns halten müssen. Jeder Vigilancer muss diese Regeln kennen und verinnerlichen«, erklärte er und bog in einen anderen Gang ab.

»Das sind aber ziemlich viele Regeln. Schränkt euch das nicht sehr ein?«, wunderte sich Jaxo, der direkt hinter ihm stampfte und einige neugierige Blicke auf sich zog, ebenso wie die Krodaa mit ihren Schwingen.

»Manchmal schon, aber es sind keine unumstößlichen Gesetze. Sie sollen uns anleiten und uns dabei helfen, die richtigen Entscheidungen zu treffen. Im Laufe der Zeit haben sich einige davon verändert und an die sich entwickelnden Gegebenheiten angepasst. Es ist unsere Verantwortung, den Kodex fallweise auszulegen. Nur wer diese Fähigkeit unter Beweis gestellt hat, wird zum vollwertigen Vigilancer ernannt.«

Zwei muskulöse Männer mit grauer Haut und imposanten Hörnern schlenderten an ihnen vorbei und nickten ihnen grüßend zu.

»Viele Welten fördern uns mit Spenden und Zugeständnissen. Auf den meisten Planeten sind wir gern gesehen und werden im Falle schwieriger Situationen auch hin und wieder von örtlichen Gesetzeshütern zur Unterstützung angefordert. Selbst innerhalb des Gebiets des Protektorats haben wir weiterhin einen Sonderstatus«, erklärte Bravestone.

Das fand Kane ungewöhnlich. Er hielt sich an der Seite des Onu. »Wenn ihr Ungerechtigkeit bekämpft und dieses Protektorat offen andere Systeme überfällt, müsstet ihr doch mit ihnen ein Problem haben.«

Der Onu seufzte leise. »In diesem Punkt sind sich viele von uns uneinig. Genau genommen ist unsere Aufgabe, große Gefahren zu beseitigen. Dinge wie die Hazkan, Ionenstürme, Genozide und dergleichen mehr. Während des Krieges auf Onu Ana haben viele Vigilancer gegen die Volakar gekämpft. Unsere Arbeit beschränkt sich jedoch auf Gebiete, in denen konkrete Kampfhandlungen stattfinden. Sobald eine Welt erobert wurde und dort Frieden herrscht, dürfen wir laut Kodex nur bei akuten Verbrechen eingreifen.« Er lockerte seinen Nacken. »Die Gesamtsituation ist politisch und daher nicht unsere Verantwortung. Aus diesem Grund agieren wir auch weiterhin auf Volak im Herzen des Protektorats. Es gibt viele unter uns, die sich gern offen gegen die Eroberer stellen möchten, doch selbst wenn wir die Stärke dazu hätten, würde es verhindern, dass wir unsere anderen Aufgaben erfüllen.«

Darauf reagierte der Wolf mit seiner üblichen Rationalität. »Das ergibt Sinn. Auf diese Weise könnt ihr Informationen sammeln und andere unterstützen, die einen offenen Widerstand leisten. Eine nützliche Position.«

»Wie kannst du damit leben? Gerade du müsstest doch Genugtuung und Gerechtigkeit wollen«, wunderte sich Kate, nachdem sie beinahe auf eines der Erdmännchen getreten wäre.

Bravestone winkte drei Kameraden zu, die an ihnen vorbeikamen. »Sollte der Tag kommen, an dem sich eine Gelegenheit ergibt, Servan Ralek erneut gegenüberzutreten, werde ich nicht zögern. Doch für den Moment ist meine Erfahrung am besten genutzt, indem ich weiterhin dabei helfe, die Galaxie in den Fugen zu halten. Weder Sieg noch Niederlage des Protektorats sind von Bedeutung, wenn alles durch noch größere Bedrohungen vernichtet wird.«

Sie erreichten einen weiteren sehr großen Platz mit gleich mehreren Bäumen und vielen farbenfrohen Blumen und Brunnen. Alles wirkte idyllisch und friedvoll. Kane schloss die Augen und sog die Luft ein, während er dem angenehmen Vogelgezwitscher im Hintergrund lauschte. Im Zentrum des Ortes ragte eine breite Säule bis zur Decke hinauf. Vor dem Eingang lag ein runder Platz mit modernen Stühlen und Sesseln in verschiedenen Formen in einem Halbkreis. In einigen davon saßen Vigilancer diverser Spezies, die die Roben des Ordens trugen.

Bravestone deutete darauf. »Das dort ist der oberste Rat, dem auch ich angehöre. Die erfahrensten und fähigsten Meister der Vigilancer beraten sich hier und treffen Entscheidungen, die uns alle betreffen.«

Das kam Kane erneut seltsam und widersprüchlich vor. »Sagtest du nicht, ihr werdet von eurem Kodex geleitet und braucht demnach keine Führungsriege?«

»Der Rat hat keine Befehlsgewalt im herkömmlichen Sinne«, antwortete ein anderer Vigilancer, der sich von der Seite näherte und die Besucher betrachtete. Er sah aus wie ein Mensch mit schulterlangem, braunem Haar und gleichfarbigem Bart, nur hatte er einen violetten Kristall auf der Stirn.

Sofort neigte Bravestone leicht den Kopf. »Meister Zadovar. Es ist zu lange her.«

Der Mann erwiderte den Gruß. »Da habt Ihr absolut recht, alter Freund.« Er wandt sich Kane und den anderen zu. »Dieser Rat dient dazu, die wichtigsten Entwicklungen in der Galaxie zu beobachten und die beste Reaktion darauf zu erwägen. Wir achten auf die Fortbildung neuer Mitglieder und prüfen angehende Vigilancer. Außerdem stehen wir unseren Brüdern und Schwestern mit Rat zur Seite.«

»Und was hat es mit dieser Säule auf sich?«, wollte Ruby wissen und blickte mit verengten Augen zum virtuellen Himmel hinauf.

»Das ist der Turm der Weisheit. Dort oben leben die Wissenden, die Ältesten unseres Ordens. Sie studieren die Geschichte der Sterne und unsere Rolle darin. Sie können große Ereignisse voraussehen und die Auswirkungen unserer Taten erkennen. Ihre Worte sind gelegentlich etwas wirr, doch sie liegen nur selten falsch.«

»Lasst uns das Wasser übergeben«, schlug der Onu vor und die vier folgten ihm und Zadovar zum Rat.

Sofort verebbten alle Nebengespräche und die Meister widmeten ihre Aufmerksamkeit Bravestone, der den Wasserbehälter hervorholte. »Ich kehre mit Antworten und dem heilenden Wasser von meiner Reise zurück. Damit sollten wir unsere Wissenden am Leben halten können, bis sie ihre Weisheit an ihre Nachfolger weitergeben konnten.«

Er überreichte den Behälter einer Vigilancerin mit vier Armen, die durch die Tür in der Säule trat und im Aufzug verschwand.

Eine grünhäutige Frau mit Tentakelhaaren legte die Finger aneinander, die mit Schwimmhäuten verbunden waren. Mit einer etwas trägen Stimme fragte sie, »Was konntest du über die Situation in den Wallsektoren in Erfahrung bringen, Isaiah?«

Er faltete die Hände auf dem Rücken. »Das Erscheinen der Hazkan so weit im Zentrum der Galaxie war das Resultat bewussten Eingreifens. Eine arrogante Spezies von Wissenschaftlern fand einen Weg, sie aufzustacheln und zu manipulieren, doch das Problem hat sich von selbst gelöst. Die Völker der Wallsektoren scheinen einen Beschützer zu haben. Sie nennen ihn den Commander.«

»Ein potenzieller neuer Rekrut?«, fragte ein kleiner Kerl von der Erdmännchenspezies, die Kane inzwischen als Keluni kannte.

Bravestone schüttelte den Kopf. »Eher nicht. Man kennt uns dort noch immer nicht. Die wenigsten Spezies in diesem Bereich sind für die Erkenntnisse bereit, die unsere Existenz mit sich bringt.«

»Und doch brachtest du einige von ihnen mit dir, alter Freund. Wenn du sie nicht als Rekruten hergebracht hast, aus welchem Grund sind sie dann hier?«, erkundigte sich Zadovar.

»Es handelt sich um die beste Söldnergruppe der Wallsektoren, das Wolf Pack. Ihr Anführer ist der sogenannte Silver Wolf, Kane Walker. Einige von euch erinnern sich vielleicht noch an seinen Vater, den Wolf«, erklärte der Onu. Kane und die anderen reckten das Kinn, um möglichst beeindruckend auszusehen.

Ein Mitglied der Affenspezies der Morolan reagierte auf diese Aussage. »Du hast also den Erben deines einstigen Freundes gefunden. Doch aus welchem Grund ist er hier?«

Anstatt auf Bravestone zu warten, trat Kane einfach zu ihm in die Mitte des kleinen Platzes. »Ich bin hier, weil Bravestone mir sagte, hier gäbe es Bedarf nach exzellenten Kriegern, die keine emotionale Bindung zu den Randsektoren haben. Wir sind hier, um zu lernen und zu helfen. Es gibt vieles, das wir über euren Teil der Galaxie erfahren wollen. Wenn mein Vater euch geholfen hat, dann will auch ich euch für eine Weile meine Unterstützung anbieten.«

»Und was erhoffst du dir davon? Menschen sind hier beinahe gänzlich unbekannt, auch wenn deine Art viel mit den Onu und Nimiranern gemein hat. Deine Kameraden jedoch ... solche Wesen gibt es hier nicht und sie fallen sofort auf«, warf eine Frau ein, die eine kegelförmige Kopfform, vier Augen und einen ernsten Blick hatte. Ihre Spezies wurde Kuza genannt, hatte Kane gehört.

»Ich habe lange Jahre alle möglichen Konflikte erlebt und mitgestaltet. Dabei war ich stets auf der Suche nach neuen Erfahrungen und Wissen, da das Streben nach Erleuchtung und Erfüllung das nobelste aller Ansinnen ist. Eine Chance, einen völlig neuen Teil der Galaxie kennenzulernen, ist meinem Team und mir sehr willkommen«, antwortete er und die anderen nickten gewichtig.

Zur Unterstützung warf Bravestone ein, »Ich habe auf meiner Suche oft vom Wolf Pack gehört. Kane wurde von einem Mitglied des ältesten Volkes trainiert. Er hat ein Verständnis vom Kosmos, das für seine Art höchst ungewöhnlich ist. Ich würde ihn gern für eine Weile an meiner Seite haben. Wenn wir bereit sind, seiner Gruppe und ihm einen finanziellen Start in den Randsektoren zu verschaffen, wird er mir bei einigen Einsätzen helfen und dabei alles über unsere Situation lernen.«

Ein recht alt aussehender, schwebender Mantarochen des Spezies Gaslaaner reagierte darauf. »Vorsichtig feststellend: Dieser kommt nicht umhin, den Wert einer solchen Vereinbarung anzuerkennen. Die Ansichten einer außenstehenden Person auf diesen Konflikt und die Rolle von diesen darin wäre ein äußerst interessanter Blickwinkel.« Er sprach nicht mit einem Mund, sondern erzeugte die Worte über Lamellen an der Unterseite seines Körpers. Zudem klang seine Stimme völlig monoton.

Kane fand es enorm hilfreich, dass Lato ihm und dem Team Informationen bereitstellte, damit sie sich besser zurechtfanden.

Auch die anderen Ratsmitglieder beäugten die bunte Truppe sehr aufmerksam und stellten Fragen. Die meisten von ihnen nickten oder gaben zustimmende Kommentare ab.

Einer jedoch, ein Mitglied der bulligen, vierarmigen Spezies namens El-Baran, hatte die Brauen zusammengezogen. »Muss ich euch daran erinnern, dass die Völker der Wallsektoren noch nicht bereit für den Austausch mit uns sind? Selbst wenn deine Gäste ungewöhnlich klug sind, ist es riskant, weiteren Mitgliedern ihrer Art Informationen zu geben, die sie in ihre Heimat mitnehmen können. Dadurch könnten wir unbeabsichtigt dafür sorgen, dass der Kontakt zu früh hergestellt wird. Selbst ihre Anwesenheit hier stellt an sich bereits eine Gefahr dar.«

Wieder übernahm Kane die Antwort selbst und breitete die Arme aus. »Ihr kennt die Spezies der Wallsektoren nur von euren Einschätzungen aus der Ferne. Die eine Hälfte, darunter die Menschen, sind so sehr mit sich selbst und ihren eigenen Problemen beschäftigt, dass sie uns weder glauben, noch darüber nachdenken werden, sollten wir ihnen davon erzählen. Die andere Hälfte, insbesondere die T'zun und die Salvani, wären sicherlich sehr interessiert, haben aber definitiv nicht die erforderliche Technologie, um den Kontakt herzustellen. Ich sehe kein Risiko einer verfrühten Begegnung mit meinem Teil der Galaxie.«

Diese Aussage schien den besorgten Meister zu beruhigen. Daraufhin ergriff Bravestone das Wort. »Nun, da wir uns offenbar alle einig sind, würde ich sagen, wir geben dem Wolf Pack etwas Starthilfe. Sie waren eine wertvolle Unterstützung bei der Beschaffung des Wassers und sollten dafür entlohnt werden. Ich sorge dafür, dass sie etwas Startkapital erhalten. Zudem würde ich gern ihre Ausrüstung analysieren lassen, um zu sehen, was wir tun können, um ihre Chancen zu verbessern. Der Silver Wolf mag keiner von uns sein, doch seine Ansichten stimmen in vielen Punkten mit dem Kodex überein, wenn auch nicht mit allen.«

In den Reihen des Rates gab es kaum Widerspruch, sodass es als beschlossen galt. Nach ein paar weiteren Themen, die für Kane und seine Leute wenig relevant waren, verließen sie den Platz und schlenderten wieder durch einige Gänge.

»Bei all diesen neuen Eindrücken weiß ich gar nicht, was ich zuerst fragen soll«, kam es von Kate, die sich nach wie vor mit großen Augen umsah und jedes Alien bestaunte. Sie führte eine ganz eigene Diskussion mit Lato, die ihr alle Fragen beantwortete.

Ruby und Jaxo verhielten sich eher still und drehten unentwegt die Köpfe in andere Richtungen.

»Was denkt ihr?«, fragte Kane sie.

Der Lorganer stampfte neben ihm und antwortete, »Ich beobachte die fremdartige Technologie und die Art, wie die Leute hier reden und agieren. Bisher kommt mir hier zwar alles anders vor, aber nicht unbedingt viel fortschrittlicher.«

»Das habe ich auch gedacht. Ähnliche Probleme, nur eben ein anderer Ort«, warf Ruby ein. »Wenn wir sowieso weiterhin Söldnerjobs machen, wäre dieser Ort zumindest eine deutliche Abwechslung. Andererseits fehlen uns die Mittel und Kontakte, die wir zuhause hätten.«

Bravestone führte sie in einen Fahrstuhl und versuchte, sie zu beruhigen. »Keine Sorge RB. Ich eröffne ein Konto für euch, auf das ich die Bezahlung für den Auftrag auf Nos übertrage. Das ist ein solider Batzen Geld, mit dem ihr arbeiten könnt. Für den Anfang fliegt ihr mit mir, daher braucht ihr noch kein eigenes Schiff. Später solltet ihr euch dann eins leisten können. Solange ihr mit den Vigilancern arbeitet, habt ihr Zugang zu unserer Ausrüstung. Ihr werdet zunächst nicht viel brauchen.«

Er führte sie auf einen farbenfrohen Platz mit dezenter, angenehmer Musik eines Zupfinstruments, wo längliche, ovale Esstische mit Bänken standen, an denen die Vigilancer aßen und tranken. »Ich dachte mir, ihr wollt vielleicht eine Pause einlegen«, erklärte der Onu.

Die Gruppe suchte sich eine Auswahl fremdartiger Speisen, die laut Bravestone für sie verträglich waren, und machte es sich an einem kleineren Tisch direkt neben einem künstlichen Bach in weichen Sesseln bequem.

Eine einzelne Person saß dort, ein männlicher Kuza. Seine grünliche Haut schimmerte im hellen Licht und die beiden Finger mit Daumen genügten ihm problemlos, um zu essen. Alle 4 Augen richteten sich auf sie, als sie nähertraten.

»Meister Bravestone. Ich hörte schon, dass Ihr zurückgekehrt seid. Eine Freude, Euch wiederzusehen«, sagte der Mann, klang jedoch keineswegs, als wäre es ihm eine Freude.

Lato erklärte, dass sein Volk keinerlei Emotionen verspürte, sondern ausschließlich rational agierte. Das fand Kane sehr interessant, da er in den Kuza angesichts dieser Gemeinsamkeit mögliche Verbündete sah.

»Kane, das ist Balthazar, einer unserer erfahrensten Vigilancer. Er gilt als Experte für den Konflikt mit dem Protektorat«, stellte Bravestone ihn vor. »Und das hier ist Kane Walker mit seinem Team. Sie kommen aus den Wallsektoren. Er ist der Sohn des Wolfs und hilft mir bei einigen Aufgaben.«

»Es ist klug, neue Bündnisse zu schmieden. Es ist schwer, abzusehen, wie lange die Alten noch existieren werden«, erwiderte Balthazar.

Kane stellte sein Tablett ab und setzte sich, während die anderen dasselbe taten. »Das klingt, als wärst du besorgt um den Ausgang des Konflikts. Wie kommt es, dass du die Neutralität deines Ordens nicht teilst?«

Der Kuza schien ihn mit seinem Blick zu analysieren. »Ich bin an den Kodex gebunden wie wir alle. Ich bin verpflichtet, die Neutralität zu teilen. Das bedeutet aber nicht, dass ich mich aus allem raushalten muss. Ich reise an die Orte, wo der Krieg tobt, und helfe dem Widerstand, wo immer ich kann. Mein Heimatsystem ist schon lange ein erklärtes Ziel des Protektors, daher ist es mir ein persönliches Anliegen, sein Vorankommen zu bremsen.«

»Gibt es denn Grund zur Sorge? Ich scheine wohl ein paar Entwicklungen verpasst zu haben, während ich auf Reisen war«, erkundigte sich Bravestone.

Balthazar rieb einige Fussel von seiner schwarz-weißen Rüstung. »Noch ist nichts Konkretes passiert, aber wir haben Hinweise erhalten, dass Ralek in den kommenden Monaten Schiffe entsendet, um unsere Werft bei Wagu Laho anzugreifen. Ich mache mich möglichst bald auf den Weg nach Kuzayon, um dort ein wachsames Auge auf die Entwicklungen zu werfen.«

»Dann kann ich nur viel Erfolg wünschen, Bruder. Ich weiß, wie bedeutend diese Werft für euch und die Nimiraner ist«, entgegnete der Onu.

Daraufhin erhob sich der Kuza und nickte Kane zu, »Es war mir eine Freude, dich zu treffen. Vielleicht sehen wir uns ja wieder, wenn ich zurückkehre. Es reizt mich sehr, mit dir zu sprechen, sofern es die Zeit erlaubt.«

Als er davon ging, sahen ihm die Besucher nach. Ruby wichte ihr Haar aus dem Gesicht. »Er wirkt irgendwie seltsam steif. Fast so wie du manchmal, Kane.«

Daraufhin schmunzelten Jaxo und Kate.

Bravestone erklärte, »Das ist bei den Kuza ganz normal. Wenn man sich daran gewöhnt hat, können sie gute Freunde sein.«

Die Gruppe machte sich über das Essen her und Kane musste zugeben, dass es zwar ungewohnt, aber sehr lecker schmeckte. Die Gewürzpalette der Randsektoren basierte auf anderen Pflanzen, doch im Geschmack ähnelten einige davon dem, was er von zuhause kannte.

Noch während sie aßen, trat ein weiterer Vigilancer an sie heran. Der Wolf erkannte ihn als Mitglied des Rates, ein humanoides Wesen mit kristallin, fast steinartig wirkender Haut. Das hervorstechendste Merkmal stellten die zum Teil offenen Wangen dar, sodass Kane seitlich auf seine spitzen Reißzähne schauen konnte.

Bravestone hob den Kopf. »Meister Jovanis. Was kann ich für Euch tun?«

Er blieb so stehen, dass sie ihn alle sehen konnten. Seine Stimme wurde mit jedem Wort von einem subtilen Vibrieren begleitet. »Ich entschuldige mich für die Störung, aber angesichts der angebotenen Hilfe durch unsere weitgereisten neuen Freunde musste ich euch sprechen. Es gibt eine Angelegenheit, die mir Sorgen bereitet. Eigentlich wollte ich eine Gruppe Vigilancer entsenden, doch es geht um das Protektorat und derzeit ist es nicht so einfach, wahrhaft neutrale Mitglieder zu finden.«

Ohne auf eine Reaktion der anderen zu warten, erwiderte Kane, »Würdet Ihr uns ein paar Einzelheiten mitteilen?«

Der von Lato als Goragran bezeichnete Meister faltete die Hände vor dem Schoß. Seine Robe verdeckte seinen Körper gänzlich. »Aber natürlich. Die Volakar sind wie jede erobernde Kriegspartei daran interessiert, stetig neue Technologien zu entwickeln, um ihre Erfolge zu maximieren. Wir wurden von einem Kommandanten ihrer Entwicklungsdivision kontaktiert und um Hilfe gebeten. Offenbar betreibt das Protektorat eine abgeschottete Forschungsbasis auf Furyaros im Eoi-System.«

»So nah an Mellon Hal? Das ist ziemlich riskant«, warf Bravestone ein, wobei Kane nicht das Geringste verstand.

Der Meister nickte knapp. »Das hat überraschenderweise nichts mit dem Problem zu tun. Offenbar haben die Volakar ein Signalgerät getestet. Über den genauen Zweck wollte man uns nichts sagen. Ein unerwarteter Nebeneffekt dieses Geräts scheint zu sein, dass es Scherzbolde anlockt. Seither ist jeder Kontakt zur Basis abgebrochen.« Der Meister blickte nach links und rechts und beugte sich vor. Er sagte leise, »Wir beide wissen, welche Folgen es hätte, wenn mehr dieser Wesen in unseren Teil der Galaxie kämen. Jemand muss nach Furyaros reisen und dieses Signalgerät abschalten, es am besten sogar zerstören. Es ist jedoch nicht unsere Absicht, die Anlage zu beschädigen oder die Volakar zu töten. Die Scherzbolde sind unser Ziel, nicht die Mitglieder des Hornvolkes.«

Bravestone sah kurz zum Wolf Pack und übernahm dann die Antwort. »Wir kümmern uns darum, Meister Jovanis. Sobald wir in der Rüstkammer waren, brechen wir auf.«

Die Mine

Nachdem er die Rüstkammer der Vigilancer gesehen hatte, hielt Kane jedes bisherige militärische Magazin für einen Witz. Aufgrund der facettenreichen Herkunft der Ordensmitglieder fand man dort alles, was man sich nur vorstellen konnte.

Dabei fiel Kane auf, dass sich die meisten Schusswaffen nur marginal von den Modellen unterschieden, die er kannte. Insgesamt hatte er den Eindruck, dass in diesem Teil der Galaxie dieselben Dinge mit anderem Namen existierten.

Jaxo teilte seine Beurteilung. Er hielt eine Energieflinte in der Hand und untersuchte den Abzug. »Ist dir aufgefallen, wie wenig sich die Waffen von dem unterscheiden, was wir gewohnt sind?«

Der Wolf sah Bravestone an und nickte. »Allerdings. Die Währung hier heißt ebenfalls Units, Hattokinetik und Neysanik nennt man hier einfach Energiewaffen und Schildtechnik, Raumschiffantriebe laufen mit Iom, die Multitools sind in der Handfläche implantiert … Im Grunde ist es dasselbe, nur leicht angepasst. Ich warte immer noch auf die angepriesene Fortschrittlichkeit, die euch von den Wallsektoren unterscheidet.«

Der Onu lächelte, als er die Rampe zur Dragonwing hinaufstieg. »Die Einschätzung unserer Überlegenheit wurde vor langer Zeit getroffen. Seither macht sich niemand die Mühe, genauer nachzusehen, ob ihr euch verändert habt. Man geht davon aus, dass ihr euch bemerkbar macht, wenn ihr für den ersten Austausch bereit seid. Ich muss euch aber recht geben. Die meisten Technologien, die uns einst überlegen machten, sind bei euch inzwischen auch angekommen.«

»Dennoch scheinen eure Ingenieure einige Verbesserungen an unserer Ausrüstung vorzuschlagen«, sagte Ruby und trat in den Aufenthaltsbereich.

Daraufhin erwiderte er, »Nun ja, ihr seid schon lange im Geschäft. Ihr wisst, dass man seine Ausstattung an die Umgebung und den Job anpassen muss. Hier gelten andere Regeln.« Er musterte sie genau. »Deine Rüstung mag sentimentalen Wert haben, RB, aber sie ist ramponiert und auch wiederholte Reparaturen können die Strukturschäden irgendwann nicht mehr ausgleichen.« Dann deutete er auf die anderen. »Kate weiß selbst, dass es noch viel Luft nach oben gibt. Und du, Kane, hast ja schon feststellen müssen, welche Nachteile eine Rüstung aus Synthium hat. Mischlegierungen sind wesentlich sicherer und die Panzerhaut eines Hazkan ist für Rüstungen ohnehin nicht ideal. In diesem Teil der Galaxie sind Schallwaffen viel weiter verbreitet. Dagegen wärst du machtlos.«

»Wieso brechen wir dann mit unseren jetzigen Sachen auf?«, fragte Jaxo und setzte sich. »Ich bin für die Ausrüstung des Teams verantwortlich und kann das nicht gutheißen.«

Der Onu drehte sich im Pilotensitz um. »Es dauert eine Weile, um neue Ausrüstung zu personalisieren. Furyaros ist ein unbewohnter Planet und unser Feind nutzt unkonventionelle Waffen. Da macht die Rüstung keinen Unterschied.«

Kane setzte sich neben ihn auf den Copilotensitz, während die anderen sich mit Jaxo um den Holotisch niederließen. »Vielleicht wäre jetzt ein guter Zeitpunkt, uns über die Mission aufzuklären. Wir wissen zwar, was die Aufgabe ist, aber ein paar mehr Details wären hilfreich.«

»Sicher doch. Was wollt ihr wissen?«, erwiderte Bravestone, während er das Schiff startete und aus dem Hangar steuerte.

Ruby fing an. »Was für ein Planet ist Furyaros?«

Lato erzeugte ein Hologramm des Zielortes. »Furyaros ist eine Welt im Eoi-System, einem von vier Systemen des Vassimi-Gürtels. Es handelt sich um eine heiße Welt voller Vulkane und Lavaströme, die aufgrund der Nähe zum Stern Eoi niemals erkalten. Die Onu unterhielten dort thermische Kraftwerke, um Batterien und Energiespeicher herzustellen, doch während des Vernichtungskrieges wurden die meisten zerstört. Die Volakar haben stattdessen Minenanlagen errichtet, um Rohstoffe für die Raumschiffproduktion abzubauen. In einigen der Onu-Ruinen lassen sich gelegentlich Banditen und Piraten nieder.«

Kane dachte laut, »Klingt nach einer gewöhnlichen heißen Welt. Weshalb warst du so besorgt über die Anlagen der Volakar dort?«

»Wegen Mellon Hal«, antwortete Bravestone und legte einige Schalter um. »Das ist ein anderer Planet in dem System. Er ist von den Melloniern bewohnt, einem stark isolierten und fortschrittlichen Volk. Genau genommen wurden die Vigilancer von einem der Ihren gegründet. Sie bleiben unter sich und halten sich aus allen Angelegenheiten der Randsektoren heraus.«

»Klingt mir sehr nach den Vindurern«, warf Kate ein. Sie legte die Füße hoch und lehnte sich zurück.

»Nein, sie sind nicht mit ihnen vergleichbar«, versicherte der Onu. Mit einem Knopfdruck übergab er die Steuerung an Lato und drehte sich so, dass er Kane und die anderen ansehen konnte. »Die Mellonier sind keine Wissenschaftler, sondern sie streben nach Harmonie mit der

Natur und versuchen, die Technologie so nachhaltig wie möglich zu gestalten. Sie suchen keine Konflikte und neigen nicht zur Selbstüberschätzung. Zumindest wurde es so von unserem Gründer überliefert. Das Protektorat erkennt ihre Eigenständigkeit jedoch nicht an und will Mellon Hal erobern.« Er kreuzte die Arme. »Dummerweise für sie hat der Planet unüberwindbare Verteidigungsmechanismen, die bislang jeden Versuch eines Eindringens erfolgreich verhindert haben. Die Volakar bemühen sich seit Jahrzehnten, diese Defensivsysteme zu verstehen und zu überwinden, bisher ohne Erfolg. Aufgrund des Krieges mit Onu Ana wurde ihr Militär geschwächt, daher wollen sie nun zunächst andere Welten erobern, bevor sie sich wieder Mellon Hal zuwenden.«

»Und wieso macht dir das Sorgen?«, hakte Jaxo nach und betrachtete die Raumkarte.

»Weil wir nicht wissen, wie die Mellonier reagieren. Wenn man sie reizt, könnten sie völlig unvorhersehbar agieren und uns alle zum Feind erklären. Und sollte das Protektorat sie erobern, gäbe es wohl niemanden mehr, der sich gegen sie wehren kann. Keine Aussicht ist wirklich gut«, antwortete der Onu.

Er aktivierte den Hauptantrieb und sie ließen die Vigilance hinter sich.

Kate hatte eine weitere Frage. »Dieser Auftrag dreht sich wohl nur um diese Scherzbolde. Was sind das für Kreaturen, dass ihr sie alle so fürchtet?«

Lato erzeugte eine Abbildung über dem Holotisch. Es zeigte ein humanoides Wesen mit feuerroter Haut, spitzen Ohren und gelben Haaren. Es trug einen mitternachtsblauen Smoking und einen dazu passenden Hut sowie weiße Handschuhe und schwarze Schuhe. Den Ausdruck auf dem glatten Gesicht mit den schmalen Zügen deutete Kane als schelmisch und herausfordernd.

»Scherzbolde sind eine Spezies unbekannter Herkunft. Sie benötigen keine Raumschiffe oder Transportmittel, sondern tauchen einfach auf, wo immer sie wollen. Diese Darstellung basiert auf dem Augenzeugenbericht eines Vigilancers von vor 480 Jahren. Leider ist sie nicht belastbar, da Scherzbolde für jeden anders aussehen. Sie sind deshalb so gefährlich, weil sie über extrem starke halluzinogene Kräfte verfügen. Sie erzeugen Illusionen und verzerrte Realitäten, um ihre Opfer in einer Scheinwelt gefangenzuhalten. Wie sie das anstellen oder aus welchem Grund sie es tun, weiß bis heute niemand. Es gibt nur sehr wenige Spezies, die gegen ihre Kräfte immun sind«, erklärte die EI.

»Wie sollen wir sie aufhalten, wenn kaum etwas über sie bekannt ist?«, fragte Kane den Onu und drehte sich wieder nach vorne.

Er kratzte sich am Ohr. »Es gibt Mittel und Wege, gegen ihre Illusionen anzukämpfen. Sie arbeiten mit List und setzen Furcht, Verführung oder auch simple Bestechung ein, um ihre Opfer in der Scheinrealität festzuhalten. Mit einem wachen Verstand kann man diese Versuche erkennen, besonders wenn man weiß, dass sie da sind. Willenskraft und Charakterstärke können ebenfalls hilfreich sein. Wenn Scherzbolde merken, dass ihre Tricks keine Wirkung zeigen, verlieren sie schnell das Interesse. Es sind sprunghafte Wesen.«

»Mit Lato und Jaxo im Ohr könnten wir ihnen ebenfalls ein Schnippchen schlagen«, überlegte Kate laut.

Ihr Bruder war weniger überzeugt. »Illusionen sind Manipulationen des Verstands. Das bedeutet, sie beeinträchtigen die Sinne, auch das

Gehör. Wenn es zu einem direkten Kontakt mit den Kreaturen kommt, müssen wir uns ihnen allein stellen können.« Er drehte sich im Sitz zu ihr um. »Ich bin nicht sicher, ob du dafür schon bereit bist, Kate.«

Sie zog die Brauen zusammen. »Was soll das denn heißen? Hältst du mich für willensschwach?«

Der Onu legte Kane eine Hand an den Arm. »Vielleicht solltet ihr das unter euch klären.«

Kane nickte und winkte sie in den Schlafbereich, wo sie die Tür schlossen.

Sofort sah er ihr in die Augen. »Nein, Kate, ich halte dich nicht für willensschwach, sondern für unerfahren«, fing er an und setzte sich auf seine Bettkante.

Sie blieb stehen und gestikulierte mit den Armen, »Und wie soll sich das je ändern, wenn du mich nicht mitnimmst?«

Er seufzte. »Es gibt normale Einsätze mit normalen Gefahren und es gibt solche Missionen, die selbst für mich Neuland sind. Wenn ich selbst nur reagieren kann, kann ich dich nicht beschützen.«

Sie verengte die Augen zu schlitzen. »Ah, also läufst du ansonsten nur hinter mir her und beschützt mich, weil ich nichts alleine hinbekomme? Wer von uns wurde denn auf Nos getötet, hm?«, fragte sie herausfordernd.

Mit einer erhobenen Braue sah er sie an. »Erspar mir deinen verletzten Stolz. Ich denke, ich habe dir oft genug gesagt, wie gut du dich schlägst, aber es bestehen deutliche Unterschiede zwischen dir und dem Rest von uns. RB, Jaxo und ich machen das schon Jahrzehnte. Wir haben extrem viel erlebt und wurden viele Jahre ausgebildet. Du willst nach gerade mal einem halben Jahr auf Reisen schon gegen Dinge antreten, die selbst uns beunruhigen. Dir fehlt eindeutig die Erfahrung und du kompensierst deine Unsicherheit durch Selbstüberschätzung.«

Sie funkelte ihn böse an und ließ sich auf ihr Bett sinken. »Du wusstest, wie es laufen würde, als du zugesagt hast, mich mitzunehmen. Ich kenne das Risiko und will es eingehen.«

»Du kennst das Risiko eben nicht, weil du dir überhaupt nicht vorstellen kannst, was alles passieren könnte«, beharrte Kane und stützte sich auf den Oberschenkeln ab. »Ich habe versucht, dich während unserer gemeinsamen Zeit davon abzubringen, deinen Schmerz mit Adrenalin zu verdrängen. Am Anfang wolltest du dich kopfüber in jede Gefahr stürzen, nur um zu vergessen, was du in Athen gesehen hast.« Er seufzte und streckte den Rücken durch. »Verdrängung funktioniert nicht, Kate. Egal wie oft du mich kritisierst und in unbekannte Gefahren marschierst, es wird nichts daran ändern, was du siehst, wenn du die Augen schließt. Du bist eine Witwe. Du hast den Tod deiner großen Liebe mitangesehen. Das wird bleiben, was du auch versuchst. Nur Zeit kann diese Wunde heilen.« Er zuckte mit den Schultern. »Die hast du aber nicht, wenn du dich in Übereifer selbst umbringst.« Er konnte sehen, wie sie innerlich brodelte, daher änderte er seinen Tonfall und wählte seine Worte weniger anklagend. Mit möglichst mitfühlendem Blick legte er seine Hand auf ihre. »Ich sage dir diese Dinge, weil du mir wichtig bist. Hätte ich damals etwas fühlen können, hätte mich meine Scheidung von Grace in dieselbe Richtung gedrängt. Genau genommen hat sie das trotzdem. Ich habe sehr viele Verletzungen erlitten und furchtbare Dinge erlebt. Man kann auch Söldner sein, ohne sich das anzutun.«

Sie zog ihre Hand weg. »Aber das ist meine Entscheidung, Kane«, gab sie ruhig zurück. »Ich habe dich gebeten, mich zu trainieren. Das gibt dir nicht das Recht, Entscheidungen für mich zu treffen. Selbst als Anführer des Wolf Pack kannst du mich nicht einfach ausschließen.«

Er seufzte leise und langgezogen. »Ich will dich nicht kleinhalten oder einsperren, Kate. Aber wenn wir es hier wirklich mit Wesen zu tun bekommen, die den Verstand beeinflussen, dann weiß ich genau, was sie dir zeigen. Um zu widerstehen, muss man sich selbst beherrschen und darf sich nicht von Emotionen leiten lassen. Jaxo, Ruby und ich haben das lange Jahre trainiert, vermutlich ebenso wie Bravestone. Aber du bist noch nicht über deinen Verlust hinweg.« Er gestikulierte mit einer Hand. »Was ist, wenn du plötzlich wieder in Athen stehst und die Lorganer unser Haus stürmen? Könntest du dich abwenden und nach Schwächen in der Illusion suchen? Oder würdest du versuchen, das Schicksal deiner Frau zu verändern?«

Ihr Blick trübte sich und ihre Lippen bebten leicht, als er diese Frage stellte. Tränen liefen kurz darauf ihr Gesicht herunter und sie nickte langsam. »Ich verstehe.«

»Ich will dir ersparen, dass du das erneut durchleben musst«, sagte er, rutschte zu ihr herüber und nahm sie in den Arm.

Sie schmiegte sich an ihn. »Ich weiß, aber ich muss mich abhärten. Ich kann mich nicht jedes Mal verkriechen, wenn mich jemand an Jenna erinnert. Es ist schwer zu erklären, aber ich habe das Gefühl, ich muss das tun. Um damit abzuschließen, muss ich die Kraft aufbringen, es hinter mir zu lassen, es zu akzeptieren.«

Er legte ihr die Hand auf den Rücken. »Lass dir einen Moment Zeit, in Ordnung? Wenn du darüber nachgedacht hast und das deine

Entscheidung ist, dann respektiere ich das. Ich kann dich vielleicht nicht beschützen, aber ich will dir vertrauen. Du bist stark, denn du bist eine Walker.«

Er ließ sie noch eine Weile mit ihren Gedanken allein, ging zurück in den Aufenthaltsbereich und setzte sich zu den anderen.

Insbesondere Jaxo schien positiv gestimmt. Er schraubte an einem kleinen mechanischen Kasten herum. »Kate hat sich in den letzten Monaten wieder und wieder bewiesen. Du scheinst die Qualität deiner Fähigkeiten als Lehrer zu unterschätzen, Kumpel. Als sie sich uns nach Athen angeschlossen hat, konnte sie kaum eine Pistole halten und hat sich bei Gefahr zu einer zitternden Kugel zusammengerollt. Jetzt hat sie das Selbstvertrauen, an deiner Seite ins Unbekannte zu marschieren. Und wenn ich ehrlich sein soll, traue ich ihr das auch zu.«

Kane nickte langsam, obwohl er weiterhin besorgt blieb. »Ich habe wohl den klassischen Fehler gemacht und ihren Schutz über ihre Freiheit gestellt. So lernt sie aber nichts und ich ernte zusätzlich ihren Missmut. Diesen Fehler begehe ich nicht noch einmal.«

»Sie kriegt das hin, Wolf. Selbst wenn sie noch ungeschliffen ist, kann man deutlich denselben ungebrochenen Willen in ihr erkennen, der sich ganz offensichtlich durch deine gesamte Familie zieht«, kam es von Ruby. Sie zwinkerte ihm ermutigend zu.

»Wie schätzt du ihr Können aktuell ein?«, fragte der Lorganer und sah von seinem Gerät auf.

Kane dachte einen Moment darüber nach und rieb sich über eine Braue. »Sie wird besser. Ihre Furcht ist Selbstvertrauen gewichen, doch jetzt muss daraus Wachsamkeit werden. Ihr Umgang mit Pistolen und Langwaffen ist auf Soldatenniveau und im Nahkampf kann sie sich sogar gegen einen Lorganer behaupten. Sie muss noch an ihren Denkmustern feilen und auch der Umgang mit Ausrüstung braucht noch etwas Feinschliff, aber insgesamt geht sie als solide Söldnerin durch.«

Bravestone räusperte sich auf dem Pilotensitz. »Ihr seid eine ungewöhnliche Gruppe. Die meisten Söldner, die ich kenne, sind nur auf das Geld fixiert und betrachten den Großteil ihrer Mannschaften als austauschbar. Es sind Zweckbündnisse, die in dem Moment aufgekündigt werden, wo es den Gewinn zu schmälern droht.«

Jaxo schubste Ruby mit einem schelmischen Grinsen. »Tja, wir sind nicht ganz freiwillig Söldner geworden. Kane wurde von seiner Heimatwelt verjagt und unser Freund Paco und ich folgten ihm aus Freundschaft und Loyalität. Dann trafen wir auf RB und wurden eine kleine Familie. Wir haben uns nie wegen Geld gestritten, weil das nie so wichtig war wie unser Zusammenhalt«, erinnerte sich Jaxo und Ruby boxte ihm lächelnd gegen den Arm.

Der Onu drehte kurz den Kopf zu ihnen nach hinten. »Genau das macht euch besonders. Ich habe es sofort gemerkt, als ich euch sah. Es ist schwer zu erklären, aber ich habe das unbestimmte Gefühl, dass ihr hier sein müsst. Ihr habt hier eine Aufgabe zu erfüllen, wie auch immer sie aussehen mag.«

***

Der Flug vom Sturmnebel in den Vassimi-Gürtel dauerte mit der Dragonwing nur einen knappen Tag. Mit der Defiance II hätten sie eine ganze Woche gebraucht. Gleich mehrere verschiedenfarbige Nebel durchzogen den Gürtel und diverse Asteroidenfelder lagen zwischen den Systemen.

Als Kane aus einem virtuellen Fenster spähte, fing jedoch noch etwas anderes seinen Blick ein. »Isaiah? Was ist das da hinten? Dieses dunkle Flimmern rechts neben dem rosafarbenen Nebel.«

Bravestone sah nicht einmal hin. »Das Nasmantum. In der Sprache meiner Vorfahren nannte man es das Auge der Ewigkeit. Es ist das größte Schwarze Loch in der Omni-Galaxie. Die Systeme dieses Sektors liegen weit genug von seinem Sog entfernt, aber wer zwischen ihnen reisen will, muss sich an die offiziellen Routen halten, die umständlich außen herum führen. Sich dieser Naturgewalt zu nähern, ist ein Todesurteil.«

Kate trat neben ihren Bruder und starrte das Objekt an, dessen Ausmaße Kane kaum begreifen konnte. »Wie kann man nur in der Nähe von so etwas leben?«

»Von den Planeten aus kann man es ja nicht sehen«, warf Ruby ein, die gerade ihr Gewehr reinigte. »Wenn ich mir die Verhältnisse auf der Raumkarte so ansehe, ist der Gürtel von seiner reinen Größe her beinahe so riesig wie die gesamten Wallsektoren.«

»Wie läuft euer Studium der Spezies der Randsektoren?«, erkundigte sich Bravestone vom Pilotensitz aus.

Jaxo tippte auf seinem Multitool herum. »Wir arbeiten noch daran. Es sind mehr als bei uns und dann kommen zusätzlich Besucher aus anderen Bereichen der Galaxie dazu, die nicht von hier stammen. Es ist definitiv eine spannende Lektüre«, antwortete er, während er das Abbild eines Volakar studierte.

Sie flogen in das Eoi-System ein und Lato berechnete einen Kurs, der in sicherem Abstand an Mellon Hal vorbei führte. 45 Minuten später tauchte Furyaros vor ihnen auf, ein dunkelroter Planet voller schwarzer Flecken.

»Sieht einladend aus«, sagte Kate ironisch. »Gut, dass meine billige Söldnerrüstung trotzdem gegen extreme Temperaturen schützt.«

Da niemand ahnte, was passieren würde, legten sie bereits ihre Rüstungen und Waffen an. Wie immer fühlte sich Kane am wohlsten, wenn die schwarz-silberne Wolfsrüstung seinen Körper verhüllte.

Bravestone flog in die Atmosphäre ein und sofort hüllte der Dampf und Qualm der vielen Vulkane und Lava die virtuellen Fenster ein. Sie mussten sich auf die Sensoren verlassen, die ein digitales Abbild der Landschaft unter ihnen abzeichneten.

»Wonach suchen wir genau?«, erkundigte sich der Lorganer, der die Scanner mit Filtern präzisierte.

»Wir haben die Koordinaten der Forschungsbasis, doch sie liegt eingebettet in den Fels eines Gebirges an einem großen Lavastrom. Es dürfte schwierig sein, sie mit bloßem Auge oder Strukturscannern zu finden«, gab Bravestone zu bedenken.

Ruby schnaufte. »Großartig. Und wie finden wir sie dann?«

»Die Einrichtung wurde direkt bei einer Mine erbaut, wo man seltene Minerale für die Waffenproduktion abbaut. Diese Mine hat sichtbare Außenanlagen, die wir suchen können«, erklärte er.

Die Dragonwing flog den Zielbereich an und ab einer bestimmten Tiefe erkannten sie auch wieder etwas von der Umgebung. Es sah aus wie ein Geflecht aus Lavaflüssen, aus dem hohe, schwarze Felsen ragten, zum Teil ganze Gebirgszüge. In einiger Entfernung fanden sich darunter Vulkane, die neue Lava in feinen Rinnsalen in die Flüsse leiteten.

Überall dampfte und qualmte es und Kane bemerkte das Flimmern der extremen Hitze.

»So habe ich mir immer die Hölle vorgestellt ...«, murmelte Kate und beugte sich über die Lehne des Pilotensitzes.

Die Augen des Wolfs wanderten die Steinformationen entlang, auf der Suche nach etwas Ungewöhnlichem. Selbst verborgene Anlagen brauchten Abluftsysteme, Sendeantennen und andere Komponenten, die sich nicht so einfach verbergen ließen.

»Da!«, sagte er und deutete auf eine unscheinbare Lücke im Gestein, in der ein Stück Metallwand mit einem Fenster schimmerte.

»Gutes Auge!«, meinte Bravestone und korrigierte den Kurs.

Bei längerem Hinsehen bemerkte Kane auch einige Rohre und eine Satellitenschüssel, jedoch keinen Eingang.

»Wie kommen wir da rein?«, wollte Ruby wissen.

Lato antwortete, »Solche Anlagen verfügen meist über einen getarnten Hangar oder Landeplatz. Angesichts der Situation ist der Ort aber vermutlich abgeriegelt, sodass das keine Option für uns ist.«

Sie umkreisten das Gebiet mehrfach und entdeckten dabei auch die vom Ruß verdunkelten Außengebäude des Bergwerks, das dort lag.

»Ist die Mine noch in Betrieb?«, wollte Jaxo wissen.

Die EI entgegnete, »Laut der Daten des Volakar-Kommandanten wurde sie vor Jahren geschlossen. Es handelte sich um eine der wenigen Abbaueinrichtungen auf Furyaros, die nicht vollautomatisiert betrieben wurden.«

Kate verzog entsetzt das Gesicht. »Warte ... Willst du sagen, da haben Leute gearbeitet? In dieser Hölle hier?«

»Ich finde es eigentlich ganz schön, muss ich sagen«, warf Ruby ein.

»Ihr Krodaa seit ja nun wirklich kein Maßstab, wenn es um Ästhetik geht«, kicherte der Lorganer und kassierte einen Schlag gegen die Schulter.

Bravestone erklärte, »Das war eine Sklavenmine. Das Protektorat gehört zu den größten Kunden der Sklavenbarone von Gorag. Sie versklaven teilweise Kriegsgefangene selbst oder kaufen welche von ihren Partnern ein. Soweit ich weiß, sind die manuellen Minen von Furyaros hauptsächlich für Gefangene aus Onu Ana gedacht gewesen.«

»Sklavenhandel ist in den Randsektoren akzeptiert?«, wunderte sich Kane, da es kaum Spezies gab, die derartige Praktiken guthießen.

»Akzeptiert ist der falsche Begriff. Es sind nur einige wenige Organisationen, die diesem Geschäft nachgehen. Sie sind jedoch mächtig genug, um sich gegen jede Einmischung zu wehren. Der Protektor hat den Wert von Sklavenarbeit erkannt und billigt die Existenz dieses Marktes, solange er seinen Expansionsinteressen dient«, erklärte Bravestone mit verzogenem Mund. »Die Vigilancer gehen ständig dagegen vor, doch mit wenig Erfolg. Aus diesem Grund ist der Orden auf Gorag nicht ganz so gern gesehen wie andernorts.«

Lato holte sie zurück in die Gegenwart. »Meine Daten legen nahe, dass die stillgelegte Mine direkt an die Volakar-Basis angrenzt. Es könnte sogar einen Zugang geben. Der sicherste Weg hinein sollte durch die alten Schächte führen.«

»Minenschächte und sicher?«, wiederholte Kate skeptisch.

»Es wäre jedenfalls einfacher, als uns von der Steilwand abzuseilen oder stundenlang einen anderen Zugangspunkt zu suchen«, erwiderte Kane und rieb sich das Kinn.

Da der Onu ihm zustimmte, landete er das Schiff auf einem von Ruß und Brandflecken verwitterten Landeplatz oberhalb eines Lavaflusses.

»Sicher, dass das Schiff hier nichts abbekommt?«, fragte Jaxo, der wie immer an Bord bleiben würde.

»Die Dragonwing ist für Flüge auf unwirkliche Welten ausgelegt. Wenn du etwas findest, das sie beschädigen kann, wirst du viele Ingenieure auf Vigilance beeindrucken«, gab der Captain amüsiert zurück. »Außerdem hat Lato ein Auge auf die Umgebung.«

»Stets zu Diensten«, kommentierte die EI.

Diesmal ließ der Vigilancer den Mantel weg und setzte seinen schartigen Helm auf. In seiner silbernen Rüstung sah er ehrenvoll und respektabel aus.

Auch Kane und Kate setzten ihre Helme auf, sodass sich das HUD der Wolfsrüstung mit Latos Datenbank verband und er wieder Zugriff auf erweiterte Daten hatte.

Lediglich Ruby ging ohne Kopfbedeckung. Sie hatte als Krodaa kein Problem mit stickiger Hitze und Qualm.

Nacheinander traten sie von der Rampe auf den staubigen Boden der Landefläche und stiegen die Metalltreppe auf den rauen Felsboden hinab.

Kane betrachtete die kleinen Arbeiterbarracken, wo man wohl die Sklaven untergebracht hatte, wenn sie schlafen sollten. Die flachen Bauten aus kantigem Metall und Stein ohne Fenster verströmten eine Aura der Verzweiflung. Dahinter machte er ein größeres Gebäude mit einer Sendeanlage aus, wohl zur Verwaltung.

»Stell dir vor, du müsstest an so einem Ort leben ... Das ist furchtbar«, sagte Kate und schüttelte den Kopf.

»Ich weiß nicht, was dein Problem ist. Hier ist es schön warm, die Luft riecht nach Stein und Asche und das Blubbern der Lava ist beruhigend«, schwärmte Ruby und ihr Blick strahlte Wohlwollen aus.

Bravestone kicherte nur. »Der Kosmos bringt wahrlich die erstaunlichsten Lebensformen hervor.«

Die Gruppe setzte sich in Bewegung und hielt auf den hohen Mineneingang zu. Kane musterte dicken Stahlträgern, die alles absicherten. Ein leerstehender Checkpoint diente als Zugang. Neben dem winzigen Büro dort fand er nur einen Raum mit Spinden, ein paar herumliegende Helme und abgebrochene Werkzeuge.

»Hier haben sich die Sklaven umgezogen. Da drüben ist ein Lager für Bohrlaser und andere gefährliche Geräte. Ich nehme an, da drin ist nichts mehr. Das Zeug ist teuer und man würde es nicht einfach zurücklassen«, schätzte der Onu und übernahm die Führung.

Der Weg durch den Stollen wurde zusehends enger und schmaler, bis Kane an einer Seitenwand ein Gitter entdeckte, an dem drei Skelette festgekettet hingen. Ein rostiges Schild zeigte eine verwitterte Beschriftung in fremden Symbolen. Der Wolf trat davor und wischte den schwarzen Staub ab, der das Lesen erschwerte. Sein HUD übersetzte die Worte in seine Sprache.

»Lasst dies eine Warnung sein, was mit denen geschieht, die gegen ihre Herren aufbegehren«, las er laut vor.

»Sie haben aufsässige Sklaven hier verhungern lassen und als Warnung für die anderen aufgehängt. Das ist barbarisch«, sagte Ruby abfällig und zog die Nase kraus.

»Aber effektiv«, kommentierte Kane. »Das lässt sich kaum leugnen.«

Bereits in diesem Teil der Mine fanden sie Abzweigungen, in denen Spuren an den Wänden auf Bohrungen nach Erzen oder Mineralen hinwiesen. Der Hauptstollen führte allerdings tiefer in den Berg hinein. Aufgrund fehlender Stromversorgung bewegten sie sich durch die Dunkelheit. Erst als sie den zentralen Bereich erreichten, änderte sich das.

Der Stollen endete und sie traten an die Kante des Felsbodens. Weit unter ihnen breitete sich ein träge blubbernder Lavasee aus.

Kane betrachtete die Umgebung genau. Ein in den Fels gehauener Weg aus Metall mit Geländer führte von dem Tunnel am Rand einer riesigen Kaverne entlang bis zu einem anderen Stollen. Dort fing auch eine in der Decke verankerte Brücke an, die sich bis zu einem Plateau zog, das auf einer Steinsäule mit fast 100 Metern Durchmesser aus dem See ragte. Darauf erspähte er einige kleine Gebäude und weitere Brücken, die in andere Teile des Berges führten. Das Licht der glühenden Lava wurde von der Decke teilweise zurückgeworfen, wo sich glitzernde Silberadern durch den Fels zogen.

»Wow ...«, staunte Kate.

»Das ist mal ein Bergwerk mit hoher Lebensgefahr«, schallte Jaxos Stimme aus Kanes Helm.

»So kann man das auch sagen«, kam es von Bravestone. »Wo müssen wir lang?«

Lato erzeugte einen blinkenden Punkt auf dem HUD. »Die Anlage liegt in dieser Richtung. Es gibt keine Pläne der Mine, also müsst ihr selbst einen Weg finden.«

»Gehen wir erstmal zu dieser Säule. Von dort kann man sicher mehr erkennen«, schlug Ruby vor und breitete ihre Schwingen aus.

Sie ließ sich von der Kante fallen und flog kreisend um das Plateau herum, wobei sie den Auftrieb der heißen Luft ausnutzte, um sich ohne viele Flügelschläge oben zu halten.

»Dieser Ort scheint ihr wirklich zu gefallen«, stellte der Onu fest und wischte sich Ruß vom Visor.

Die anderen nahmen den regulären Weg über die Brücke, um den zentralen Platz der Kaverne zu erreichen. Von dort zählte Kane sieben Stollen, die in verschiedene Richtungen führten.

Seine Schwester untersuchte derweil kleine Metallkonstrukte, die ihn an Fensterputzeraufzüge aus dem 21. Jahrhundert erinnerten, mit denen Wolkenkratzer auf der Erde gereinigt wurden. Sein HUD zeigte ihm, dass es sich um Schwebegerüste handelte, die den Bergleuten ermöglichten, auch ohne aufwändige Wege und Leitern an höher gelegenen Stellen zu bohren.

Eine kleine Metallhütte und völlig verdreckte Tische und Bänke deuteten darauf hin, dass die Arbeiter dort während der Pausen gegessen hatten.

Kane nahm überall die negative Energie des Ortes wahr. Sie zeugte von Leid und Verzweiflung. »Diese Mine ist ein grauenhafter Ort. Viele Leben endeten hier und ich spüre noch immer die Angst und den Schmerz all derer, die hier einst zur Arbeit geprügelt wurden.«

Bravestone war damit beschäftigt, die Position ihres Ziels mit den Stollen abzugleichen. »Du kannst Auraenergien wahrnehmen? Das ist keine übliche Fähigkeit für Menschen, wenn ich mich nicht irre, oder?«

»Das stimmt. Es gab schon immer Schamanen und Erleuchtete unter meinem Volk, die ein Gespür für solche Dinge hatten. Die meisten anderen Menschen, denen dieser Sinn fehlte, haben sie für verrückt erklärt und verfolgt. Als ich bei meiner Mentorin Langtatze lernte, brachte sie mir bei, den Takt des Lebens zu wahrzunehmen. Diese Gabe habe ich inzwischen so weit verfeinert, dass ich sogar die Überreste von Emotionen unterscheiden kann, wenn sie stark genug waren.«

»Eine seltene und nützliche Fertigkeit. Wenn wir Zeit haben, würde ich gern mehr über diese Langtatze erfahren«, sagte der Onu. Er hielt das Hologramm einer Art Kompass über seiner Handfläche nach oben. »Ich würde sagen, wir versuchen es mal mit diesem Stollen.«

Der Wolf folgte seinem Finger. »Solche Tunnel können sich völlig unvorhergesehen winden und die Ausrichtung ändern. Die Position des Eingangs ist keine Garantie dafür, dass der Ausgang in derselben Richtung liegt.«

»Mag sein, aber irgendwo müssen wir ja anfangen, oder nicht?«, entgegnete Kate und lief voraus.

Bereits daran, dass Ruby im Flug ihre Waffe zog, erkannte Kane, das etwas nicht stimmte. Instinktiv aktivierte er eine Pistole und schoss sofort auf die Bewegung am Rand des Plateaus in der Nähe seiner Schwester.

Der Schuss streifte ihre Rüstung an der Schulter und erwischte frontal eine Kreatur, die er als übergroßen Salamander beschrieben hätte. Sie sahen aus wie Feuersalamander, nur schimmerten die Schuppen orange und grau, was sie an diesem Ort perfekt tarnte.

Ein ganzes Rudel kam über die Kante und gab knurrende, kratzende Geräusche von sich. Dabei schnellten ihre Zungen hervor und klatschten gegen Kates Rüstung, die sich rückwärts abrollte und sofort das Feuer mit ihrem Gewehr eröffnete.

Auch Ruby und Bravestone beteiligten sich am Geschehen und feuerten auf die Biester. Dabei konzentrierte sich die Krodaa auf alle Tiere, die noch auf dem Weg nach oben waren, während die anderen sich um das Plateau selbst kümmerten. Der Onu hatte eine seiner schweren Pistolen gezogen und hielt in der zweiten Hand sein gebogenes Kurzschwert. Damit schlitzte er jedem Tier den Bauch auf, das ihm zu nahe kam.

Diese Taktik schaute sich Kane ab und zog eine Hälfte von Zaruko, seiner Spezialwaffe. Er hielt den schwarzen Griff fest und entfaltete ihn auf die Länge eines Escrima-Stocks, an dessen Ende eine Speerspitze austrat. Das tat er gerade rechtzeitig, um die Waffe einem auf ihn zu springenden Salamander quer ins offene Maul zu rammen. Mit der anderen Hand nutzte er die Pistole, um ihm vier Male in den Hals zu schießen. Sofort danach schob er die Spitze des Kurzspeers seitlich in den Kopf eines Biests, das es auf Kate abgesehen hatte.

Sie konzentrierte sich darauf, auf die herannahende Masse an Raubtieren zu feuern. Die Wesen zerstreuen sich und Kane und Bravestone erledigten sie mit Pistolen und Klingen.

Der Wolf wich zurück, als eine schnelle, klebrige Zunge seinen Arm erwischte. Die Kreatur zog sich zu ihm und schloss das Maul um seinen Oberarm. Zwar konnte der Kiefer des Salamanders dem Synthium nichts anhaben, aber es brachte ihn aus dem Gleichgewicht. Er krachte auf den Rücken und gleich drei weitere Tiere machten sich über ihn her. Er spürte ihre schweren Körper auf sich und hörte ihr rasselndes, aufgeregtes Atmen. Um sich zu wehren, musste er die Waffen loslassen. Unter Hochdruck bemühte er sich, die Salamander von sich zu schieben, doch sie ließen nicht nach. Kurzerhand befreite er seinen Arm, richtete ihn auf die Wesen und aktivierte die Harbinger an seiner Multischiene am Unterarm. Das Mehrfachgeschoss feuerte zwei Elektrobolzen ab. Das beißende Vieh zuckte unkontrolliert und er zog seinen Arm aus dem Maul. Danach hob er Zaruko auf und rammte die Spitze in dessen Auge.

Ein weiterer Salamander sprang auf ihn zu. Ein Knall aus Bravestones Pistole riss ihn weg. Mit einigen gekonnten Bewegungen schlitzte er drei andere Kreaturen auf und erledigte auch zwei von ihnen, die sich an Kates Beinen festbissen.

Acht der Wesen wimmelten noch um sie herum. Kane zielte mit dem HUD, visierte sie alle an und feuerte mit der Harbinger simultan tödliche Projektile auf jeden Salamander ab. Damit kehrte innerhalb von wenigen Sekunden Ruhe ein, auch wenn Ruby weiterhin Nachzügler von der Säulenwand schoss.

Keuchend hob der Wolf seine Pistole auf und steckte sie weg. Seine Rüstung war mit grünem Blut und klebrigem Speichel beschmiert. »Offenbar hat die Mine neue Bewohner.«

Kate beugte sich nach Luft ringend vor. Sie sah Kane an. »Mir geht's gut! Meine Beine sehen schlimm aus, aber ich habe die meiste Zeit aus der Entfernung geschossen. Ich war ziemlich effektiv, wenn ich das mal anmerken darf.«

Derweil reinigte Bravestone seine Klinge an einem Kadaver und schob sie in das Halfter an seinem Oberschenkel. »Vulkanechsen. Mir war nicht bewusst, dass es die auf Furyaros gibt. Garstige kleine Biester. An sich sind sie nicht sonderlich gefährlich, aber in Rudeln können sie einen überrennen. Mir scheint, sie haben die Botschaft verstanden.«

»Das kann man nur hoffen«, kam es von Kate, die sich aufrichtete. »Du hast auf mich geschossen!«, beschuldigte sie ihren Bruder und deutete auf den Brandfleck an ihrer Schulter.

»Ich habe an dir vorbei geschossen. Kleiner Unterschied«, erwiderte er und versuchte vergeblich, sich zu reinigen.

»Du bist der beste Schütze, den ich je gesehen habe. Du schießt nicht vorbei!« Sie stemmte die Hände in die Hüften. »Bei so einer Familie braucht man keine Feinde mehr.« Ihr Tonfall war scherzhaft, da sie jede Gelegenheit auskostete, Kane zu necken, wenn er einen seltenen Fehler machte.

Er seufzte leise. »Ja, mecker du nur. Lieber das als im Magen so eines Viehs zu enden«, erwiderte er und trat gegen einen Kadaver.

Die drei klopften sich ab und setzten sich wieder in Bewegung in Richtung des Stollens, den Bravestone gewählt hatte, wobei Kate die Führung übernahm.

Kane folgten ihr und auch Ruby landete vor dem Eingang und wartete dort auf sie.

»Hast du Spaß, RB?«, fragte der Silver Wolf.

»Dieser Ort ist super!« Sie grinste breit und streckte ihre Schwingen.

»Merk ihn dir als mögliche Ferienwohnung«, scherzte er.

Gemeinsam traten sie in das Dunkel des Tunnels und kamen sofort an einem weiteren Gitter mit Skeletten vorbei. Markierungen und Spuren von Bohrlasern und Spitzhacken zierten die rauen Felswände überall. Auch hier hingen erloschene Lampen und die Stützbalken aus Metall sicherten den engen Gang. Teilweise brauchten Kane die Nachtsichtfunktion seines Helms und Ruby nutzte die Leuchte ihres Gewehrs.

Kane hielt das für wichtig, denn immer wieder kamen sie an Stellen vorbei, wo einfache Aufzüge in die ungesicherten Schächte in der Tiefe führten. Wenn sie nicht aufpassten, stürzten sie in den Tod.

»Das ist ein Labyrinth hier!«, fluchte der Onu. »Ich hasse es, nur nach Gefühl vorzugehen.«

Schwarzer Staub erfüllte die Luft und sie wischten sich ständig Dreck von den Helmen. Selbst Ruby, an deren Haut von Natur aus nicht viel haftete, sah dreckverschmiert aus. Daran schien sie sich jedoch nicht zu stören. Sie lächelte die ganze Zeit und bewegte sich ungewohnt federnd.

Kate hielt sich an einem Stromkabel fest, das die Lampen verband, um nicht in das nächste gähnende Loch zu fallen. Grimmig brummte sie, »Als wir aufgebrochen sind, um neue Teile der Galaxie zu erkunden, hatte ich mir etwas ganz anderes vorgestellt ...«

»Willkommen im Söldnerleben«, schmunzelte Kane.

Der Weg verengte sich so sehr, dass sie einzeln und seitlich gehen mussten, bis sie den Ausgang erreichten.

Der Wolf trat aus dem Stollen und sah sich um. Er stand auf einer großen Fläche voller Steinbrocken, Erzhaufen, Arbeitstische und herumliegender Werkzeuge. Vor ihm lag ein breiter Schacht, der in endlose Schwärze überging. Ein Geländer trennte ihn von dem Bereich, auf dem Kane stand. Der Minenschacht führte jedoch nicht nur in die Tiefe, sondern er zog sich auch wie ein langer Riss durch den Berg und verlief in beide Richtungen, in die er blickte. An in der Decke verankerten Metallgestellen hing eine Schiene für Transportloren. An einer kleinen Verladestation neben Kane zählte er drei davon. Es waren Plattformen mit Platz für je zwei Personen. Daran angrenzend diente ein großer, quadratischer Trichter als Behälter für abgebautes Erz oder

Steinbrocken. Diese Konstrukte hingen an einem Metallarm, der wiederum an das Schienensystem an der Decke angeschlossen war. Am Deutlichsten fiel Kane an diesem Ort jedoch die eingeschaltete Beleuchtung auf.

Die anderen kamen aus dem Stollen hinter ihm und sahen umher.

»Wieso sind hier die Lampen an? Auch die Schienen scheinen mit Energie versorgt zu werden. Ist diese Mine vielleicht doch noch teilweise in Betrieb?«, wunderte sich Ruby und spähte durch ihr Zielfernrohr.

Jaxo meldete sich zu Wort. »Na ja, ich habe mal gehört, dass die Vindurer auf Hades einige ihrer Waffen getestet haben. Auf solchen Vulkanwelten, insbesondere in Minen, fallen Detonationen, Vibrationen oder Einstürze nicht auf. Hier kann man völlig unbemerkt eskalieren, ohne jemanden zu gefährden. Vielleicht nutzen die Volakar Bereiche der Schächte als Testgelände. So ein Schienensystem kann da nützlich sein.«

»Wenn das so sein sollte, muss es einen Zugang von der Mine in die Anlage geben. Und der wäre wohl über diese Schienen zu erreichen«, schlussfolgerte Kane.

Ruby kratzte sich am Kopf. »Aber wir wissen doch gar nicht, ob es so ist. Vielleicht hat auch einfach irgendein Generator eine Fehlfunktion und versorgt die Systeme hier seit Jahren grundlos mit Energie.«

Daraufhin trat Bravestone an einen alten Arbeitstisch heran und hob eine Pistole hoch. »Das glaube ich nicht.« Sie sah ebenso wuchtig aus wie seine eigenen. Mit dem verschmutzten Handschuh fuhr er über die blitzsaubere Oberfläche, die beinahe brandneu schimmerte. »Das ist ein Energierevolver der Volakar, wie sie oft von den Horntruppen des Protektorats eingesetzt werden. Es ist ein Modell, das erst seit zwei

Jahren auf dem Markt ist. Die Mine wurde aber schon vor sechs Jahren geschlossen.«

»Also ist hier jemand gewesen. Und dem Zustand dieser Waffe nach kann das noch nicht lange her sein«, stellte Kane fest.

Diese Erkenntnis fand er gleichzeitig hilfreich und unheilvoll.

Scherzbolde

»Also … Wie lautet der Plan? Fahren wir mit diesen Bergwerkswagen durch den Schacht und hoffen, auf einen Eingang zu stoßen, der nach Geheimbasis aussieht?«, fragte Kate scherzhaft.

»Ganz genau«, antwortete Bravestone ernst.

»Was? Wirklich?«, wunderte sie sich.

Kane deutete in Richtung der Stelle, wo die Schiene um eine Kurve verschwand. »Irgendwo dort liegt die Basis. Wir müssen so oder so da lang, also warum nicht die Loren nutzen? Was mich allerdings wundert, ist, wieso wir noch niemandem begegnet sind. Wenn die hier Tests durchführen, müsste es Wachposten geben. Jaxo, kannst du irgendwelche Lebensformen auf den Scannern entdecken?«

Der Lorganer antwortete, »Leider nicht. Für Wärmesignaturen ist es hier überall viel zu heiß und für die meisten anderen Scanner seid ihr zu tief unter dem Fels.«

Ruby meinte grinsend, »Wozu bist du noch gleich auf dem Schiff geblieben, Großer? Besonders hilfreich bist du ja nicht gerade.«

»Leck mich, RB. Wühl du dich durch deine geliebte Asche und kuschel mit den Salamandern. Ich bleibe hier im klimatisierten Schiff und plaudere mit unserer äußerst charmanten EI. Wusstet ihr übrigens, dass ihr Name auf die Göttin der Strategie der Onu zurückgeht?«, gab er neckend zurück.

»Schmeichle Lato nicht zu sehr, sonst wird sie anhänglich«, warnte Bravestone und Kane wusste nicht, ob das ein Scherz war. »Wir passen nicht alle auf eine Lore, also nehmen wir zwei. Ruby fährt mit mir vor. Kane, du und Kate haltet euch hinter uns.«

»Verstanden«, bestätigte der Wolf und trat über den Spalt auf die Stellfläche des Gefährts, um sich die Steuerung anzusehen.

Seine Schwester stellte sich neben ihn. »Ich fühle mich nicht gerade wohl hier.«

»Ich hatte dir gesagt, du sollst auf dem Schiff bei Jaxo bleiben. Jetzt musst du da durch«, antwortete er ohne Mitgefühl. »Aber keine Sorge. Ein Absturz ist das Letzte, worum wir uns Gedanken machen müssen.«

»Ach was. Und worüber sollten wir uns Gedanken machen?«, wollte sie wissen und sah sich vorsichtig um, während sie sich am Rand des Erzbehälters festklammerte.

»Einstürze, beschädigte Schienenabschnitte, Salamander, feindliche Volakar, Scherzbolde ... Die Liste ist lang.«

»Na vielen Dank auch für die Ermunterung«, murrte sie sarkastisch und beobachtete, wie Bravestone und Ruby ihre Lore in Bewegung versetzten.

Der Motor brummte zwar nicht sonderlich laut, aber aufgrund des Widerhalls hörte man ihn deutlich.

Anstatt lange zu warten, warf auch Kane die Maschine an und beschleunigte. Die Steuerung bestand aus einem simplen Hebel, den man in zwei Richtungen bewegen konnte, um die Fahrtrichtung und Geschwindigkeit festzulegen. Er blickte zurück und fühlte sich unruhig, als der Tunnelausgang hinter der Kurve aus seinem Blickfeld verschwand.

Bis auf die Beleuchtung an der Schiene und den Scheinwerfern an den Loren erkannte er nichts in der völligen Dunkelheit. Das Licht genügte gerade noch, um die vorbeiziehenden Wände zu sehen, mehr jedoch nicht.

»Ich weiß nicht, wieso, aber dieser Ort jagt mir einen Schauer über den Rücken«, sagte Kate leise. Sie hielt ihre Waffe fest in der freien Hand.

Er wusste genau, was sie meinte. »Irgendetwas stimmt hier nicht.«

Er erkannte nicht, wie es bei Ruby und Bravestone lief, da sie zu weit vorausfuhren. Die beiden verschwanden hinter einer Biegung.

»Wieso haben die es denn so eilig?«, wunderte sich Kate.

Plötzlich hörte Kane Schüsse und sah das Aufblitzen von Energieprojektilen an den Wänden nahe der Kurve. Sofort beschleunigte er die Lore und sie schnellten um die Ecke.

Dort lag eine weitere Zwischenstation mit einem Materiallager und Werkbänken. Hinter dem niedrigen Geländer hockten sechs Personen in Deckung, die abwechselnd auftauchten und mit Gewehren auf Bravestones Lore schossen. Es waren Volakar – zweieinhalb Meter große, muskulöse, humanoide Männer und Frauen mit grauer, hellbrauner oder dunkelroter Haut und prachtvollen Hörnern.

Kane überließ seiner Schwester das Steuer und zog die Viper, um sofort einen der Feinde zu erschießen. Er fragte sich, wieso der Onu das noch nicht getan hatte.

Ruby schwebte mit flatternden Flügeln über der Lore und schoss auf das Geländer, um die Gegner in Deckung zu halten.

»Bravestone, was soll das? Wieso erledigt ihr die Typen nicht?«, wollte Kane wissen.

»Weil sie unter dem Einfluss von Scherzbolden stehen könnten. In dem Fall sind sie nicht sie selbst. Sie wissen nicht, was sie tun«, erklärte er.

Darauf reagierte der Wolf verständnislos. »Ach, und dann ist es in Ordnung, wenn sie uns umbringen?« Er schüttelte den Kopf und nickte Kate zu. »Fahr so nah wie möglich an die beiden heran.«

Während sie sich näherten und er immer wieder hinter dem Erzbehälter der Lore Schutz suchte, beobachtete er die Plattform genauer. Es war eine Werkstätte ohne weiterführende Tunnel mit einem Stück parallel verlaufender Schiene, wo Wagen hielten und beladen wurden. Drei davon warteten dort auf ihren Einsatz.

Sobald er in Reichweite kam, sprang Kane ab und machte einen Satz über einen der parkenden Waggons und das Geländer. Er rollte sich ab und erschoss drei Feinde. Die beiden anderen zuckten zusammen und erhoben sich, sodass Kate einen von ihnen abknallte.

Die letzte Überlebende, eine weibliche Volakar, wollte Kane mit ihrer Pistole erschießen. Er eilte im Zickzack auf sie zu und sprang aus dem Weg, als ein Schuss vor seinen Füßen einschlug. Aus der Rolle heraus schlug er ihr die Waffe aus der Hand, knallte ihren Kopf auf das Geländer und warf sie darüber in die Tiefe.

Als er leicht keuchend sein Gewehr an sein Rückenhalfter heftete, hämmerte Bravestone die Faust auf die Steuerung seiner Lore. »Ich hatte dir gesagt, dass diese Leute nichts für ihr Verhalten können, Kane! Wir töten keine Unschuldigen!«

Der Wolf lockerte seinen Nacken. »Du darfst dich gerne auf den Rücken legen und erschießen lassen, wenn du dich dann besser fühlst. Ich wurde angeheuert, um ein Signalgerät zu zerstören, das die Lage mit jedem Moment verschlimmern kann. Wenn diese Typen mich aufhalten wollen, werde ich sie aus dem Weg räumen. Warum sie auf mich schießen, ist mir völlig egal. Wer mich töten will, dem werde ich zuvorkommen«, argumentierte er.

»Wenn wir keine andere Wahl haben, dann ja. Aber wir können sie auch nicht-tödlich außer Gefecht setzen«, beharrte der Vigilancer mit mahnender Stimme.

Kane blieb jedoch weiterhin stoisch und bewegte sich in Richtung seiner Lore. »In einem Feuergefecht habe ich keine Zeit, Leute aufwändig zu fesseln. Und schon gar nicht werde ich riskieren, dass die Scherzbolde sie aufwecken und erneut gegen mich in den Kampf schicken. Nur ein toter Feind ist ein gelöstes Problem. Ich lege es nicht darauf an, zu töten, aber ich riskiere nicht die Mission, um zwei Leute mehr am Leben zu halten.«

Der Onu schüttelte den Kopf. »Du bist ganz anders als dein Vater.«

Mehrere Loren kamen aus beiden Richtungen auf sie zu und Volakar eröffneten das Feuer.

Kane rief, »Lass uns das später ausdiskutieren. Jetzt müssen wir erstmal hier weg!«

Sofort feuerte der Vigilancer nach vorne und zwang die Feinde zum Anhalten. Dann beschleunigte er, während sich Ruby an der Kante des Transportbehälters vor Kate festhielt und nach hinten schoss, wo sich drei Loren schnell näherten.

Um nicht den Anschluss zu verlieren, sprang Kane auf das vorderste der inaktiven Gefährte und startete, um auf die Hauptschiene zu kommen. So hatte er fünf gegnerische Loren zwischen sich und seiner Schwester. Dennoch kamen noch weitere davon hinter ihm um die Kurve und feuerten ohne Pause.

»Nicht töten ... Das soll ja wohl ein Witz sein!«, murrte der Wolf und erschoss einen Volakar mit der Pistole.

Das hinderte den Fahrer jedoch nicht daran, ihn von hinten zu rammen, wodurch die Aufhängung seiner Lore beinahe aus der Schiene sprang. Der Aufschlag sorgte für ein heftiges Ruckeln und störte ihn beim Zielen. Auch die Feinde direkt vor ihm nahmen ihn ins Visier und bremsten, um ihn zwischen sich festzusetzen. Der zweite Aufprall riss die Halterung aus der Schiene und die Lore stürzte ab.

Kane warf sich gerade noch rechtzeitig in den Behälter des Gefährts hinter ihm. Schnell griff er nach einem Horn des Fahrers und schmetterte ihn auf die Kante vor sich, um ihn hereinzuziehen. Die dahinter fahrende Lore schob sie an, sodass sie nicht stehenblieben. Es war fordernd, einen männlichen Krieger des Hornvolkes im direkten Nahkampf zu bezwingen. Der Behälter bot keine sonderlich große Fläche zum Stehen. Die beiden rangelten mehr an die schrägen Seiten gelehnt, als wirklich zu kämpfen. Dank seiner Synthium-Upgrades kam der Silver Wolf den Angriffen seines Gegners mit verstärkter Kraft und verbesserten Reflexen zuvor. Er rang ihm die Waffe aus der Hand und schlug ihm mehrfach in den Magen. Als er seinen Hals zu fassen bekam, erwürgte Kane ihn im Schwitzkasten.

Schwer atmend schob er den massigen Leichnam von sich herunter und zog eine seiner Pistolen. Die zweite Hand brauchte er, um sich fortzubewegen. Mit einem schnellen Satz packte er die Behälterkante und schwang sich auf die Stellfläche, um zwei seiner Feinde zu erledigen. Mit der Viper schoss er eine Haftgranate an die Schiene, die er sofort zündete.

Eine kleine, kontrollierte Detonation zerriss einen Teil der Führungsschiene, sodass alle nachfolgenden Loren abstürzten. Die, auf der er stand, war jedoch ebenfalls betroffen und kippte rückwärts aus der Halterung.

Mit ausgestrecktem Arm schoss Kane den Enterhaken mit seiner Multischiene ab. Das Seil wickelte sich um den Hals eines Volakar auf dem Waggon vor ihm und riss ihn zurück. Mit gebrochenem Genick krachte er rücklings auf das Schutzgeländer des Gefährts und blieb dort hängen, während der Wolf am baumelnd mitgezogen wurde. Unter seinen schwingenden Füßen erkannte er nichts als gähnende Schwärze. Vor sich sah er, wie die anderen Loren kollidierten und die Fahrer aufeinander feuerten. Zwischendurch kamen immer wieder Plattformen vorbei, die jedoch leerstanden.

Mit der Seilwinde seiner Armschiene zog er sich zu dem Waggon hinauf. Er hievte sich zur Steuerung hoch, wo er zunächst mit Zaruko den Schützen aufspießte und über das Geländer zog. Während er sich darüber schwang, trat er dessen Kameraden von Bord. Anschließend beschleunigte er maximal, um die Lore vor sich zu rammen. Er sprang auf die Behälterkante seines Wagens und machte zwei kurze Sätze, um sich an der Schienenhalterung des nächsten Gefährts festzuhalten. Dort schoss er mit der Pistole auf die Haltebolzen, sodass sich der Wagen löste und abstürzte. Den Schwung ausnutzend warf er sich auf die beiden Feinde in der Lore vor sich. Er riss sie um und stieß eine Frau von der Kante. Der Mann verpasste ihm einen Schlag und er musste sich am Geländer festhalten, um das Gleichgewicht nicht zu verlieren.

Mit schnellen und entschlossenen Angriffen, aber glasigen Augen, attackierte der Soldat ihn wieder und wieder. Ein blitzartiger Kniestoß erwischte Kane. Er fiel hintenüber und konnte sich gerade noch mit einer Hand an der Kante festklammern. Keuchend ignorierte er das Brennen in den Fingergelenken. Es würde nicht lange dauern, bis der Volakar auf seine Finger trat, also musste er schnell handeln. Mit der freien Hand zog er eine Haftgranate vom Gürtel und schleuderte sie an den Boden der vor ihm fahrenden Lore. Als sie explodierte, schlug sie hart gegen den Wagen, an dem er hing, der daraufhin weit nach hinten schwang. Diesen Schwung nutzte er, um sich hoch zur Schiene abzustoßen, bevor der Waggon abstürzte. Von dort warf er sich in Richtung des nächsten Wagens. Dummerweise hatte die Granate den Boden des vorderen Gefährts weggesprengt, sodass er nicht landen konnte. Stattdessen hielt er sich am noch schwingenden Behälter fest und ließ am höchsten Punkt los, um ungebremst gegen das Geländer der Lore zu krachen, die von Kate gesteuert wurde.

Der Aufprall war so heftig, dass er sich zwei Rippen brach, was ihm sein HUD mit roten Warnsymbolen anzeigte.

Ruby hangelte sich am Erzbehälter nach hinten und half ihm hinein. »Scheiße! Kane, was hast du da getrieben?! Du hast ja schon viel verrückten Mist abgezogen, aber das kommt direkt in die Top 5!«

Im Gegensatz zu der Krodaa starrte Kate ihn nur wortlos an, doch er deutete nach vorne. »Schau, wohin du fährst!«

Schnell schoss ihr Blick wieder zu Bravestone, der sich noch immer ein mühseliges Feuergefecht mit dem Wagen vor ihm lieferte, wobei er darauf achtete, niemanden zu töten.

Der Silver Wolf murrte, »Um Himmels willen!«

Er packte die Viper und schoss die beiden Typen mit einer Dreiersalve nieder.

Sofort wirbelte der Onu herum. »Was sollte das jetzt wieder?!«

»Ich sorge dafür, dass wir lebend ankommen!«, erwiderte Kane und deutete auf einen hell erleuchteten Platz mit Haltestelle, der eindeutig den Zugang zur Basis markierte. Dahinter prangte eine offene, runde, schwere Panzertür an der Wand.

Ein weiteres Mal feuerte er eine Haftgranate ab, die an der Schiene hängenblieb. »Gut festhalten!«, rief er.

Als er den Sprengsatz zündete, riss er die Führungsschiene genau an einer Kurve auseinander und die beiden Loren schossen geradeaus weiter und krachten in vollem Tempo auf die Plattform, wo sie direkt noch vier Volakar niederwalzten.

Der Aufprall hatte sie alle herausgeschleudert, sodass sie sich einen Moment später stöhnend aufrappelten. Kane spürte die schmerzenden Rippen ein weiteres Mal deutlich. »Fuck!« Er verzog das Gesicht und stützte sich auf einer der liegenden Loren ab.

Bravestone schüttelte benommen den Kopf, Ruby kontrollierte ihre Flügel und Kate betrachtete eine neue Delle in ihrem Brustpanzer.

Kurz darauf trat der Onu auf Kane zu und richtete einen Finger auf ihn. »Wir sollen den Volakar hier helfen, und sie nicht alle umbringen!«

Völlig ungerührt antwortete er, »Wenn wir es auf deine Art gemacht hätten, würden wir jetzt am Boden des Schachts liegen. Diese Typen machen keine Gefangenen, also tue ich das auch nicht. Selbst wenn der Auftrag fehlschlägt, will ich am Ende noch atmen. Dein Orden mag auf Aufopferung stehen, aber mein Ding ist das nicht. Das hast du gewusst, als du uns mitgenommen hast, Isaiah. Du hast mich aufgesucht, weil ich Probleme löse.« Er deutete auf die Panzertür. »Da drin sind immer noch Volakar, vermutlich zusammen mit diesen Scherzbolden und dem

Signalgerät. Willst du mir einen Vortrag über moralische Verpflichtung halten oder diese Viecher stoppen, bevor sie mich zwingen, noch mehr Leute umzulegen? Bist du nun ein Krieger oder nicht?«

Ein Knurren entwich Bravestones Kehle und er fluchte. »Verdammt! Du hast ja recht, Kane! Ich hatte einfach gehofft, wir müssten keine so extreme Mittel aufwenden, aber es lässt sich wohl nicht vermeiden. Wenn wir sterben, wird gar niemand gerettet. So schaffen es vielleicht wenigstens ein paar von ihnen.«

Kane klopfte ihm auf die Schulter. »Jetzt verstehen wir uns. Lass uns reingehen, bevor wir hier festgesetzt werden.«

Er überprüfte, wie kritisch die Verletzung seiner Rippen war. Zu seiner Verwunderung zeigte sein HUD nun jedoch an, dass die Rüstung keine Wunden registrierte. Der Schmerz in seiner Seite war tatsächlich verschwunden, doch das ergab keinen Sinn.

»Lato, kannst du dir den Verlauf meiner Vitalwerte ansehen? Eben stand da noch was von gebrochenen Rippen und jetzt soll alles gut sein. Da muss ein Systemfehler vorliegen«, murmelte er und wischte sich Asche vom Visor.

Die EI entgegnete, »Ich sehe, was du meinst. Die Software scheint zu funktionieren. Entweder sind die Anzugsensoren defekt oder es muss eine andere Erklärung geben. Das schauen wir uns aber besser an, wenn ihr zurück seid.«

Mit gezogenen Gewehren traten sie durch die Panzertür und sahen sich um. Dieser Teil der Mission fühlte sich für Kane beinahe an wie Routine. Die Infiltration von feindlichem Gebiet war sein Spezialgebiet, sodass er sich mit maximaler Effizienz bewegte.

Vorsichtig blieb er immer in Wandnähe und hielt Augen und Ohren offen. Bravestone nahm die andere Gangseite und deckte die zweite Hälfte ab, während Ruby und Kate den Bereich hinter ihnen absicherten.

Die Anlage bestand aus dicken Metallwänden und warmer, gelber Beleuchtung in Form von langen Leisten an der Decke. Alle paar Meter gab es Seitentüren, die in Nebenräume führten. Sie entdeckten ein Magazin, einen Lagerraum, eine medizinische Station und ein Offiziersbüro, jedoch keine lebende Person.

»Wo sind denn alle? Die Typen in der Mine können nicht alle gewesen sein«, zischte Ruby.

»Ab hier dürft ihr nichts mehr glauben, was ihr seht«, brummte Bravestone. »Wenn euch irgendetwas seltsam vorkommt, dann ist es ganz sicher das Werk eines Scherzbolds. Ignoriert es oder wehrt euch dagegen, aber spielt auf keinen Fall mit.«

Nach ein paar weiteren leeren Räumen kamen sie an ein Geländer, das die Aussicht auf die Kantine ermöglichte. Was sie dort sahen, war in Kanes Augen vollkommen bizarr.

Knapp dreißig Volakar hatten sich unter ihnen verteilt, Männer wie Frauen. Einige saßen ganz normal an den leeren Esstischen und bewegten sich, als würden sie ihr Leibgericht genießen. Ein anderer stritt sich lautstark mit niemandem. Kane beobachtete, wie eine Frau heftig mit einem Stützpfeiler flirtete und sanft über dessen Seitenkante streichelte. Manche prügelten sich mit Stühlen oder lagen einfach still da und weinten. Besonders laut drang ein Lied an seine Ohren, das ein stattlicher, rothäutiger Krieger aus vollem Hals trällerte.

»Was in aller Welt …«, wunderte sich der Wolf, obwohl er den Grund für dieses Verhalten kannte.

Sie pirschten mit gesenkten Waffen an einem Kommandanten vorbei, der mit Nachdruck eine Zimmerpflanze zum Stillstehen ermahnte.

»Am besten lassen wir sie in Ruhe. Es kann unschöne Folgen haben, wenn man jemanden mit Gewalt aus einer Illusion reißt«, warnte der Onu sie.

»Wo könnte das Signalgerät sein?«, erkundigte sich Kane und suchte den Raum nach Hinweisen ab.

Mit einem Blick auf sein Multitool antwortete Bravestone, »Es ist ein experimentelles Gerät. Es muss hier einen Bereich für Prototypen geben.«

Sie erreichten das untere Ende der Treppe in die Kantine und urplötzlich rannte Ruby davon und rief, »Nein!«

Auch Kate verhielt sich seltsam. Sie zog ihren Helm ab und blankes Entsetzen zeichnete sich in ihrem Gesicht ab.

Kane blieb stehen und versuchte, sie anzusprechen, doch sie nahm ihn nicht wahr. Selbst eine sanfte Ohrfeige machte keinen Unterschied.

Als er sich umdrehte, war auch der Onu verschwunden. »Isaiah?«

Er wusste, dass er seinen Kameraden in dieser Lage nicht helfen konnte. Da nur die Zerstörung des Signalgeräts diese unheimlichen Illusionen beendete, setzte er die Suche alleine fort. Die meisten Gänge, die er untersuchte, waren leer oder uninteressant. Er hielt zwar das Gewehr in den Händen, doch die Volakar in der Anlage stellten keine Bedrohung dar. Sie gaben sich ihren Wahnvorstellungen hin und bemerkten ihn gar nicht.

Er öffnete die Tür zu einem Labor voller Messgeräte und Erzproben. Dort saß eine Person ohne Hörner mit dem Rücken zu ihm in einem Schwebestuhl.

»Hallo? Kannst du mich hören oder bist du auch geistig abwesend?«, fragte er, erwartete aber keine Reaktion.

Zu seiner Überraschung kam eine Antwort. »Ich kann dich sehr gut hören, Kane. Und ich muss sagen, es tut gut, deine Stimme zu hören.«

Er erkannte die Stimme der Person ebenfalls, doch das war unmöglich. Mit energischen Schritten trat er zu dem Stuhl, packte die Lehne und drehte ihn herum. Sein Blick weitete sich, als er in die milchigen Augen von Paco sah. Er trug einen Patientenkittel und sein Gesicht wurde von schweren Verbrennungsnarben verunstaltet.

»Wie du siehst, kann ich dich nicht erkennen, aber ich nehme mal an, du hast bemerkt, dass ich blind bin.« Als Kane nichts sagte, fragte sein alter Freund, »Was? Hast wohl nicht erwartet, mich nochmal wiederzusehen, nachdem du mich auf der namenlosen Welt zurückgelassen hast, was Kumpel?«

Kanes Gedanken rasten zu dem Tag zurück, als er Paco zum letzten Mal lebend gesehen hatte. »Ich habe überall nach dir gesucht und Jaxo hat jeden Scanner probiert, um Lebenszeichen von dir zu finden, aber du warst einfach verschwunden. Wir konnten nichts mehr für dich tun«, verteidigte er sich.

Paco verzog das entstellte Gesicht. »Natürlich nicht. Du hast sicher lange Zeit um mich getrauert. Ach nein, ich hatte es fast vergessen – du kannst ja gar nichts fühlen. Wie lange hat es gedauert, bis du mich durch Kate ersetzt hast, hm? Ein paar Wochen? Tage? Nach allem, was wir zusammen durchgemacht haben, hatte ich gehofft, du würdest wenigstens ein unangenehmes Zwicken verspüren, aber du warst schon immer ein kalter Bastard.«

Nach einem kurzen Moment des Schocks angesichts der lebensechten Darstellung übernahm Kanes wacher Verstand wieder das Kommando. Er trat einen Schritt zurück und lächelte leicht. »Netter Versuch. Selbst wenn Paco noch am Leben wäre, war er noch nie der nachtragende Typ. Er würde mir nicht vorwerfen, was wir getan haben. Abgesehen davon war es seine Idee, Kate mitzunehmen. Und es macht erst recht keinen Sinn, dass er von allen Orten ausgerechnet hier und jetzt auftaucht und mich sofort erkennt.«

Er zog seine Pistole und schoss dem falschen Paco zwischen die milchigen Augen. Eine Sekunde später war der Stuhl leer und daneben erschien ein rothäutiges Wesen mit gelben Haaren und lila Anzug, das ihn genau musterte. Es sprach kein Wort, lächelte schelmisch und verschwand sofort, als er einen weiteren Schuss abgab.

Kane sagte laut, »Wenn das alles ist, was du zu bieten hast, verstehe ich die ganze Aufregung nicht.« Er steckte die Waffe weg.

Er verließ das Labor und durchsuchte ein angrenzendes Büro. Sobald er durch die Tür trat, fand er sich plötzlich in der steril weißen Umgebung der Crimson Void wieder. Er hatte lange nicht mehr an seine Zeit im Hochsicherheitsgefängnis gedacht. Der Raum, in dem er stand, stellte die Kantine dar. Zahlreiche Insassen saßen beim Essen, doch sein Blick blieb schnell an dem einen Tisch haften, an dem die Person saß, die er dort zum letzten Mal gesehen hatte: Langtatze.

Langsam trat er an sie heran und setzte sich. Sie sah bis ins kleinste Detail lebensecht aus. Er zog einen Mundwinkel hoch. »Also: Welche herzzerreißende Geschichte willst du mir erzählen? Bist du als Mentorin enttäuscht von mir? Hättest du erwartet, dass ich meine Gaben an der

Seite des Commanders verschwende, wie du es getan hast? Bist du sauer, dass mir Kilian entkommen ist? Na los, erheitere mich, Scherzbold!«

Die gepunktete T'zun musterte ihn aus ihren grünen Katzenaugen. »Es stimmt, dass die Kräfte eines Scherzbolds meist in Form von Illusionen auftreten, die von den Erinnerungen und Gedanken ihrer Opfer geformt werden. Der Ursprung dieser Kraft ist ihre Verbindung mit dem Fluss des Lebens. Man könnte sagen, sie haben eine einzigartige Weise, das Ki zu nutzen.« Sie faltete die Hände auf dem Tisch. »Wenn man erfahren genug ist, kann man diese Verbindung ausnutzen, um über den Fluss selbst zu kommunizieren. Dieser Ort und mein Aussehen mögen deinen Erinnerungen entstammen, doch meine Worte kommen von mir.«

Kane blieb unbeeindruckt und lehnte sich auf einen Unterarm. »Ich verstehe. Du willst sagen, dass du gar nicht tot bist, sondern Nunak irgendwie überlebt hast. Und jetzt benutzt du ein Wesen mit Illusionskräften, um mich zu kontaktieren und mir ... was genau zu sagen? Sehr weit hergeholt, nebenbei bemerkt.«

Sie schmunzelte. »Du warst noch nie offen für die Dinge, die man nicht sehen oder wahrnehmen kann, Kleiner. Wie ich sehe, hat dich dein Weg zu den Randsektoren geführt. Eine seltsame Wendung. Dieser Teil der Galaxie ist sehr alt, voller uralter Intrigen und machtvoller Individuen. Gib gut acht, wem du dein Vertrauen schenkst, wenn du diese Welten bereist.«

Er blickte schmunzelnd zur Decke. »Jetzt verstehe ich. Du willst mich gegen Bravestone aufhetzen. Das ist ziemlich dünn, meinst du nicht?«

Langtatze erhob sich und sagte, »Auch wenn du das für eine Illusion hältst, vergiss meine Warnung nicht. Der Fluss wird dich zu Personen tragen, die dich für ihre Zwecke ausnutzen wollen. Lass nicht zu, dass man dich zum Werkzeug macht.«

Er stand ebenfalls wieder auf. »Alles klar. Wie wäre es, wenn ich zuerst dafür sorge, dass mich kein Scherzbold zu einem Werkzeug seines Willens macht?«

Als sein Gespür für die Aura im Raum ihn warnte, entfaltete er in einer flüssigen Bewegung Zaruko und durchbohrte das Herz des Wesens, als es an Rhasiahs Stelle erschien. Es sah ihn mit erschrockenem Blick an und löste sich dann vor seinen Augen in violetten Rauch auf, nachdem sich die Umgebung wieder in ein Büro verwandelt hatte.

»So. Wo ist jetzt dieses verdammte Signalgerät?«, fragte er sich selbst. Er durchsuchte drei weitere Räume, bis er plötzlich in einem Parkhaus auf der Erde stand, in dem auf mehreren Ebenen Shuttles parkten. Der Ort sah zerbombt aus und ein großes Loch klaffte in der Mitte. Brennende Wracks lagen überall herum und die Trümmer des Gebäudes zierten die Umgebung.

Kane kannte diesen Anblick gut. Die Darstellung einer Trainingssimulation aus Militärzeiten. In diesem Umfeld tötete er einst die Verräterin Becky Krashinsky, nachdem sie sein Team beinahe ausgelöscht hatte. Wie gerufen kam die Soldatin mit ihrer Energieflinte hinter einer Säule hervor und starrte ihn an. Zunächst beobachtete der Wolf nur das Geschehen. Was immer der Scherzbold damit bezwecken wollte, es ging darum, ihn zu einer Handlung zu verleiten. Mit gezogener Waffe bewegte sie sich auf ihn zu und musterte ihn auf die gleiche Weise. Das kam Kane seltsam vor, da die echte Becky niemals sonderlich vorsichtig oder taktisch klug vorgegangen war, wenn er sie nicht befehligt hatte. Auch ihre Bewegungen passten nicht zu ihr.

Die Frau blieb in einigem Abstand stehen und er rief, »Ich glaube kaum, dass du wirklich hier bist. Du bist schon lange tot.«

Die Aussage schien sie zu verwirren und sie senkte den Lauf ihrer Waffe. »Und du solltest eigentlich in einer angrenzenden Galaxie sein. Wolltest du nicht herausfinden, woher die Kavaner stammen?«

Kane verstand nicht, wovon sie redete. Er vermutete, dass die Illusion diesmal nicht allein erlebte. Becky war kein Phantom, sondern jemand anderer, der ebenfalls beeinflusst wurde. Für diese Person sah er wie ein alter Bekannter aus.

»Mein Name ist Kane Walker und was du siehst, ist eine Täuschung«, sagte er sofort.

Becky senkte das Gewehr. »Kane? Ach, du bist das. Ich bin es – Bravestone.«

»Isaiah! Musstest du dich auch mit einer Reihe nervtötender und, nebenbei bemerkt, furchtbar schlechter Illusionen herumärgern?«, fragte er den Onu.

»Jede Seifenoper wäre besser gewesen«, antwortete Beckys Stimme.

Die beiden versuchten, den Scherzbold zu verhöhnen, damit er sich zeigte. Das funktionierte auch, denn nach zwei weiteren abfälligen Kommentaren, verschwand das Parkhaus und ein Lagerraum erschien, in dem zahlreiche verschlossene Kisten und seltsam wirkende Gerätschaften herumlagen.

Es gab einen lauten Knall, als Bravestone den Scherzbold mit seiner Pistole erschoss, sodass er sich auflöste.

»Den hätten wir«, meinte er dann.

»Das da drüben muss das Signalgerät sein«, vermutete Kane und nickte in Richtung eines Kastens mit großer Antenne und einer zusammenklappbaren Schüssel.

Ein zweiter Schuss sprengte das Gerät in tausend Teile. »Du meinst, das war das Signalgerät«, bemerkte der Onu und steckte die Waffe weg.

Daraufhin entspannte sich Kane ein wenig. »Heißt das, die Scherzbolde verschwinden jetzt? Oder müssen wir den Rest von ihnen auch zur Strecke bringen? Ich weiß nicht, ob ich noch eine dieser lächerlichen Illusionen ertrage.«

Bravestone trat näher zu ihm. »Ich bin ehrlich gesagt erstaunt, wie wenig dich diese Manipulation beeinflusst hat. Für die meisten Leute ist es sehr schwer, obwohl sich ihre Umgebung zum Teil völlig unerwartet verändert.«

»Selbst jetzt wäre ich noch skeptisch, wenn ich nicht deutlich spüren könnte, dass sich der Mantel der Verwirrung um mich herum gelüftet hat«, log Kane, denn er fühlte noch immer den trägen Schleier, der auf der ganzen Umgebung lag.

Als Isaiah nahe genug war, zog er Zaruko und bohrte die Waffe von unten durch das Kinn des Mannes, der ihn überrascht röchelnd ansah, bevor auch er sich in Rauch auflöste. Der Raum veränderte sich dadurch nicht, aber der echte Bravestone saß auf einem Stuhl und hatte die Augen geschlossen.

Diesmal zog Kane die Waffe und zerstörte das Signalgerät selbst, woraufhin der drückende Schleier endlich verschwand.

»Was treibst du da?«, fragte er und steckte seine Pistole nach zweimaliger Drehung um seinen Zeigefinger weg.

Der Onu öffnete die Augen. »Ich habe versucht, die Illusionen auszusperren. Sie beruhen auf Bildern und Geräuschen. Wenn man beides ausblendet, können einem die Scherzbolde nichts anhaben. Ich wollte mich kurz ausruhen, bevor ich mich der nächsten Lüge stelle. Offenbar warst du schneller.«

»Nach vier Trugbildern hatte ich genug.« Kane verzog das Gesicht.

»Du hast vier Illusionen durchschaut? Ich habe noch nie von jemandem gehört, der sich mehr als zwei Male dagegen wehren konnte. Normalerweise lernen Scherzbolde schnell und passen sich an«, wunderte sich sein neuer Kamerad.

»War nicht immer derselbe. Ich muss nach Ruby und Kate sehen. Ich habe so eine Vermutung, was diese Dinger ihnen gezeigt haben«, sagte er und der Onu folgte ihm.

»Auch die Volakar sollten inzwischen aufgewacht sein. Ohne das Signal, das die Scherzbolde hier hält, dürften sie sich bereits verzogen haben. Dieser Ort ist für ihre Art wenig reizvoll«, erklärte er.

Die beiden eilten durch mehrere Gänge zurück in die Kantine, wo die Soldaten des Protektorats verwirrt zusammensaßen und redeten.

Bravestone sagte zu Kane, »Sieh du nach Kate und RB. Ich spreche mit den Leuten hier.«

Der Silver Wolf nickte und ging an den Tischen vorbei. Er entdeckte die Krodaa mit verschränkten Armen an einer Wand lehnend. Sie zog die Brauen zusammen und ihr Mund bildete nur einen dünnen Strich.

Als sie ihren Freund kommen sah, sagte sie sofort, »Frag nicht.«

Er zog einen Mundwinkel hoch. »Das muss ich gar nicht. Ich nehme an, du hast deine Schwester gesehen, wie sie allein in feindliches Gebiet eingedrungen ist und in eine Falle lief.«

Ruby blickte zu Boden. »Es war genau wie damals.«

»Es war nur eine Erinnerung. Mach dir bewusst, dass es nicht real war, und löse dich davon«, sagte er und klopfte ihr auf die Schulter. »Jaxo, bist du noch da?«

Der Lorganer antwortete sofort. »Aber natürlich! Für eine Weile war das Signal weg, aber jetzt seid ihr wieder da. Was ist passiert?«

»Scherzbolde sind passiert, aber sie sind fort. Nur haben sie RB und Kate einen ordentlichen Schrecken eingejagt. Würdest du mit RB reden, während ich nach meiner Schwester sehe?«

»Klaro doch, Kumpel«, bestätigte Jaxo, sodass Kane in den Nebenraum ging, in dem er sie vermutete.

Wie erwartet saß sie dort auf einem Schwebestuhl und starrte geradeaus in die Leere. Er lehnte sich rückwärts mit den Oberschenkeln an einen Metalltisch ihr gegenüber und stützte die Hände auf die Platte.

»Was hast du gesehen?«

Sie atmete mehrmals langsam ein und aus. »Was du prophezeit hattest.«

»Athen.«

Sie nickte, ohne den Blick abzuwenden. »Da war unser altes Haus, da waren Mutter, Lara und Jenna und da waren die Lorganer. Sie haben die Tür aufgebrochen, Mutter und Lara geschnappt und sind die Treppe hoch. Ich bin hinterher, um Jenna zu helfen. Als ich in unser Zimmer kam, konnte ich nur noch sehen, wie sie auf dem Boden kniete und mich liebevoll ansah, bevor die Riesenechse ihr in den Kopf schoss.«

Sie sagte das alles sehr tonlos, so als wäre sie innerlich taub.

»Du hast also wieder versucht, sie zu retten, und konntest es wieder nicht schaffen. Dir ist aber bewusst, dass das eine Illusion war, oder? Sie basierte auf deiner Erinnerung und konnte nicht verändert werden. Selbst wenn es dir gelungen wäre, hätte das keinen Unterschied gemacht«, sagte er ernst.

Sie nickte erneut, legte die Hände auf die Oberschenkel und atmete geräuschvoll aus. »Ich weiß. Damals hattest du mich noch nicht trainiert. Ich dachte, mit dem, was ich jetzt kann und weiß, würde es anders ausgehen. Aber als ich das Haus sah ... und die Lorganer ... hat mich die Angst förmlich gelähmt. Ich war ebenso hilflos wie damals. Sollte ich inzwischen nicht besser sein als das?«

Er kniete sich vor sie und nahm ihre Hände in seine. »Das war keine normale Situation. Das war auch kein einfacher Job, es war Krieg. Und es war deine Familie. Da reagiert niemand ohne Angst oder handelt immer richtig. Das kann man nicht mit Training kompensieren. Der Scherzbold hat dich bei deiner schlimmsten Furcht gepackt und damit kontrolliert.«

Sie sah Kane in die Augen. »Er hat nicht gewonnen.«

Ihr Blick huschte zu dem Tisch herüber und er bemerkte ein violettes Aschehäufchen darunter. »Du hast ihn erledigt?«

»Er war der Lorganer, der Jenna getötet hat. Mir war in dem Moment egal, was mit mir passieren würde. Ich wollte den Mörder meiner Frau einfach nur auslöschen. Tja. Heute habe ich das«, sagte sie, immer noch geistig abwesend.

Kane richtete sich auf und zog sie auf die Füße, was sie in die Gegenwart zurückholte. »Dann hast du heute gezeigt, dass du in der Tat besser bist, als du es damals warst. Nicht einmal Bravestone konnte einen Scherzbold erledigen, aber du schon. Ich bin stolz auf dich.«

Sie umarmte ihn. »Hast du einen erwischt?«

»Sogar zwei.«

Sie kicherte. »Natürlich musst du wieder besser sein als alle anderen.«

»Meine Illusionen waren leicht zu durchschauen. Deine nicht. Ich habe vielleicht einen mehr erledigt, aber du hast dich selbst überwunden. In meinen Augen hast du heute die größte Leistung vollbracht, Kate«, sagte er deutlich und sie drückte ihn noch fester.

Nachdem sie ihr Gespräch beendet hatten, traten sie hinaus, wo Ruby bereits bei Bravestone stand, der mit dem Kommandanten der Anlage sprach.

»Ah, da seid ihr ja. Alles in Ordnung?«, fragte er.

»Es wird schon wieder«, antwortete Kate und nahm ihren Helm von der Krodaa entgegen.

»Die Volakar in dieser Anlage verdanken uns ihre Leben. Ohne unser Eingreifen hätten sie unter dem dauerhaften Einfluss der Scherzbolde ihren Verstand verloren«, erklärte Bravestone.

Der Kommandant hatte hellbraune Haut und war knapp 2,15 m groß. Er rieb sich über die dicken, breit abstehenden Hörner und sein Vollbart hing bis auf den Brustpanzer. Mit seiner tiefen Stimme sagte er, »Das stimmt wohl. Dieses Signalgerät war gefährlicher, als wir erwartet hatten. Selbst als Waffe auf feindlichen Welten wäre es zu riskant, eine größere Anzahl dieser Wesen in unsere Sektoren zu locken. Wir werden die Pläne vernichten.« Er seufzte und leckte sich die Lippen. »Ihr habt in der Mine viele gute Männer und Frauen getötet.«

»Töten oder getötet werden, Kommandant. Ihr führt einen Krieg gegen eure benachbarten Systeme. Ihr solltet wissen, wie das läuft«, erwiderte Kane ungerührt. »Abgesehen davon braucht ihr euch nicht wundern, dass es Opfer gibt, wenn ihr derartige Geräte ohne entsprechende Schutzvorkehrungen testet.«

Die Augen des Mannes verengten sich angesichts dieser Anschuldigung, was für Kane interessant aussah, da Volakar schwarze Augen mit weißen Pupillen hatten.

»Wir erfüllen unsere Pflicht im Namen des Protektors, selbst wenn es unsere Leben fordert«, sagte er ernst.

»Nun, das hat es ja jetzt. Wir wurden beauftragt, die Gefahr durch das Gerät zu beenden. Das haben wir erledigt. Es war nicht unsere Aufgabe, euch vor eurer eigenen Fahrlässigkeit zu schützen. Vielleicht haben die Überlebenden ja aus der Sache gelernt«, erwiderte Kane hart und kreuzte die Arme.

Selbst Kate sah ihn mit offenem Mund an.

Wie er es erwartet hatte, verwandelte sich der Blick des Volakar in ein leichtes Grinsen. »Du bist ein hartgesottener Krieger, Silver Wolf. Mein Volk respektiert Stärke. Du hast vermutlich recht. Wir werden künftig mehr Wert auf Sicherheit legen, damit sich dieser Vorfall nicht wiederholt.« Sein Blick fiel wieder auf Bravestone. »Wir danken Euch, Vigilancer. In Zeiten wie diesen ist es nicht selbstverständlich, dass ihr Volakar helft.«

Der Onu reichte ihm die Hand. »Der Kodex macht keinen Unterschied, wenn jemand in Not ist. Das Einzige, worum ich bitte, ist, dass ihr diese Güte weitergebt, wenn ihr könnt.«

Anschließend machten sie sich auf den Weg zum Hangar der Anlage, der hinter einem getarnten Tor verborgen lag, das außen vom Fels nicht zu unterscheiden war. Dort landete die Dragonwing, um sie abzuholen.

Jaxo erwartete sie schon und drückte jedem von ihnen einen Drink in die Hand. »Ich glaube, ihr braucht alle erstmal eine kleine Pause. Lato und ich fliegen zurück und ihr haut euch eine Runde aufs Ohr.«

Dem konnte Kane kaum widersprechen, daher gönnte er sich ein wohlverdientes Nickerchen.

Einer Legende würdig

Während des Rückfluges verhielt sich Kate überwiegend still oder schraubte mit Jaxo an ihrer Rüstung herum, um die Schäden zu reparieren. Bravestone ging einige Berichte durch, was sich sonst in den Randsektoren getan hatte.

Derweil saß Ruby mit Kane auf der Sitzbank am Tisch und sie spielten Gumai-Schach.

Sie sagte, »Weißt du, irgendwie kommt mir das alles hier seltsam vor. Ich meine, wir sind hier an einem völlig fremden Ort, aber trotzdem fühlen sich die Jobs nicht anders an. Klar, Scherzbolde hatten wir noch nicht, aber der Rest war nichts Besonderes.«

Kane bewegte eine Spielfigur und antwortete, »Was hattest du denn erwartet? Dass es hier spannendere Probleme gibt und wir pausenlos aufregende neue Dinge tun würden?«

Sie schlug eine seiner Figuren und entfernte sie vom holografischen Brett. »Irgendwie schon. Zu sehen, dass es hier eigentlich nicht viel anders ist als bei uns, nimmt dem Ganzen die Magie.«

Mit einem leisen Schmunzeln nippte er an seinem Getränk. »Ich bin sicher, wir werden hier noch so einiges sehen und erleben, das wir uns nicht vorstellen konnten. Trotzdem solltest du keine Wunder erwarten. Die meisten organischen Lebensformen haben ähnliche Grundbedürfnisse und entwickeln sich dementsprechend. Selbsterhaltung, Leidvermeidung und die Suche nach Freude und Glück verkommen zu übertriebenem Egoismus und Gier nach Macht und Reichtum. Jeder glaubt, es am Besten zu wissen, und will sich über andere erheben. Daraus entsteht dann eine bekannte Palette an

Problemen. Das Einzige, was hier anders ist, sind die Orte und Kulturen, innerhalb derer das alles passiert. Die Jobs werden die gleichen sein, nur die Umgebung, Aliens und Technologien sind neu.«

»Ja schon, aber macht dich das nicht traurig?«, fragte Ruby und goss sich ein Getränk nach. »Wir haben die Chance, hier Dinge zu sehen, die niemand vor uns gesehen hat, und dann stellt sich heraus, dass es gar nichts Besonderes ist. Das ist doch scheiße! Es sollte bahnbrechend und unbeschreiblich sein!«

Mit einem Lächeln schlug er eine ihrer Figuren. »Die Realität bleibt oft hinter den Erwartungen zurück, RB. Rational betrachtet ist absolut gar nichts besonders. Das wird es immer erst dadurch, dass wir es dazu machen.«

Sie schnaubte amüsiert. »Willst du mir etwa erzählen, dass du unsere bisherigen Erlebnisse hier spannend und unglaublich findest?«

Er hob die Brauen. »Unglaublich nicht, aber spannend auf jeden Fall.« Mit einem Blick in ihre gelben Augen sagte er, »Wir waren gerade in einer Mine auf einer Welt, von der ich gestern noch nichts wusste. Wir haben es mit Aliens zu tun gehabt, denen ich zuvor nie begegnet bin. Sie haben eine ganz eigene Kultur, andere Technologien, neue Denkweisen. Und dann die Scherzbolde. Kreaturen, die durch ihren bloßen Willen die Wahrnehmung anderer beeinflussen können. Für die meisten einfach denkenden Menschen käme das Magie gleich.« Er richtete die Handflächen nach oben. »Du hast heute reale Magie am eigenen Leib erfahren. Mich interessiert mehr, wie es funktioniert, aber dass es überhaupt funktioniert, ist bemerkenswert. Also ja, RB, ich empfinde unsere Reise bisher als durchaus bahnbrechend.«

Ihre Stirn runzelte sich deutlich. »So habe ich das noch gar nicht betrachtet. Es war keine angenehme Erfahrung, aber würde ich es jemandem in Garbag's Nest erzählen, würde mir niemand glauben.«

»Womit du im Grunde selbst bestätigt hast, dass wir hier Unglaubliches erleben«, argumentierte Kane und schlug ihren König, womit er das Spiel gewann.

Sie schüttelte grinsend den Kopf. »Klugscheißer.«

Er erhob sich zwinkernd und ging zur Rüstkammer bei der Ausstiegsrampe, um nachzusehen, warum die Sensoren seines Anzugs falsche Werte angezeigt hatten.

»Hast du die Systeme durchgecheckt, Lato?«

»Ob ich die primitiven Sensoren deiner Rüstung aus Synthium überprüft habe? Schon längst. Ehrlich gesagt wundert es mich, dass so rudimentäre Bauteile überhaupt verlässliche Ergebnisse liefern können«, spottete die EI.

Er ignorierte das und fragte stattdessen, »Kam was Nützliches dabei heraus?«

»Sie sind zwar lächerlich, aber deine Anzugsysteme sind alle fehlerfrei«, bestätigte sie.

Er kratzte sich am Kopf. »Ich habe den Schmerz beim Aufprall deutlich gespürt. War nicht das erste Mal, dass ich mir Rippen gebrochen habe, daher kann ich mit Sicherheit sagen, dass es sich genau so angefühlt hat. Aber keine zehn Minuten später war davon nichts mehr zu spüren. Wie ist sowas möglich? Ich hatte den Velarstein nicht dabei.«

Lato antwortete, »Wie gesagt deuten deine Bioscans an, dass der Kontakt zum Stein der Weisen deine DNS mutiert hat. Vermutlich das Resultat deiner einzigartigen Kombination aus Ascension-Serum und

Upgrades oder einer bereits vorhandenen Besonderheit deiner Gene. Es wäre möglich, dass dadurch die Leistung des Serums fest in deinen Organismus integriert und exponentiell verstärkt wurde. Oder es gibt eine andere Erklärung.« Kane fuhr mit der Hand über den Helm seiner Rüstung. »So oder so scheint sich deine Selbstheilung rapide beschleunigt zu haben. Außerdem haben sich viele deiner körperlichen Werte deutlich verbessert. Deine Zellen haben sich regeneriert. Ich weiß nicht, wie es anders beschreiben soll, aber die Daten suggerieren, dass du tatsächlich jünger geworden bist.«

Um diese These zu überprüfen, griff er sich ein Messer und ritzte sich einen feinen Schnitt in den Unterarm. Mit fasziniertem Blick sah er zu, wie sich die Wunde wie im Zeitraffer von selbst verschloss.

»Das ist unglaublich ... Wird das denn anhalten?«, wollte er wissen.

Die EI sagte, »Keine Ahnung. Mutationen sind für gewöhnlich permanent, aber bei derart einzigartigen Entwicklungen kann man nie wissen. Wir reden hier immerhin von einem Omni-Artefakt mit unerklärlichen Energien.«

Was auch genau mit ihm geschehen sein mochte, er fühlte sich kraftvoll und energetisch wie schon seit Jahren nicht mehr. Das andauernde Gefühl der Erschöpfung und die Müdigkeit waren wie weggewischt. Neben vielen der Narben, die der Stein geheilt hatte, bemerkte er im Spiegel nun auch wieder weniger Fältchen in seinem Gesicht. Er wusste nicht, was das für ihn bedeuten würde, aber im Moment empfand er einfach nur Dankbarkeit für dieses Geschenk.

***

Zurück auf der Vigilance ließ die Faszination des Wolf Packs diesmal nach. So konnten sie sich auf andere Aspekte als den bloßen Anblick konzentrieren. Besonders die vielen Aliens standen nun im Fokus ihres Interesses.

»Stell dir nur vor, wie unterschiedlich ihre Heimatwelten aussehen müssen, um solche Wesen hervorzubringen«, überlegte Jaxo mit Blick auf eine Gruppe Keluni, die zwischen den Füßen der größeren Ordensmitglieder herumwuselten.

Bravestone kommentierte, »Und die meisten von ihnen haben noch Koloniewelten außerhalb der Randsektoren.«

Kane erinnerte sich, während er neben ihm durch einen Gang lief. »Du bist erstaunlich neutral mit den Volakar umgegangen, obwohl sie dein Volk beinahe ausgelöscht haben.«

Daraufhin antwortete der Onu, »Unsere eigene Geschichte ist mit Blut geschrieben worden. Wir wurden schon mehrmals fast vernichtet, nur um dann wieder Dutzende Welten zu erobern. Es ist ein ewiges auf und ab. Das Protektorat erobert und wütet recht heftig, aber die Randsektoren sind nur ein kleiner Bereich in einer großen Galaxie.« Er führte die Gruppe um eine Ecke und zuckte mit den Schultern. »Bedenkt man, wie viele Spezies und Planeten es gibt, ist Servan Ralek nur ein Staubkorn in einem Sturm. Selbst das galaktische Imperium der Onu mit all seiner Macht ging irgendwann wieder unter. Solche Dinge sind nie von Dauer. Und man darf nicht vergessen, dass die Volakar nicht das Protektorat sind. Sie bilden zwar den Großteil seiner Truppen und ihre Heimatwelt ist die Machtbasis von Ralek, doch es gibt viele Gehörnte, die damit nichts zu tun haben.«

»Verallgemeinerung war schon immer der Anfang jeder Spaltung«, kommentierte Kane.

Sie fuhren mit einem der Aufzüge zum Arsenal, einem ganzen Stockwerk voller Rüstungen, Waffen, Technologien und Werkstätten, in denen die besten Ingenieure der Vigilancer dafür sorgten, dass der Orden über die bestmögliche Ausstattung verfügte.

Bravestone führte sie in einen Bereich, wo Neuzugänge fertige Aufträge abholten. Dort arbeiteten viele Personen und holten Bestellungen ab oder passten Teile an.

Ein Morolan mit einer Armprothese in einer gekürzten, praktischen Variante der üblichen Ordensrobe winkte sie heran. »Ich sehe schon, weshalb ihr hier seid. Schön, Euch zu sehen, Meister Bravestone.«

Mit einem grüßenden Nicken erklärte der Onu, »Das ist Tendaris, einer unserer besten Ingenieure. Ich habe ihn gebeten, die Scans eurer jetzigen Ausrüstung zu analysieren und euch basierend darauf für die Arbeit in den Randsektoren auszustatten.«

Der Morolan strahlte und lief aufgeregt auf und ab. »Das war die spannendste Aufgabe, die ich seit Jahren hatte! Wie oft hat man schon die Gelegenheit, sich die Technologie der Wallsektoren anzusehen? Ich muss sagen, ich war beeindruckt. Eure Ausrüstung ist weit weniger primitiv und rückständig, als ich zunächst angenommen hatte. Das Meiste zumindest«, sagte er mit mitleidigem Blick zu Kate.

Sie warf die Arme hoch. »Ja, ich weiß, dass meine billige Söldnerblechdose schlecht ist! Das sage ich schon seit Monaten!«

Tendaris kicherte. »Das ändern wir heute, meine Liebe!«

Er winkte sie in einen abgetrennten Bereich mit vier geschlossenen Nischen in der Wand. Dort öffnete er die Erste, in der einige kleine Dinge lagen.

»Hier hätten wir ein paar Systemanpassungen für Multitools und ein paar hilfreiche Softwareprogramme für den lorganischen Techniker. Als Bastler weiß ich selbst am Besten, wie ungern ich andere an meinen selbstgebauten Spielzeugen herumschrauben lasse, daher habe ich nur einige Vorschläge zur Verbesserung deiner Drohnen beigefügt, Jaxo.«

Händereibend machte der Angesprochene sich daran, die Dinge zu untersuchen.

Danach kam die zweite Nische, in der eine Panzerung lag, die Rubys Variante exakt glich, nur dass sie nagelneu glänzte. Zudem warteten dort ein paar Mods auf die Anpassung ihres Snipergewehrs.

»Meister Bravestone sagte mir, dass deine Rüstung für dich einen extrem sentimentalen Wert hat. Das respektiere ich, deshalb habe ich ein optisch identisches Modell entworfen, aber aus einer wesentlich stabileren Materialkomposition. Sie sollte leichter sein, als dein aktuelles Modell, sodass du noch besser darin fliegen kannst«, erklärte der Morolan Ruby und sie lächelte breit. »Du musst dich nicht von deinen Erinnerungen trennen, meine Liebe.«

Kate zappelte herum und trommelte mit den Fingern auf den Oberschenkeln. Tendaris bemerkte das. Grinsend sagte er zu ihr, »Keine Sorge, jetzt bist du dran. Ich habe mir nicht mal die Mühe gemacht, mir die Spezifikationen dieser schlecht sitzenden Beleidigung von einer Rüstung anzusehen. Das Teil ist einfach nur ...« Er verzog kopfschüttelnd das Gesicht. »Lassen wir das. Du bist die Schwester einer Legende aus eurer Heimat, also dachte ich mir, du möchtest diese Tatsache vielleicht gern optisch repräsentieren.«

Die dritte Nische gab den Blick auf eine formvollendete Rüstung frei, die in ihrer Grundform der Wolfsrüstung ähnelte. Sie war schlanker, um sich an Kates Körper anzuschmiegen. Zudem schimmerten die Farben hellgrau mit roten Elementen und dem Emblem des Silver Wolf auf der Schulter. Der Helm hatte eine runde Form und ähnelte keinem Tier, jedoch waren die Augenleuchten des Visors einem Wolf nachempfunden und die Verzierung durch Riefen und Schlitze schuf ein abstraktes Bild eines Wolfskopfes.

»Es ist nicht ganz dasselbe, da ihr ja nicht verwechselt werden wollt, aber man sollte eure Zugehörigkeit klar erkennen«, schätzte der Morolan.

Auch ein verbessertes Gewehr und eine schlanke Pistole lagen dabei, die ihren bisherigen Modellen um Welten überlegen waren.

Kate jubelte laut und umarmte den Affenmann, der zunächst völlig überrumpelt blinzelte, dann aber freundlich lächelte.

Zuletzt kam Kane an die Reihe. Er sagte, »Meine jetzige Rüstung war ein Geschenk meiner Mentorin. Sie hat mich nie im Stich gelassen und ist ein Hauptgrund, weshalb sich mein Spitzname so bekannt ist. Ich bezweifle, dass ihr hier etwas Besseres bieten könnt.«

Daraufhin lachte Tendaris und klopfte ihm gegen den Arm. »Mein lieber Silver Wolf, wieso überlasse ich dir nicht das Kämpfen und du überlässt mir die Ausrüstung?« Er breitete die Arme aus. »Wo fange ich nur an? Das Design deiner Rüstung ist hervorragend, das werde ich nicht leugnen. Wer immer sie entworfen hat, wusste genau, was er tut. Aber ein Material aus fast reinem Synthium ist alles andere als ideal. Es ist anfällig für Vibrationen und bestimmte Tonfrequenzen und sein organischer Anteil macht es auf Dauer brüchig. Außerdem hat es einige natürliche Eigenschaften, die zwar nützlich sein können, sich aber nicht beseitigen lassen, wenn man sie nicht braucht. Wirf einen Blick auf meine Version!«

Als sich die Nische öffnete, sah Kane zum ersten Mal das neue und bereits optisch deutlich verbesserte Modell. Die Rüstung war nicht länger glatt und ebenmäßig, sondern bestand insbesondere im Brust- und Rückenbereich aus einer Vielzahl kleinerer Komponenten, die mehr Beweglichkeit bei gleichbleibendem Schutz ermöglichten. Die matten Teile hatte der Morolan allesamt in abgestuften Grautönen lackiert, mit einigen dunkelroten Akzenten. Kane ging um die Rüstung herum und entdeckte auf der Schulter das Symbol des Silver Wolf. Er erkannte hier und da silberne Nieten. Zwischen den Einzelteilen schimmerte ein schwarzer Verbundstoff durch. Der Helm imitierte noch immer die angedeutete Wolfsform, doch auch er bestand nun aus vielen kleineren Teilen in verschiedenen Grau- und Rottönen. Besonders die stilisierten Ohren wiesen auf der Rückseite dekorative Vertiefungen zur Verzierung auf. Kane fuhr mit den Fingern über die Augenleuchten und auch einige kleine Statuslämpchen an der Seite des Kopfes und auf der Brust, die nicht länger gelb, sondern nun in einem tiefen Rot leuchteten. Das verlieh dem Gesamtbild eine gefährlichere, aggressivere Optik.

Tendaris wartete eine Weile, dann fragte er, »Und? Was denkt der Experte? Ist sie dem Silver Wolf würdig?«

Kate trat in ihrer Rüstung zu ihm und ihre Kinnlade fiel herunter. »Die sieht ja richtig geil aus! Viel moderner und irgendwie auch militanter als Kalohis Version.«

Nachdem er den Anblick mit einem leichten Grinsen in Ruhe genossen hatte, sagte Kane. »Es ist ein außergewöhnliches Stück, keine Frage. Ich kann nicht leugnen, dass mich das verbesserte Design sehr anspricht. Weniger subtil, aber deutlich beeindruckender. Wenn sie meinem aktuellen Modell überlegen ist, wäre es mir eine Ehre, sie zu tragen.«

Der Morolan wartete, bis Kane die alte Rüstung abgelegt hatte, und trat dann mit ihm zu dem Podest, auf dem die neue Version stand. »Deine bisherige Rüstung musstest du Teil für Teil manuell anlegen. So viel Zeit brauchst du bei meiner nicht verschwenden.«

Auf einen Befehl hin lösten sich die Einzelteile des Helms und er klappte in Dutzenden Stücken auseinander und zog sich in den Kragen zurück. Zeitgleich passierte dasselbe mit der restlichen Rüstung, deren Teile sich so bewegten, dass sie sich öffnete und das Innenleben zum Vorschein kam.

»Sie kann sich vorne und hinten öffnen, sodass du einfach nur hineintreten musst. Aufgrund des Materials, aus dem der Verbundstoff besteht, lässt sie sich leider nicht in kleinere Teile zerlegen«, erklärte ihr Schöpfer.

Vorsichtig drehte sich Kane um und schob sich in die offene Rüstung hinein. Sobald er seine Arme und Beine richtig ausgerichtet hatte, schlossen sich die Teile wieder und umhüllten seinen Körper. Zunächst lief er ein wenig herum und testete das Tragegefühl.

»Die Bewegungen sind etwas leichter, auch wenn die Rüstung selbst schwerfälliger ist«, fand er.

»Anders als Synthium sind die meisten anderen wirklich stabilen Legierungen schwerer, weil sie eine höhere Dichte haben. Was du da trägst, ist eine eigens von den Onu entwickelte Speziallegierung aus verschiedenen Metallen, durchzogen mit dem äußerst seltenen schwarzen Titan, wie man es hauptsächlich auf Nopis findet. Seit dem

Untergang der alten Onu sind wir hier die Einzigen, die es verarbeiten können, wenn auch nur sehr viel simpler. Durch das schwarze Titan ist diese Rüstung noch härter als selbst Synthium, allerdings auf Kosten des Gewichts«, erklärte der Morolan.

Auf einen Gedanken Kanes hin schloss sich der Helm um seinen Kopf und ein völlig neuartiges HUD aktivierte sich vor seinen Augen. Das Display war aufgeräumter, die Gedankenerfassung präziser und alles fühlte sich flüssiger an.

»Das ist mal was anderes«, staunte er.

Tendaris untersuchte die Gelenke an den Knien genauer. Dabei redete er, »Das liegt daran, dass deine alte Rüstung über einen Hochleistungsempfänger mit einer Datenbank auf einem Raumschiff verbunden war. Das hat die Informationsverarbeitung verzögert und bei Störungen sogar gänzlich verhindert. Diese Rüstung verfügt über eine integrierte, vollwertige Rüstungs-KI, deren gesamter Datenspeicher fest verbaut ist. Sie gleicht Daten mit Lato ab, wenn es möglich ist, aber sie braucht keine Verbindung, um zu funktionieren. Das alles wird mit deinen aktiven Gedanken gesteuert, wie du es gewohnt bist. Natürlich kannst du auch dein Multitool verwenden. Die Rüstung ist gerade dabei, es mit Treibern und Updates aufzuwerten, damit du mit der Technologie der Randsektoren keine Probleme hast.«

»Beeindruckend«, gab Kane zu.

Der Morolan winkte ab. »Das ist noch bei weitem nicht alles. Unsere Energietechnik ist um einiges besser als bei euch. Die Funktionsweise ist identisch, aber wir können es energiesparender, schneller und effizienter. Demnach sind alle Grundsysteme dieser Rüstung leistungsstärker.« Er kratzte sich am Backenfell. »Als ich mir deine

Waffen angesehen habe, ist mir aufgefallen, dass du neben den Zaruko auch immer noch diese geschwungenen Messer bei dir hattest. Ich habe mir erlaubt, eine praktischere Variante einzubauen.«

Kane schloss die Faust und von der Rückseite des Handgelenks fuhren vier leicht gebogene Klingen heraus, die bis knapp über die Knöchel der geschlossenen Faust reichten.

»Die geben deinen Schlägen einen Extrakick und sie eignen sich hervorragend für den Kampf gegen Klingenwaffen. Zum Schneiden sind sie weniger nützlich, aber dafür hast du ja die Zaruko.« Tendaris zog Kanes Arm zu sich und rieb mit der Hand über den Unterarm. »Was die Multischiene angeht, die du mit mehreren Aufsätzen zugemüllt hast ... die habe ich entfernt. Stattdessen habe ich eine Polytan-Schiene eingebaut. Das ist ein von den Kuza entwickeltes, wandelbares Material, das je nach Programmierung jede beliebige Form und Funktion annehmen kann. Ich habe deine bevorzugten Gerätschaften kopiert, sodass sich die Schiene nach Bedarf wandelt, ansonsten aber unsichtbar ist. Den Enterhaken wirst du vermutlich nicht mehr brauchen.«

An dieser Stelle protestierte Kane. »Gerade der Enterhaken hat mir auf Furyaros das Leben gerettet.«

»Das mag sein. Aber nur, weil du die neue Funktion noch nicht hattest«, warf Tendaris grinsend ein. »Sieh auf dein HUD!«

Vor den Augen des Wolfs bildete sich nun eine dreidimensionale Abbildung der Wolfsrüstung MKII. Sie drehte sich, sodass er die Rückseite betrachtete, wo zwei Stellen aufleuchteten. Zudem wurden auch Bereiche an der Hüfte und den Unterarmen markiert.

»Diese Rüstung verfügt über zwei Schubdüsen am Rücken. Ihr Menschen nennt das, glaube ich, Jetpack. Es ist ein miniaturisierter

Iom-Energieantrieb, der stundenlang ohne Überlastung durcharbeiten kann.«

»Sehr nützlich. Also sind die anderen Markierungen Flugstabilisatoren?«, hakte Kane nach.

Der Morolan grinste. »Guter Gedanke, aber nicht ganz. Sei doch bitte so gut und berühre mit den Handgelenken seitlich deine Hüften knapp oberhalb des Gürtels.«

Der Wolf tat wie geheißen und sofort sah er, wie sich zwischen den beiden Stellen ein weißes Energiefeld ausbreitete, dass bis zur Achsel reichte. Es sah aus wie ein Stück Stoff, dass aus reiner Energie bestand.

»Das ist ein Energie-Wingsuit. Alleine oder in Kombination mit den Schubdüsen ermöglicht er dir präzise Steuerung im freien Fall oder beim Fliegen. Zugegeben, es erfordert einiges an Übung, aber wenn du den Bogen raus hast, kannst du damit fliegen, ohne Fallschirm aus einem Schiff springen oder aus brenzligen Situationen entkommen. Dagegen wirkt ein Enterhaken geradezu barbarisch«, spottete der Ingenieur amüsiert.

Nachdem sich Kane mit der Rüstung bewegt und die neuen Funktionen ausgiebig studiert hatte, sagte er, »In Ordnung, ich gebe zu, dass ich mich geirrt habe. Mark II ist tatsächlich um Welten besser als das ursprüngliche Modell.«

Tendaris verneigte sich. »Es freut mich sehr, dass ich deinen hohen Ansprüchen genügen konnte, Silver Wolf. Ich habe dir noch einen roten Kapuzenumhang besorgt, den du überwerfen kannst. Aufgrund der vielen neugierigen Augen da draußen könnte es hilfreich sein, zumindest einen Teil deines Äußeren zu bedecken. Abgesehen davon ist er auch sehr nützlich gegen Sand und Staub.«

Er deutete auf einen Stoffumhang in der Farbe der roten Lackierung der Rüstung. Kane warf ihn über und er bedeckte beide Schultern und seinen linken Arm. Der Stoff reichte bis zu den Oberschenkeln, war aber ungleichmäßig lang. Die weite Kapuze verhüllte sein Gesicht selbst mit aktiviertem Helm.

Seine Waffen hielten an den Magnethalterungen wie immer, woraufhin Tendaris sagte, »Ich habe mir auch deine Bewaffnung angesehen, aber zu meiner Verwunderung ist sie derart modifiziert, dass sie selbst den meisten Modellen der Randsektoren überlegen ist. Das gilt für deine Pistolen, ebenso wie für die Viper und die Zaruko. Von den Shifter-Projektilen, die du verwendest, konnte sogar ich noch etwas lernen.«

Als Kane eine Weile in der neuen Rüstung herumlief, spürte er die faszinierten Blicke der anderen auf sich. Ruby zog einen Mundwinkel hoch, Kate standen Mund und Augen weit offen und Jaxo stellte Tendaris tausende Fragen.

Bravestone trat mit verschränkten Armen vor Kane und fragte, »Hatte ich zu viel versprochen?«

Der Wolf fuhr den Helm ein. »Absolut nicht. Ihr Vigilancer habt wirklich erstklassige Ausstattung. Das ist eine große Hilfe. Ich danke dir, Isaiah.«

»Ich bin mit deinen Methoden zwar nicht immer einverstanden, aber du bist zweifellos ein einmaliger Krieger. Ich bin gespannt, was du mit dieser Rüstung alles erreichen kannst.«

Kane beobachtete, wie sich Kate in ihrer eigenen neuen Aufmachung bewegte. Ihre reine Freude erinnerte ihn an seine Tochter. »Habt ihr hier die Möglichkeit, ein Signal in die Wallsektoren zu übertragen?«

Der Onu rieb sich am Hals. »Du möchtest deine Familie kontaktieren?«

»Das wäre schön.«

Daraufhin kam der Morolan dazu. »Das hatte ich nicht extra erwähnt, weil es bei uns Standard ist, aber die Rüstung verfügt über eine Hochleistungsantenne, die sich mit den Verstärkerknoten des intergalaktischen Kommunikationsnetzwerks verbinden kann. Es kann sich in das ZigNet der Wallsektoren einklinken und dort jeden beliebigen Empfänger anpingen.«

Bravestone schmunzelte und erklärte, »Was der gute Tendaris damit sagen will, ist, dass du sie sogar mit dem integrierten Sender in deinem neuen Anzug erreichen kannst. Du musst nicht mal aufs Schiff zurück.«

Er entschuldigte sich sofort und brachte die Teile der alten Wolfsrüstung zur Dragonwing. Dort hatte er die nötige Ruhe, um seine Familie anzurufen.

Lara nahm den Anruf entgegen, allerdings mit zugekniffenen Augen und verwuscheltem Haar. »Hey Daddy ...«

»Oh, ist es bei euch nachts? Tut mir leid, Engelchen. Ich habe keine Ahnung, wie man die Zeitunterschiede hierher berechnet«, sagte er grinsend.

Sie lächelte ebenfalls und rieb sich die Augen. »Ach ja richtig! Ihr seid mit diesem Fremden aufgebrochen, um die Randsektoren zu besuchen. Seid ihr schon wieder zurück? Mum und ich haben in den nächsten Wochen nicht mit einer Nachricht gerechnet.«

»Nein, ich bin noch hier, aber die Aliens hier haben die nötige Technik, um euch trotzdem zu erreichen«, erklärte er.

»Okay cool! Dir ist sicher klar, dass ich ungefähr eine Million Fragen habe. Vielleicht sogar 1,3 Millionen«, sagte sie halb lachend.

Er schnaubte amüsiert. »Das kann ich mir denken, denn mehr als die Hälfte davon habe ich selbst noch. Jaxo und Kate fragen hier jedem Löcher in den Bauch. Weißt du was? Ich schicke dir ein paar Datensätze zu den Aliens hier und ich rufe dich weiterhin regelmäßig an, um dir zu berichten, was ich so erlebe. Wir wollen ja nicht, dass dir der Stoff für deine Silver Wolf-Comics ausgeht.«

Zunächst erzählte er ihr von dem Job auf Nos und wie er fast gestorben wäre.

Lara war bestürzt. »Du kannst doch nicht einfach in fremde Gefilde aufbrechen und dann sterben, ohne dich zu verabschieden! Jetzt wo wir wieder mehr eine Familie sind, erwarte ich von dir, dass du besser aufpasst!«

Daraufhin verspürte Kane zum ersten Mal tiefe Liebe zu seiner Tochter, weil er sich entschied, das Gefühl zuzulassen.

»Das Ganze hatte einen großen Vorteil. Ich fühle jetzt wieder etwas. Nicht sehr stark, aber genug.« Er druckste einen Moment herum und knetete seine Hände. »Ich liebe dich, Engelchen. Endlich kann ich dir das sagen und es auch so meinen.«

Sie bekam feuchte Augen und schniefte. »Ich hab dich auch lieb, Daddy.« Sie lächelte. »Du solltest das auch zu Mum sagen. Ich glaube, sie wäre überglücklich.«

»Möglich, aber solange ich noch nicht weiß, wann ich zurückkehre, will ich ihr keine falschen Hoffnungen machen«, gab er zurück und setzte sich auf seine Bettkante.

»Dad ... Sie wartet seit Jahren darauf, diese Worte wieder von dir zu hören. Tu euch beiden den Gefallen und sag's ihr.«

Er seufzte. »Du bist ziemlich weise für dein Alter, weißt du das?«

Sie grinste verschmitzt. »Wessen Tochter bin ich wohl?«

»Wehe, du läufst in drei Jahren von zuhause weg, um eine Bank auszurauben. Dann kriegen wir Ärger«, scherzte er und ihm wurde bewusst, wie lange das alles schon her war.

Nachdem er ihr von Furyaros und den Scherzbolden erzählt hatte, grinste er, »Die Vigilancer haben sich bei uns mit neuer Ausrüstung bedankt. Deine Tante Kate hat jetzt endlich eine geeignete Rüstung, die optisch zu meiner passt. Sie ist so stolz, ich glaube, sie wird die nächsten paar Tage lang mehr schweben als gehen.«

Bei der Vorstellung lachte Lara. Dann fragte sie, »Und was hast du bekommen?«

Er aktivierte sein Multitool und schickte ihr das Modell. »Warum siehst du es dir nicht selbst an?«

Sie öffnete die dreidimensionale Abbildung der neuen Wolfsrüstung und ihr Blick war identisch mit dem von Kate, als sie sie zum ersten Mal gesehen hatte. Aufgerissene Augen und ein offenstehender Mund prägten ihren Ausdruck.

»Heilige Scheiße Dad! Ich dachte eigentlich, dass du mit Langtatzes Geschenk schon den Gipfel der Coolness erreicht hättest, aber das ist einfach nochmal unendlich viel cooler! Das sieht aus wie in einem Science-Fiction-Film und du läufst wirklich damit rum!«

»Ich habe jetzt einen Jetpack mit Wingsuit. Ich will es nicht beschreien, weil ich sicher noch mehrmals bruchlanden werde, aber ich glaube, ich kann jetzt fliegen«, sagte er, da sie sich darüber freuen würde. »Wenn das mal keine Inspiration für deine Comics ist, dann weiß ich auch nicht.«

Lara schien außer sich vor Begeisterung. Sie machte kleine Hüpfer und fuhr sich durch die Haare. »Es ist so surreal, dass dir all diese unglaublichen Dinge passieren. Du bist wie ein Magnet für Wunder und Abenteuer. Ich wünschte, ich hätte mit dir kommen können.«

Er lächelte sie traurig an. »Ich auch, Engelchen, aber wie du ja jetzt gehört hast, ist es hier genauso gefährlich wie bei uns. Du bist fast 14, aber noch lange nicht alt genug für so etwas. Geh erstmal weiter zum Kampfsport und mit Mum auf den Schießstand, damit du lernst, dich zu verteidigen. Alles andere hat Zeit.«

Sie seufzte und nickte. »Das mache ich, aber jedes Mal, wenn ich in der Schule irgendeinen Aufsatz schreiben oder für einen Test lernen soll, denke ich an dein Leben und mache mir bewusst, wie sinnlos das alles ist. Ich vergeude so viel Zeit damit, einen Abschluss zu machen, der weder aussagekräftig noch nützlich ist.«

Kane verzog das Gesicht. »Ich habe dir versprochen, dich niemals anzulügen, und daran halte ich fest. Ich war schon in deinem Alter der Meinung, dass das Bildungssystem auf der Erde und vielen anderen Planeten eher dazu dient, die Leute an das System zu gewöhnen, als ihnen wirklich Wissen zu vermitteln. Man zieht sich gehorsame, nichts hinterfragende Roboter heran, die jeden Tag ihre belanglosen Routineaufgaben erledigen.« Er beugte sich im Sitzen vor. »Weder deine Mum noch ich haben einen Schulabschluss und ich bin heute reich und berühmt. Ich glaube keine Sekunde, dass du ein durchschnittliches Leben führen wirst. Was immer auch dein Weg sein wird, er wird dich zu Größe führen. Für den Moment musst du dich noch durch diesen

Blödsinn quälen, aber sobald du erst weißt, was du vom Leben willst, konzentriere dich nur noch darauf. Die Schule wird dir dabei nicht helfen. Und wenn dir einer dieser nutzlosen Lehrer blöd kommt, dann richte ihm gerne aus, dass er das mit dem Silver Wolf klären soll, und gib ihm meine Nummer«, zwinkerte er.

Ihre Knopfaugen leuchteten ihn an. »Ich vermisse dich, Daddy ... Das Leben ist viel spannender und interessanter geworden, seit du dich öfter meldest.«

Er wischte sich eine Träne weg. »Es tut mir leid, dass ich immer fort bin, Liebling. Wenn du alt genug bist, komme ich dich holen und zeige dir die Wunder der Galaxie, das verspreche ich dir. Ich weiß noch nicht, wie lange es dauern wird, aber ich schwöre dir, dass der Tag kommt.«

Sie lächelte ihn an. »Nichts würde mich glücklicher machen. Ich liebe dich, Daddy.«

»Ich dich auch, Lara. Halte noch ein bisschen durch, okay? Es wird besser, glaub mir. Sag Mum, dass ich mich bald bei ihr melde. Du kannst übrigens auch Tante Kate anrufen. Sie ist jetzt wieder erreichbar und bestimmt ganz versessen darauf, dir alle Details zu erzählen«, antwortete er, bevor er den Anruf beendete.

Der Vater in ihm wollte nichts sehnlicher, als Lara die Sinnlosigkeit des Alltags auf der Erde und den Umgang mit den stumpfsinnigen Normalos zu ersparen. Der Rest von ihm wusste jedoch, dass der Fluss ihn in den Randsektoren haben wollte und dass sich ihr Leben vorerst auf der Erde abspielen musste.

Dringliche Bitte

Zwei Jahre später ...

Nach dem Auftrag auf Furyaros begleitete das Wolf Pack weiterhin jede Mission von Bravestone in den Randsektoren, half aber auch gelegentlich anderen Vigilancern wie Zadovar. Innerhalb dieser Zeit lernten sie die Spezies und Welten gut kennen und bauten sich stückweise auch in diesem Teil der Galaxie einen gewissen Ruf auf. Da sie sich nie direkt in den Krieg zwischen dem Protektorat und den neutralen Planeten einmischten, sondern stets nur unabhängige Söldnerjobs erledigten oder mit dem Orden arbeiteten, machten sie sich niemanden zum Feind.

Meldungen berichteten von einem großen Erfolg des aufkeimenden Widerstands, dem es gelungen war, eine Flotte der Horntruppen bei Wagu Laho zu besiegen. Danach tat sich allerdings monatelang nicht viel.

Kane saß auf der Wiese eines Platzes auf Vigilance und sah Neuzugängen beim Training zu, als Kate sich neben ihm im Gras niederließ.

»Mir ist heute Morgen bewusst geworden, dass ich seit ein paar Tagen 44 Jahre alt bin. Allerdings ist mir auch aufgefallen, dass ich mich keinen Tag älter fühle, seit wir die Wallsektoren verlassen haben. Kein Fältchen extra, keine neuen grauen Strähnen«, stellte sie fest.

Er rieb sich über die Wange. »Geht mir ähnlich. Der Smaragd hat mehr getan, als mich nur zu heilen. Er hat mich irgendwie verjüngt, vielleicht hat er sogar meinen Alterungsprozess weiter verlangsamt.

Bravestone hat erzählt, dass man dem Stein der Weisen solche Kräfte nachsagt. Du hast ihn auch berührt. Möglicherweise ist es bei dir ähnlich«, überlegte er. »Ich bin 46 und müsste es längst in den Knochen spüren, wenn wir von einer Mission zurückkommen. Trotzdem fühle ich mich wie in meinen Zwanzigern. Schon verrückt, was?«

Sie pflückte einen Grashalm und verknotete ihn. »Die Wunder der Galaxie? Definitiv. Seit zweieinhalb Jahren trainierst du mich jetzt und ich hätte nie gedacht, dass ich mal so gut kämpfen können würde. Ich meine ... Hast du gesehen, wie ich vor ein paar Wochen diese drei Ritualkriegerinnen der Kuza erledigt habe? Früher hätten die mich in der Luft zerrissen.«

»Du wirst immer besser. Ich habe schon seit Monaten nicht mehr das Gefühl, dass ich auf dich achtgeben muss. Du hast alles im Griff«, sagte Kane und schubste sie leicht.

Sie schmunzelte. »Was ich dich noch fragen wollte: Du wurdest letzte Woche frontal von einem Shuttle gerammt und bist danach einfach wieder aufgestanden, als sei nichts gewesen. Selbst mit deiner Rüstung und den Upgrades hättest du doch zumindest Prellungen abbekommen oder dir ein paar Rippen brechen müssen. Wo hast du gelernt, den Schmerz so auszublenden?«, fragte sie.

Er kratzte sich am Kopf. »Ich wurde in meinem Leben schon sehr oft schwer verletzt. Irgendwann lernt man, damit besser umzugehen. Abgesehen davon halten Schmerzen bei mir nicht mehr viel länger als einige Momente an, weil die Selbstheilung sofort alles wieder in Ordnung bringt. Hätte ich das damals schon gekonnt, hätten viele meiner Aufträge anders ausgesehen«, grinste er.

»Also ich habe definitiv Prellungen als Beweis für unseren Job auf Barakar«, murrte sie und rieb sich die Seite. »Offenbar wirkt der Smaragd bei jedem anders.«

Kurz darauf meldete sich Bravestone. »Kane? Wir haben eine neue Mission. Schnapp dir Kate und kommt zum Schiff. Die anderen sind schon hier.«

Die beiden sahen sich an. »Es war eine schöne, ruhige Woche. Konnte ja nicht lange dauern, bis wieder jemand Probleme hat«, seufzte sie und ließ sich von ihrem Bruder auf die Beine ziehen.

Gemeinsam gingen sie zu den Quartieren, die die Vigilancer ihnen zugewiesen hatten - eine seltene Ehre für Außenstehende. Dort rüsteten sie sich aus und machten sich auf den Weg zu Hangar F3, wo die Dragonwing derzeit stand.

Kaum hatten sie das obere Ende der Rampe erreicht, starteten auch schon die Triebwerke.

»Oha. Es muss eilig sein«, vermutete der Wolf und trat durch die Tür in den Aufenthaltsraum.

Jaxo bastelte an seinen Drohnen herum und Ruby las gerade einen Roman mit dem Titel *Liebe auf Nurumi*.

»Was ist denn so dringend?«, wollte Kate wissen.

Der Onu kam aus dem Cockpitbereich nach hinten und überließ Lato das Steuer, um sie zu briefen. Er blieb vor dem Holotisch stehen. »Wir fliegen nach Nimira. Seid ihr über die Lage dort im Bilde?«

»Wenn ich mich recht entsinne, gibt es dort gewaltige politische Spannungen, oder nicht?«, kam es von Jaxo. »Das Protektorat übt starken politischen Druck auf die Regierung aus, seit der Angriff auf Wagu Laho gescheitert ist. Offiziell weigert sich der Planet, die Annexion durch die Volakar zu akzeptieren und unterstützt den Widerstand gemeinsam mit den Kuza.«

Bravestone nickte und rief ein Hologramm der Welt auf. »So ist es, mein Freund. Nimira gilt als eine der fruchtbarsten und begehrtesten Gartenwelten der Randsektoren, weshalb Protektor Ralek seit langem ein Auge darauf geworfen hat. Die Nimiraner haben jedoch schlechte Erfahrungen mit Besatzungsmächten gemacht, da sie während des Onu-Reiches viel Leid erdulden mussten. Sie gehörten zu den Ersten, die sich infolge der Bildung des Protektorats nach Bündnissen umgesehen haben.«

»Wie kann dann politischer Druck ein Problem sein?«, wunderte sich Ruby.

»Nicht alle einflussreichen Persönlichkeiten auf Nimira sind sich diesbezüglich einig. Das Protektorat bringt nicht nur Negatives mit sich, sondern auch viele wirtschaftliche Gelegenheiten und Profitmöglichkeiten«, fing der Onu an.

Kane stand hinter dem Sofa und nickte sofort. »Und für einige gierige Leute ist die Aussicht auf Macht und mehr Reichtum wichtiger als die Freiheit ihrer Welt. Lass mich raten: Sie reden von Wohlstand und Ansehen und lieben es, die Leute mit Versprechungen von Sicherheit zu überzeugen. Sie nutzen die Angst vor Krieg und Leid aus, um eine Kapitulation reizvoll erscheinen zu lassen.«

Bravestone sah ihn interessiert an. »Du kennst die Lage wohl ziemlich gut. Wie kommt das?«

Er schnaubte und ging um die Sitzbank herum, um sich zu setzen. »Weil es immer so läuft. Das haben wir auf der Erde schon unzählige Male erlebt, auf Pinta war es dasselbe und bei den Krodaa und Salvani genauso. Der stärkste Motivator für organische Wesen ist Angst. Wenn man sie nicht dadurch überzeugt, ihnen Sicherheit und die Vermeidung von Leid zu versprechen, versetzt man sie in Panik. Der Gegensatz zwischen den Bedürfnissen nach Sicherheit und Freiheit ist schon ewig ein gern genutzter Interessenkonflikt. Viele Leute glauben, dass diese beiden Dinge die zwei Extreme derselben Skala sind, aber das stimmt nicht.«

»Wie meinst du das?«, kratzte sich Kate am Ohr. »Sicherheit bedeutet doch automatisch, einige Freiheiten aufzugeben.«

Der Wolf schüttelte den Kopf. »Sicherheit bedeutet nur die Minimierung von Gefahren. Das kann man auf verschiedene Arten erreichen. Klar kann man sich in einem Bunker verkriechen und damit seine Bewegungsfreiheit einschränken. Man kann sich aber auch bewaffnen und lernen, sich selbst zu schützen, ohne seine Freiheit aufzugeben.« Er lehnte sich zurück. »Gesellschaften und Regierungen entreißen ihren Mitgliedern unter dem Vorwand des harmonischen Miteinanders das Recht, sich um ihre Sicherheit selbst zu kümmern. Man ist auf den Schutz von oben angewiesen, aber der hat einen Preis. Es wird eine Abhängigkeit erzeugt. Zeitgleich wird das Konzept vom Recht des Stärkeren als barbarisch verteufelt. Man fokussiert sich nur darauf, dass Stärke missbraucht werden kann, doch ebenso gut kann sie beschützen oder einfach sich selbst dienen.« Mit ausgebreiteten Armen sah er in die Runde. »Sieh uns an. Wir brauchen keinen Schutz durch andere. Wir verteidigen unseren Besitz selbst und haben dennoch keine Ambition, Unschuldigen mit unserer Stärke zu schaden. Wir sind aufgrund unserer eigenen Fähigkeiten vermutlich sicherer als die meisten Bürger behüteter Systeme und dennoch haben wir völlige Freiheit.«

»Nun ja, die wenigsten Leute sind erfahrene Krieger. Natürlich hast du bis zu einem gewissen Grad recht«, kommentierte Bravestone. »Bei meinem Volk waren nur wenige Gesetze gegen Verbrechen nötig, weil unser Ehrenkodex uns erlaubte, vieles selbst zu klären. Gewalt war bei uns nicht verpönt, sondern ein Werkzeug, das im richtigen Maß verwendet werden durfte. Wer keinen Schmerz fürchten muss, entwickelt keinen Sinn für Verhältnismäßigkeit, weil es nie wehtut.«

Kane sog geräuschvoll die Luft ein. »Jedenfalls wundert es mich nicht, wie der Konflikt auf Nimira aussieht. Das ist keine Besonderheit. Welche Seite hat uns um Hilfe gebeten? Die mit der Moral oder die mit dem Geld?«, wollte er wissen, um wieder zur Mission zurückzukommen.

Der Onu hielt kurz inne. »Richtig. Nimira. Wie gesagt gibt es aufgrund der verschiedenen politischen Ansichten starke Spannungen. Ich bin seit vielen Jahren mit Mitgliedern der Nimiranischen Königsfamilie befreundet. Der verstorbene Vater des aktuellen Königs hat uns auf Onu Ana immer wieder unterstützt und ich verdanke ihm mein Leben. Sein Sohn und dessen Frau stellen derzeit die stärkste politische Macht dar, doch die Opposition wächst täglich. Seit der Schlacht in diesem System fordern jedoch mehr und mehr Bürger aus Furcht ein Bündnis mit Volak und es wird immer radikaler. Vor einer Weile folgten die ersten Morddrohungen und gewaltsamen Ausschreitungen.«

Jaxo rieb sich die Schnauze. »Der Protektor muss Spione und Unterstützer haben, die diese Unruhen schüren.«

Bravestone nickte und lehnte sich über die Sitzbank »Vor einer Stunde erhielt ich eine private Nachricht von einem Vertrauten des Königshauses. Man befürchtet, dass es in Kürze zu einem konkreten Anschlag auf das Leben der royalen Familie kommen wird. Es wird ein Gipfeltreffen zum Umgang mit dem Protektorat geben, wo viele Meinungen zusammentreffen. Da der König noch immer die Mehrheit auf seiner Seite hat, wird sich an der Ausgangslage nichts ändern, doch das könnte die radikalisierte Opposition möglicherweise nicht hinnehmen. Wir sollen ihn und seine Familie auf dem Rückweg in die Hauptstadt beschützen, bis sie wieder sicher in ihrem Palast sind.«

»Wieso hat man nicht die Vigilancer direkt um Beistand ersucht?«, wunderte sich Kate, die einen Blick in Rubys Buch warf.

»Damit würde man die Bedrohung offiziell ernstnehmen und der König würde seine Position schwächen. Wenn wir dort anreisen, wird man uns nur als persönliche Gäste betrachten. Das ganze Getue ist natürlich nur politischer Schwachsinn, aber es ist mir wichtig, die Familie zu schützen. Es ist eher ein privates Anliegen«, erklärte Bravestone.

Kane realisierte, dass er im Grunde fragte, ob sie dazu bereit waren, obwohl möglicherweise keine Bezahlung winkte. »Wir sind doch jetzt schon lange genug zusammen unterwegs, Isaiah. Wenn du unsere Hilfe brauchst, sind wir für dich da, so wie du es für uns bist.«

Die anderen nickten mit sichtbarer Selbstverständlichkeit.

»Ich danke euch, Freunde«, erwiderte der Onu und richtete sich auf. »Ihr wart noch nicht auf Nimira, oder? Dort wird es euch bestimmt gefallen. Es ist eine wunderschöne Welt voller riesiger Wälder, Berge,

Seen und kleiner Inseln. Die Nimiraner legen seit jeher viel Wert darauf, ihre Technologien und Bauwerke an ihre Welt anzupassen.«

»Wir sind gespannt«, sagte Ruby und widmete sich wieder ihrem Roman.

Kane stellte die Wolfsrüstung in der Waffenkammer ab und ging in den Schlafbereich zum Tresor. Er holte den Stein der Weisen heraus, um ihn zu betrachten. Das Gespräch mit Kate hatte ihm ins Bewusstsein gerufen, welche gravierenden körperlichen Veränderungen dieses Artefakt ausgelöst hatte. Der mandarinengroße Smaragd lag formvollendet in seiner Hand und fühlte sich kühl an. Jede Kante war präzise geschliffen und das Innere schimmerte in einem so klaren Grün, dass er fast hindurchsehen konnte.

Wie immer, wenn er den Edelstein mit bloßer Haut berührte, strömte eine Welle der Energie durch seinen Körper, die ihn erfrischte und seine Lebensgeister weckte. Wenn Kate den Stein anfasste, berichtete sie nur von einem Wohlgefühl. Kane hatte den Eindruck, dass das Artefakt auf ihn anders wirkte.

Während er vor dem Tresor stand und den Edelstein in der Hand wog, schoss unvermittelt ein Energiestoß durch seine Glieder und er krümmte sich unter der unbändigen Kraft, die ihn auslöste. Der Effekt kam so überraschend, dass er rückwärts taumelte und umfiel. Dabei schlug er hart mit dem Kopf gegen eine Bettkante und warmes Blut tropfte von seiner Stirn.

Sobald der Schock nachließ, richtete er sich fluchend auf, während Bravestone hereinkam, der den Schlag gehört hatte und besorgt war. »Was ist passiert?«

Kane trat vor den Spiegel, um sich die Platzwunde anzusehen. Er sah zu, wie sie sich im Zeitraffer verschloss und verheilte. »Dieser Anblick fasziniert mich immer wieder.«

Der Onu hob den Smaragd mit seinem Panzerhandschuh auf und legte ihn zurück in den Tresor. »Ich hatte dir gesagt, dass es unvorhersehbare Folgen hat, wenn man solche Objekte berührt. Sämtliche Legenden, die sich um diesen Stein ranken, erzählen von mächtiger Heilungskraft. So oft, wie du das Ding jetzt schon in den Händen hattest und nachdem es sogar in direktem Kontakt mit deinem Blut war, muss es einen Teil seiner Macht auf dich übertragen haben. Ich kenne einige Geschichten über die Vorbesitzer dieses Smaragds. Einige sollen tausend Jahre alt geworden sein, andere galten als unverwundbar. Möglicherweise waren das mehr als nur Legenden«, murmelte Bravestone.

»Wieso berührst du ihn nie?«

Er schloss den Tresor und fuhr sich mit der Zunge über die Zähne. »Als Vigilancer glaube ich an die Weisheit des Kosmos. Wäre es mir bestimmt, schneller zu heilen oder älter zu werden, bräuchte ich kein Artefakt dafür. Ich möchte mir meine Reinheit bewahren«, erklärte er.

Kane wischte sich das Blut weg. »Nach dem Glauben der T'zun hat mich der Fluss des Lebens zu diesem Stein geführt, also war es mir beschieden, ihn zu haben. Da ich offenbar besonders stark darauf reagiere, erscheint mir das sogar logisch. Haben die Kräfte der Vorbesitzer des Steins ihr Leben lang angehalten?«

»Das kann ich nicht sagen. Das letzte Mal wurde dieser Smaragd vor vielen Jahrtausenden gesehen. Alle Erzählungen sind alt und niemand weiß, was mit jenen geschah, die ihn besaßen. Ich würde mich nicht darauf verlassen, wenn ich du wäre«, riet ihm der Veteran.

***

Der Flug nach Nimira dauerte zwei Tage. Schon als der Planet in Sicht kam, wusste Kane, dass es sich um einen interessanten Ort handelte. Im Orbit um die gesunde, blaugrün aussehende Welt schwebten viele große Schiffe des Nimiranischen Militärs. Auch schien der Handel zu blühen, da sie immer wieder an Frachtern vorbeikamen.

Sobald die Dragonwing die Atmosphäre erreichte, kam die nächste faszinierende Entdeckung auf den virtuellen Fenstern in Sicht. Auf dem gesamten Planeten waren zahllose, hochmoderne Luftschiffe unterwegs. Kane kannte solche Gefährte nur als militärische Raumjäger-Träger, doch auf Nimira dienten sie diversen Zwecken.

»Es gibt Marktschiffe, wo Händler ihre Stände aufbauen, Militärschiffe, Forschungsschiffe, Vergnügungsschiffe und sogar einige Wohnschiffe für abenteuerlustige Bürger«, zählte Bravestone auf, der Nimira gut kannte.

Die Landschaft unter ihnen war so abwechslungsreich, wie man es sich nur wünschen konnte.

Lato erzählte ihnen, »Die Oberfläche des Planeten ist zu 40% von Meer bedeckt und der Rest besteht aus Inseln in verschiedenen Klimazonen, die aufgrund ihrer Größe zum Teil als Kontinente gelten. Die Südhalbkugel ist stärker von Wäldern und Bergen dominiert, während die Nordhalbkugel eher tropische Temperaturen und Palmenstände bietet. Neben regem Shuttleverkehr und den Haupthandelsrouten ist die beliebteste Form des Personentransports der Hochgeschwindigkeitsschwebezug, der alle größeren Inseln miteinander verbindet. Umweltfreundliche Energieversorgung, ökologisches Bewusstsein und nachhaltige Technologien haben das Landschaftsbild trotz der steten Entwicklung nicht maßgeblich verschlechtert.«

»Wie ist die Regierung geregelt? Ein Königshaus deutet auf eine Monarchie hin«, erkundigte sich Kane.

»Nimira ist eine konstitutionelle Monarchie. Die Königsfamilie regiert gemeinsam mit einem Rat der Lords und ist eingeschränkt durch eine Verfassung«, informierte ihn die EI.

»Das erklärt den Ärger«, dachte Jaxo laut, der nach draußen schaute und sich dabei den Bauch rieb.

»Wäre dir ein Alleinherrscher wie der Protektor lieber?«, wunderte sich Bravestone.

Darauf entgegnete Kane, »Wenn man ein Problem lösen muss definitiv. Bei Tyrannen ist es oft recht einfach, den Schuldigen für eine politische Entscheidung zu finden. Der Regent oder seine Berater tragen für die meisten Entwicklungen die Verantwortung. Sobald man aber einen Rat oder eine Versammlung hat, gibt es unzählige Stellschrauben, an denen man das Ganze manipulieren kann. Oft wird das wenig gebildete und uninformierte Volk instrumentalisiert. Bei einem Alleinherrscher ist es völlig egal, was man den Leuten einredet, weil sie keinen Einfluss haben, solange sie nicht revoltieren.«

»Sollte das Volk denn kein Mitspracherecht haben, wenn es um ihre Leben geht?«, wollte der Onu wissen.

»In einer idealen Welt schon, aber die meisten Leute sind zu beschäftigt oder zu naiv, um kluge, zukunftsweisende Entscheidungen zu treffen. Viele wollen freiwillig folgen, anstatt Verantwortung zu übernehmen. Ein würdiger und vor allem fähiger Monarch wäre mir allemal lieber als eine Schlangengrube machthungriger Politiker. Aber finde mal eine würdige Seele, die sich nicht kaufen, bedrohen oder verführen lässt«, murrte Kane. Seine Augen schweiften über die Landschaft.

»Eine äußerst seltene und kontroverse Ansicht, mein lieber Wolf«, kommentierte Bravestone.

Er erwiderte, »Es gibt bei den T'zun ein Sprichwort: Jene Blickwinkel, die niemand auszusprechen wagt, sind oft diejenigen, welche am dringendsten gehört werden sollten. Besonders gefällt mir auch dieses: Eine Gesellschaft, die kontroverse Meinungen verteufelt, hat ihren Zenit bereits überschritten.«

»Ich sollte eines Tages die Heimat dieser T'zun besuchen«, nahm sich der Onu vor.

Die Dragonwing steuerte eine größere Insel mit einem Gebirge samt schneebedeckten Gipfeln an. Am Fuße dieser Berge breitete sich ein großflächiger Laubwald aus. Zahllose kleine Bäche schlängelten sich zwischen den Wurzeln und Lichtungen hindurch. Direkt an einem Berghang neben zwei hohen Wasserfällen lag in einer geschützten Schlucht eine moderne Anlage. Sie sah aus wie ein Palast, bestehend aus einem sehr großen Gebäude mit Kuppeldach und vielen kleineren Bauwerken mit abgerundeten Dächern. Vereinzelte Türmchen und hohe Brücken aus hellem Stein, die unter anderem als Aquädukte dienten und weitere künstliche Wasserfälle erzeugten, rundeten das idyllische Bild ab. Viele größeren Bauten hatten riesige Glasfronten und die meisten Außenbereiche waren entweder aus sauberem Stein gebaut oder mit Holz verkleidet.

»Ist das ein schöner Ort!«, fand Kate. »Er wirkt kein bisschen fehl am Platz oder aufdringlich.«

Bravestone meldete ihre Ankunft und man wies ihnen einen abseits gelegenen, in einer Felswand verankerten Landeplatz zu. Ganz sachte brachte er das Schiff dort zum Stehen.

»Denkt daran: Wir sind als persönliche Gäste des Königs hier, nicht als Vigilancer oder Sicherheitseskorte. Wir tragen zwar unsere Ausrüstung, aber wir lassen die Waffen in den Holstern, alles klar?«, erinnerte er sie.

»Du solltest mitkommen, Jaxo. Zumindest diesen Ort hier kannst du dir mit uns ansehen«, forderte Ruby den Lorganer auf und klopfte ihm mit dem Handrücken gegen die Schulter.

Kane stimmte zu. »Aufsehen erregen wir so oder so. Ein Vigilancer, der Silver Wolf und zwei Mitglieder fremder Spezies. Die einzig unauffällige Person bist du, Kate«, schmunzelte er.

»Na danke ...«, murrte sie. »Aber dafür kann ich aus den Schatten zuschlagen!«, sagte sie und demonstrierte einige Schläge.

Der Onu klappte seinen Helm zu einem handlichen Ring zusammen und hängte ihn an seinen Gürtel, bevor er die beige Robe überwarf. Derweil stieg Kane in die Wolfsrüstung und zog den roten Mantel darüber. Den Helm ließ er noch weg, ebenso wie Kate, die ihn ebenfalls nicht aktivierte.

Die Gruppe trat aus dem Schiff und wurde bereits von einem älteren, korpulenten Mann mit grauem Bart und Halbglatze erwartet, der einen roten Kristall auf der Stirn trug. Er neigte das Haupt.

»Meister Bravestone und das Wolf Pack. Es ist uns eine Ehre und Freude, euch hier zu begrüßen. König Morgan wird sich sicher ganz besonders über euren Besuch freuen. Ich bin Marshall Chizton, Mitglied des Beraterstabs seiner Majestät. Herzlich willkommen im Gartenpalast von Godarion.«

Das Rauschen der Wasserfälle dröhnte von überall in Kanes Ohren, doch er fand es eher angenehm, wie es sich mit dem Gezwitscher der Vögel zu einer Naturkulisse vermischte.

Der ältere Mann führte sie über einen Metallsteg auf eine der langen, hohen Brücken. Weit unter ihnen im Tal fügte sich die große Stadt nahtlos ins Landschaftsbild ein.

»Ein wirklich bemerkenswerter Ort. Seit unserer Ankunft in den Randsektoren ist dies unser erster Besuch auf Nimira und ich muss sagen, dass keine andere Welt mit dieser Pracht mithalten kann«, lobte Kate die Umgebung.

»Ihre Worte sind zu freundlich, Miss Walker. Der Gartenpalast ist ein historisch äußert bedeutsames Bauwerk. Seit der Vereinigung der Inselstämme nach dem Untergang des Onu-Imperiums ist dies der Ort, an dem die wichtigsten Lords und Ladys zusammenkommen, um Entscheidungen mit hoher Tragweite zu treffen. Man könnte sagen, dass hier Geschichte geschrieben wird.«

An jedem Durchgang standen je zwei bewaffnete Wachen mit ungewöhnlichen silbernen Speeren, aber ohne Gewehre oder Pistolen. Kane vermutete, dass es sich um Hybridwaffen handelte.

»Sind Waffen hier nicht verboten? Niemand hat uns bisher deswegen angehalten«, erkundigte sich Ruby mit einer Hand am Lauf ihres Gewehrs neben ihrem Oberschenkel.

»Ihr seid geschätzte Gäste des Königs und daher gelten die üblichen Sicherheitsmaßnahmen für euch nicht. Ansonsten gibt es strenge Auflagen für das Tragen von Waffen«, erklärte der Marshall.

»Reichlich viel Vertrauen, wo er uns doch noch nie begegnet ist«, fand Jaxo und lugte über die Brüstung der Brücke.

»Meister Bravestone bürgt für euch.«

Der Vigilancer klopfte dem Lorganer auf die Schulter. »Das tue ich in der Tat, also seid so gut und achtet auf eure Manieren, ja?«

»Tun wir das nicht immer?«, fragte Ruby grinsend.

»Muss ich dich an Mar Kelu erinnern?«, erwiderte der Onu.

Kate protestierte leicht genervt, »Das war eine Verkettung unglücklicher Zufälle und kein bisschen unsere Schuld! Wirst du jemals aufhören, uns das vorzuhalten?«

»Nicht in diesem Leben«, scherzte er.

Sie stiegen eine breite Treppe hinauf und bereits dort fielen die ersten neugierigen Blicke auf die Besucher, die so gar nicht an diesen Ort zu passen schienen. Dort trieben sich ausschließlich Nimiraner in gehobener, teurer Kleidung herum, darunter Politiker, Lords und Ladys, sowie ihre Assistenten und Gehilfen. Niemand rechnete mit fünf gerüsteten und bewaffneten Kriegern diverser anderer Spezies.

Kanes Gespür für den Takt des Lebens sagte ihm, dass viele der wichtigen Persönlichkeiten ihre Anwesenheit missbilligten und sofort um ihre eigene Bedeutung fürchteten. Er hatte nichts als Geringschätzung für derart kleingeistige Wichtigtuer übrig.

Das Innere des Hauptgebäudes sah ganz anders aus, als man es von einem prunkvollen Regierungspalast erwartete. Neben den vielen Glasfronten waren Böden und Wände großflächig mit Holz vertäfelt und überall ragten Topfpflanzen, Bäume oder gezüchtete Schaupflanzen in die Höhe. Ein Gebirgsbach floss mitten durch die Eingangshalle und ganze Flächen wurden von Gras und Büschen bedeckt, zwischen denen Steinbänke standen.

»Ihr seid hier ziemlich naturverbunden, was?«, fragte Ruby und verzog sich angewidert das Gesicht.

Der Marshall sah sie verwundert an, aber Kate erklärte, »Ihre Art liebt karges Brachland. Der Rest von uns findet es hier wirklich atemberaubend schön.«

»Die vielen Büsche und Bäume erinnern mich an Halog«, dachte Jaxo laut.

Vor Ort liefen nur sehr wenige Personen umher. Chizton führte sie eine weitere Treppe hinauf in einen weitläufigen Bereich voller Bänke und Stuhlreihen. »Die Tagung läuft bereits seit einigen Stunden. König Enval hatte gehofft, euch früher in Empfang zu nehmen, doch nun müssen wir auf das Ende der Sitzungen warten, fürchte ich.«

Zu ihrer Überraschung kam ein anderer Vigilancer aus einem angrenzenden Raum. Kane erkannte ihn sofort als Meister Zadovar.

»Was tut Ihr denn hier?«, fragte Bravestone erfreut und neigte den Kopf, bevor sie sich kurz umarmten.

Der Mann lächelte. »Nun ja, ich mag zwar dem Orden angehören, aber Nimira ist noch immer meine Heimat. Ich versuche nach Kräften, König Enval zu beraten und ihm zu helfen, unsere Welt vor den Klauen des Protektors zu schützen.«

Jaxo stampfte umher, um einen Stuhl zu suchen, der ihn aushielt, und fragte dabei, »Vergebt mir meine Direktheit, Meister, aber ich hörte, dass ihr viel Zeit bei den Rebellen verbringt.«

Der Nimiraner mit dem violetten Stirnkristall nickte. »Das ist richtig. Ich gehöre zum Beraterstab von General Rex Dorsa, einem der wichtigsten Anführer des Widerstands. Um das Protektorat nicht unnötig zu provozieren, vermeidet der König den direkten Umgang mit den Rebellen, daher bin ich als Verbindungsmann hier.«

Bravestone verzog das Gesicht. »Dorsa ist im Widerstand? Pah! Der Kerl denkt doch nur an sich selbst. Ich erinnere mich noch gut, wie viele ehrbare Krieger er in der Heimatwelt für seinen eigenen Aufstieg geopfert hat. Nur sein Ruf und Rang interessierten ihn.«

»Nun, über seine Vergangenheit auf Onu Ana kann ich nicht viel sagen, doch seit ich mit ihm zu tun habe, hat er sich stets vorbildlich verhalten und dem Wohl der Freiheit der Randsektoren gedient«, bekräftigte Zadovar.

»Mag sein, dass er sich nach dem Ende des Vernichtungskrieges verändert hat, aber es fällt mir äußerst schwer, das zu glauben«, sagte der Onu mit zusammengezogenen Brauen.

Während die beiden Vigilancer über den Widerstand sprachen, wanderte Kane eine Weile allein durch das Gebäude, um sich umzusehen. Nimira fühlte sich ungewöhnlich für ihn an. Es war im Grunde eine Welt der Menschen, da die Nimiraner seinem Volk sehr ähnelten, doch gleichzeitig bemerkte er auch einige Energien, wie er sie nur von den T'zun kannte. Die Nähe zur Natur, die Weitsichtigkeit der Bauwerke und die friedvolle Atmosphäre gaben ihm das Gefühl, dass dieser Ort ein Hybridmodell dessen darstellte, was aus der Erde werden könnte.

Während er umher schlenderte, trat ein Mann in seinen Weg. Er war schlank, trug dunkelblau-schwarze Kleidung und einen mit goldenen

Linien verzierten Kapuzenumhang, der den Großteil seines Kopfes verhüllte. Seine Haut glich der eines Menschen, die Kopfform wirkte jedoch schmaler als bei Nimiranern und auch der Stirnkristall fehlte. Die Augen schimmerten hellblau und spiegelten selbst innerhalb des Gebäudes die Sterne wider.

»Kann ich dir helfen?«, fragte Kane und ermahnte sich, wie so oft, zur Höflichkeit.

Der Mann musterte ihn genau. »Deine Art ist hier fremd, Mensch. Es ist äußerst ungewöhnlich, einen deiner Art so fernab eurer Heimat anzutreffen.« Seine Stimme war sanft und der Tonfall freundlich, aber sachlich.

»Die Wege des Kosmos sind unvorhersehbar. Deine Art ist mir auch noch nie begegnet«, erwiderte Kane.

Der Mann lächelte leicht. »Das wird sie wohl auch nicht noch einmal.« Seine Augen suchten den Bereich um den Wolf herum ab. »Du bist … besonders. Ich kann nicht genau sagen, was es ist. Du strahlst eine Aura aus, wie ich sie nur selten spüre. Sie ist fremd und doch seltsam vertraut, machtvoll und doch nicht düster.«

»Bist du so eine Art Priester? Ich bin früher schon Personen begegnet, die sich so kryptisch ausgedrückt haben. Meist waren das die Anhänger irgendwelcher Religionen, die auf diese Weise eine Art Mystizismus um sich herum aufbauen wollten«, kommentierte Kane skeptisch.

Offensichtlich amüsiert erwiderte der Fremde lächelnd, »Man nennt mich Razor. Am ehesten würde ich mich als Reisenden beschreiben.«

»Und was ist das Ziel deiner Reisen?«

»Ich bin auf der Suche nach Gefahren, die mein Volk bedrohen könnten. Davon gibt es in dieser Galaxie recht viele. Du scheinst mir ein mächtiges Individuum zu sein, doch deine Aura ist neutral. Das ist äußerst selten, besonders bei einem Menschen.« Er sah Kane in die Augen. »Bewahre dir diese Neutralität. Sie gewährt Einblicke in die Realität, für die die meisten anderen blind sind.«

Ohne ein weiteres Wort ging der Mann davon und der Wolf sah ihm nach. Wer immer er war, er schaffte es in die Top 10 der seltsamsten Begegnungen, was angesichts seines turbulenten Lebens als Söldner etwas hieß.

***

Einige Stunden später, während denen Jaxo auf einer Bank zusammengesunken schnarchte, endete die Versammlung der Lords. Eine Vielzahl aufwändig gekleideter Personen schritt samt Anhang durch die Gänge, die Gesichter entweder von Frustration verfinstert oder von Erleichterung erleuchtet.

»Da scheint sich einiges zu tun«, murmelte Ruby dem Wolf zu.

Viele Blicke wanderten zu den Vigilancern und den Söldnern, doch die Politiker hatten ihre Gestik und Mimik besser im Griff als die ihre Angestellten, sodass Kane ihre Gesinnung nur anhand ihres Lebenstakts erahnen konnte.

»Die meisten hier sind eher neugierig als misstrauisch. Es gibt ein paar Ausnahmen, aber das sind nur wenige«, flüsterte er Ruby zu.

Nach einer Weile näherte sich eine kleine Prozession aus vier Personen, die von sechs Wachen flankiert wurden. Während eine davon wie die übrigen Lords gekleidet war, trugen die anderen drei golddurchwirkte Roben. Anhand des schwungvollen Golddiadems mit abgerundet nach oben stehenden Zacken erkannte Kane den König. Er trug als Einziger einige zeremoniell wirkende Rüstungsteile an seiner Kleidung.

Anstatt eine respektvolle Distanz zu wahren, trat er an Bravestone heran und umarmte ihn freudig, bevor er Zadovar kurz die Hand an den Oberarm legte. »Es ist wahrlich eine Freude, euch zu sehen, meine Freunde! Das letzte Mal ist schon Jahre her, Isaiah. Allein dein Anblick beruhigt mich bereits sehr.«

Bravestone reagierte ebenso erfreut. »Enval! Du bist alt geworden! Den Bart hattest du damals noch nicht!«, kicherte er.

Sofort fuhr sich der König mit der Hand durch besagten Vollbart. »Angesichts der vielen Krisen müsste er längst grau sein.«

Kane musste zugeben, dass der Mann wesentlich herzlicher und freimütiger wirkte, als er es bei einem ernsten Staatsmann erwartet hatte. Er war ein normal gebauter, etwas kurz geratener Nimiraner mit schulterlangem, gewelltem, braunem Haar, gleichfarbigen Augen und einem gelben Stirnkristall.

Der Onu deutete auf das Wolf Pack. »Ich habe fähige Unterstützung mitgebracht, wie du siehst.«

König Enval nickte. »Ah ja! Ich habe schon so einiges von euch gehört. Die Krieger von der anderen Seite der Galaxis.« Er trat vor sie und musterte sie fasziniert. »Die Vielfalt der Spezies ist immer wieder wundervoll, nicht wahr? Du musst Ruby Bell sein. Eine geflügelte, rote Schützin mit unnachahmlicher Präzision.« Mit Blick auf den Lorganer ging er weiter. »Dieser kräftige Hüne ist dann wohl Jaxo.« Mit einer höflichen Verbeugung erreichte er Kate. »Hier haben wir Kate Walker, die ungestüme Kriegerin.« Vor Kane blieb er stehen. »Und natürlich der

Silver Wolf. Dein Auftreten macht beinahe ebenso viel Eindruck wie meines«, lächelte er. »Ich bin König Enval Morgan, Monarch von Nimira. Das dort ist meine wunderschöne Gattin Ismalda neben meiner energetischen Tochter Kalanah.« Er deutete hinter sich.

Die Königin, eine hochgewachsene blonde Frau mit einem tiefblauen Stirnkristall und stechend grünen Augen, strahlte Autorität und Güte aus. Kane fand ihre Gesichtszüge auf eine unerklärliche Weise schön. Sie zog seinen Blick immer wieder an. Ihre schlanke Figur zeigte nur dezente Kurven.

Ihre Tochter fiel durch ihre deutlich weiblichere, sportlichere Form auf. Ihre Haltung zeugte von Kraft und Agilität. Sie hatte langes, leicht gewelltes, kupferfarbenes Haar, das sie zu einem Pferdeschwanz gebunden trug. Ihre Augen hatten dieselbe Farbe wie ihr lilafarbener Stirnkristall und untersuchten Kane eindringlich. Ihre schmalen, geschwungenen Lippen und die Stupsnase erinnerten ihn an Lara, wobei Kalanah älter sein musste als seine Tochter. Die junge Prinzessin musterte ihn mit unverhohlenem Interesse, sodass Ismalda sie leicht am Arm berührte und wortlos ermahnte.

Kane reichte Enval die Hand. »Es ist uns eine Freude und Ehre, Euch kennenzulernen, König Morgan. Bravestone sagte uns, dass er Euren Vater gut kannte und auch mit Euch eine innige Freundschaft pflegt. Ein Freund von ihm ist ein Freund von uns.«

Sofort strahlte der König. »Mein Vater war ein sehr volksnaher Mann, der im Krieg um Onu Ana kämpfte und viele Weisheiten von dort mitbrachte. Er lehrte mich, dass ein guter König niemals unnötige Distanz zu jenen aufbaut, die seine Freunde sein sollten. Ich lege keinen Wert auf Förmlichkeiten, schon gar nicht angesichts der Gefahren, denen ich mich derzeit gegenübersehe. Also bitte – nenn mich Enval«, sagte er. »Das gilt für euch alle«, zwinkerte er auch den anderen zu.

Bravestone trat zu ihnen und fragte, »Der Anruf deines Vertrauten klang ernsthaft besorgt. Was ist denn los, alter Freund?«

»Wir stehen am Rande eines Bürgerkriegs, das ist los«, erwiderte der Würdenträger neben Ismalda.

Seine schlanke, sehnige Statur konnte Kane nicht täuschen. Seine Körperhaltung und ein paar feine Narben machten deutlich, dass er Kampferfahrung hatte. Er wirkte noch recht jung für einen Lord, hatte sein braunes Haar streng zurückgekämmt und war glattrasiert. Braune Augen und ein orangefarbener Kristall zierten sein ernstes, schmales Gesicht.

Enval stellte ihnen den Mann vor. »Das ist Lord Solan Vokis, mein stärkster Verbündeter im Rat der Lords und ein brennender Verfechter unserer Unabhängigkeit. Ohne seine Unterstützung wäre meine Position fast unhaltbar.«

Wie üblich musterte Kane alle Anwesenden und analysierte die Lage. Er erkannte deutlich, dass der König die Wahrheit sagte und fest an die Hingabe seines Verbündeten glaubte. In den Augen der Königin und ihrer Tochter bemerkte er jedoch eine gewisse Abneigung und Distanz zu Vokis. Die beiden schienen entweder von seinen Absichten oder seiner Person nicht überzeugt zu sein. Der Lord selbst strahlte eine überdeutliche Selbstsicherheit aus, wobei jeglicher Respekt oder Demut in der Gegenwart seines Königs fehlte. Der Wolf vermutete, dass der Mann eigene Ambitionen hatte und durch die Nähe zur Königsfamilie seine Stellung stärken wollte.

»Und was genau ist deine Position?«, fragte Kate vorsichtig, der ins Gesicht geschrieben stand, wie unwohl sie sich dabei fühlte, einen König so vertraut anzusprechen.

Vokis erklärte, »Seit der Widerstand das Protektorat bei Wagu Laho aufgehalten hat, ist die Bedrohung durch die Volakar überdeutlich in den Köpfen der Bevölkerung präsent. Die ständigen Warnungen durch gekaufte Medienkanäle sind noch zusätzlich problematisch. Viele Lords und Ladys wurden mit lukrativen Geschäftsangeboten, Reichtümern, hohen Posten oder anderen Gefälligkeiten dazu verleitet, das Protektorat zu unterstützen.« Der Lord verzog das Gesicht. »Inzwischen ist fast ein Drittel des Rates dafür, Bündnisgespräche aufzunehmen. Sie schüren Angst vor weiteren Angriffen in der Bevölkerung und proklamieren jedes Versagen der Rebellen, um die Zahl der Bürger zu vergrößern, die ihnen aus Furcht zustimmen.«

Enval hob die Hand und übernahm. »Ich kenne die Erzählungen meines Vaters, wie die Volakar auf Onu Ana vorgegangen sind. Ich habe die Verwüstung dort mit eigenen Augen gesehen. Unsere Welt hat eine lange Geschichte, die von Leid und Unterdrückung geprägt ist. Das alte Onu-Imperium hat uns ausbluten lassen und es dauerte Jahrhunderte, uns davon zu erholen.« Der König ballte eine Faust. »Ich werde nicht zulassen, dass wir uns jetzt sehenden Auges dem nächsten Usurpator unterwerfen und die alten Fehler wiederholen. Jene Welten, die der Gnade von Servan Ralek ausgeliefert sind, werden niemals wieder auf eigenen Beinen stehen können, solange das Protektorat existiert. Ihre Planeten werden ausgebeutet, ihre Bevölkerung für die Expansion verheizt. Das wird nicht Nimiras Schicksal sein.« Sein Tonfall wurde bei diesen Worten zum ersten Mal sehr ernst und hart.

»Und die heutige Tagung drehte sich um dieses Thema?«, hakte Ruby nach.

»So ist es«, bestätigte der König etwas freundlicher. »Es ist mir ein weiteres Mal gelungen, die Opposition zu überstimmen. Ich konnte viele Sorgen zerstreuen und einige Lords entlarven, die von Ralek bezahlt wurden.« Er faltete die Arme auf dem Rücken. »Der Widerspruch bleibt jedoch ungebrochen stark. Der größte Kritiker an meiner Politik ist Lord Hemar Udolic. Gemeinsam mit seiner Gattin, Lady Fenia, die einen großen Konzern auf Nimira leitet, tun sie alles dafür, um meine Regentschaft zu untergraben und Werbung für das Protektorat zu machen. Ihre Vorgehensweise kratzt hin und wieder an den Grenzen des Legalen und sie stehen nachweislich in Verbindung mit radikalen Gruppen.«

Kane verschränkte die Arme. »Extremistische Randgruppen gibt es immer, ebenso wie Drohungen gegen amtierende Regenten.«

Solan Vokis nickte energisch. »Das stimmt zwar, doch die Stimmung im Volk und auch in politischen Kreisen war seit Jahrhunderten nicht derart angespannt. Beide Seiten entwickeln radikale Tendenzen. Bei uns ist es Lord Waylon Hensley, der am liebsten jedes Mitglied der Opposition als Verräter wegsperren würde.« Der Würdenträger friemelte an einem seiner weiten Ärmel herum. »Ich habe die ernste Befürchtung, dass Udolic und seine Verbündeten nun, da sie erneut überstimmt wurden, zu aggressiveren Mitteln greifen werden. Die Drohungen gegen die königliche Familie werden immer heftiger und häufen sich. Es wird bald zu einem Anschlag kommen, das spüre ich in den Knochen.«

Der König seufzte, als er den besorgten Blick seiner Frau bemerkte. »Ich selbst habe einen unerschütterlichen Glauben an mein Volk, doch ich habe ebenso großen Respekt vor der Klugheit meiner Gemahlin. Sie stimmt mit Solan überein, dass wir in nächster Zeit in der Hauptstadt bleiben und unsere Sicherheitskräfte verstärken sollten. Würde ich aber ein Team von Soldaten oder eine Gesandtschaft der Vigilancer um Schutz bitten, würde das dem Volk signalisieren, dass ich das Protektorat fürchte. Es würde der Opposition mehr Munition gegen meine Politik liefern und ihnen genau in die Hände spielen. Daher habe ich euch um Hilfe gebeten.«

»Und was sollen wir für dich tun, Enval?«, fragte Bravestone.

Vokis kam näher und erklärte leise, »Das Ergebnis der heutigen Tagung hat viele Gemüter erhitzt. Wenn es einen Moment gibt, in dem die Extremisten zur Tat schreiten, dann ist es jetzt.« Er sah sich verstohlen um. »Ich habe die unbestätigte Vermutung, dass Lord Udolic mit dem Protektor in Verbindung steht und auf dessen Anweisung hin handelt. Er ist nicht dafür bekannt, lange zu fackeln. Der König nimmt einen Schnellzug nach Novis, der um die halbe Welt fährt. Das ist gewissermaßen Tradition, daher kann er kein Shuttle verwenden. Die Schnellzüge sind zwar sicher, doch im Falle eines Attentatsversuchs oder Anschlags wird die Leibgarde nicht ausreichen. Wir bitten euch, die Königsfamilie heil nach Hause zu eskortieren.«

Der Onu nickte. »Natürlich. Wir werden euch begleiten und darauf achten, dass euch niemand zu nahe kommt.«

Hochgeschwindigkeitszug

Während sich die Königsfamilie auf die Abreise vorbereitete und Solan Vokis mit Zadovar in einem Shuttle davonflog, redete das Wolf Pack mit Bravestone in der Eingangshalle.

Kane stand neben einem hohen Baum an der Fensterfront vor dem Gebirgswall. »Ein Schwebezug ist kein einfaches Ziel, insbesondere bei Hochgeschwindigkeit. Haben die Mitglieder der Opposition denn die nötigen Mittel, um sowas durchzuziehen?«

»Der König hat einen Söldnertrupp zu seinem Schutz angeheuert. Wieso sollten seine Feinde keine externe Hilfe anfordern können? Der Mord an einem König bringt viel Ruhm mit sich. Wer weiß schon, wie viele Killer sich um so einen Auftrag reißen würden?«, überlegte der Onu.

Jaxo rieb sich das schuppige Lid. »Wir haben dort nur wenig Sicherheitspersonal und die sechs Soldaten der royalen Garde. Ich komme besser selbst mit und behalte die Systeme und Kameras im Auge.«

»Wir kommen alle mit. Jede helfende Hand ist im Notfall unbezahlbar. Lato kann die Dragonwing nach Novis fliegen«, entschied Bravestone.

Sie mussten nicht lange warten, bis Enval mit seiner Frau und Tochter zu ihnen stieß, flankiert von zwölf Wachen. Eine gerüstete Nimiranerin trat vor. »Ich bin Major Hilt, kommandierende Befehlshaberin der royalen Garde. Da ich für die Sicherheit der königlichen Familie verantwortlich bin, bin ich auch diejenige, mit der sämtliche Schritte auf dem Weg abgestimmt werden, verstanden?«

Sie war eine hochgewachsene, für eine Frau breit gebaute Soldatin mit einer der silbernen Lanzen und einer Pistole am Oberschenkel. Ihre Rüstung zeigte zusätzliche Insignien und ihr Helm bestach durch aufwändigere Gestaltung.

»Kein Problem, Major. Wir sind fast alle Ex-Militärs und wissen, wie die Befehlskette funktioniert«, bestätigte Kane.

Aufmerksam umschlossen sie Envals Familie und eskortierten sie zu seinem Transportshuttle, das sie zur Transitstation bringen sollte, die sich im Luftraum oberhalb von Godarion befand.

Die Stadt lag weit unter ihnen, doch die Station schwebte am Himmel, verbunden mit dicken Kabeln, an denen Aufzüge fuhren. Es war eine große, ovale, mittig zweigeteilte Plattform. Durch das Zentrum verlief eine hellblaue Energieleitung, die in mehrere Richtungen aufgeteilt am Horizont verschwand. In gleichmäßigen Abständen erspähte Kane elliptische Ringe um diese Leitung, die offenbar zu ihrer Stabilisierung dienten. Viele Leute warteten auf der Fläche auf den nächsten Zug. Ein Landebereich wurde für ihr Shuttle freigeräumt.

»Ist der Zug etwa voller Zivilisten?«, wunderte sich Kate, die aus dem Fenster spähte.

»Wir sind Teil des Volkes, daher reisen wir auch gemeinsam mit ihnen«, erklärte Enval.

Hilt fügte an, »Wir haben einen Waggon für uns.«

»Ihr wisst aber schon, dass ihr dadurch mehr Leben gefährdet, sollte es zu einem Angriff kommen?«, brachte Bravestone sachlich vor.

Enval entgegnete mit zuckenden Schultern, »Es ist leider niemals einfach, praktische Erfordernisse mit politischen Zielen zu vereinen. In dieser Hinsicht beneide ich euch Vigilancer um euren Kodex.«

Sofort nach der Landung verneigten sich sämtliche Bürger auf der Plattform vor ihrem König. Der begrüßte viele persönlich und unterhielt sich mit ihnen, während sie auf den Zug warteten.

Die anderen sahen sich um, doch Kane trat neben die Königin. »Dein Ehemann liebt sein Volk wahrhaftig. So etwas habe ich in all meinen Jahren noch niemals erlebt und ich kannte viele Anführer und Regenten.«

Ismalda lächelte beim Anblick ihres Gatten. »Es ist einer der Gründe, weshalb ich ihn so sehr liebe. Er trägt sein Herz auf der Zunge und es erscheint manchmal unendlich groß. Wenn wir durch die Stadt spazieren, hilft er den Leuten beim Tragen von Taschen, er kauft Kindern Leckereien und er nimmt sich Zeit, mit den älteren Bürgern zu sprechen. Dennoch vergisst er niemals, mir das Gefühl zu geben, wie sehr er Kalanah und mich liebt. Es gibt keinen besseren Mann auf diesem Planeten.«

»Er klingt wie ein wunderbarer Ehemann, Vater und König«, kommentierte er.

Sie blickte ihn an. »Hast du eine Familie, Silver Wolf? Es dürfte nicht leicht sein, das mit deinen weiten Reisen zu vereinen.«

Er seufzte leise und sah zu den hellen Wolken hinauf. »Ich hatte einst eine. Heute ist es mehr wie eine Erinnerung, unterbrochen von nüchternen Gesprächen. Meine Reisen, Abenteuer und eine schwere Kopfverletzung trieben einen Keil zwischen meine Frau und mich. Sie liebte mich noch immer, aber ich konnte ihr dieses Leben nicht zumuten. Ich gab sie frei, um ihr Glück zu finden. Ich fürchte nur, dass sie das nicht konnte.«

Ismalda legte ihre Hand an seinen Arm. »Einen geliebten Menschen gehen zu lassen, weil man ihm das Beste wünscht, ist ein Akt großer Selbstlosigkeit.«

»Und doch brachte es uns beiden keinen Frieden«, murmelte Kane.

Kalanah stand bei ihrer Mutter und fragte ihn, »Hast du Kinder?«

Er sah sie freundlich an. »Meine Tochter Lara ist etwas jünger als du, würde ich schätzen. Du erinnerst mich an sie. In deinen Augen brennt dasselbe Feuer und ich spüre in dir die gleiche Willensstärke.« Danach ließ er den Blick über die Menge schweifen. »Ich habe sie seit über zwei Jahren nicht mehr gesehen.«

»Wieso besuchst du sie nicht?«, wollte die junge Frau wissen.

»Die Reise zur Erde ist weit. Selbst bevor ich herkam, habe ich sie nur selten gesehen. Sie ist jetzt fast 16. In all den Jahren habe ich sie vielleicht 30 Male besucht«, gab er schuldbewusst zu.

Die Königin sah ihn mitleidig an. »Du trägst eine schwere Bürde.«

Er atmete langsam aus. »Ich habe viele furchtbare Dinge erlebt, getan oder verhindert. Manche nennen mich einen Helden, andere ein Monster. Lara vergöttert mich und glaubt, ich wäre so eine Art Superheld, dabei bin ich einfach nur ein verbitterter Söldner, der zu viel geopfert hat.«

Ihr Gespräch endete, als der Zug in die Station einfuhr. Er schätze etwa zwanzig Waggons an dem langen Gefährt. Jeder davon leuchtete mit reichen Verzierungen und hatte eine ovale Röhrenform, um genau durch die Beschleunigungsringe zu passen, die entlang der Energieleitungen schwebten. Als sie einstiegen, stellte Kane fest, dass es im Inneren viel Bewegungsfreiraum gab. In ihrem Waggon sah er mehrere Sitzreihen, eine kleine Bar, Platz zum Herumlaufen und einen abgetrennten Bereich für Nickerchen. Verbindungstüren führten in die angrenzenden Waggons und genau dort stellten sich je zwei Wachen auf.

Enval ging direkt in den Schlafbereich, um sich eine Weile auszuruhen, während Ismalda und Kalanah es sich auf Sitzen bequem machten.

Zunächst sprachen sich die Söldner mit Hilt ab.

»Wir verteilen uns bei den Ausgängen und im Raum. Während der Fahrt besteht im Grunde keine wirkliche Gefahr«, erklärte sie.

Bravestone sah Kane an. »Ich war zwar Krieger und auch eine Weile lang ein Söldner, aber du hast mit solchen Dingen weit mehr Erfahrung. Ich überlasse die Taktik dir, mein Freund.«

Der Wolf deutete auf einen Tisch mit zwei Sitzbänken. »Jaxo, das da drüben ist dein Platz. Schalte dich auf die Kameras auf und verbinde unsere Kommunikation mit der Garde. Wenn du kannst, überwache auch die Sensoren der Beschleunigungsringe, falls sich irgendwas nähert.« Danach sah er die beiden anderen Mitglieder seines Teams an. »Ruby, du und Kate habt die Fenster im Auge. Nehmt euch je eine Seite vor und behaltet alles im Blick. Wenn sich irgendwo ein Shuttle oder ein Vogelschwarm bewegt, will ich das wissen.« Er drehte sich zu dem Vigilancer und Hilt um. »Ein ziviler Zug in diesem Tempo ist ein Angriffsziel mit maximaler Herausforderung. Das bedeutet, dass wir es im Falle eines Angriffs mit Spezialisten zu tun haben, die sich von uns nicht stoppen lassen werden. Der Schlafbereich ist unsere Festung. Sollte was passieren, schafft ihr die Familie dort rein und schützt den Zugang.« Sein Finger zeigte auf den Lorganer. »Jaxo ist meine Stimme. Wenn ich nicht in Reichweite bin, wird er euch koordinieren. Sein Wort ist Gesetz. Meine Leute und ich sind gut in Improvisation. Wir kriegen euch alle heil nach Novis.«

Major Hilt nickte ihm beeindruckt zu. »Du scheinst wirklich zu wissen, was du tust. Ich gebe es an meine Leute weiter.«

»Wie lange dauert die Fahrt nach Novis?«, erkundigte er sich.

Die Frau erwiderte, »Das hier ist eine Direktverbindung ohne Zwischenstopps. Wenn alles nach Plan verläuft, fahren wir etwa vier Stunden, vielleicht auch viereinhalb.«

***

Nachdem sich der Zug in Bewegung gesetzt hatte, begaben sich alle auf ihre Posten. Jaxo zapfte sämtliche Überwachungsdaten an, Ruby und Kate saßen an den Fenstern und schauten raus und Bravestone unterhielt sich mit Hilt an der Bar.

Da Kane keine festen Aufgaben hatte, sondern agil reagieren wollte, wechselte er stetig die Position. Das tat er so lange, bis Kalanah ihm in den Weg trat.

»Lass mich raten: Du hast noch 327 Fragen an mich«, sagte er amüsiert.

Sie stemmte die Hände in die Hüften. »Eigentlich sind es 414, aber fürs Erste würde mir schon eine reichen. Zeigst du mir ein paar Kniffe, wie ich mich verteidigen kann?«

Er legte den Kopf schief. »Hast du denn schon Vorerfahrung in der Selbstverteidigung?«

Ihre Mutter kicherte von ihrem Sitz aus. »Sie ist seit Jahren begeistert dabei, wenn die Wachen im Palast trainieren. Manchmal lassen sie sie mitmachen, solange sie aufpasst.«

»Verstehe. Und welche Waffe hast du dir für den Anfang ausgesucht?«, erkundigte er sich.

Sie grinste, »Ich probiere alles aus, was ich in die Hände kriegen kann! Ich habe schon mit den Wachspeeren, Pistolen, Gewehren und bloßen Fäusten trainiert. Ich darf nur selten üben, also bin ich noch nicht besonders gut.«

Nachdem er Ismalda fragend angesehen und sie zustimmend genickt hatte, griff er hinter seinen Rücken und holte die Zaruko hervor. »Das hier ist eine seltene und besondere Waffe des Katzenvolkes der T'zun aus meiner Heimat. Sie sind die besten Nahkämpfer, die ich kenne, und meine Mentorin hat mir die hier geschenkt.« Er hielt die beiden schlanken Röhrchen in seiner Hand vor sich und entfaltete sie auf die Länge von Escrima-Stöcken, jedoch ließ er die Klingen eingefahren. »Es gibt sehr viele Größen und Formen von Nahkampfwaffen, aber die meisten davon ähneln sich bei der Handhabung in bestimmten Dingen.«

Er gab ihr einen der beiden Kurzstäbe und sie betrachtete ihn und wirbelte damit etwas unbeholfen herum.

Mit seinem eigenen zeigte er ihr einige grundlegende Bewegungen, darunter hohe, mittlere und tiefe Angriffe, einfache Paraden und Stoßbewegungen. »Wenn du diese Dinge beherrschst, kannst du im Ernstfall bereits sehr viel mehr erreichen. Probieren wir es mit ein paar Schlagfolgen.«

Unter den neugierigen Blicken ihrer Mutter und Kate versuchte Kalanah, die verschiedenen Angriffe abzuwehren und, wann immer möglich, eigene Attacken auszuführen. Dabei bewegte sich Kane extra langsam und kündigte an, was er tun würde, damit sie reagieren konnte.

Nach einer Weile brauchte er nichts mehr sagen, da sie seine Bewegungen deuten lernte.

»Siehst du? Mit der Zeit kannst du deine Gegner durchschauen und immer schneller reagieren. Dabei ist es vollkommen egal, ob man dich mit einem Speer, einem Schwert oder einem Hammer angreift. Abwehren kannst du trotzdem auf dieselbe Weise.« Ein Teil von ihm realisierte in diesem Moment, wie sehr er sich wünschte, dieses Wissen an seine eigene Tochter weiterzugeben. »Wie alt bist du? Ich hatte im Gartenpalast den Eindruck, dass du ganz gut über die Dinge Bescheid weißt, die sich auf Nimira tun.«

Sie wich einem Stoß aus und griff tief an, sodass er einen Seitschritt machen musste.

»Ich bin 18. Da ich eines Tages Königin sein werde, hat Vater mich schon als kleines Mädchen dazu ermutigt, zuzuhören und Fragen zu stellen. Inzwischen kenne ich die Abläufe unserer Politik fast so gut wie er selbst. Ich wünschte nur, er würde mich nicht so oft mit Lord Vokis allein lassen«, sagte sie murrend.

Kane wischte ihren hohen Angriff beiseite und stupste ihr seinen Stock in die Seite. »Mir ist schon aufgefallen, dass ihr beiden ihn nicht besonders zu schätzen scheint. Woran liegt das?«

Ismalda verzog kaum merklich die Mundwinkel. »Solan Vokis ist ein Opportunist. Sicher, er hat viel Einfluss unter den anderen Ratsmitgliedern, doch sein zum Teil anbiederndes Gehabe ist entlarvend. Er hofft, eines Tages Envals Platz einzunehmen. Ich traue ihm nicht, aber im Augenblick ist er ein wertvoller Verbündeter.«

»Außerdem kann er gelegentlich etwas aufdringlich sein. Er scheint ein Auge auf mich geworfen zu haben, doch ich kann diesen Widerling nicht ausstehen«, warf die Prinzessin ein.

»Kalanah! So sprechen wir nicht in der Öffentlichkeit!«, ermahnte die Königin sie.

Sie senkte sofort den Kopf. »Entschuldige Mutter. Ich fühlte mich hier unter Freunden und habe nicht bedacht, dass sie eigentlich Söldner sind.«

Kane nahm den zweiten Stock wieder entgegen. »Keine Sorge, Königin. Ich mische mich niemals in politische Angelegenheiten ein, wenn es sich vermeiden lässt. Das hat mir in der Vergangenheit bereits zu oft Ärger eingebracht.«

***

Die Fahrt ging nun schon knappe zwei Stunden ohne jedes Problem vonstatten. Inzwischen zeigte Ruby der Prinzessin, wie man alkoholfreie Drinks mixte, während Ismalda sich zu ihrem Mann in der Kabine gesellte.

Kate ließ ihren Blick über die Inseln und das Meer schweifen. »Es ist wunderschön hier. Wieso können die Leute nicht einfach genießen, was sie haben, anstatt andauernd um Macht und Kontrolle zu kämpfen?«

»Tja, das ist die große Frage«, antwortete Kane, der neben ihr stehenblieb. »Ich persönlich glaube, dass es in unserer Natur liegt, mehr zu wollen. Etwas zu bekommen schenkt uns Freude, aber es ist wie mit Schmerz. Irgendwann sinkt die Intensität der Freude mit jedem Mal ein bisschen, bis wir so viel besitzen, dass es uns nichts mehr bedeutet. Dasselbe gilt für Macht. Wenn man sie bekommt, ist es wie ein Rausch, aber auch das lässt nach.« Er legte seine Hand über dem Kopf an die

Wand und lehnte sich vor. »Das Problem ist, wenn man alles hat und mächtig ist, wie soll man dann noch Freude verspüren? Die wenigsten organischen Wesen besitzen die Weisheit der T'zun, die Erfüllung in ihrem Inneren zu suchen. Stattdessen überschreiten sie immer mehr Grenzen, um noch mehr Reichtum und Macht anzuhäufen, in der Hoffnung, es brächte die Freude zurück. Vielleicht ist es bei einigen Leuten auch einfach zur Gewohnheit geworden. Und natürlich kommt die Angst dazu, das Gewonnene wieder zu verlieren. Sie können die Endlichkeit des Lebens und der Dinge nicht akzeptieren.«

Sie seufzte. »Ich hatte immer alles, was ich brauchte, aber ich war nie glücklich. Trotzdem wäre mir nie in den Sinn gekommen, dass Milliarden von Units oder Befehlsgewalt die Antwort wären. Nur zwei Dinge haben mich wirklich glücklich gemacht. Jenna und das hier. Bei ihr war es unsere Liebe, jetzt ist es das Abenteuer. Mehr brauche ich gar nicht.«

Er setzte sich neben sie ans Fenster. »Damit bist du weiser als jeder Machthaber oder Konzernchef. Selbstverwirklichung ist die Antwort, nicht reiner Besitz oder Kontrolle.«

»Hast du das Ganze hier nicht anfangs auch nur für Geld gemacht?«, fragte sie ihn und drehte den Kopf zu ihm um.

»Schon, aber dabei ging es mir in erster Linie um gute Ausrüstung, nicht um Luxus. Wirklich erstklassige Raumschiffe, Waffen und Rüstungen sind erschreckend teuer. Der eigentliche Grund für meine Entscheidung, Söldner zu werden, war das aber nicht. Ich wollte Freiheit. Seit meiner Jugend habe ich das Leben in den Fesseln einer verdummten Gesellschaft verachtet und die künstlichen Regeln selbsternannter Anführer gehasst.« Er faltete die Hände auf seinem

Bauch. »Wie sollte ich meinen Weg finden, wenn ich den vorgegebenen Pfad nie verlassen durfte? Meine Erfüllung suche ich zwar immer noch, aber ich könnte niemals wieder als Teil einer Gruppe von Leuten leben, die sich gegenseitig Vorschriften machen müssen, um miteinander auszukommen«, erklärte er ihr.

Jaxo brummte hörbar von seinem Platz aus. »Wolf, da draußen tut sich was. Ein kleines Schiff nähert sich dem Zug mit hoher Geschwindigkeit.«

Sofort stand Kane auf und trat zu ihm. »Fliegt es in dieselbe Richtung oder vorbei?«

Der Lorganer sah ihn mit hochgezogener Braue an. »Wie lange machen wir das jetzt schon? Glaubst du, ich hätte was gesagt, wenn es nicht verdächtig wäre? Das Ding folgt unserer Fahrtrichtung in gleichbleibendem Abstand und kommt näher. Das entspricht keiner normalen Flugroute.«

Mit ernstem Blick winkte er Major Hilt, die es bemerkte und sich auf ihn zubewegte. Sie ging gerade an den Sitzreihen vorbei, als eine Explosion ein großes Loch in die Seitenwand des Waggons riss und sie auf der anderen Seite gegen ein Fenster schmetterte. Beinahe hätte sie Kate umgerissen. Die sprang auf und sah nach der Soldatin.

Der heftige Fahrtwind wütete sofort durch das gesamte Abteil und sorgte für Chaos und Verwirrung. Kurz darauf schossen zwei Stahlseile an Widerhaken durch die neu entstandene Öffnung und bohrten sich in die Seitenwand. Vier Angreifer seilten sich daran hinein und sahen sich um.

Kane erkannte sie als humanoide Aliens mit flexiblen, dünnen Rüstungen für maximale Beweglichkeit. Sie trugen je eine Pistole und seltsam aussehende Schwertgriffe. Ihre Helme stellten verzerrte Fratzen dar, doch sie bewegten sich hochprofessionell und ihre Absicht war klar.

Bravestone attackierte sofort den Ersten von ihnen mit bloßen Fäusten, da er beim Zugang zum Seitenabteil stand, wo Enval und Ismalda schliefen. Auch die Gardisten hoben ihre Lanzen und gingen zum Angriff über.

Kane sah zu Ruby hinüber, die dem Onu zu Hilfe eilte. Hilt humpelte zu Jaxo, der seine Drohnen und Elektrohandschuhe benutzte, um einen der Angreifer auf sich zu lenken. Seine wuchtige Erscheinung machte ihn zu einem formidablen Gegner für die Attentäter.

Der Wolf aktivierte seinen Helm, schnappte sich Kalanah und schob sie an die Seite des Waggons, wo Kate bereits stand und mit ihrer Pistole auf die Kerle feuerte. Sie waren jedoch extrem agil und wichen vielen Projektilen geschickt aus. Der Rest traf nur auf ihre Energieschilde.

Kane brauchte nicht lange zuzusehen, um zu erkennen, welche Gefahr diese Leute darstellten. Die Gardisten konnten ihnen nicht das Wasser reichen und würden sie nicht aufhalten. Insbesondere die schnellen Reflexe, die Stärke und die Klauen an ihren Händen machten die Killer zu tödlichen Widersachern.

Als sich einer von ihnen näherte, um die Prinzessin anzugreifen, fing Kane den Schuss mit seiner Rüstung ab und trat dem Kerl die Pistole aus der Hand. Er setzte nach und schlug ihn, aber sein Gegner war ebenso schnell wie er selbst und wich aus. Es folgte ein Tritt, den der Wolf mit den Unterarmen blockte. Sofort nutzte er die Position, um dem Angreifer das Standbein wegzutreten, doch der vollführte eine Luftrolle und zog ihm beide Füße durch das Gesicht. Nach kurzem Taumeln sah er sich dem Feind gegenüber, der seine Klauen ausfuhr und wartete.

»Alles klar«, knurrte Kane und lockerte seinen Nacken. Anschließend gingen sie wieder aufeinander los. Trotz der Upgrades, die ihm eine vergleichbare Kraft und Geschwindigkeit verliehen, wäre er ohne das T'zun-Kampftraining hoffnungslos untergegangen. Nur dank Langtatzes Ausbildung konnte er die präzisen und heftigen Schläge und Tritte rechtzeitig kontern und erwidern. Sein größter Vorteil war die Wolfsrüstung, die die Klauentreffer zuverlässig abfing, während seine erfolgreichen Angriffe dem Körper des Feindes direkt zusetzten. Er fuhr die neuen Nahkampfklauen aus und zahlte es dem Kerl mit gleicher Münze heim. Jedes Mal, wenn sein Gegenüber versuchte, seinen Schwertgriff zu greifen, lenkte Kane ihn mit schnellen Schlagfolgen davon ab und verhinderte es. Er packte dessen Arm und wollte ihn am Ellenbogen brechen. Der Killer drehte sich jedoch herum, griff stattdessen Kanes Arm und schleuderte ihn hart zu Boden.

Diesen Moment der Benommenheit nutzte der Kerl aus, um sein Schwert zu ziehen. Aus dem Griff entfaltete sich eine seltsam schlanke, schwarze Stange, die keineswegs einer Klinge ähnelte. Kurz darauf aktivierte sich jedoch eine hellblaue Energieklinge entlang des Rands dieses Stabs. Nun sah es aus wie ein einfaches, flaches Einhandschwert mit einer leuchtenden Schneide und schmalem Kern. Eine solche Waffe hatte er noch nie zuvor gesehen.

Kane wusste instinktiv, wie gefährlich dieses Schwert war. Er ging dicht an den Gegner heran, um seinen Bewegungsspielraum einzuschränken. Jeden Versuch eines Hiebes oder einer Stoßbewegung verhinderte Kane durch geschicktes Ausweichen oder die Blockierung seines Arms. Dabei achtete er darauf, niemals die Klinge zu berühren.

Ein Tritt gegen die Brust zwang ihn auf Abstand und der Schuss eines anderen Killers warf ihn rückwärts über einen Sitz.

Er rappelte sich auf und bemerkte, wie sich Kate mit knapper Not gegen die wesentlich schnelleren Angriffe wehrte. Ihre Rüstung hatte bereits drei schwarze Brandstreifen von Treffern mit der leuchtenden Waffe, die bei jeder Bewegung zischte.

Kane holte die Zaruko hervor und steckte sie zusammen, damit sie zu einem langen Stab ausfuhren. Die beiden Klingen an den Enden würden den Killer trotz Rüstung in Streifen schneiden. Mit blitzschnellen, geübten Bewegungen knallte er seine Waffe in schneller Abfolge gegen Brust, Rücken und Beine des Kerls und durchbohrte nach einer Drehung dessen Wade mit einer der Spitzen. Ein knurrendes Zischen drang an Kanes Ohren, woraufhin wieder ein anderer der Angreifer mehrmals auf ihn feuerte und gegen die Seitenwand presste.

Als der Killer sein Schwert auf Kalanah niedergehen ließ, sprang der Wolf nach vorne und parierte den Angriff mit dem Stab, wobei die Klinge sauber von der Energieschneide abgetrennt wurde. Augenblicklich wirbelte er seine Waffe erneut herum, um den Gegner zu verwirren, löste die beiden Hälften mitten in der Bewegung und ging zum Angriff über. Mit energischen Attacken zwang er den Kerl dazu, sich zu verteidigen und von der Prinzessin abzulassen. Es erschien kaum möglich, einen Feind mit einer solchen Waffe zu besiegen, da selbst die Wolfsrüstung Schäden davontrug.

Der Killer schaffte es, ihm die Zaruko mit einem harten Körpertreffer aus den Händen zu treten. Kane hielt die Faust des Angreifers am Griff des Schwerts fest, um zu verhindern, dass der Kerl seinen Kopf traf. Das verhinderte jedoch, dass er sich gegen die wiederholten Schläge und

Tritte verteidigen konnte, die sein Feind mit dem Rest seines Körpers austeilte.

»Ich hab ihn, Wolf!«, schallte Rubys Stimme.

Eine Sekunde später erwischte ein Schuss aus dem Gewehr der Krodaa von der anderen Seite des Waggons die Schulter des Killers. Den Moment der Unachtsamkeit nutzte Kane aus, um ihm in die Armbeuge zu schlagen und damit seinen Griff um das Schwert zu lockern. Er entwand ihm die Waffe, wirbelte um ihn herum und zog ihm die Klinge dabei über den Rücken. Ohne zu warten, durchbohrte er direkt dessen Brust und schlug ihn mit dem Kopf auf die Kante eines Sitzes.

Keuchend zog er das Schwert heraus und betrachtete es kurz. Es war sehr leicht und er hatte Respekt vor der Macht in seinen Händen. Danach sah er sich um.

Ruby und Bravestone halfen den Gardisten, den Zugang zum Königspaar zu schützen, was angesichts der beiden weiblichen Angreifer extrem schwierig aussah. Zeitgleich nutzte Jaxo seine schnellen Drohnen, um Major Hilt und zwei ihrer Leute Lücken zu verschaffen, um den dritten Feind anzugreifen. Dennoch musste er immer wieder direkt eingreifen und den Mann mit seiner rohen Kraft auf Abstand halten.

Kane nutzte die Pause und schoss mit seiner Pistole auf eine der beiden Attentäterinnen, die kurz davor standen, den Seitenbereich zu betreten. Sie war jedoch so schnell, dass er nur ihre Schulter erwischte und damit ihre Aufmerksamkeit auf sich zog. Da sich Kalanah neben ihm an die Wand drückte, kam die Frau stattdessen auf sie zu.

Die Prinzessin hob die Hälften von Zaruko auf und stellte sich hinter Kate, die die Angreiferin immer wieder knapp verfehlte. Die Killerin attackierte sie mit ihren beiden Energiemessern sehr viel schneller und effektiver als der tote Kerl neben ihnen. Mehrmals hätte sie Kalanah fast erwischt, wäre Kane nicht dazwischengegangen. Er sah in diesem Moment nur einen einzigen Weg, um das Leben der Prinzessin zu schützen.

Mit der Polytanschiene schoss er mitten in einer flüssigen Bewegung einen Elektrobolzen auf die Killerin, was ihnen ein paar Sekunden Zeit verschaffte. Während dieses Augenblicks öffnete sich die Wolfsrüstung, er trat heraus, schob Kalanah hinein und schloss sie wieder. Damit blieb er zwar ungeschützt, doch die Rüstung würde sie von den direkten Treffern der Energieklingen eine Weile lang abschirmen. Das war auch gut so, denn bereits einen Atemzug später prallten drei Pistolentreffer daran ab, die von der anderen Raumseite kamen.

Die Frau schüttelte sich und trat Kate gegen die Brust, um sie aus dem Weg zu haben. Sofort widmete sie sich Kane, der ihre schnellen Messerattacken mit dem Leuchtschwert parierte und sie immer wieder zurück zwang. Er hatte lange nicht mit einem Schwert gekämpft, doch die Bewegungen kamen ganz automatisch.

Die beiden gingen erneut aufeinander los und diesmal war die Killerin besser auf sein Können vorbereitet. Sie nutzte eine blitzschnelle Schlagfolge, brachte ihn mit einem Tritt gegen das Knie aus dem Takt und setzte sofort nach. Mit den Energiemessern schlitzte sie ihm die Brust, einen Arm und ein Bein auf, bevor sie ihm beide Waffen in Brust und Bauch versenkte.

»Kane!«, rief Kalanah mit vom Helm gedämpfter Stimme und ging im Zorn auf die Frau los.

Der Wolf spürte den brennenden Schmerz, als er auf die Knie sank und wie im Schock zusah, wie die junge Prinzessin den Schutz der Rüstung ausnutzte, um auf die Killerin einzuprügeln. Gegen die unnachgiebigen Schläge der beinahe undurchdringlichen Panzerung konnte die Angreiferin nichts tun außer auszuweichen. Sie wurde mehrmals hart getroffen, bis sie sich mit zwei Tritten und einer Luftrolle befreite.

Kate kniete sich neben Kane und wollte seine Wunden untersuchen, doch als sie sein Shirt hochzog, sah sie nur noch, wie sich die tiefen Schnitte von selbst schlossen und verheilten, als hätte es sie nie gegeben.

»Ich liebe diesen Smaragd!«, sagte er erleichtert kichernd und stand wieder auf.

Er fühlte sich noch so frisch wie vor dem Kampf und hob das Energieschwert vom Boden auf, bevor er die Gegnerin fixierte. Gemeinsam mit Kate kam er Kalanah zu Hilfe und sie attackierten die Killerin zu dritt. Sie erwischte sie alle immer wieder, doch die Rüstungen hielten viel aus und Kanes Körper heilte jeden Schnitt innerhalb von Sekunden, sodass es ihn nicht lange aufhielt.

Es gelang ihm, sie am Unterarm zu packen und festzuhalten, um ihr in die Achselhöhle zu treten. Zeitgleich wurde sie von Kates Pistole in den Bauch getroffen und Kalanah schlug ihr mit Zaruko den Schädel ein. Um sicherzustellen, dass sie tot war, schoss der Wolf ihr noch zweimal in den Kopf, bevor er sich wieder umsah.

Die anderen beiden Attentäter hielten sich weiterhin mit erschreckender Präzision gegen die Wachen. Viele der Gardisten lagen tot im Raum und selbst der erfahrene Bravestone hatte Mühe, mit dem irrsinnigen Tempo der Killer mitzuhalten.

Kane öffnete die Wolfsrüstung und legte sie wieder an, bevor er Kalanah zum Abteil ihrer Eltern bugsierte und hineinschob. Anschließend fiel sein Blick auf den Angreifer, der soeben Major Hilt bewusstlos geschlagen hatte und eine von Jaxos Drohnen in dessen Maul schob, um sie zu zerstören.

Bevor er dazu kam, schoss Kane seinen Enterhaken ab, der sich um dessen Arm wickelte. Damit riss er ihn zu sich und verpasste ihm einen harten Treffer ins Gesicht, sodass er sich überschlug. Das reichte jedoch nicht und er sprang wieder auf. Sie lieferten sich ein kurzes Schwertduell und der Wolf überlegte, ob er dem Kerl einen Haftsprengsatz an die Kleidung hängen sollte, doch der Killer hatte dieselbe Idee.

Ein leises Piepen lenkte seinen Blick auf seine Brust, wo eine kleine Haftbombe klebte, die sofort detonierte. Mit einer Druckwelle wurde er durch das Loch im Waggon geschleudert und stürzte aus dem Zug. Orientierungslos und im freien Fall versuchte Kane, sich zu sammeln und überlegte fieberhaft, wie er dem Tod entgehen sollte.

Nach ein paar Sekunden ließ der Schreck durch die Explosion nach. Seine Geistesgegenwart kehrte zurück und ihm fiel ein, dass seine Rüstung inzwischen fliegen konnte. Er hatte diese Funktion auf einigen Einsätzen geübt und auch in einem Simulator auf Vigilance trainiert, daher wusste er, wie es ging. Mit etwas Mühe drehte er seinen Körper in eine möglichst gerade Position und aktivierte dann die Schubdüsen am Rücken. Die starke Beschleunigung übte Druck auf seinen Körper aus. Er entfaltete den Energie-Wingsuit und richtete die Arme so aus, dass er dem Zug folgte, den er nur noch als dunkle Linie am Himmel erkannte.

Die Rüstung erreichte Überschallgeschwindigkeit und er sah, wie er die Schallmauer durchbrach. Er konnte nicht leugnen, dass es ein machtvolles Gefühl war. Unter ihm zogen große Waldflächen und kristallklare Seen vorüber.

In schnellem Tempo näherte er sich dem Zug, neben dem das kleine Angriffsschiff der Killer immer noch die Höhe hielt. Es hatte ihn offenbar bemerkt, denn es koppelte die Stahlseile ab und nahm ihn ins Visier. Er flog Luftrollen und Ausweichmanöver, um nicht vom Himmel geschossen zu werden. Die Rüstung verfügte zwar über eine starke Panzerung, aber sie war nicht auf den Kampf gegen Raumschiffkanonen ausgelegt.

In Flughaltung konnte Kane nicht angreifen, da er für die Nutzung seiner Schusswaffen die Arme brauchte. Außerdem war er nicht sicher, ob die Viper die Schilde eines solchen Schiffes überhaupt durchdringen würde. Er hatte allerdings noch ein paar andere Asse im Ärmel, die ihm helfen konnten, sollte er nahe genug herankommen.

»RB! Ich könnte hier draußen mal deine Hilfe brauchen!«, rief er.

»Draußen? Was in aller Welt machst du denn draußen?«, fragte sie irritiert.

»Schnapp dir einfach dein Gewehr und lenk das blöde Schiff ab!«, schrie er, während er knapp einer Rakete mit einer Rolle entging.

Kurz darauf sah er die Krodaa mit ausgebreiteten Schwingen aus dem Loch gleiten. Auch ihre Rüstung verfügte über Schubdüsen, damit sie das Tempo des Zuges halten konnte. Sie brauchte jedoch ihre Arme nicht zum Fliegen, sodass sie mit ihrem Snipergewehr auf das Schiff feuerte.

Sofort drehte der Pilot um und suchte nach der neuen Bedrohung, was Kane die nötige Zeit verschaffte, sich mit vollem Schub zu nähern.

Für Ruby war das weniger günstig, da sie nun dem Dauerfeuer des Schiffes ausweichen musste. »Ich hoffe, du hast einen Plan, Wolf! Das war ansonsten nämlich ein richtig beschissener Zug von dir!«

Da er nun nur noch geradeaus flog, deaktivierte er den Wingsuit, legte die Arme eng an den Körper und visierte die Seite des kleinen Raumschiffes an. »Keine Sorge, RB, ich lasse dich schon nicht hängen! Halt einfach nur ein paar Sekunden durch!«

Er fand den richtigen Winkel und wandelte die Polytan-Multischiene zur Harbinger um. Damit schoss er eine Hurricane-Granate ab, die Dutzende kleine Synthium-Kugeln mit starkem Druck gegen das Ziel feuerte. Die Wucht des Angriffs genügte, um den Energieschild zu überladen und die Seitentür aus der Verankerung zu reißen. Die Tür auf der anderen Seite stand bereits offen.

Sofort legte er die Arme wieder an und schoss seitlich durch das Schiff hindurch. Dabei warf er zwei Granaten hinein. Kurz nachdem er herauskam, explodierten Antrieb und Cockpit, sodass das Gefährt qualmend und trudelnd abstürzte.

»Scheiße ja!«, jubelte Ruby und kam zu ihm, als er den Wingsuit wieder öffnete. »Der Himmel ist jetzt dein Werkzeug!«

Er freute sich zwar, doch es war noch nicht vorbei. »Wir haben immer noch zwei dieser Killer vor uns. Geh und hilf den anderen da drin! Ich hole mir einen raus!«

Während sie mit angelegten Flügeln wieder in den Waggon schoss, landete er auf dem Dach. Er wusste, dass er jedes Mal dicht am Boden sein musste, wenn der Zug durch einen der schwebenden Beschleunigungsringe sauste, doch das wollte er ausnutzen. Mit einem kleinen Sprengsatz riss er ein rundes Loch in die Decke. Die dadurch entstehende Ablenkung nutzte er aus, um den männlichen Killer mit dem Enterhaken zu sich nach draußen zu ziehen, um Jaxo und der erwachten Major Hilt etwas Luft zu verschaffen.

Der Gegner schien jedoch selbst durch diese Manöver nicht lange aus der Fassung zu sein. Mit magnetisierten Stiefeln widerstand er der hohen Geschwindigkeit, genau wie Kane. Mit aktivierter Energieklinge und Pistole ging er auf den Wolf los.

Der war darauf gefasst und ließ die Schüsse von seinen Schilden abfangen, während er ebenfalls schoss. Er fragte sich, wie der Killer so schnell ausweichen konnte. Seine Spezies musste enorme Reflexe haben, doch selbst dann wäre es bemerkenswert. Mit den Schwertern lieferten sie sich einen heftigen Kampf. Wann immer eine Lücke entstand, nutzten sie die Pistolen, um einen Schuss zu platzieren. Manchmal schlug Kane dem Kerl die Schusswaffe auch einfach gegen den Körper. Er spürte, wie mehrere Prellungen verheilten, die er aufgrund der harten Schläge selbst durch die Rüstung hindurch erlitt.

Beide mussten sich auf den Boden werfen, als sie einen der Ringe durchfuhren. Im Anschluss kämpften sie sofort weiter. Trotz all der vielen Gegner, die der Wolf im Laufe seines Lebens bekämpft hatte, war er noch nie jemandem derart Fähigen begegnet. Nicht einmal die Kriegsmönche der T'zun hatten ihm so zugesetzt wie diese Attentäter. Das lag zum Teil an ihren besonderen Waffen, aber auch ihre Geschwindigkeit konnte er kaum überwinden.

Als der nächste Ring in Sicht kam, ließ Kane bewusst eine Lücke in seiner Deckung offen, um einen Angriff zu provozieren. Das funktionierte auch, sodass er einen gezielten Tritt nutzte, um seinen

Kontrahenten in die Luft zu schleudern. Er würde ungebremst gegen die Seite des Rings knallen und hoffentlich in den Tod stürzen.

Leider schien der Kerl irgendwie damit gerechnet zu haben. Er warf seinen eigenen Enterhaken, flog über die Kante des Rings und rauschte bei der Landung genau durch das Loch zurück in den Waggon.

Kane zögerte nicht, ihm zu folgen, und landete inmitten des Wagens. Aus dem Augenwinkel beobachtete er, wie Bravestone und Kate zusammenarbeiteten, um die letzte weibliche Killerin zu besiegen. Während seine Schwester sie mit Schüssen zwang, immerzu auszuweichen, durchbohrte Bravestone sie von hinten mit seinem gebogenen Kurzschwert und warf sie aus dem Zug.

Der Mann rannte nach der Landung sofort los, warf Jaxo auf den Tisch mit seiner Technik und hielt nun Major Hilt in seiner Gewalt. Er drückte seinen Arm fest um ihren Hals und würgte sie leicht, während er ihr seine Pistole an die Schläfe presste. Sein Helm war schwer beschädigt und teilweise weggebrochen. Darunter erkannte Kane den Kopf eines Goragran. Ein paar der von außen sichtbaren spitzen Zähne in der offenen Wange hatte er im Kampf verloren und grünes Blut lief über sein Kinn.

Er sah von allen Personen im Zug direkt den Silver Wolf an und sprach mit seiner rauen Stimme. »Du bist ein beeindruckender Feind, Söldner! Doch mein Auftrag ist der Tod der königlichen Familie. Die Tong duldet kein Versagen. Lass mich durch, sonst töte ich diese Frau!«

Kane kicherte leise und richtete seine Pistole auf den Kerl. »Und wenn ich dich durchlasse, tötest du die Familie. Drei leben gegen eines ist keine schwere Entscheidung. Außerdem ist es Hilts Aufgabe, ihr

Leben für die Sicherheit des Königs zu geben. Schwache Verhandlungsposition«, blieb er gelassen.

Der Kerl grunzte und spuckte Blut. »Gut gespielt. Wie wäre es damit? Ich werde jetzt durch die Tür hinter mir gehen und im Notfallshuttle des Königs verschwinden. Gib mir den Zugangscode, sonst lege ich die Frau um!«

Die anderen blieben still, da der Killer sich nur auf den Wolf konzentrierte. So konnte er dafür sorgen, dass die Lage nicht eskalierte.

»Nein«, antwortete Kane und deaktivierte seinen Helm.

»Du hast keine Wahl, Söldner! Wenn du dich weigerst, klebt ihr Blut an deinen Händen, ihr Leben lastet auf deinem Gewissen!«, drohte der Mann und würgte Hilt so fest, dass sie unterdrückt röchelte.

Er blieb vollkommen regungslos. »Ich habe kein Gewissen. Du allein hältst die Waffe in der Hand und du allein triffst die Entscheidung, abzudrücken. So oder so trägst du die volle Verantwortung für das, was jetzt geschieht. Mit dieser lächerlichen Schuldmanipulation kannst du mich nicht verunsichern.«

Der Killer wurde nun seinerseits unsicher. Kane sah, wie seine Augen verzweifelt umher huschten und einen Ausweg suchten.

»Was jetzt? Das Leben der Frau wird dich nicht retten, den Code kriegst du nicht und dein Schiff ist weg. Ihr Typen seid wirklich verdammt gut, aber ihr wurdet offenbar nicht ausgebildet, wie man mit Versagen umgeht. Diese alberne Geiselnahme ist einfach nur lächerlich und für einen Profi bestenfalls eine beschämende Leistung«, spottete der Wolf und machte zwei Schritte auf den Attentäter zu.

Er wusste, wie der Mann reagieren würde, und war bereit.

»Sofort stehenbleiben!«, rief der Kerl und schoss auf Kane, der genau in dieser Sekunde selbst abdrückte und ihn zwischen die Augen traf.

Er bekam ebenfalls einen Kopftreffer ab. Das das Projektil ging durch seine Wange und trat am Nacken wieder aus. Der Schmerz übermannte für einen Moment sein gesamtes Bewusstsein. Er schrie auf und fiel auf die Knie. Seine neue Selbstheilung setzte einige Sekunden später ein und behob die Schäden vor den Augen aller Anwesenden, jedoch fühlte es sich für ihn quälend langsam an.

Hilt brach hustend zusammen und sofort eilten Ruby und Bravestone zu ihr, um sie auf einen Sitz zu bugsieren.

Kate half ihrem Bruder hoch. Blutergüsse leuchteten bläulich auf ihrer Stirn »Das war ziemlich ... kalt. Hättest du sie wirklich sterben lassen?«

Er keuchte und rieb sich die verheilte Wange. Er sah ihr in die Augen und entdeckte keinerlei Vorwurf darin. »Ohne zu zögern. Für sie zählte nur die Sicherheit der Königsfamilie. Wenn sie sich dafür hätte opfern müssen, hätte sie es getan. Eine Geiselsituation wie diese ist ohne Opfer nur sehr selten lösbar. Viele Gutmenschen geben nach und der Täter tötet die Geisel trotzdem. Ich habe dieses Szenario schon früher erlebt. Angst und Schuldgefühle ziehen bei mir nicht.«

Er bat sie, nach Jaxo zu sehen, der stöhnend auf dem Techniktisch lag und sich das Gesicht rieb. Bravestone stand ein Stück entfernt und sah Kane abschätzig an. »Deine emotionslose Rationalität ist manchmal erschreckend.«

Kurz darauf öffnete sich das geschlossene Abteil leise und Kalanah lugte heraus. »Ist die Luft rein?«

»Ihr könnt rauskommen«, antwortete der Wolf.

Sie und ihre Eltern traten in den Waggon und Ismaldas Haare wehten im starken Fahrtwind. Ihr Blick zeugte von Entsetzen, ganz ähnlich wie beim König selbst. Die Prinzessin hingegen musterte immer wieder Kane und die anderen mit wachen Augen. »Das war der krasseste Kampf, den ich je gesehen habe! Du bist unglaublich, Silver Wolf!«, jubelte sie.

Enval beugte sich über die Leiche eines Killers und hielt sich die Hand vor den Mund.

Bravestone trat zu ihm und sagte, »Du hast die Hingabe deiner Gegner wohl deutlich unterschätzt, alter Freund.«

»Wer sind diese Kerle?«, wollte Ruby wissen und hängte sich ihr Gewehr über den Rücken. Jaxo reichte ihr ein Tuch, mit dem sie sich Blut aus dem Gesicht wischte.

Der Onu betrachtete die Energieklinge des Toten. »Das sind Auftragskiller der Gorao Tong. Eine Gilde von Assassinen von Gorag. Sie gelten als die besten Meuchelmörder in den Randsektoren. Wer sich ihren Zorn zuzieht oder zu einem Auftrag wird, ist dem Untergang geweiht. Sie geben niemals auf, verfolgen ihr Ziel bis ans Ende der Galaxie und nutzen jedes erforderliche Mittel, um den Job abzuschließen. Das liegt unter anderem daran, dass sie im Falle ihres Versagens selbst zum Opfer werden. Einen Kunden zu enttäuschen ist für sie unentschuldbar.«

Kane verschränkte die Arme. »Ich habe noch nie zuvor gesehen, wie jemand so schnell reagiert.«

»Es gibt eine uralte Technik, die den Goragran erlaubt, einige Momente in der Zeit vorauszusehen. Sie sehen die Bewegungen des Gegners voraus und kommen ihm zuvor. Von außen wirkt es, als wären sie unfassbar schnell. Nur wenige ihres Volkes besitzen die nötige Gabe und Willensstärke«, erklärte Bravestone. »Wenn deine Feinde dir die Tong auf den Hals gehetzt haben, musst du dich wirklich in acht nehmen«, warnte er Enval mit besorgtem Blick.

***

Als der Zug Novis erreichte, warteten die Söldner auf der Plattform, um sich von der Königsfamilie zu verabschieden.

»Bist du sicher, dass ihr uns nicht in den Palast begleiten wollt, Isaiah?«, fragte der König. »Du hast meine Familie gerettet. Dafür schulde ich euch allen unendlichen Dank. Ich könnte eure Hilfe gebrauchen, wenn ich weiteren Angriffen durch die Tong vorbeugen will.«

Der Onu sog geräuschvoll die Luft ein. »Wenn die Killer der Tong versagen, gilt ihr Auftrag als beendet. In ihren Augen hat sich das Ziel damit sein Leben verdient und sie akzeptieren keine weiteren Gesuche, diese Person zu töten. Wer immer euren Tod beauftragt hat, wird sich künftig auf weniger fähige Killer verlassen müssen. Solange ihr im Palast bleibt, dürftet ihr sicher sein.« Er legte dem König die Hand auf die Schulter. »Und du schuldest mir nichts, Enval. Wir sind Freunde und ich werde immer da sein, wenn du mich brauchst. Aber nun sollten wir aufbrechen. Unsere Ausrüstung ist beschädigt und der Orden hat sicher schon die nächste Aufgabe für uns.«

Die Dragonwing landete in der Nähe, während der König sich an das Wolf Pack wandte. »Meine Freunde! Ihr mögt Söldner sein, doch ihr kamt uns zu Hilfe, ohne dafür eine Gegenleistung zu erwarten, und habt eure Leben riskiert, um unsere zu schützen. Ich ernenne euch offiziell zu Freunden Nimiras. Ihr seid hier immer willkommen und werdet wie

Helden behandelt. Besucht uns gerne im Palast, solltet ihr euch in der Nähe wiederfinden.«

Sie alle verneigten sich leicht. Dann kam Kalanah zu Kane und gab ihm die Zaruko zurück.

»Tut mir leid um die Schäden, aber sie haben mir das Leben gerettet, genau wie du. Danke für die Nahkampftipps! Ich gebe mein Bestes, mich zu verbessern. Hoffentlich bekommst du die Chance, diese Dinge auch deiner Tochter beizubringen. Sie kann sich glücklich schätzen, dich als Vater zu haben«, lächelte sie und umarmte ihn fest.

Er erwiderte die Geste zaghaft. »Pass gut auf dich auf, Kleine. Du hast Talent. Wenn du dranbleibst, kann aus dir mal eine begnadete Kämpferin werden. Als Königstochter ist das eine nützliche Fertigkeit.«

Sie umarmte auch Kate und Ruby, bevor sie zu ihren Eltern zurückging. Die beiden Frauen hatten zahlreiche Blutergüsse und Schnitte erlitten, unter anderem im Gesicht. Sie zischten vor Schmerz, als die Prinzessin sie fest umklammerte.

Damit trennten sich ihre Wege und die Gruppe machte sich auf den Rückweg zur Vigilance, um dort ihre Ausrüstung in Ordnung zu bringen.

Volak

Nach ihrer Rückkehr zur Raumstation der Vigilancer brachte Tendaris die Schäden durch die Energieklingen an ihren Rüstungen wieder in Ordnung. Kane ließ ihm auch die Zaruko da, um zu sehen, ob er sie für einen Kampf gegen derartige Waffen aufrüsten konnte.

Erst nach mehreren Monaten, während denen die Gruppe weitere Aufträge in den Sektoren erledigte und den Vigilancern bei Problemen half, meldete er sich mit einer Lösung.

Kane ging mit Bravestone ins Arsenal der Station, um den Morolan zu treffen. Inzwischen hatten sie dort eine Vielzahl verschiedener Modelle dieser besonderen Energie-Nahkampfwaffen zur Auswahl.

»Anscheinend sind diese Dinger jetzt in Mode, was?«, fragte der Onu mit gerunzelter Stirn.

Tendaris nickte energisch. »In der Tat! Allerdings sind sie bei weitem nicht so verbreitet, wie du befürchtest. Ihr habt doch sicher schon von den Sentinels gehört, oder?«

»Sicher. Eine recht effektive Gruppe von Freiheitskämpfern, die den Rebellen gegen das Protektorat helfen«, erinnerte sich Kane.

»Sehr richtig. Balthazar begleitet sie und hält uns auf dem Laufenden. Vor einer Weile gelang es ihnen, einen Weg in die uralte Raumstation Manchetusa zu öffnen und einige faszinierende Daten zu bergen. Der Widerstand hat sie uns übermittelt, da es sich um Überbleibsel aus der Zeit der Omni handeln könnte. Sehr interessante Lektüre. Neben diesen Datensätzen brachten sie aber auch eine beschädigte Waffe von dort mit. Ein Energieschwert, das eine Klinge aus speziellem Lichtbogenplasma erzeugt. Das ist eine revolutionäre

Technologie, die allen uns bisher bekannten physischen Gesetzen trotzt.« Der Morolan sprang auf einen niedrigen Tisch. »Die Topexperten der Kuza haben Monate gebraucht, um die Grundlagen im Ansatz zu begreifen. Sie wissen noch immer nicht, wie die Klinge ihre Form erhalten kann. Daher haben sie eine angepasste und wesentlich stabilere Version entwickelt.« Er hielt einen Schwertgriff hoch, der zusammen mit einem Dutzend anderen auf dem Tisch lag. »Ich würde es als Plasmaschwert bezeichnen, doch bezogen auf den originalen Namen der auf Manchetusa gefundenen Waffe nennt man sie offiziell Sakalklingen. Es gibt sie mit festen und ausfahrbaren Führungskanälen oder als verbesserte Plasmaschneide an herkömmlichen Klingen. Neben uns sind nur die Kuza in der Lage, diese Dinger zu bauen, und sie achten genau darauf, wer eine bekommt.«

Kane untersuchte beeindruckt das Sortiment vor sich. »Welchen Schaden können sie anrichten?«

»Nun ... eine Menge. Die Klinge ist so heiß, dass sie durch die meisten Materialien schneidet wie durch Butter. Ich habe die Hitzebeständigkeit der Legierungskomponenten unserer Rüstungen angepasst, damit sie diesen Waffen wesentlich länger widerstehen können. Würde man ein gewöhnliches Schwert mit einer Sakalklinge vergleichen, käme das einem Vergleich zwischen einer Granate und einer Protonenrakete nahe.« Tendaris aktivierte das Schwert in seiner Hand, das dem Modell des Killers im Zug ähnelte. »Es ist gut, dass es nur wenige dieser Waffen gibt. Keine andere Nahkampfwaffe kann gegen sie bestehen.«

Der Morolan holte die Zaruko aus einer Schublade und überreichte sie Kane. »Ich habe sie repariert, was nicht ganz einfach war. Man kommt hier nicht so leicht an Synthium heran. Sie ist jetzt von dem gleichen unsichtbaren Schild überzogen wie die Plasmaleitung einer Sakalklinge, sodass du dagegen kämpfen kannst. Außerdem war ich so frei, die beiden ausfahrbaren Speerspitzen an den Enden durch Energievarianten zu ersetzen.«

Der Wolf fuhr die Stöcke aus und aktivierte die Klingen. Eine zehn Zentimeter lange, schwarze, schmale Stange schoss heraus und erzeugte eine Speerklinge aus hellblauem Plasma. Er wirbelte die Waffe herum und lächelte zufrieden. »Das ist großartig, Tendaris! Ich danke dir vielmals. Diese Waffe bedeutet mir viel. Es ist gut, zu wissen, dass ich sie weiterhin gefahrlos einsetzen kann.«

Nun hatte er bei Bedarf entweder zwei Kurzspeere oder einen langen Stab mit Sakal-Doppelklinge.

Tendaris tippte sich mit dem Finger auf den Mund. »Der Umgang mit Sakalklingen ist heikel, weil man sich sehr leicht selbst verstümmeln kann. Ich gebe diese Waffen daher nur an Vigilancer heraus, die viel Erfahrung mit Klingenwaffen haben. Für dich hätte ich ein entsprechendes Modell, Meister Bravestone.«

Der Morolan überreichte ihm einen Griff für eine leicht gebogene Onu-Plasmaklinge.

***

Einige Wochen später rief Bravestone das Wolf Pack wieder zur Dragonwing. Da sie erst am Vortag von einer Hilfsmission auf dem Mond Norro zurückgekehrt waren, wunderte es die Söldner etwas.

»Zurzeit ist wirklich viel los da draußen, was?«, fragte Jaxo gähnend, als sie sich im Aufenthaltsraum des Schiffes trafen.

Zu ihrer Überraschung stand neben dem Onu die holografische Abbildung von König Enval Morgan.

Kane hob die Hand zum Gruß. »Es ist eine Freude, dich wohlauf zu sehen, Enval. Nicht zu glauben, dass unser letztes Treffen schon wieder mehrere Monate zurückliegt. Wie stehen die Dinge auf Nimira?«

Der meist gut gelaunte König wirkte diesmal schwermütig und ermattet. Augenringe und neue Falten zierten sein sonst würdevolles Gesicht.

»Es ist auch gut, euch wiederzusehen, Silver Wolf. Leider hat sich die Lage seit eurer Abreise nur weiter verschlimmert. Die Opposition ist zunehmend radikal geworden und es gab erste gewaltsame Ausschreitungen in kleineren Städten innerhalb des Einflussbereichs meiner Verbündeten. Zwei weitere Anschläge wurden von meinen Wachen vereitelt und ich habe Ismalda und Kalanah verboten, den Palast zu verlassen. Von morgens bis abends muss ich mich mit Problemen und Krisen befassen, während ich täglich drei Kapitulationsaufforderungen vom Protektorat und ebensoviele Hilfsangebote der Rebellen erhalte.« Er fuhr sich mit den Händen durchs Gesicht. »Es erscheint von Tag zu Tag unwahrscheinlicher, uns unsere Unabhängigkeit zu bewahren. Kuzayon hat sich schon lange offiziell dem Widerstand angeschlossen, doch mein Volk ist nicht so rational und sachlich. Sie haben Angst und die Stimmung kippt allmählich in Richtung meiner Widersacher«, erklärte er erschöpft.

Bravestone setzte sich. »Es tut mir leid, das zu hören, alter Freund. Ich weiß allerdings nicht, wie wir dir helfen können. Wie du weißt, dürfen Vigilancer keine Partei ergreifen.«

Enval nickte. »Das ist mir bewusst. Deshalb, und bitte verzeih mir das, Isaiah, ist mein Anruf auch mehr an das Wolf Pack gerichtet. Kalanah ist seit der Zugfahrt ein waschechter Fan von euch allen. Sie hat alle möglichen Informationen über euch und eure Vergangenheit ausgegraben. Dabei erfuhr ich, dass du hin und wieder Attentate durchgeführt hast, Kane. Ist das richtig?«

Dem Wolf gefiel nicht, in welche Richtung es ging. »Früher habe ich für Geld einige Ziele ausgeschaltet, das stimmt. Sowas habe ich aber schon seit Jahren nicht mehr gemacht.«

»Nun, mein Geheimdienst hat herausgefunden, wer Lord Hemar Udolic anstachelt und die Mittel und Informationen liefert, um meinen Gegnern zu helfen. Ich weiß auch aus zuverlässiger Quelle, dass diese Person für mindestens zwei der Mordaufträge an mir und meiner Familie verantwortlich war. Es ist der Vorsitzende des Stadtrats von Volak Nem, Parolio Delpin«, eröffnete Enval ihnen.

Ruby saß neben Kate und kratzte sich am Arm. »Den Namen habe ich erst kürzlich gehört. Hat er nicht eine Verdienstmedaille vom Protektor persönlich erhalten?«

»Für herausragende Dienste, ja. Er war einer der stärksten Unterstützer von Ralek, als er damals an die Macht kam«, erinnerte sich Bravestone.

Enval sagte, »Delpin lebt und arbeitet in der politischen Hauptstadt auf Volak. Der Protektor hat ihn beauftragt, alles Nötige zu tun, um die Annexion von Nimira zu begünstigen. Er ist die Wurzel allen Übels, das meine Heimat befallen hat und droht, unsere schöne Welt mit Krieg zu überziehen. Ich will, dass ihr ihn tötet.«

Diese Aussage überraschte sie alle.

Sofort sagte Bravestone alarmiert, »Enval ... Du weißt schon, dass ich ein Vigilancer bin, oder? Niemals würde ich solche Mittel erwägen. Schon die Tatsache, dass ich dich nicht dem Rat melde, könnte zu meinem Ausschluss führen, sollte es je rauskommen.«

Der König sah betreten zu Boden. »Das weiß ich, Isaiah, und es tut mir leid, dich da mit reinzuziehen. Wir kennen uns schon lange und du weißt, ich würde so etwas niemals verlangen, wenn es einen anderen Weg gäbe.«

»Ich hatte nicht den Eindruck, dass du je zu solchen Mitteln greifen würdest«, wunderte sich Kane und setzte sich auf die Armlehne des Sofas. »Als Freund allen Lebens, überzeugter Pazifist und Friedensadvokat passt das nicht zu dir.«

Enval seufzte. »Ich verachte jede Form von Gewalt, doch ich musste schon früh lernen, dass es sich nicht immer vermeiden lässt. Nach langen Gesprächen mit Lord Vokis bin ich zu dem Schluss gelangt, dass es keinen anderen Weg gibt. Solange Delpin lebt, muss ich hilflos zusehen, wie meine Welt in Dunkelheit versinkt. Ich brauche dich, Silver Wolf. Wirst du mir helfen?« Sein Gesichtsausdruck zeugte von ehrlicher Verzweiflung.

Kate rutschte auf ihrem Platz hin und her. »Warum fragst du uns? Gibt es nicht auch viele richtige Attentäter, die infrage kämen?«

»Sicher könnte ich Meuchelmörder anheuern, aber die meisten sind nicht bereit, es sich mit dem Protektorat zu verscherzen. Selbst die Tong wagt es nicht, politische Figuren auf Volak zu jagen. Außerdem könnte mich die Spur des Geldes irgendwann verraten. Euch würde ich einfach nachträglich für die Rettung bezahlen und es gäbe keine Verbindung zu dem Anschlag«, antwortete der König.

»Was lässt dich glauben, dass wir es uns mit dem Protektorat verscherzen wollen?«, fragte Kane.

»Dein Ruf lässt darauf schließen, dass du dich nicht einschüchtern oder von der Macht anderer aufhalten lässt. Außerdem glaube ich, dass du fähig genug bist, dich nicht erwischen zu lassen. Ich betrachte uns als Freunde und, auch wenn das egoistisch klingen mag, ich brauche jetzt die Hilfe meiner Freunde. Nimira braucht eure Hilfe«, bat Enval und sein Ton war beinahe flehend.

Bravestone sah den Wolf an. »Dir ist doch klar, dass ich das nicht gutheißen kann. Attentate widersprechen allem, wofür mein Orden steht.«

Kane überlegte eine Weile hin und sah dann in die Runde, »Meinungen?«

Der Lorganer zuckte mit den Schultern. »Wäre nicht das erste Mal, dass wir sowas durchziehen. Wie könnte ich nach so vielen Morden jetzt plötzlich nein sagen?«

Auch Ruby schien gleichgültig zu sein. »Wenn es in die Hose geht, können wir jederzeit wieder nach Hause zurück.«

»Ich vertraue deinem Urteil, Bruderherz. Wenn du glaubst, dass es das Richtige ist, dann stehe ich an deiner Seite«, kam es von Kate.

Mit einem langsamen Nicken sah er zu Envals Hologramm. »Also schön. Ich reiße mich zwar aktuell nicht um solche Jobs, aber ich kann deine Situation nachvollziehen. Die Volakar haben kein Recht, Nimira ohne jede Provokation zu erobern. Wenn dieser Delpin die Wurzel dieses Übels ist, werde ich sie rausreißen.«

Der König schien deutlich zwischen Selbsthass und Erleichterung zu schwanken. »Ich danke dir, Kane. Es ist nicht leicht und auf vielen

Ebenen falsch, doch ich muss an die Zukunft meines Volkes denken. Ich warte ungeduldig auf deine Erfolgsmeldung.«

Nachdem die Übertragung endete, herrschte einen Moment lang Schweigen. Dann erhob sich Bravestone. Seine Stimme wurde laut. »Was glaubst du, wie das ablaufen soll? Ich kann kein Attentat unterstützen!«

Der Wolf blieb gelassen. »Du wirst Enval nicht verraten, also wirst du auch uns nicht verraten. Das tust du nicht, weil dir trotz deines Kodex klar ist, dass es hier nicht um Geld oder einen niederen Grund geht, sondern um die Rettung einer friedvollen Welt. Ich mache mir die Hände schmutzig, damit Enval und du es nicht müsst.« Er stand auf und trat vor den Onu. »Alles, worum ich dich bitte, ist, dass du uns nach Volak bringst. Ansonsten kannst du dich komplett raushalten und dein Gewissen schonen.«

Bravestone zögerte und atmete laut aus. »Angenommen, ich wäre einverstanden, was ich nicht bin ...«, murrte er mit erhobenem Zeigefinger. »Wie stellst du dir das vor? Willst du nach Volak Nem, der politischen Hauptstadt des Protektorats, fliegen und einfach losballern? Das Huay-System ist das bestgesicherte Sternensystem in den Randsektoren. Reinzukommen ist schwierig, dort ein Verbrechen zu begehen, ist fast unmöglich, und danach erfolgreich zu verschwinden, ist maximal Wunschdenken. Nicht mal du könntest das schaffen. Und wenn du erwischt wirst, würde das sämtliche Beziehungen zwischen meinem Orden und Volak zerstören. Das Risiko ist einfach zu hoch.«

Kane verschränkte die Arme. »Du sagst das, als wäre es garantiert, dass man uns bemerkt.«

»Du willst eine politische Schlüsselfigur umbringen! Was glaubst du wohl, wird danach für ein Trubel los sein? Natürlich werdet ihr bemerkt!«, antwortete Bravestone laut.

»Wer sagt denn, dass der Mann umgebracht wird? Leute sterben jeden Tag an allen möglichen natürlichen Todesursachen«, kommentierte Ruby und betrachtete ihre Nägel.

Kane lächelte leicht. »Der Tod ist seit Jahrzehnten mein Lebensinhalt, Isaiah. Ich war Soldat, Agent, Söldner und Killer. Ich habe so viele Leben beendet, dass es kaum eine Methode gibt, die ich noch nicht gesehen oder ausprobiert habe. Wenn wir es richtig machen, lebt Delpin noch, wenn wir Volak wieder verlassen. Nicht jedes Attentat hat den sofortigen Tod zur Folge. Es gibt Mittel und Wege, das Ergebnis zu verzögern.«

Der Onu seufzte und kratzte sich an der gerunzelten Stirn, während er auf- und abging. »Diese unnötige Gewalt sollte nicht sein. Schlimm genug, dass die Volakar zu solchen Mitteln greifen.«

Wie üblich blieb Kane sachlich und kreuzte die Arme. »Gewalt ist ein Teil des Lebens, ein Werkzeug des Kosmos, um den Fortbestand und die Entwicklung organischen Lebens zu sichern. Ohne Gewalt und das Recht des Stärkeren wuchert irgendwann die Saat der Dummheit und Schwäche und es kommt zur Selbstzerstörung. In der Geschichte der Menschen kann man das mehrfach beobachten. Dort wurde es so schlimm, dass die Schwachen die Macht übernahmen und sich für stark hielten, weil die wahrhaft Starken überzeugt waren, schwach zu sein. Manchmal muss man die Dinge durch Gewalt wieder in Relation setzen, damit sich Unheil nicht ausbreitet«, überlegte Kane laut.

»Der Protektor würde wohl genauso argumentieren«, konterte Bravestone.

Darüber musste der Wolf schmunzeln. »Vermutlich. Er hält sich selbst für stark, dabei geht er ruchlos und brutal gegen alle vor, die sich ihm widersetzen. Er setzt auf militärische Macht und Überzahl. Das ist keine Stärke, auch wenn es so aussieht. Denn trotz seiner vermeintlichen Überlegenheit wird er immer wieder ausgebremst und aufgehalten – von einer Gruppe Rebellen, die weder seinen Einfluss noch seine Truppenstärke haben. Sie sind clever, haben Hingabe und sie nutzen Tricks und Bündnisse, um zu gewinnen. Trotz klarer Unterlegenheit wachsen sie, finden Anklang und überleben. Wahre Stärke liegt darin, zu erkennen, wann Gewalt sinnvoll ist, und wann man auf andere Mittel zurückgreifen sollte.«

»Gewalt sollte niemals die erste Lösung sein, nur der letzte Ausweg, wenn man keine Wahl hat«, beharrte Bravestone.

Kane sah ihn skeptisch an. »Gewalt ist ein Werkzeug, ein Mittel, eine Möglichkeit. Sie ist weder gut noch schlecht. Es kommt stets darauf an, wofür sie eingesetzt wird. Der Tod dieses Mannes kann Nimira vorerst retten. In meinen Augen ist das den Preis wert.«

Sie diskutierten fast zwei Stunden lang, bis der Vigilancer irgendwann ermattet auf die Sitzbank fiel. »Du gewinnst, Kane! Ich kann Enval zwar nicht aktiv helfen, aber ich kann ihn auch nicht einfach im Stich lassen. Wenn du schwörst, dass diese Aktion nicht auf den Orden zurückfallen kann, bringe ich euch nach Volak.«

***

Ohne lange zu warten, flogen sie los. Das Huay-System lag im Haalu-Nebel, nicht weit vom Sturmnebel entfernt. Die Raumkarte zeigte zwei Systeme in diesem Gebiet an, doch eines war ausgegraut.

»Was ist das denn? Wie kann ein ganzes System als Sperrzone gelten? Ein einzelner Planet wie Mellon Hal ... das verstehe ich ja noch, aber ein System?«, wunderte sich Kate.

Lato erklärte, »Das Mahaki-System ist kein Sperrgebiet, doch es kann nicht betreten werden. Der gesamte Bereich ist von einem Asteroidenfeld eingeschlossen, das eine massive Antigravitation erzeugt, die alles abstößt, was sich nähert. Selbst die modernsten Scanner und Teleskope konnten bislang lediglich die dortigen Planeten erkennen, aber keinerlei Details feststellen.«

»Es gibt wirklich viele ungewöhnliche Phänomene in diesem Teil der Galaxie«, fand Jaxo und biss in ein großes Sandwich.

Diese Aussage wurde erneut bestätigt, als die Dragonwing das Huay-System erreichte. Im Zentrum des Systems lag etwas, dass für Kane wie ein Atom aussah. Der Stern Huay stellte den leuchtenden Nukleus in der Mitte dar. In deutlichem Abstand schwebte eine gigantische, kugelförmige Hülle darum herum, deren Oberfläche aus einem Netz mit dreieckigen Aussparungen bestand. Um diese Kugel herum bewegten sich zwei Ringe, einer größer als der andere, unendlich langsam in entgegengesetzter Richtung zueinander.

»Was ist denn das für ein monströses Ding?«, wollte Kate wissen und trat neben den Pilotensitz.

Da Bravestone in Gedanken versunken war und nicht zuhörte, während er das Schiff steuerte, übernahm Lato die Erklärungen. »Das ist der Katalyst. Vereinfacht gesagt ist es ein riesiges Solarkraftwerk mit unbegrenztem Potenzial. Es fängt genug Energie auf, um alle Planeten des Protektorats zu versorgen.«

Neben diesem Bauwerk gab es im Heimatsystem der Volakar noch mehr Dinge zu sehen, die Kane kaum glauben konnte. Überall flogen Raumschiffe, von großen Schlachtschiffen bis hin zu hunderten Raumjägern erkannte er dort jede Klasse. Es war die größte Flotte, die er je gesehen hatte.

Bravestone kümmerte sich mit den Identifikationscodes des Ordens darum, dass sie unbehelligt zwischen ihnen hindurch fliegen konnten.

Wenig später kam Volak in Sicht. Es war ein graublauer Planet mit einigen Meeren und viel Landmasse. Jedoch fiel er Kane speziell dadurch auf, dass um ihn herum ein großer Ring schwebte. Es war kein Staubring, sondern eine ringförmige Raumstation, die die gesamte Welt umspannte. Mehreren schlanke, schwarze Türmen verbanden sie mit dem Planeten, die offenbar vom Boden aus bis ins All ragten. Auch an ein paar anderen Stellen sah er die Spitzen hoher Sternenkratzer.

»Das ist ja mal ein Anblick ...«, staunte Ruby.

Die holografische Darstellung von Volak über dem Tisch zeigte zusätzliche Details.

»Niemals haben die das nur mit den Ressourcen dieses Systems gebaut. Allein für den Katalyst hätten sie sicherlich mehr gebraucht«, vermutete Kane, der das Abbild nachdenklich betrachtete.

»Viele der Rohstoffe für die Flotten und Bauwerke in diesem System wurden während des Krieges im Pan-System von Onu Ana geraubt. Ganze Städte wurden niedergerissen und ihre Überreste bildeten das Grundgerüst dessen, was ihr hier vor euch seht, erbaut von Millionen von Sklaven«, erklärte Lato.

Kate hielt sich die Hand vor den Mund. »Die haben deine Heimatwelt leergefegt und die Gefangenen gezwungen, aus den Resten ihres Zuhauses eine Raumstation zu bauen? Wie grauenvoll ...«

Der Wolf rieb sich über den Bart. »Der Protektor ist ein eiskalt kalkulierender Mann, wie es scheint. Er zerstört nicht nur, sondern verwertet, was übrig bleibt, damit der Feind nichts wieder aufbauen kann.«

Ruby verzog das Gesicht. »Wieso sind es eigentlich immer die Typen mit dem Kontrollwahn, deren Truppen in der Überzahl sind? Die Verteidiger der Freiheit sind jedes Mal im Nachteil ...«

»Weil Skrupellosigkeit immer siegt. Harmonische, freie Gesellschaften, ebenso wie unterdrückende Systeme, beruhen auf vereinbarten Regeln. Regeln sind aber keine Naturgesetze, die unumstößlich sind. Wer das verstanden hat und lernt, sich außerhalb dieser Richtlinien zu bewegen, sie sogar für sich auszunutzen, ist im Grunde nicht aufzuhalten«, sagte Kane.

Kate breitete die Arme aus. »Aber wieso lassen die Leute so etwas zu? Bei uns auf der Erde, bei den Lorganern, hier und an einer Menge anderen Orten. Immer wieder beugen sich ganze Völker solchen Tyrannen.«

Er seufzte und lockerte seine Schulter. »Weil das Versprechen der Sicherheit die Bevölkerung stets mehr begeistert als die Aussicht auf Freiheit. Freiheit bedeutet Verantwortung für das eigene Leben, die niemand tragen will. Man müsste für die eigenen Entscheidungen und Fehler geradestehen und die Konsequenzen akzeptieren. Es lebt sich viel bequemer im Schatten der Stärke. Man gibt einfach alle Verantwortung ab und vertraut darauf, dass für einen gesorgt wird. Dann kann man bei

Problemen die Schuld bei anderen suchen. Der Preis für diese Bequemlichkeit ist jedoch eine nahezu grenzenlose Abhängigkeit. Genau so entstehen Systeme wie das Protektorat.«

Während sie redeten, kamen sie dicht am Raumring vorbei, den man das Cromion nannte. Laut der EI lebte etwa ein Drittel der Bevölkerung dort und es war der Sitz des Protektors, wobei auf der Planetenoberfläche die meisten Verwaltungsgebäude standen.

Die schwarzen Türme, die in mehreren Städten verteilt bis in den niedrigen Orbit ragten, waren von überall zu sehen. Aus der Luft zählte Kane immer fünf bis sieben von ihnen in Sichtweite.

Bravestone steuerte die Metropole Volak Nem an, deren Sternenturm im Stadtzentrum stand. Es war eine große Stadt mit sehr vielen Hochhäusern und dichtem Shuttleverkehr. Das Umland bestand auf einer Seite aus Bergen und auf der anderen aus Flachland, das am Ufer eines Meeres lag.

»Die Stadt ist ständig im Fokus der Medien, da sich hier einiges abspielt. Nicht nur politisch ist da unten viel Macht versammelt, sondern Volak Nem ist auch der Standort des Hauptquartiers des Volak-Geheimdienstes. Der Handel ist eher schwach, weil die meisten Warenbewegungen einige Clicks nordwestlich in Nah Gadalin umgesetzt werden«, erzählte der Onu.

»Wieso ist die politische Elite hier und nicht oben im Cromion beim Protektor?«, wollte Jaxo wissen.

Lato antwortete, bevor Bravestone dazu kam. »Das Protektorat ist kein planetares System, sondern eine Art Allianz, eine Schirmherrschaft. Die Leitung und Organisation wird größtenteils im Cromion abgewickelt. Volak selbst hat jedoch immer noch eine eigenständige Verwaltung, die ebenfalls Servan Ralek untersteht. Volak Nem dient als Knotenpunkt, an dem beide politischen Systeme zusammentreffen.«

»Und welche Aufgabe hat Parolio Delpin?«, erkundigte sich Kane.

Nun reagierte wieder Bravestone. »Delpin ist der Vorsitzende des Stadtrats und Abgeordneter im Regierungsgremium von Volak. Inoffiziell ist er Raleks Stimme auf dem Planeten, einer seiner persönlichen Vertrauten. Er sorgt dafür, dass die Opposition die Füße still hält.«

»Es gibt also auch Gegner des Protektorats direkt hier auf Volak«, hörte Ruby heraus.

Kane rieb sich das Kinn. »Und Delpin nutzt Bestechung, Erpressung und Denunziation, um den Willen seines Meisters durchzusetzen.«

»So ist es«, bestätigte der Vigilancer. »Er und sein Kabinett haben die örtlichen Medien in der Hand und sorgen dafür, dass man von den Erfolgen der Rebellen nichts hört. Stattdessen stellen sie sie als Terroristen dar, um Hass zu schüren.«

Während er das Schiff zum Raumhafen steuerte und Landeerlaubnis anforderte, fragte Kate, »Wie kann jemand so ein System aufbauen? Das muss doch Jahre oder sogar Jahrzehnte der Planung erfordert haben.«

Der Onu legte einige Schalter um. »Ganz sicher. Vor dem Aufstieg des Protektors galten die Volakar als ein sehr versöhnliches Volk mit vielen gesunden Beziehungen zu den anderen Planeten der Randsektoren. Sie verhielten sich zwar schon immer etwas grob und kriegerisch, aber nicht mehr als meine eigenen Leute. Ihr damaliger Kanzler war ein beliebter Mann und erfahrener Kämpfer. Als Ralek sich nach oben arbeitete, wusste er, dass er vor nichts Halt machen würde. Er erklärte Ralek zum Verräter und wollte ihn verhaften lassen, doch der

Mistkerl hatte einen Söldner angeheuert, der ihn befreite. Ein mysteriöser Krieger, den man Ghost nannte.« Sofort hob Kane den Kopf. »Er tötete den Kanzler und brachte seinen Auftraggeber an die Macht. Danach wurde er nicht mehr gesehen. Vermutlich hat der Protektor ihn beseitigen lassen, weil er zu viel wusste. Da Ralek durch seine Taten die Probleme mit Überbevölkerung und Rohstoffmangel lösen konnte, mit denen der Kanzler nicht zurechtkam, wurde sein fragwürdiger Aufstieg unter den Teppich gekehrt.«

Kane lehnte sich zu dem Onu nach vorne. »Ich bin Ghost vor einigen Jahren auf einer unbekannten Welt begegnet. Er hat dort ein Artefakt gesucht und unser ganzes Team entweder besiegt oder getötet. Selbst ich hatte keine Chance gegen ihn.«

Darauf reagierte Bravestone mit einem Achselzucken. »Ich bezweifle, dass es sich um denselben Kerl handelt. Jeder kann seine Identität verbergen und sich Ghost nennen.«

Trotz der Wahrheit in diesem Argument sagte Kanes Instinkt ihm, dass es dieselbe Person war. Wer immer dieser Söldner sein mochte, er gab den Leuten überall in der Galaxie Rätsel auf.

***

Nach der Landung ging Bravestone in die Stadt und traf einige Bekannte und Kontakte des Ordens. Wie angekündigt, würde er sich nicht an diesem Auftrag beteiligen und lediglich darauf warten, wieder aufzubrechen.

Daher zog das Wolf Pack los, um sich einen Überblick zu verschaffen. Sie mieteten ein Shuttle und flogen ins Stadtzentrum. Dort machten sie einen unauffälligen Spaziergang durch die wichtigsten Bezirke.

Kane achtete auf jedes Detail. Die Straßen lagen oft im Dunkeln, weil das Tageslicht kaum an den Hochhäusern vorbei bis nach unten drang. Außerdem wurde es alle Viertelstunde für einen Moment stockfinster, wenn der Katalyst das Licht des Sterns blockierte. Im Gegensatz dazu blieb die Geräuschkulisse allgegenwärtig und zum Teil fand Kane es unangenehm laut. Die fliegenden Fahrzeuge, das Gerede der tausenden Passanten und zusätzlich der Lärm von Bauarbeiten im Hintergrund waren ihm an einigen Stellen beinahe zu viel. Auch die Fülle an Gerüchen, die an seine Nase drangen, störten ihn. Insbesondere dort, wo sich der Duft von Essen mit dem Gestank der Gosse vermischte.

Das Stadtzentrum bestach hingegen durch Sauberkeit und Ordnung, überall hingen Kameras und Drohnen summten umher, um die Menge im Blick zu behalten. Überwachung schien ein zentrales Element der Kontrollstrukturen von Volak zu sein, was Kane angesichts des Rufs des Protektorats keineswegs wunderte. Es würde jedoch ihre Aufgabe zusätzlich erschweren. Trotz ihres einzigartigen Aussehens als Spezies weit entfernter Sektoren fielen sie im Gedränge kaum auf, da es dort noch andere Aliens gab, deren Heimat nicht im Randgebiet lag.

Das Team schlenderte voll gerüstet umher, was zunächst riskant erschien. Nachdem sie aber nun eine Weile durch die Straßen wanderten, bemerkte der Wolf viele Söldner, Soldaten und Privatpersonen mit Rüstungen und Waffen. Dennoch behielt er die Kapuze des roten Umhangs auf, die er an diesem Tag über der Wolfsrüstung trug.

Am späten Nachmittag sagte er zu den anderen, »Alles klar. Ich denke, wir haben jetzt einen ganz guten Eindruck von Volak Nem gewonnen. RB, geh in Richtung Delegationshaus und sieh, was du über die Zielperson herausfinden kannst. Jaxo, du nimm bitte deine Drohnen und verschaffe dir Zugang zum städtischen Sicherheitsnetz. Lösche unsere Anwesenheit und schau nach, ob du Kameras und Sicherheitsdrohnen kapern kannst. Kate und ich finden heraus, wo die hiesige Unterwelt zusammenkommt. Wir treffen uns da drüben im Soloniki-Restaurant ... in drei Stunden.«

Sie teilten sich entsprechend auf und die Geschwister gingen auf die Suche nach Hinweisen auf kriminelle Personen.

»Wie finden wir heraus, wo sich die Verbrecher herumtreiben?«, fragte Kate und sah ihn erwartungsvoll an.

Kane stellte eine Gegenfrage, »Wer könnte sowas wissen?« Er wollte, dass sie selbst einige Vorschläge machte.

Die beiden schlenderten weiter lässig die Straße entlang. »Hm ... Wir könnten die Drohnen beobachten und sehen, ob sie bestimmte Bereiche häufiger kontrollieren. Oder wir schleichen uns in eine Polizeiwache und fragen die Insassen«, schlug sie vor.

»Sicherheitsdrohnen zu observieren ist auffällig und kostet Zeit. Kleinkriminelle in den Zellen einer Wachstation sind meist nicht sehr gesprächig, weil ihre Zukunft davon abhängt, dass sie nichts zugeben oder ausplaudern.«

Sie sah leicht eingeschnappt aus und warf die Arme in die Luft. »Toll. Und was wäre dein Vorschlag?«

Kane deutete in eine Seitengasse. »Wie in jeder großen Stadt suchen sich Kriminelle die Bereiche, die weniger stark frequentiert und damit auch nicht so oft überwacht werden. Wenn es einen Ort gibt, an dem sie sich treffen, muss der Zugang an so einer Stelle sein.« Er nickte in Richtung einiger Mülltonnen. »Gerade in Metropolen gibt es unzählige

Obdachlose und Bettler, die von der Gesellschaft vergessen wurden. Sie leben in eben diesen Gassen und sie sehen alles. Niemand kennt die Stadt besser. Oft haben Verbrecher sogar Absprachen mit diesen Mittellosen. Sie werden in Frieden gelassen und kriegen neben Schutz ein bisschen Geld und dafür erzählen sie alles, was sie sehen.« Er zog die Kapuze etwas tiefer. »Wenn das nicht klappt, kann man oft bei örtlichen Ladenbesitzern nachfragen. Es gibt immer einen Schutzgelderpresser, einen Ladendieb oder einen korrupten Cop, der ihnen das Leben schwer macht. Über die kommt man auch an Informationen, allerdings muss man in dem Fall meist etwas überzeugender sein.«

Seine Schwester kicherte. »Meinst du, unsere Waffen sind noch nicht überzeugend genug?«

Kane legte die Hand an eine Pistole. »Das Zurschaustellen einer Waffe allein macht dich noch nicht gefährlich. Es ist dein Auftreten, das Eindruck machen muss. Selbstsicherheit und ein gewisses Maß an Bedrohlichkeit sind wichtig, um ernstgenommen zu werden«, erklärte er ihr.

Die beiden traten in die nächstgelegene Gasse und sahen sofort einen Obdachlosen, der auf einigen schmuddeligen Decken hockte und ein hundeähnliches Tier streichelte, das neben ihm lag.

Kane klopfte seiner Schwester gegen den Arm. »Versuch du es! Du hast zwei mögliche Herangehensweisen. Gib ihm ein bisschen Geld und frag ihn, oder frag ihn direkt und setze auf Bedrohlichkeit.«

Kate runzelte die Stirn. Sie ging auf den älteren Volakar mit abgebrochenem linken Horn zu. Seine schäbige, löchrige Kleidung verbreitete schon aus der Entfernung das Aroma von abgestandenem Schnaps und Fäkalien.

»Entschuldige bitte«, sprach sie ihn an.

Seine leicht glasigen Augen musterten sie. »Hast du ein paar Units übrig? Ich habe seit Tagen nichts gegessen ...«

Sie warf ihm gleich zehn längliche, goldene Münzen zu. »Das sollte dich durch die nächsten Tage bringen, guter Mann. Sag, kennst du dich gut in der Stadt aus? Ich suche nach dem Ort, an dem sich die Leute treffen, die ihre Geschäfte nicht im Tageslicht abwickeln.«

Der Bettler steckte die Units ein und Kane sah sofort, dass er nicht reden wollte. Verschränkte Arme und ein Blick zum Boden zeigten seine abwehrende Haltung deutlich. »Ich habe keine Ahnung, was du damit meinst. Ich sitze immer hier und kenne nur die angrenzenden paar Blocks.«

Noch gab Kate nicht auf. »Ich suche einen bestimmten Kriminellen, der sich im Untergrund herumtreibt. Hast du keine Ahnung, wo sich so jemand herumtreiben würde?«

Der Volakar blieb abwehrend. »Ich kenne keine Kriminellen, Lady! Ich bin ein aufrechter Bürger, der einfach ein bisschen Pech hatte.«

Sie verlor die Geduld, zog ihre Pistole und richtete sie auf ihn. »Dann eben auf die harte Tour. Ich lasse mich nicht verarschen, klar? Wo ist der Eingang?«

Der Bettler sprang auf und humpelte mit seinem Hundewesen davon, während er etwas von einer Verrückten brüllte.

Kane stand einfach nur da und grinste.

Kate stemmte die Hände in die Hüften. »Ja, lach du nur, du Arsch! Sag mir schon, was ich falsch gemacht habe!«, zeterte sie.

»Der Anfang war gut, aber man konnte schnell sehen, dass der Kerl jemanden beschützt. Seine Augen haben ihn verraten. Vermutlich dachte er, du wärst eine verkleidete Sicherheitsbeamtin. In so einem Fall weiter nachzubohren, hat keinen Zweck. Und dann die Taktik zu ändern und von freundlich auf bedrohlich zu schalten, macht jede Chance zunichte, die du je gehabt hast. Entscheide dich für eine Herangehensweise und bleib dabei. Besser fragst du mehrere Leute, als inkonsequent zu sein. Das wirkt nicht authentisch und passiert meistens eher unerfahrenen Cops in zivil«, erklärte er ihr.

»Na dann zeig du mir doch, wie es geht«, forderte sie ihn auf.

Er rieb sich die Nase. »Ich habe festgestellt, dass die bedrohliche Variante für mich besser funktioniert. Pass auf«, sagte er und trat mit festen Schritten auf zwei Kerle zu. Ihre Haut wirkte blass, die hatten viele Nadelstiche in den Armen und seltsame Flecken an Hals und Gesicht. Ganz klar drogenabhängig, dachte Kane. Sie schienen gerade nüchtern zu sein, was ihm gelegen kam. Mit zugedröhnten Junkies konnte man meist nicht reden.

»Hey! Wo finde ich den örtlichen Waffenhändler?«, fragte er.

Beide waren sie rothäutige Volakar mit langen, fettigen Haaren. Einer deutete hinter sich. »Zwei Straßen weiter ist ein Waffengeschäft.«

Kane legte den Kopf leicht schief. »Siehst du die Knarren, die ich bei mir trage? Sieht das nach etwas aus, das ich bei einem regulierten Händler von der Stange gekauft habe? Ich rede von einem richtigen Waffenhändler, dem die örtlichen Regeln egal sind. Gibt es in jeder Stadt. Ihr beiden kennt ganz eindeutig ein paar Leute, die sich da rumtreiben und Drogen verticken.«

Der andere Kerl schniefte. »Nee, wir kennen so niemanden. Wir sind einfach nur zwei Hausmeister, die hier Pause machen, Kumpel.«

Daraufhin machte der Wolf einen Schritt auf sie zu. »Ich muss wohl etwas deutlicher werden, damit es in eure Hohlbirnen geht. Ich arbeite für einen wichtigen Mann mit wenig Geduld, der schnell ein paar hochwertige Knarren braucht. Irgendwo in der Gegend soll es einen Zufluchtsort für Leute geben, die dem Gesetz entgehen wollen. Wo finde ich den?«

Nun antwortete wieder der erste Volakar. »Hör zu, Mann: Wenn du nicht weißt, wo die Absteige ist, dann gehörst du da auch nicht hin, klar? Wenn du wirklich in diesen Kreisen unterwegs wärst, wüsstest du, wo du hinmusst.«

Nun war es Kane, der seine Pistole zog, doch er richtete den Lauf nach oben. »Es soll auch Leute geben, die neu in der Stadt sind. Aber offenbar muss ich erst jemanden umlegen, damit man mich hier ernst nimmt. Kein Problem. Euch beide vermisst sicher niemand«, sagte er und musste nicht mal zielen, als sie schon die Hände hoben und buckelten.

»Hey Alter! Kein Grund für Gewalt! Das war doch nur Spaß! Man kann nicht vorsichtig genug sein, bei all den Drohnen und Bullen überall«, stammelte der eine.

Der andere zeigte mit dem Daumen in eine noch schmalere Gasse. »Die Absteige liegt im alten Heizsystem unter der Gießerei im Ostviertel. Man kommt über einen Außenzugang rein, der von einem Türsteher bewacht wird, der sich als Penner verkleidet. Sag ihm die Losung *Scheiß auf Ralek*, dann lässt er dich rein. Sind wir cool?«

Kane musterte die beiden noch einen Moment, um die Situation auszukosten. »Scheiß auf Ralek, ja? Gefällt mir.« Er steckte die Waffe wieder weg. »Vielen Dank für die Auskunft, Freunde. Jetzt verzieht euch.«

Sofort rannten die beiden weg, als wäre der Teufel hinter ihnen her.

Kate sah ihnen nach. »Das war ziemlich stark! Ich dachte kurz, du würdest sie wirklich abknallen.«

»Das war die Idee. Wenn du nur eine einstudierte Routine abspulst, nimmt man dich nicht ernst. Es muss authentisch sein. Ich habe schon viele solche Typen getötet und das strahle ich auch aus. Bei mir zweifelt niemand daran, dass ich meine Waffe benutze. Wenn ich jemandem drohe, dann bin ich immer bereit, die Drohung auch wahrzumachen.«

Sie sog die Luft ein. »Ich weiß nicht, ob ich so eiskalt rüberkommen kann.«

Er legte den Arm leicht um sie. »Das musst du ja nicht. Du brauchst vor allem Übung, Kate. Probiere verschiedene Methoden aus und mit der Zeit merkst du, welche am besten funktioniert. Ich hätte den beiden auch vorgaukeln können, dass ich ein Junkie bin, der dringend den nächsten Schuss braucht. Oder ich hätte ein Cop sein können, der sie verhaftet, wenn sie nicht reden. Es gibt viele Wege, Leute zu überzeugen.« Er legte eine Hand auf seine Brust. »Mir persönlich verschafft es hin und wieder einfach eine gewisse Genugtuung, wenn andere sich vor Angst einpissen. Als Söldner hat es Vorteile, wenn man gefürchtet ist. Niemand sucht nach einem netten Söldner mit guten Manieren.«

»Ob ich in meinem Alter noch so viele neue Kniffe lernen kann ...«, dachte sie laut.

Er lachte kurz. »Wenn der Smaragd auf dich auch nur einen Bruchteil des Effekts hatte wie auf mich, dann hat die Zahl deiner Lebensjahre möglicherweise nicht mehr dieselbe Bedeutung.«

***

Nun da sie wussten, wo sie bei Bedarf Ausrüstung und Informationen fanden, machten sie sich auf den Weg zu dem Restaurant, um die anderen zu treffen.

Jaxo saß schon dort und hatte einen Teller mit verschiedenen Fleischsorten vor sich stehen.

»Oh hey! Ihr wart aber auch pfiemlich fmell, waff?«, mampfte er.

»Das könnte man sagen. Hast du Zugriff auf die städtischen Systeme?«, fragte Kane und setzte sich ihm gegenüber.

Der Lorganer schluckte den Bissen herunter. »Ja und nein. Ich kann auf sämtliche Kameras und den Status der meisten Teile der Infrastruktur zugreifen, ohne bemerkt zu werden. Wenn wir uns aber ein bestimmtes Gebäude vornehmen, kann es sein, dass ich mir vor Ort höhere Freigaben erhacken muss. Die sind ziemlich paranoid hier.«

»Ist ein Anfang«, dachte der Wolf.

Eine halbe Stunde später kam auch Ruby von ihrem Erkundungsgang zurück. Ein kaltes Getränk wartete bereits auf sie und sie ließ sich dankbar auf einen Stuhl sinken.

»Ich dachte erst, es wäre schwierig, mehr über den Stadtrat herauszufinden, aber da habe ich mich geirrt. Es gibt kaum jemanden in der Stadt, der keine deutliche Meinung oder Informationen über ihn hat. Er ist ganz eindeutig kein sehr beliebter Politiker. Seine Nähe zum Protektor und sein Einfluss auf die anderen Ratsmitglieder hat viele Entwicklungen zum Nachteil der Anwohner zur Folge gehabt. Wenn ihm was passiert, ist die Liste der möglichen Täter verdammt lang«, berichtete sie.

Kane hakte nach. »Was ist mit seinem Tagesablauf? Gibt es ungeschützte Zeitfenster? Hat er eine abgelegene Privatresidenz? Wir brauchen eine Lücke oder einen Plan.«

Die Krodaa lehnte sich zurück und nahm noch einen Schluck. »Es dürfte keine leichte Sache werden, an ihn ranzukommen. Er lebt in einem Penthouse ganz oben auf einem der Hochhäuser. Modernste Sicherheitssysteme mit redundanter Energieversorgung. Von dort geht er jeden Tag direkt ins Delegationshaus und arbeitet bis abends. Sein Essen lässt er sich liefern, seine Termine kommen zu ihm. Ich nehme an, er ist sich der Stimmung in der Stadt bewusst und meidet es, sich allzu offen zu zeigen. Auf Anhieb wüsste ich nicht, wie wir ihn ohne größeren Aufwand erreichen, schon gar nicht unentdeckt.«

»Das klingt unmöglich ...«, seufzte Kate verdrossen, doch Kane rieb sich nachdenklich das Kinn.

»Nichts ist jemals unmöglich. Das macht es nur schwierig. Wir dürften nicht die Ersten sein, die in ein Hochhaus oder ein offizielles Gebäude eindringen wollen. In der hiesigen Unterwelt finden wir sicher den ein oder anderen Einbrecher, der ein paar Anregungen für uns hat.«

Verzögertes Attentat

Jaxo nutzte die gehackte Sicherheitsinfrastruktur der Stadt, um die Bewegungen des Stadtrats zu verfolgen. Währenddessen flog das Wolf Pack zu der alten Gießerei, von der Kane und Kate erfahren hatten.

Genau wie beschrieben, saß ein Bettler neben dem am Boden vor einer gemauerten Wand gelegenen Zugang in das Kellersystem, der eine Flasche Schnaps in der Hand hielt und leise ein Lied summte. In einem Müllhaufen direkt daneben bemerkte Kane den herausragenden Griff eines schweren Gewehrs.

Der Wolf trat zu ihm und sagte, »Scheiß auf Ralek.«

Der Bettler sah ihn an und nickte, ohne sein Lied zu unterbrechen. Das war das Zeichen, dass sie eintreten durften.

Der Lorganer hievte die Klappe auf und ließ die anderen durch, bevor er sie hinter sich wieder schloss.

Die Treppe führte steil nach unten und es wurde sehr schnell wärmer, da einige der alten Hochöfen noch immer heizten. Die illegalen Händler hatten gesuchte Verbrecher als Handwerker eingestellt, die dort Ausrüstung herstellten und anpassten. Das Hämmern auf Metall und Schleifgeräusche schallten durch die Gänge. Die Tunnel waren sauber und mit glattem Stein verkleidet, weit weniger verkommen und schmutzig, als Kane es erwartet hatte. Alle paar Meter stand eine bewaffnete Wache, die sich auf warnende Blicke beschränkte, solange niemand etwas Dummes tat.

Am Ende des langen Ganges lagen fünf Stufen, die in einen großen Raum mit hoher Decke führten. Wasser aus der Kanalisation lief aus Gittern heraus oder fiel von der Decke in Auffangbehälter herab.

Feuerschalen und Leuchtröhren sorgten für ausreichend Licht und mehr als 100 Personen redeten miteinander, grölten oder beschimpften sich gegenseitig.

Kanes geübter Blick erkannte trotz der vielen fremden Spezies schnell, wer von ihnen Schmuggler, Schwarzmarkthändler, Informationsexperten und Kriminelle waren. Schon anhand des Verhaltens ließen sich Piraten und Söldner oft leicht unterscheiden, zumal Piratenbanden meist wesentlich größer waren, um ihre mangelnden Fähigkeiten auszugleichen.

Einige neugierige Blicke fielen auf die vier Neuankömmlinge, vermutlich wegen Jaxo und Ruby. Zudem war Kanes Rüstung ein Hingucker für die vielen schlecht gekleideten Halunken dort.

»Wie lautet der Plan?«, fragte Kate, die sich im Gegensatz zu ihren Kameraden an derartigen Orten noch nicht wirklich heimisch fühlte und von einem Fuß auf den anderen trat.

Kane sah sich weiter um. »Holen wir uns was zu trinken und plaudern ein wenig. Wir suchen nach Leuten, die sich mit Einbrüchen auskennen. Außerdem suchen wir einen Experten für Gifte. Wir brauchen eine Substanz, die Delpin erst tötet, nachdem wir hier verschwunden sind.«

Wie in jedem guten Versteck für Kriminelle gab es auch an diesem Ort eine Bar mit starken Getränken und illegalen Gerichten. Sie bestellten sich etwas und verteilten sich dann, um möglichst schnell mit verschiedenen Leuten ins Gespräch zu kommen.

Der Wolf suchte sich eine Gruppe von Aliens aus, deren Ausrüstung leicht und unauffällig aussah, da es darauf hindeutete, dass ihre Tätigkeiten auf Heimlichkeit beruhten.

»Grüße! Darf ich mich zu euch gesellen? Ich bin neu in der Stadt und ihr seht mir so aus, als ob ihr wisst, worauf man achten muss, wenn man hier unterwegs ist«, fragte er freundlich.

»Verschwinde! Wir haben auch ohne fremde Aliens genug Ärger hier!«, keifte eine El-Baran und winkte mit allen vier Armen ab.

Ein Keluni, der aufgrund seiner winzigen Größe auf dem Tisch stand und aus einem Fingerhut trank, ermahnte sie. »Ach, sei doch nicht so aggressiv, Belatora. Du warst auch mal neu hier und wir haben dich akzeptiert.«

»Außerdem sieht mir dieser Bursche so aus, als ob er weiß, was er tut«, kommentierte ein Morolan mit kahler Stelle am Kopf und Augenklappe. »Was führt dich nach Volak Nem, Fremder? Dieser Planet ist derzeit nicht gerade eine Goldgrube für jene, die dem unehrlichen Geschäft außerhalb des Gesetzes nachgehen. Niemand kommt hierher, um zu bleiben. Nicht im Moment.«

Kane stellte seinen Becher ab und setzte sich auf einen rostigen Metallstuhl. »Wusste ich doch, dass ihr clevere Leute seid. Man sieht euch an, dass ihr wisst, wie man hier überlebt. Man nennt mich den Silver Wolf.«

Die massige El-Baran verschränkte die unteren beiden Arme, während sie ihren großen Humpen zur Hand nahm. »Ich habe von dir und deiner Bande gehört. Ihr sollt vor einer Weile mehrere Killer der Tong auf Nimira erledigt haben. Und da war noch die Geschichte mit den Schmugglern auf Mar Kelu. Stimmt das alles?«

»Du solltest nicht alles glauben, was du hörst«, entgegnete Kane neutral, um bescheiden zu wirken und gleichzeitig ein Mysterium um sich herum zu erzeugen, das für Neugier sorgte.

»Deine Ausrüstung ist zweifellos einzigartig«, fand der Keluni. »Ich weiß nichts von irgendwelchen Killern, aber ich weiß von einer recht neuen Söldnergruppe, die sehr effizient sein soll und wiederholt mit einem Vigilancer gesehen wurde. Eine Gruppe aus fremden Aliens, wie die Leute, mit denen du reingekommen bist.«

»Ich erledige, wofür ich bezahlt werde. Wenn ein Vigilancer Hilfe braucht, dann helfe ich ihm, wenn der Preis stimmt«, erwiderte der Wolf.

»Der Orden heuert keine Söldner an«, sagte der Morolan mit verengten Augen.

Kane nahm einen Schluck. »Wenn sie bestimmte Dinge wegen ihres Kodex nicht selbst tun dürfen, dann schon. Nicht alle von ihnen sind gern neutral in diesem Konflikt mit dem Protektorat.«

Nachdem die drei Gauner einige Blicke ausgetauscht hatten, spürte er bereits, dass sie ihn als vertrauenswürdig einschätzten.

»Und was macht ein so erfolgreicher Söldner an einem der meistüberwachten Orte der Randsektoren? Hier kann man im Augenblick kaum was verdienen, wenn man nicht in einem Arbeitslager enden will«, murrte der Keluni, fluchte und leerte seinen Fingerhut.

Die El-Baran stimmte zu. »Man kann sich nicht mal am Arsch kratzen, ohne deswegen befragt zu werden.«

Der Wolf sagte, »Ich wurde beauftragt, einen bestimmten Gegenstand für einen Kunden zu besorgen. Das besagte Objekt befindet sich allerdings in einem öffentlichen Gebäude und ich kenne mich hier nicht gut genug aus, um zu wissen, wie man unbemerkt dort rein und wieder raus kommt. Ihr drei seht aus, als ob ihr da schon ein paar Erfahrungen gemacht habt.«

Die El-Baran lächelte leicht. »Du hast ein gutes Auge, Wolf. Du redest mit den besten Einbrechern auf Volak. Wir drei haben schon Jobs auf dem ganzen Planeten durchgezogen, direkt unter der Nase des Protektorats.«

»Um welches Gebäude geht es denn genau?«, erkundigte sich der Morolan. »Das Schwierige an Volak Nem ist, dass beinahe jedes öffentliche Bauwerk ein einzigartiges Sicherheitssystem hat. Mit einem Hack in die stadtweiten Kontrollinstanzen ist es da nicht getan. Man muss die Spezifikationen des Zielgebäudes genau kennen, um sichere Wege zu finden.«

»Ich muss ins Delegationshaus. Ein Kontakt hat mir den richtigen Weg bereits genannt, aber das nutzt mir nichts, solange die Sicherheitssysteme aktiv sind«, sagte Kane.

Der Keluni hob die Brauen. »Das ist kein leichtes Ziel. Genauer gesagt wäre nur die Zentrale des Geheimdienstes noch schwieriger. Das Delegationshaus hat ein redundantes Stromnetz und ein Alarmsystem, das direkt mit den Reaktionsteams der Horntruppen verbunden ist. Ein falscher Schritt, und fünf bullige Volakar ringen dich zu Boden, bevor du zucken kannst. Das hat schon viele gute Leute das Leben oder die Freiheit gekostet.«

Kane brummte. »Kein Gebäude ist ohne Schwächen. Es muss einen Weg geben, Zugriff auf diese Systeme zu bekommen.«

»Den gibt es, aber es wird nicht billig«, stellte der Morolan klar. »Ein Kerl namens Udik hat vor einer Weile über einen Kontakt im Sicherheitszentrum die Zugangsdaten eines Technikers in die Finger gekriegt. Er hat groß damit rumgeprahlt.«

»Weil er ein Idiot ist«, warf die El-Baran ein.

Der Affenmann nickte und fuhr fort. »Diese Zugangscodes lassen sich nur ein einziges Mal verwenden, bevor sie ablaufen. Da er selbst kein sonderlich geschickter Gauner ist, will er sie verkaufen. Bisher hat noch niemand so viel bezahlt, aber ich hörte, die Barvados hätten sich nach ihm erkundigt.«

Die anderen beiden verzogen angewidert das Gesicht bei der Erwähnung dieses Wortes.

»Und wer ist das?«, fragte Kane.

Die El-Baran sah ihn irritiert an. »Du kennst die Barvados nicht? Sie sind die größte und brutalste Piratenbande der gesamten Sektoren. Gerüchten zufolge hat ihr Anführer, das Auge, einen Deal mit dem Protektor gemacht und arbeitet jetzt für ihn. Sie greifen Zivilisten an, schikanieren die Leute, sind unnötig gewalttätig und haben keinerlei Respekt vor uns anderen ehrbaren Gesetzesbrechern.«

»Wenn du denen in die Quere kommst, häuten sie dich bei lebendigem Leib vor deinen Leuten und lachen, während du schreist«, beschrieb der Morolan und goss sich und dem Keluni noch ein Getränk ein.

Kane wunderte sich und lehnte sich vor. »Meiner Erfahrung nach ist überzogene Grausamkeit für eine professionelle Gruppe eher hinderlich. Wer ist dieses Auge, dass er so ein Verhalten duldet?«

Der Keluni schnupperte an seinem Fingerhut und zuckte mit dem Schwanz. »Das weiß niemand so genau. Trägt immer eine Rüstung mit geschlossenem Helm. Manche sagen, er sei ein Überlebender von Onu Ana, der seine Wut an der ganzen Galaxie auslässt. Andere reden von einem Goragran, der von der Sklavenhändlergilde wegen seiner übertriebenen Grausamkeit verstoßen wurde. Es gibt auch Theorien, es könnte eine Frau sein.«

»Pah! Ich habe sogar schon gehört, er sei die Reinkarnation eines Nimiranischen Freiheitskämpfers, der von den eigenen Leuten verraten wurde«, kommentierte die El-Baran. »Um solche Figuren ranken sich schnell alle möglichen Gerüchte, aber mehr sind es eben auch nicht. Fakt ist: Niemand weiß, wer es ist. Man weiß nur, dass das Auge innerhalb weniger Jahre eine der größten und erfolgreichsten Banden aufgebaut hat, die es derzeit gibt. Und er hat das mit Rücksichtslosigkeit und gnadenloser Brutalität erreicht.«

Der Affenmann nickte und gähnte. »Es ist unklug, es sich mit ihnen zu verscherzen. Am besten taucht man gar nicht erst auf ihrem Radar auf, wenn man überleben will. Falls die Barvados also tatsächlich nach Udik suchen und diese Codes wollen, dann vergiss das schnell wieder, wenn du weißt, was gut für dich ist.«

Kane bedankte sich und traf sich an der Bar mit den anderen. Ruby lehnte am Tresen und hielt ein kleines Fläschchen hoch. »Das hier ist unsere Fahrkarte von Volak, nachdem wir Delpin erwischt haben. Ein speziell bei Volakar wirksames Gift, das seine Wirkung erst eine Woche später entfaltet. Es muss nur genug davon in seinen Blutkreislauf gelangen, dann wird sein Herz ungefähr sieben Tage danach aufhören zu schlagen.«

»Das ist perfekt für unsere Zwecke. Gute Arbeit, RB!« Der Wolf blieb neben ihr stehen und sah Jaxo an. »Wie sieht es mit einer Ablenkung aus?«

Der Lorganer zuckte mit den Schultern. »Ich hatte leider kein Glück. Die meisten Leute, mit denen ich gesprochen habe, haben mir davon abgeraten, mit den Systemen der Stadt herumzuspielen. Offenbar wurden schon viele Hacker erwischt und zur Arbeit in einer Mine verdonnert.«

»Da hatte ich offenbar mehr Glück«, sagte Kate zufrieden, die sich zwischen zwei Betrunkenen hindurch schlängelte. »Zwar konnte mir niemand sagen, wie ich an die Steuerung der Sicherheitssysteme herankommen könnte, aber man hat mir erzählt, dass einige Gebäude wie das Delegationshaus über Sicherheitsdroiden verfügen. Im Falle eines Problems übernehmen diese Roboter das Gebiet und beenden Bedrohungen, bis die Horntruppen eintreffen. Würde man diese Droiden umprogrammieren, wären die Möglichkeiten vielfältig.«

Mit einem nachdenklichen Nicken sagte Kane, »Und ich weiß, wie wir in das interne System kommen, um das zu bewerkstelligen. Es gibt hier unten einen Kerl namens Udik, der die nötigen Codes hat. Man kann sie nur ein Mal verwenden, daher will er viel Geld dafür. Es heißt, dass eine berüchtigte Piratenbande ebenfalls hinter den Codes her ist. Sie nennen sich Barvados.«

»Von denen habe ich auch gehört. Die meisten der Leute hier unten halten nicht viel von ihnen. Sie sind wohl ungehobelte Grobiane, die sich aufführen, als wären sie unantastbar. Manche fürchten sie sogar«, sagte Jaxo und gab dem Barkeeper ein Zeichen.

Kane grinste. »Niemand scheint zu wissen, wo sich dieser Udik aufhält. Wenn diese selbstverliebten Piraten auch nach ihm suchen, folgen wir ihnen einfach und schnappen ihnen die Codes vor der Nase weg.«

»Willst du dich wirklich mit denen anlegen?«, fragte Ruby. »Wenn sie so einflussreich sind, machen wir uns damit einen unnötigen Feind.«

Kane war sich sicher. »So wie sich diese Typen anhören, geraten wir so oder so irgendwann mit ihnen aneinander. Sie klingen für mich nach Leuten, die viel Lärm verursachen und Exempel statuieren, aber ansonsten eher mittelmäßig fähig sind. Um die mache ich mir keine großen Sorgen.«

***

Es kostete sie nicht viel Aufwand, herauszufinden, dass die Barvados sich ständig an diesem Ort herumtrieben. Sie brauchten Ausrüstung und tranken gerne, daher tauchten schon eine Stunde später ein paar von ihnen auf.

Kane konnte sie sofort einschätzen. Es war eine sehr große Bande, bestehend aus Aliens aller Art, die die Farben und das Symbol der Gang mit Stolz zur Schau trugen. Es strahlte in rot und gelb mit einem Emblem, das den Totenschädel eines Goragran mit den charakteristischen Zähnen darstellte. Die meisten Mitglieder der Bande verhielten sich laut und grob. Für den Wolf diente das als klares Anzeichen dafür, dass die Gruppierung zu schnell und zu stark wuchs, ohne auf Qualität oder Gesinnung der Söldner zu achten. Aus diesem Grund befanden sich unter ihnen viele grobschlächtige Schläger mit geringer Intelligenz und wenig Erfahrung, die sich jedoch als Teil eines Ganzen mächtig und stark fühlten. Das konnte nur zu Ärger führen.

Das Wolf Pack mied den Kontakt mit den Piraten und hielt sich im Hintergrund, um zuzuhören und zu beobachten. Dabei hörte Kane, dass einige Barvados ein kleines Lagerhaus umstellten, in dem sich ein Feigling verkroch, der etwas hatte, das sie wollten.

»Klingt vielversprechend«, fand Ruby.

»Sehen wir es uns an«, entschied Kane.

Sie verließen die kriminelle Unterwelt und flogen mit einem Mietshuttle in das Distrikt am Stadtrand, von dem die Piraten gesprochen hatten. Das Industriegebiet wurde von zahlreichen Lagerhäusern und Abstellräumen geprägt. Im Gegensatz zu den bevölkerten Orten der Stadt gab es in diesem Bereich kaum Überwachung.

Sie mussten nicht lange suchen, um die Shuttles in den Farben der Barvados zu finden. Sie parkten bei einem älteren Gebäude mit Flachdach und flackernder Beleuchtung im Außenbereich. In der Nähe hielten sich etwa zwanzig Personen auf.

Ruby sprang aus dem Wagen und glitt auf ein nahegelegenes Dach, um die Lage mit ihrem Snipergewehr einzuschätzen.

Die anderen landeten hinter einem angrenzenden Lagerhaus und pirschten sich leise an.

»Was siehst du, RB?«, fragte Kate und aktivierte ihren Helm.

Die Antwort der Krodaa kam schnell. »Der gleiche Schlag primitiver Idioten wie an der Bar. Einfache Waffen, lautes Lachen, selbstsicher. Sie haben den einzigen Eingang des Lagerhauses im Blick. Vermutlich stürmen sie es bald.«

»Also haben sie wohl nicht vor, den Mann für seine Codes zu bezahlen«, vermutete Jaxo überflüssigerweise und drückte sich an eine Wand.

»Sieht nicht so aus«, bestätigte Ruby. »Wie willst du vorgehen, Wolf? Die Typen haben eindeutig weder die Intelligenz noch die Autorität, um zu verhandeln.«

Kane aktivierte seinen Helm und zog die Viper. »Dann müssen wir uns auch nicht zurückhalten.«

Als die drei gerade die Hausecke erreichten, von der aus man das Geschehen beobachten konnte, setzten sich die Barvados in Bewegung. Sie hielten ihre Waffen in den Händen, bemühten sich aber nicht, taktisch vorzugehen. Ihre Selbstsicherheit machte sie nachlässig.

»Sie gehen jetzt rein«, meldete Ruby.

»Wir sehen es. Bleib du in Position, RB. Falls noch mehr von denen auftauchen, müssen wir das wissen. Wir folgen ihnen und erledigen sie, bevor sie kriegen, was sie wollen«, entschied Kane.

Anders als die Barvados bewegten sich die drei Söldner wesentlich vorsichtiger auf das Lagerhaus zu. Wie üblich fiel es Jaxo schwer, sich leise zu bewegen. Zudem hielt er eine Flinte in der Hand, mit der er nur ungern kämpfte.

»Ich wäre jetzt viel lieber hinter einem Bildschirm ...«, murrte er.

»Tja manchmal müssen wir alle ran«, antwortete Kate und richtete ihre beiden MPs schussbereit vor sich.

Wie immer ging Kane vor und trat in das Gebäude, in dem die Piraten bereits laut grölten.

Einer von ihnen rief, »Hey Ubik! Wir wissen, dass du dich hier verkriechst! Dachtest du, du könntest die Codes einfach an jemanden verkaufen und uns mit Ausflüchten abspeisen? Wir sind die Barvados, klar?«

Mit einem Handzeichen befahl Kane den beiden anderen, sich aufzuteilen. Jaxo ging nach rechts an einigen Regalen entlang, Kate hielt sich links und nahm eine Treppe auf einen Übergang. Er selbst schlich geradeaus, wo lange Reihen von Kisten und Containern standen, die seit Jahren nicht bewegt wurden. Die bewaffneten Söldner hatten sich überall verteilt, um nach dem Flüchtigen zu suchen, den sie dort vermuteten.

Kane aktivierte die Harbinger an seiner Polytanschiene. Damit erwischte er einen Nimiraner mit einem Giftbolzen. Der Kerl fiel tot um, bevor es jemand bemerkte. Mit aktivem Schalldämpfer erschoss er zwei weitere von ihnen, die sich abseits hinter einem umgestürzten Regal umsahen.

»Hey!«, rief ein El-Baran, der es dennoch gesehen hatte. Er kam jedoch keine drei Schritte weit, weil Kate ihn von oben mit einem Schwall Projektile erledigte.

Auf der anderen Seite der Halle sah der Wolf, wie Jaxos drei Drohnen mit ihren feinen Lasern um sich schossen und schnell hin und her schwirrten. Ein harter Schlag beförderte eine Gegnerin in eine Holzkiste, die dabei zerbarst.

Auch in Kanes Nähe gab es Bewegung, als mehrere der Barvados auf ihn zukamen. Die erste Frau erschoss er mit der Viper, nachdem er eine Haftbombe an einen Träger schoss. Er wich zwei Treffern aus. Sein Schild absorbierte vier Schüsse, bevor er einen Goragran mit einer Pistole erledigte und eine Keluni mit dem Fuß so hart erwischte, dass sie wie ein Spielball gegen die Wand klatschte.

Ein Schlag fegte ihn von den Beinen und er krachte durch die Fensterfront eines kleinen Büros, in dem er schmerzhaft zwischen zwei flache Regale stürzte. Mühsam rappelte er sich auf und wartete kurz darauf, dass seine Selbstheilung das verdrehte Gelenk wieder einrenkte. Dabei verzog er das Gesicht, weil es trotzdem wehtat.

Eine große Hand packte ihn am Kopf und zerrte ihn durch das Fenster raus. Schon kurz danach hatte ihn der El-Baran an Armen und

Beinen gepackt und hielt ihn fest. Kane schlug mit dem Helm gegen dessen Gesicht und lockerte so seinen Griff genug, damit er seine rechte Hand losreißen und Zaruko hinter dem Rücken ziehen konnte. Mit aktivierter Sakalklinge durchbohrte er den Hals seines Gegners und setzte gleich vier Male nach, bis der Kerl ihn losließ. Sofort danach musste er aus dem Weg hechten, weil eine kleine Explosion ihn sonst zurück in das Büro geschleudert hätte.

Der Ursprung war ein Mech, ein Kampfroboter, der von einem Keluni bemannt wurde. Das Gefährt hatte vier Beine wie ein Käfer und verfügte über zwei montierte Geschütze und einen Granatwerfer. Da Kate und Jaxo nicht in der Nähe waren, musste der Wolf erneut aus dem Weg hechten, um dem darauffolgenden Dauerfeuer zu entgehen. Einige Trümmer fielen ihm auf den Kopf, als er hinter einem Metallcontainer in Deckung ging. Alles drehte sich, bis er sich wieder sammelte.

»Scheiße tut das weh!«, knurrte er und sah nach oben, um etwaigen weiteren Trümmerteilen auszuweichen.

Wann immer er hinter dem Container hervorlugte, folgte sofort eine Explosion oder ein Projektilhagel, da der Mech offenbar sehr zielgenau feuerte.

»Du wartest lieber, bis ich einen Fehler mache, anstatt dich mir zu nähern, was, du Feigling?«, verspottete er den Keluni. »Ihr Barvados seid wohl doch nicht so mutig und stark wie ihr behauptet!«

Die Stimme des Piraten antwortete über die Lautsprecher des Mechs. »Wir sind die mächtigsten Krieger in den Randsektoren! Ich fürchte dich nicht!«

Als der gesteuerte Roboter daraufhin einige Schritte vorwärts machte, genau wie Kane es beabsichtigt hatte, zündete der Silver Wolf die Haftbombe, sodass ein Teil des Übergangs auf den Mech herunterkrachte. Das genügte ihm an Zeit, um den benommenen Feind zu erreichen. Mit der Sakalspitze des Kurzspeers schlug er einen Riss in die Front der Maschine und bog sie mit seiner verstärkten Kraft auseinander, um den kleinen Kerl herauszuziehen. Wie ein lästiges Insekt klatschte er ihn auf eine Kiste und tötete ihn.

Jaxo hatte die Feinde in seinem Teil des Lagerhauses bereits erledigt und seine Drohnen umkreisten ihn schützend.

Der einzige Lärm kam nun noch von Kate, die einen auf einem Knie hockenden El-Baran mit ihrer Kugelkopf-Keule bearbeitete, bis er blutüberströmt zu Boden fiel. Dabei führte sie ihre Hiebe präzise und formvollendet aus, wie er es sie gelehrt hatte. Er verspürte Stolz, seine Schwester so effizient einen derart riesigen Feind besiegen zu sehen.

Er trat zu ihr und legte ihr die Hand auf die Schulter. »Das war ausgezeichnete Arbeit, Kate. Wenn du so weitermachst, sollten wir dir auch bald einen Spitznamen geben.«

Sobald Ruhe einkehrte, öffnete sich leise quietschend die Seitentür eines Büroraums. Ein Nurumiki kam heraus. Grüne Haut, Tentakelhaare, große, schräge Augen und langsame Bewegungen zeichneten dieses Wasservolk aus. Der Mann trug abgenutzte Technikerkleidung und zitterte am ganzen Leib.

Kane deaktivierte seinen Helm und fragte, »Bist du Ubik? Der Kerl, den diese Idioten verfolgt haben?«

»Das bin ich. Ich bin euch sehr dankbar, dass ihr meinen Hintern gerettet habt ... Diese Typen hätten mich bestimmt tagelang gefoltert, selbst wenn sie schon hätten, was sie wollten. Das sind wilde Bestien!«, sagte er und sprach schneller, als es für seine Art üblich war.

»Also hast du die Zugangscodes für das Delegationshaus bei dir?«, erkundigte sich Jaxo und klopfte seine Weste ab.

Der Mann seufzte. »Ihr also auch? Ich hätte diese verdammten Codes niemals behalten sollen.«

Kate deaktivierte ihren Helm. »Du hättest es einfach nicht jedem erzählen sollen. Ein etwas realistischerer Preis hätte vermutlich auch nicht geschadet. Hast du eine Ahnung, was diese Typen damit wollten?«

Er schüttelte den Kopf. »Nicht die Geringste. Die Codes allein sind nicht sonderlich nützlich. Man braucht einen exzellenten Hacker, um den Zugang auch sinnvoll zu nutzen. Es fällt mir schwer, zu glauben, dass solche Grobiane einen Computer überhaupt bedienen können.«

»Nach all dem Ärger, den dir diese Information eingebracht hat, bist du doch sicher froh, sie uns zu geben. Dann bist du sie los und schwebst nicht mehr in Gefahr«, sagte Kane.

»Nicht mehr in Gefahr?«, wiederholte der Nurumiki verzweifelt kichernd. »Ich habe mich den Barvados widersetzt und meinetwegen sind ihre Leute tot! Ich muss Volak sofort verlassen und untertauchen, wenn sie mich nicht finden sollen. Die Dreckskerle sind nachtragend. Ihr könnt die verdammten Codes haben ... für einen angemessenen Preis.«

Kate verdrehte die Augen und ging einmal im Kreis. »Nicht zu fassen! Er will uns allen Ernstes um Geld bitten!« Sie trat vor ihn und setzte ihm einen Finger auf die Brust. »Nur unseretwegen atmest du überhaupt noch! Betrachte deine fortwährende Gesundheit als Bezahlung für die Codes. Rück sie raus, oder dein wertloser Arsch landet neben den anderen Leichen, klar?!«

Er drückte ihr einen Datenchip in die Hand und rannte davon.

Kane sah seine Schwester erstaunt an, ebenso wie Jaxo. »Offenbar hast du das mit dem Angst einflössen ja doch drauf, wenn du es willst.«

Sie gab dem Lorganer die Daten und grinste. »Wenn ich will.«

Ein Piepen erweckte ihre Aufmerksamkeit. Es kam von einem Kommunikator, der in der Tasche eines Piraten steckte.

Der Wolf holte ihn heraus und ein Hologramm erschien. Es zeigte eine humanoide Person in einer modernen und hochwertigen Rüstung mit dem Emblem der Barvados und zusätzlich einem Augensymbol. Es war ganz klar eine Frau, doch sie trug einen Helm mit vielen Riefen und Kanten, der ihre Erscheinung wesentlich beeindruckender gestaltete.

»Wie ich sehe, wurde mein Angriffsteam ausgelöscht. Ich hatte nicht erwartet, auf der Suche nach den Zugangscodes auf Konkurrenz zu stoßen, sonst hätte ich bessere Leute geschickt. Wer seid ihr?«, fragte die Frau.

»Du zuerst«, antwortete Kane knapp.

Sie kicherte leise. »Man nennt mich Racuda, Anführerin der Barvados, auch bekannt als das Auge. Wenn du dich in der kriminellen Unterwelt auskennst, solltest du wissen, wer ich bin.«

Er nickte. »Dann bist du also die mysteriöse Frau hinter dieser bemitleidenswerten Truppe einfacher Schläger. Ich habe deinen Namen tatsächlich schon des Öfteren gehört.«

»Dann weißt du sicher auch, dass es in deinem Interesse ist, mir die Zugangscodes zu übermitteln und zu verschwinden. Ich bin niemand, mit dem du Ärger haben willst«, erwiderte sie drohend.

Darauf reagierte Kane amüsiert und lächelte. »Wieso denn nicht? Was ich bisher von deiner Bande gesehen habe, hat mich keineswegs beeindruckt. Außerdem habe ich es im Gegensatz zu dir nicht nötig, mein Gesicht zu verstecken. Ich brauche die Codes selbst, bedaure. Schick ruhig deine Leute hinter uns her. Bis sie hier sind, habe ich ihn längst benutzt und bin weg.«

Die Frau spannte sich an. »Das ist ein schwerer Fehler. Niemand in diesen Sektoren ist sicher vor mir. Wer bist du?«

Kane legte den Kopf schief. »Du behauptest doch, du hättest Kontakte und Informanten überall. Finde es selbst raus. Wenn du mich jetzt entschuldigen würdest – ich habe einen Code zu benutzen.«

»Du solltest hoffen, mir niemals wieder zu begegnen, denn das wäre dein letzter Fehler«, warnte Racuda finster.

Kane zog eine Braue hoch. »Lustig. Dasselbe wollte ich auch gerade sagen.« Dann zerstörte er den Kommunikator.

Jaxo trat neben ihn. »Ob das mal so klug war?«

Er sah seinen Freund an. »Sehe ich besorgt aus?«

»Du siehst nie besorgt aus, das ist ja das Problem«, antwortete der Lorganer.

***

Am folgenden Morgen saßen die vier in einem Bistro auf dem geschäftigen Platz vor dem Delegationshaus. Sie hatten alle Informationen zusammengetragen und sich einen Plan überlegt, wie sie Delpin in die Hände kriegen wollten.

»Weiß jeder, was zu tun ist?«, fragte Kane.

»Ist ja nicht kompliziert. Hoffen wir einfach, dass nichts schiefgeht«, antwortete Ruby mit Blick auf die Straße.

»Ich sorge für genug Durcheinander, dass ihr beiden nicht weiter auffallt. Außerdem gebe ich Bravestone Bescheid, dass wir direkt danach aufbrechen müssen. Besser, wir sind weit weg, wenn das Gift anfängt, zu wirken«, murmelte Jaxo.

Der Wolf nickte. »Lasst uns loslegen. Da vorne ist Delpin. Wir warten, bis er in seinem Büro ist, dann gehen wir in Position.«

Sie erhoben sich und schlenderten in verschiedene Richtungen davon, wobei Kate bei ihrem Bruder blieb.

»Bist du sicher, dass das klappt?«, fragte sie ihn.

»Ich muss nur nahe genug an ihn heran. Alles andere ist unwichtig. Das wird schon. Jaxo und RB haben solche Jobs schon öfter mit mir durchgezogen«, beruhigte er sie.

»Ja, aber da hattet ihr noch Paco im Team«, erwiderte sie unsicher.

Er sah zu ihr herüber. »Du bist inzwischen fast genauso gut wie er. Wir arbeiten noch am Feinschliff, aber ansonsten gibt es nichts, was ich dir nicht zutraue.«

Sie lächelte zufrieden. »Ich hätte nicht gedacht, dass ich mal so selbstsicher sein würde. Es ist schwer, mich nicht mit euch anderen zu vergleichen, aber wenn ich daran denke, wie hilflos ich noch vor drei Jahren war, bin ich selbst stolz auf mich.«

Die beiden gingen zu ihrem Shuttle, dass in einer Seitengasse parkte. Sie legten ihre Rüstungen ab und zogen stattdessen die Ausrüstung von Mitgliedern der Stadtsicherheit an. Sie hatten an diesem Morgen zwei von ihnen geschnappt und getötet, um an ihr Equipment zu kommen.

»Hätten wir die beiden Polizisten nicht auch einfach fesseln können?«, fragte sie und zog einen Stiefel hoch.

Kane schob seine Hand durch eine Armschiene. »Das hier ist ein riskanter Job, Kate. Jeder potenzielle Zeuge ist eine Gefahr, besonders wenn das Gift erst später wirkt. Niemand darf auch nur vermuten, dass es nicht mit rechten Dingen zugeht. Und schon gar nicht darf irgendeine Spur zu uns führen«, stellte er klar und setzte den Helm auf.

Die meisten Sicherheitsleute und Horntruppen waren Volakar, doch es gab auch einige Aliens, die zugelassen wurden, die hiesigen Streitkräfte zu verstärken.

Getarnt als Cops gingen die beiden auf Patrouille um den Platz nahe dem Zielgebäude.

»Sind alle in Position?«, fragte er über den Kommunikator.

»Ich bin hinter dem Delegationshaus in Sichtweite des Zugangsknotens. Meine Drohne ist in der Lüftung und bereit, den Code zu benutzen. Warte auf dein Signal, Kumpel«, bestätigte Jaxo.

Ruby antwortete, »Bin in Position, Wolf. Ich sehe Delpin durch sein Bürofenster an seinem Schreibtisch sitzen.«

Aus dem Augenwinkel erspähte Kane die Stelle, an der sie auf der Lauer lag. Es war ein etwas höheres Wohngebäude auf der anderen Straßenseite des Delegationshauses.

»Dann los!«, befahl der Wolf.

Er sah das Aufblitzen eines Projektils. »Erster Schuss ausgeführt. Delpin ist erschrocken und alarmiert. Jaxo, du bist dran«, meldete Ruby.

Kurze Zeit später sagte der Lorganer. »Der Code hat funktioniert. Ich bin im System und habe die Alarmsysteme verzögert. Programmiere jetzt die Sicherheitsdroiden um.«

Im Sichtfeld von Kates und Kanes Helmen erschien daraufhin eine Videoübertragung aus dem Inneren des Gebäudes. Die Droiden waren nun darauf programmiert, wahllos für Chaos zu sorgen. Sie feuerten auf das Mobiliar und verletzten einige Verwaltungsmitarbeiter und Politiker. Außerdem schalteten sie gezielt drei bedeutende Personen aus, die für den Protektor arbeiteten. Auch ein Mitglied der Opposition fiel den Robotern zum Opfer, damit die Ermittler des Protektorats möglichst lange brauchten, um das Motiv des Anschlags zu ermitteln.

Auf dem Kameras verfolgten sie, wie Parolio Delpin völlig verängstigt und panisch durch die Gänge des Gebäudes eilte und sich vor den Droiden versteckte. Mit gezielten Bewegungen sorgte Jaxo dafür, dass der Volakar in Richtung Haupteingang getrieben wurde.

»Das sieht gut aus. Jetzt wird es Zeit für die zweite Phase«, sagte Kane.

Der Lorganer entgegnete, »Verstanden. Sicherheitsdrohnen werden gehackt.«

Eine halbe Minute später fingen die Drohnen im Bezirk an, wahllos herumzuballern. Sie feuerten auf Geschäfte, Gebäude und auf den Platz, wobei Jaxo darauf achtete, möglichst keine unschuldigen Passanten zu treffen. Das Ganze diente lediglich dazu, die größtmögliche Verwirrung zu verursachen. Die Leute im Bereich schrien panisch herum, rannten wild durcheinander und versuchten, sich Deckung oder einen Fluchtweg zu suchen.

Wie erwartet, kamen haufenweise Sicherheitskräfte angeflogen und zu Fuß aus der Umgebung angerannt, um die Drohnen unter Beschuss zu nehmen. Das Aufgebot an Wachpersonal beeindruckte Kane.

»Jetzt die Droiden«, sagte er.

Auf dieses Kommando hin sorgte Jaxo dafür, dass eine ganze Gruppe der gehackten Roboter aus dem Delegationshaus Dutzende Angestellte auf die Straße jagte und um sich feuerte.

Auf ein Nicken hin eilte Kate los und nutzte den Polizeifunk, um möglichst viele Sicherheitsleute auf die Politiker und Maschinen aufmerksam zu machen. Sie selbst schoss unnötig oft und bewusst ungenau, um so viele Augen auf sich und die Droiden zu lenken wie möglich.

Dadurch passierte genau das, was Kane geplant hatte. Parolio Delpin kam aus dem Gebäude gestolpert, war aber in der Menge und dem Trubel nur eine von vielen Personen in einem heillosen Durcheinander. Kein Polizist achtete auf ihn, was für den nächsten Schritt des Plans unverzichtbar war.

Während sich der Wolf in Bewegung setzte und dabei ein paar vereinzelte Drohnen vom Himmel holte, sagte er, »RB, zweiter Schuss.«

Wieder folgte ein kaum sichtbares Aufblitzen und Kane sah, wie das Ziel zuckte, als es einen Streifschuss an der Schulter abbekam.

Zielsicher eilte er auf Delpin zu und rief, »Stadtrat Delpin! Sie müssen hier weg! Kommen Sie! Ich bringe Sie in Sicherheit!«

In seinem Schmerz und voller Panik war jegliche Skepsis verschwunden und der Volakar wollte nur, dass ihn jemand rettete. Er ließ sich ohne jeden Widerstand von Kane durch das Chaos bugsieren.

Der Wolf schob ihn um die Ecke, wo sie kurz verschnauften, und tat so, als würde er die Schusswunde eben erst bemerken. »Sir! Sie wurden angeschossen! Wir müssen die Blutung stoppen! Hier! Nehmen sie das und pressen sie es Fest auf die Wunde!«, sagte er eindringlich und reichte ihm ein in dem Gift getränktes Tuch.

Der Politiker war ganz offensichtlich mit der Situation überfordert und befolgte den Befehl ohne Widerworte oder Fragen. Er drückte sich den Stoff in die Schusswunde und mit jeder Sekunde würde mehr von der tödlichen Substanz in seinen Blutkreislauf gelangen.

Kane packte ihn und führte ihn durch eine Seitengasse zu einem Sicherheitsshuttle, bei dem zwei Beamte standen und versuchten, über Funk herauszufinden, was los war. Er geleitete Delpin zu ihnen.

»Hey! Das ist Stadtrat Delpin! Er wurde angeschossen und muss dringend in Sicherheit gebracht werden! Schnell! Bringt ihn weg von hier!«, sagte Kane so autoritär, dass die beiden nicht an dem Befehl zweifelten. Er zog dem Politiker das Tuch aus der Hand und gab ihm ein anderes ohne Gift. »Hier ist ein frisches Tuch, Sir. Immer weiter auf die Wunde pressen, dann überstehen Sie das. Ich muss zurück und sehen, ob ich noch jemanden retten kann.«

Während er davon eilte, hörte er Delpin rufen, »Das werde ich nicht vergessen, Soldat!«

Innerlich grinsend sagte er, »Mission erfüllt. Zieht euch zurück!«

Sofort bestätigten die anderen den Befehl und nutzten ihre individuellen Fluchtpläne, um sich mit ihm beim Shuttle zu treffen. Von dort flogen sie zum Raumhafen, Kane und Kate zogen sich um, und sie eilten zur Dragonwing. Auf den Holobildschirmen über den Straßen liefen die chaotischen Bilder aus der Innenstadt, doch niemand vermutete irgendetwas.

Der unzufrieden aussehende Bravestone beobachtete mit verschränkten Armen, wie sie die Wachrüstungen in der Waffenkammer verstauten, während Lato startete und den Steigflug kontrollierte.

»Ich habe die Übertragungen gesehen. Ist euch klar, wie viele Leute bei eurer Aktion heute gestorben sind oder verletzt wurden? Und das alles nur, um eine einzelne Person zu töten«, sagte er kopfschüttelnd. »Ich hatte gehofft, du wärst besser als das, Kane.«

Der Angesprochene setzte sich auf die Sitzbank am Tisch. »Das war der einzige Weg, wie wir die Zielperson erledigen konnten, ohne die Vigilancer oder König Enval zu gefährden. Jaxo hat darauf geachtet, bis auf ein paar Ausnahmen möglichst nur Unterstützer des Protektors zu töten. Die wenigen Gegner der Expansion dienten dazu, die Fährte von uns abzulenken.«

»Und das soll mich jetzt überzeugen, dass das eine gute Sache war?«, fragte der Onu verständnislos und rieb sich über das Gesicht.

Kane verschränkte die Arme. »Keineswegs. Ich muss dich von gar nichts überzeugen. Das war ein Auftragsmord, nicht mehr und nicht weniger. Zugegeben, es war ein öffentlicher Anschlag, was ich nach Möglichkeit vermeide, weil es immer zu Kollateralschäden oder taktischen Opfern kommt. Angesichts der Zielsetzung und der Gesinnung des Auftraggebers ist das Endergebnis allerdings mehr als wünschenswert. Wenn Delpin innerhalb einer Woche an Herzversagen stirbt, war es ein sehr erfolgreicher Job.« Er lehnte sich vor. »Du musst das nicht gutheißen, aber du hast zugestimmt, uns nicht zu verraten. Vielleicht beruhigt es dich, zu wissen, dass es jetzt vorbei ist.« Er sah den abfälligen Blick in den Augen des Vigilancers. »Ich kenne diesen Gesichtsausdruck. Du fragst dich, ob ich ein Monster bin. Das bin ich nicht. Ich bin Pragmatiker. Mein Kodex ist Rationalität. Enval, ein guter Freund, hat mich um Hilfe gebeten. Ich habe ihm geholfen. Es ging dabei nicht einmal um Geld. Im Idealfall wird das Volk von Nimira weniger Probleme haben, sobald Delpin tot ist. Die paar Opfer auf Volak dürften ein annehmbarer Preis dafür sein, selbst nach deinen Maßstäben.«

Bravestone seufzte unzufrieden. »Bei dieser Sache gab es keine annehmbare Lösung. Lasst uns einfach wieder ein paar gute Taten vollbringen und hoffen, dass sich dieser Vorfall nicht wiederholt ...«

Für den Rest des Fluges zur Vigilance blieb der Onu ungewöhnlich still und gedankenversunken. Er schien sehr mit sich zu ringen, die Geschehnisse nicht Kane anzulasten.

***

Wie erwartet, erreichte sie eine knappe Woche später die Meldung, dass Parolio Delpin an Herzversagen gestorben war. Die Ermittlungen des Protektorats zum Anschlag auf das Delegationshaus wurden unter Verschluss gehalten, doch es gab eine feierliche Zeremonie zu Ehren des unbekannten Helden, der den Stadtrat gerettet hatte.

Kane und die anderen mussten fortwährend grinsen. Sie hatten es tatsächlich geschafft, für ihre Aktion auch noch geehrt zu werden. Zudem waren König Enval und Lord Vokis sehr erleichtert, vom Tod Delpins zu hören. Sie sorgten dafür, dass das Wolf Pack eine beträchtliche Summe auf einem gesonderten Konto auf Nimira erhielt, um frei darüber zu verfügen.

Spezialauftrag

Ein Jahr später ...

Trotz der Überzeugung, dass man den Anschlag und das Attentat nicht mit ihnen in Verbindung bringen konnte, hielten sie es für klug, sich eine Weile von Volak und Protektoratsgebiet fernzuhalten. Daher verbrachten sie ein gutes Jahr damit, auf abgelegenen Welten und Raumstationen zu arbeiten und die Vigilancer bei Transporten und Hilfsmissionen zu unterstützen. Die Expansion schritt unaufhaltsam voran und die Zahl der Kriegsflüchtlinge wuchs täglich. Obwohl die Rebellen unter ihrem neuen Anführer Rex Dorsa immer wieder kleine Siege errangen, machte es aus Sicht der Randsektoren kaum einen Unterschied.

Irgendwann kam Bravestone sehr früh morgens zu Kane und klopfte an die Tür seines Zimmers. Müde und verwundert öffnete er sie und der Onu huschte direkt hinein und schloss sie hinter sich.

»Hm. Auch dir einen guten Morgen, Isaiah«, brummte der Wolf halb amüsiert, halb gähnend.

»Ja ... Entschuldige den Überfall, aber das hier ist wichtig. Ich habe soeben eine verschlüsselte Nachricht vom Rat weitergeleitet bekommen.«

Kane schlurfte zum Bett und setzte sich auf die Kante, während der Vigilancer auf dem einen Stuhl Platz nahm und den holografischen Bildschirm seines Multitools über der Handfläche in die Luft projizierte.

»Wieso sollte der Rat eine chiffrierte Nachricht ausgerechnet dir schicken?«

Bravestone zeigte auf die fremdartigen Symbole, die Kane nicht kannte. »Du weißt nicht, was das hier ist, oder? Das hier ist eine Botschaft der Soraner.«

Mit einem Kopfkratzen erinnerte sich der Wolf, »Das sind diese geheimnisvollen Aliens, die überall auftauchen und wieder verschwinden, ohne Spuren zu hinterlassen, oder nicht?«

»Ganz genau! Über Jahrtausende hinweg hat man ihren Einfluss überall in der Galaxie verzeichnet, doch niemals konnte jemand herausfinden, was sie genau sind oder woher sie kommen. Leichen und Technologien ihrer Spezies wurden auf allen möglichen Planeten gefunden. Sie interagieren nur mit bestimmten Individuen, wenn sie etwas von ihnen wollen«, erklärte der Onu.

Kane lockerte seinen Nacken, immer noch nicht ganz wach. »Und was hat das mit dir oder mir zu tun?«

»Damals als dein Vater mit mir unterwegs war, haben wir eine Zeit lang Spuren der Soraner verfolgt, leider ohne Erfolg. Wie du ja weißt, bin ich ein Kundschafter der Vigilancer und auf die Erforschung neuen Wissens spezialisiert. Deshalb hat der Rat die Nachricht an mich weitergeleitet. Ich hatte schon früher mit den Soranern zu tun. Seit man auf Manchetusa gut erhaltene Leichen gefunden hat, ist der Orden überzeugt, dass es eine Verbindung dieser Spezies mit den Omni gibt. Das wäre eine bahnbrechende Entdeckung!«, ratterte Bravestone herunter und klang dabei so aufgeregt wie ein Kind an seinem Geburtstag.

»Verstehe. Und unser nächster Auftrag ist es, diese Nachricht zu untersuchen, ja?«, hakte Kane nach.

Der Onu grinste. »Nein, das habe ich schon erledigt. Ich kenne diese Chiffre. Die Botschaft der Soraner ist an dich adressiert.«

Daraufhin rieb sich der Wolf die Augen und gähnte. »An mich? Ich kann mich nicht erinnern, jemals etwas mit ihnen zu tun gehabt zu haben.«

»Das mag sein, aber sie wenden sich meist an besondere Individuen, wenn sie etwas wollen. Dein Ruf hier und in den Wallsektoren ist wohlverdient. Wenn sie die Geschehnisse in der Galaxie verfolgen, müssen sie von dir gehört haben. Deshalb haben sie die Nachricht an den Rat geschickt, weil sie wissen, dass du hier bei uns bist«, vermutete Bravestone.

»Also schön, ich beiße an. Was steht drin?«

»Es ist ein Auftrag. Sie wollen, dass du in eine Hochsicherheitseinrichtung auf Gorag einbrichst und einen experimentellen Computerchip stiehlst. Danach sollst du ihn zu einem Treffpunkt bringen«, fasste der Vigilancer zusammen. »Ich kannte zwei andere Personen, die einst einen solchen Auftrag bekamen. Sie wurden dafür so gut bezahlt, dass sie sich sofort in den Ruhestand begaben. Diese Art Job ist extrem schwierig, aber danach hast du so viel Geld, dass du dir einen ganzen Mond kaufen kannst.«

Kane runzelte die Stirn. »Willst du damit sagen, dass du mich zu diesem Auftrag ermutigst? Du? Der noble Vigilancer Bravestone, der schon bei einem einfachen Attentat an die Decke geht, will, dass ich einen Computerchip von den Goragran klaue, dessen genauer Zweck nicht einmal genannt wird? Und dann soll ich diesen Chip einer Spezies übergeben, deren Motive niemand kennt? Die ihn gegen uns verwenden könnten?«

Leise seufzend zuckte der Onu mit den Schultern. »Ja, ich will, dass wir das machen. Natürlich ist es riskant und entspricht nicht ganz dem Kodex, aber wir müssen jede noch so kleine Chance ergreifen, mehr über die Soraner in Erfahrung zu bringen. Eine so alte Spezies, die so viel Wissen besitzt und sich nach Belieben ungestört überall einmischen kann, könnte eine gewaltige Bedrohung sein. Je mehr wir über sie wissen, desto besser.«

Daraufhin hob Kane beschwichtigend die Hände. »Wollte nur sichergehen. Ich habe kein Problem damit, einen riesigen Haufen Geld zu verdienen. Einbrüche sind mein Spezialgebiet und ich wollte mir Gorag schon lange mal ansehen.«

Bravestone zog direkt los, um den Abflug vorzubereiten, während Kane das Team informierte.

Zuerst ging er zu Ruby, deren Zimmer nicht weit entfernt lag. Er klopfte sachte an ihre Tür und sie öffnete kurze Zeit später. Sie trug ihre Militärhose und ihr geliebtes schwarzes Tanktop, das ihren Ausschnitt zur Geltung brachte und einige Tattoo-Ansätze offenbarte.

»Morgen Wolf. Was gibt's? Neuer Job?«, fragte sie und ließ ihn rein.

Er bildete sich ein, einen leichten Widerstand in ihren Worten zu hören. »Ja, es gibt was Interessantes zu tun. Ist alles in Ordnung mit dir? Du wirkst ... wenig motiviert.«

Sie griff sich eine leere Tasse aus einem Schrank und goss ihm einen Tee ein. »Ach, ich spüre in letzter Zeit so eine Art Müdigkeit. Eine innere Erschöpfung, die nicht körperlich ist.«

Als er den Tee entgegennahm, hakte er nach. »Wir waren doch über eine Woche hier und konnten uns entspannen. Was brauchst du?«

Sie setzte sich auf ihre Bettkante. »Es geht nicht um Urlaub, Kane. Es ist eher eine tieferliegende Erschöpfung. Wie viele Jahre sind wir jetzt schon gemeinsam unterwegs? Zehn? Zwölf? Immer auf Reisen von Planet zu Planet, kämpfen und töten, Geld verdienen und wieder ausgeben.« Sie atmete schwer. »Inzwischen kommen mir die meisten Jobs eintönig vor und mir fehlt der Antrieb, den hundertsten Piraten abzuknallen, das zehnte Dorf zu retten oder die nächste Jungfrau in Nöten zu beschützen. Wir sind jetzt über vier Jahre in den Randsektoren und leben immer noch in kleinen Zimmern, haben kein eigenes Schiff und kein richtiges Zuhause an diesem fremden Ort. Ich habe Heimweh. Ich will die Lycan-Station sehen, nach Sandabar Neh reisen und das Grab meiner Schwester besuchen oder einfach mal wieder in Garbag's Nest einen trinken.«

Kane nippte an seiner Tasse. »Das kann ich dir nicht verdenken, RB. Wir kamen aus reiner Neugier und wegen Informationen über meinen Vater hierher. Jetzt sind wir schon so lange hier, obwohl es nicht unser Zuhause ist, und über meinen Vater weiß ich immer noch nicht viel mehr. Mit jeder neuen Antwort scheint es mehr offene Fragen zu geben.« Er seufzte. »Andererseits gibt es hier jede Menge Neues zu entdecken. Sicher könnten wir zurück in die Wallsektoren fliegen und uns in den altbekannten Systemen mit denselben belanglosen Jobs abgeben. Mir persönlich ist es aber lieber, neue Welten zu erkunden. Unser nächster Auftrag führt uns beispielsweise nach Gorag, wo wir noch nie waren.« Mit einem Kichern fügte er an, »Stell dir vor, wir kämen zurück nach Haizo. Uns würde doch niemand glauben, was wir inzwischen alles wissen und gesehen haben.«

»Also willst du nicht mehr zurück?«, fragte sie mit neutralem Gesichtsausdruck.

Er sog geräuschvoll die Luft ein. »Irgendwann auf jeden Fall, aber du weißt ja, dass ich der Lebensphilosophie der T'zun folge, und der Fluss hat mich hergeführt. Jetzt ohne bestimmten Grund zurückzugehen, würde sich falsch anfühlen. Die Randsektoren halten noch etwas für mich bereit. Bis ich das gefunden habe, habe ich vor, zu bleiben. Ich halte dich jedoch nicht hier fest, das weißt du, RB. Du bist Familie für mich. Wenn du nach Hause möchtest, bringen wir dich zurück.«

Die Krodaa rieb sich das Gesicht. »Du weißt, dass ich seit meiner Schwester keine Familie mehr hatte. Unser Team ist jetzt mein Zuhause. Vielleicht habe ich gerade einfach ein kleines Tief, aber ich würde euch niemals verlassen. Dafür liebe ich euch alle viel zu sehr.«

Kane wusste aus Erfahrung, dass es der richtige Zeitpunkt war, sie zu umarmen. Daher trat er auf sie zu und nahm sie in den Arm, wobei er darauf achtete, ihre Flügel nicht zu erwischen.

Ruby reagierte überrascht, erwiderte die Geste aber erfreut.

»Wir lieben dich auch, RB. Ohne dich wäre unsere kleine Familie nicht mehr dasselbe. Wir haben Paco verloren und das ist mir schwerer gefallen, als ich erwartet hatte. Es würde mich hart treffen, wenn einer von euch geht.«

***

Nachdem die beiden Kate und Jaxo eingeweiht hatten, machten sie sich auf den Weg zur Dragonwing, auf der Bravestone schon ganz nervös wartete.

»So lebendig habe ich ihn ja noch nie erlebt. Läuft auf und ab wie ein kopfloses Huhn«, grinste Jaxo. »Hast du ihn schon so erlebt, Lato?«

Die EI antwortete, »Die Zahl der Situationen, in denen der Captain so gut gelaunt war, ist an zwei Kuza-Händen abzuzählen. Und wir reisen seit geraumer Zeit zusammen.«

Während der Onu das Schiff startete, erkundigte sich Kate, »Wie lange hat er dich denn schon bei sich? Wie bist du überhaupt hier gelandet? Ich habe noch keinen anderen Vigilancer getroffen, der eine EI an Bord hat.«

Die körperlose, weibliche Stimme erklärte, »Ich bin eine Kopie der originalen Grundkonzeption der ersten EI der Dor vom Planeten Dorado. Ich wurde während eines Überfalls durch Piraten von dort erbeutet und dann auf Onu Ana an einen Militäroffizier verkauft. Während des Vernichtungskrieges unterstützte ich die Führungsriege der Stadt Uluman bei der Entwicklung taktischer Reaktionen und Strategien. Dort fand mich Bravestone, bevor die Stadt vernichtet wurde. Seither bin ich an seiner Seite, zuerst als er für sein Volk kämpfte, später dann als Vigilancer. Ich würde uns als alte Freunde bezeichnen.«

»Was es nicht alles gibt«, kommentierte Ruby.

***

Gorag war Teil des Aol-Systems des Vassimi-Gürtels, was weiter entfernt lag als die anderen Welten, die sie bislang besucht hatten. Ganze drei Tage dauerte der Flug, was immer noch schnell war, wenn Kane sich an die wochenlangen Reisen früherer Zeiten erinnerte.

Er war gerade dabei, ein Buch der Onu über ihr altes Reich und das Leben von Ulona Kraven zu lesen, als Kate aus dem Schlafraum kam. »Kane? Ich telefoniere gerade mit Lara und ich denke, du solltest das hören.«

Er folgte ihr mit gerunzelter Stirn und sah bereits das Hologramm seiner Tochter. Da sie seit ihrer Kindheit Kampfsport machte, war sie sportlich schlank, hatte aber inzwischen sichtbare weibliche Kurven. Ihre Gesichtszüge wirkten symmetrisch und schmal, wie bei ihrer Mutter. Ihr kastanienbraunes, leicht gelocktes Haar fiel ihr in einem Zopf bis auf den oberen Rücken und die stechend blauen Augen hatte sie von ihm geerbt.

Kate stand ihr gegenüber und sagte, »Hier ist dein Vater. Erzähl ihm, was du mir erzählt hast. Na los!«

»Ach Tante Kate ... Ich hatte dich gebeten, es ihm nicht sofort zu sagen. Ich wollte das machen, wenn ich angefangen habe«, murrte Lara.

»Wenn du womit angefangen hast?«, fragte Kane und trat in ihr Sichtfeld.

»Hey Daddy!«, grüßte sie ihn freudig lächelnd.

»Wie geht's dir, Engelchen? Habe ich dir schon gesagt, was für eine hübsche junge Frau aus dir geworden ist? Ich kann deine Mutter immer deutlicher in dir sehen«, antwortete er.

Sie kicherte. »Ja, das sagst du jedes Mal, wenn wir uns sehen.«

Kate schnippte mit den Fingern. »Wolltest du deinem Vater nicht was erzählen?«

Lara verzog genervt das Gesicht. »Ist ja gut! Dad, ich bin bald 18 und ich habe mich entschlossen, mich für das Militär zu melden.«

Damit hatte er nicht gerechnet. »Wieso das?«

»Ich war schon immer vom Kämpfen fasziniert. Seit ich klein war, wollte ich lernen, wie man andere beschützt und sich selbst verteidigt. Der ganze Kampfsport ist ja schön und gut, aber die meisten gefährlichen Leute heutzutage gehen nicht mit Fäusten auf einen los, sondern halten dir eine Knarre vor die Nase. Ich will lernen, mit Waffen umzugehen und etwas zu bewegen.«

Kane kratzte sich am Arm. »Du weißt aber schon, dass du Befehle befolgen musst, die du nicht hinterfragen darfst, oder? Du hast meinen wachen Verstand geerbt und deine Mutter hat mir immer wieder erzählt, wie du deine Lehrer mit deinen Fragen zur Verzweiflung gebracht hast, weil sie keine sinnvollen Antworten hatten. Mir hat das beim Militär viel Ärger eingebracht. Willst du wirklich diesem korrupten System dienen?«, fragte er sie.

Lara verschränkte die Arme und ahmte seine Stimme nach. »Ja Lara! Das ist eine mutige Entscheidung und ich unterstütze dich natürlich, wo ich kann, Lara!«, spottete sie. »Keinerlei Unterstützung. Das Erste, was Kate tut, ist, dich zu holen. Und du analysierst mich direkt, anstatt einfach bestärkend zu sein, wie es ein Vater sein sollte. Wie du ja selbst sagst, habe ich dein Hirn geerbt.« Sie tippte gegen ihre Stirn. »Mir ist natürlich klar, dass ich meinen Stolz runterschlucken und mich eine Weile lang unterordnen muss. Das ist eben der Preis für die Kampfausbildung. Ich habe leider keine freundliche T'zun parat, die mich trainiert. Und du bist auch nicht in der Nähe. Du gibst dein Wissen lieber an Tante Kate weiter als an deine Tochter.« Mit erhobenen Brauen zeigte sie auf ihn. »Wenn ich es genau bedenke, hast du eigentlich gar kein Mitspracherecht. Das hat nur jemand, der auch da ist, wenn ich ihn brauche. Das warst du aber nie.«

Er hob die Hände. »Ich weiß, dass ich ein mieser Vater bin, Lara. Das werde ich nie bestreiten und für immer bereuen. Du missverstehst meine Reaktion, Engelchen. Ich weiß, dass du klug bist, und du wirst deinen Weg gehen, wie der Fluss es für dich vorgesehen hat. Das will ich nicht beeinflussen und dir auch nicht ausreden. Wenn du fühlst, dass das die richtige Entscheidung für dich ist, dann bist du es dir selbst schuldig, es zu versuchen. Ich wäre aber ein noch schlechterer Vater, wenn ich deine Entscheidung nicht herausfordern würde. Wenn sie wohlüberlegt ist, sollte dich nichts davon abhalten können.«

Sie sah kurz zu Boden und seufzte. »Tut mir leid, dass ich eingeschnappt bin. Ich hatte einfach gehofft, dass du anders auf die Nachricht reagieren würdest.«

Er trat an sie heran und legte seine Hand an ihre holografische Schulter. »Ich habe viele Jahre beim Militär verbracht und so ziemlich alles erlebt, was man dort erleben kann. Mir hat man nie eine Wahl gelassen. Ich habe viel gelernt, gute Freunde gefunden und einige wertvolle Erfahrungen gesammelt.« Er atmete hörbar aus. »Auf der anderen Seite habe ich aber auch viele Freunde sterben sehen, ich war oft frustriert, musste Dinge tun, die ich nicht wollte, und wurde mehr als einmal verwundet und verraten. Dir muss klar sein, welche Konsequenzen deine Wahl haben kann. Du gibst damit, wenn auch nur zeitweise, die Freiheit auf, über deinen eigenen Körper und dein Leben selbst zu bestimmen. Es wird erniedrigend und sehr unangenehm sein.«

Wieder zog Lara die Brauen zusammen und presste die Lippen aufeinander. »Könntest du bitte damit aufhören, meine Intelligenz zu beleidigen? Das ist mir alles bewusst! Es mag dir nicht klar sein, weil du ja nie da warst, aber ich habe dein Leben genau verfolgt. Denkst du, ich wüsste nicht, was man beim Militär macht? Es war vermutlich zu viel verlangt, Freude von dir zu erwarten. Dazu bist du ja gar nicht fähig.«

Sie beendete die Übertragung und Kate sah ihren Bruder mit einem genervten Blick an. »So reagiert sie in letzter Zeit andauernd. Entweder reagierst du genau so, wie sie es will, oder du bist ein gefühlloser, bevormundender Arsch und wirst einfach abgewürgt. Keine Sorge, das macht sie bei mir genauso, und ich war ein fester Bestandteil ihrer Kindheit.«

Kane rief nun Grace an, um über das Thema zu sprechen. Seine Ex-Frau war inzwischen fast 50 Jahre alt, doch in seinen Augen sah sie noch immer so wunderschön aus wie vor all den Jahren, als sie sich in San Francisco kennenlernten.

Sie legte den Kopf schief. »Kane? Diesen Blick habe ich schon sehr lange nicht mehr bei dir gesehen.«

Er zwang sich in die Gegenwart zurück. »Entschuldige Grace, ich war in Gedanken.«

»Müssen schöne Gedanken gewesen sein«, schmunzelte sie.

Ihr Lächeln verflog, als er fragte, »Was hältst du von Laras Plan?«

»Es beunruhigt mich, weil es dieselben Sorgen in mir wachruft, die ich schon damals immer hatte, wenn du auf Missionen warst. Allerdings bin ich nicht überrascht, dass sie diesen Weg gewählt hat«, antwortete sie.

»Wieso das?«, hakte er nach. »Ich hatte eigentlich gedacht, sie hätte verstanden, welchen hohen Preis dieses Leben fordert. Bis vor ein paar Jahren sah mein Körper aus wie ein Hackbrett, eine Sammlung von Narben aus einem Leben voller Schmerz. Wie kann sie das für eine gute Idee halten?«

Kate sah ihn an. »Ist die Frage ernstgemeint?«

»Was meinst du?«

Grace seufzte. »Ich vergesse oft, dass es dir schwerfällt, dich in andere hineinzuversetzen, wenn es um Emotionen geht. Du weißt doch, dass Lara, seit sie sprechen kann, immer nur von dir redet. Sie zeichnet die Silver Wolf-Comics, sie schwärmt vor ihren Schulfreunden von ihrem heldenhaften Vater und sie hatte noch nie einen Freund, weil sie alle Jungs in ihrem Alter für begriffsstutzige Weicheier hält. Dann wäre da noch ihre Begeisterung für den Kampfsport. Sie hat sich in der Schule häufiger geprügelt als die meisten Jungs.«

»Und was soll mir das sagen?«, fragte er.

»Du meine Güte ...«, murmelte Kate kopfschüttelnd. »Grace will dir verdeutlichen, dass deine Tochter dich vergöttert! Sie liebt dich so sehr, dass alles, was sie tut, eine Art Ehrerbietung an dich ist. Sie will dir gefallen«, stellte seine Schwester klar.

»Du willst sagen, dass Lara zum Militär geht, weil sie so sein will, wie ich?«

Grace nickte. »Natürlich! Kane, während ihres ganzen Lebens warst du nicht für sie da. Alles, was sie von dir hatte, waren Geschichten über deine Taten. Du bist ihr Held. Mit ihren ganzen Hobbys hat sie versucht, deine Aufmerksamkeit zu gewinnen. Sie dachte, wenn sie dich verehrt, würde sie sich dadurch deine Zeit und Liebe verdienen. Was hätte sie anderes tun sollen, als jetzt deinem Pfad zu folgen?«

»Sie geht zum Militär, um die gleichen Dinge zu erleben, wie du. Dadurch hofft sie, dich besser zu verstehen und eine Bindung zu dir aufzubauen«, erklärte Kate.

»Sie tut das, um sich dir näher zu fühlen. Denn selbst nach all den Jahren, in denen du nicht da warst ... selbst jetzt, wo du so weit fort bist, wie nie zuvor, liebt sie dich mehr als alles andere. Wenn sie dich aber nicht in ihrem Leben haben kann, sucht sie sich das, was dem am

Nächsten kommt. Sie tritt in deine Fußstapfen«, sagte Grace und wirkte gleichzeitig traurig und stolz.

Diese Informationen waren für Kane viel zu verarbeiten. Er rieb sich den Kopf. »Ich ... Ich wusste zwar, dass es schwer für sie war, aber mir war nicht klar, wie sehr meine Abwesenheit ihr Wesen geprägt hat.«

Seine Ex-Frau zuckte mit den Schultern. »Das ist bei Kindern oft so. Wenn ein Elternteil fehlt, fragen sie sich ein Leben lang, ob sie dessen Liebe unwürdig sind. Sie versuchen dann, durch ihr Handeln diese Liebe zu verdienen.«

»Also hätte ich das verhindern können, wenn ich anstelle der Randsektoren meine Familie gewählt hätte«, realisierte er.

Kate legte ihm die Hand an den Arm. »Vielleicht, aber das können wir nicht wissen. Du kannst die Vergangenheit nicht ändern, Kane. Lara wird ihr Leben lang damit kämpfen müssen, sich würdig zu fühlen. Das Beste, was du jetzt für sie tun kannst, ist, ihr immer wieder zu sagen, dass du sie liebst, egal was sie tut. Sie muss wissen, dass ihr Vater an sie denkt und sie unterstützt. Es mag für dich logisch und klar sein, dass du keine Bedingungen an deine Liebe knüpfst und stolz auf sie bist, aber sie muss die Worte von dir hören. Immer wieder.«

Er nickte langsam, »Ich verstehe.« Mit einem Blick in Graces Augen sagte er, »Ich habe in meinem Leben vieles getan, auf das ich nicht stolz bin, aber wirklich bereuen tue ich nur, dass ich euch im Stich gelassen habe. Ihr beide hattet Besseres verdient.« Als er das laut aussprach, liefen Tränen über sein Gesicht.

Grace hatte ebenfalls feuchte Augen. »Du kannst dir nicht vorstellen, wie lange ich darauf gewartet habe, endlich wieder eine Gefühlsregung in deinem Gesicht zu sehen. Ich weiß, du suchst da draußen nach deiner

Bestimmung, aber wenn du gefunden hast, was du suchst, dann komm nach Hause zu uns«, bat sie ihn.

Er sah sie an. »Ich komme immer nach Hause zurück. Das habe ich dir versprochen.«

Nun konnte sie nicht mehr an sich halten und weinte. Sie beendete die Übertragung und Kane fragte seine Schwester, »Ich bin nicht ganz sicher, ob das jetzt ein gutes oder ein schlechtes Weinen war.«

Kate lächelte ihn an und umarmte ihn. »Das war sehr gut. Vielleicht solltest du dir Gedanken machen, ob die Bestimmung, nach der du überall suchst, vielleicht genau dort liegt, wo du sie zurückgelassen hast.«

**

Den restlichen Flug grübelte Kane über seine Tochter nach und überlegte, wie er sie aus der Ferne besser unterstützen konnte. Er dachte daran, ihr anzubieten, mit ihm über all ihre Erlebnisse in der Grundausbildung zu sprechen. Da er das auch alles erlebt hatte, konnte er auf diesem Weg vielleicht eine tiefere Bindung zu ihr aufbauen.

Als sie das Zielsystem erreichten, setzten sie sich zusammen, um sich die Raumkarte anzusehen. Dort gab es vier Planeten, die allesamt mit Warnsymbolen versehen waren.

»Das sieht aber nicht sehr einladend aus«, kommentierte Jaxo und tippte auf seinem Multitool herum.

Lato reagierte. »Das Aol-System gilt seit fast zwei Jahrzehnten als riskantes Gebiet, sofern man nicht mit dem Protektorat verbündet ist. Alle Welten hier sind fest in der Hand der Gorag-Hegemonie. Da wäre zunächst Woshi, der dunkelrote Gasriese mit dem Staubring da drüben.

Er wurde nach dem Rachegeist aus der Religion der alten Angorag benannt und wird von Gasraffinerien umkreist.«

»Und wer sind nun wieder die Angorag?«, wollte Ruby wissen.

Bravestone erklärte, »Das waren die Vorfahren der Goragran. Ihre Zivilisation war wesentlich beeindruckender als das, was man heute hier findet. Sie wurden vom Reich der Onu ausgelöscht.«

»Was ist mit den anderen Planeten?«, kehrte Kane zum eigentlichen Thema zurück.

»Von dem kleinen Felsplaneten Noctular würde ich mich fernhalten. Er wird von den Goragran und den Volakar als Testgelände für Waffen genutzt. Alle Arten von Massenvernichtungswaffen, die auf keiner anderen Welt gefahrlos ausprobiert werden können, haben dort massive Spuren hinterlassen«, fuhr Lato fort. »Dann wäre da noch dieser interessante Planet auf der innersten Umlaufbahn. Kasimi ist ein Ort, der permanent von Forschern untersucht wird, insbesondere von der Weltraumakademie von Nimira, aber auch von Wissenschaftlern von Gorag, Volak und Gaslaar. Dort gibt es eine besondere Vereinbarung, die völlige Neutralität für alle Parteien zusichert. Der Planet ist durchzogen von uralter, fremdartiger Technologie, so als würde sie seinen Kern ausmachen. Dazu kommt die starke Antigravitation, die jegliche Materie abstößt, die nicht Teil der felsigen Außenkruste ist. Daher gibt es auf dem Planeten auch keinerlei Dreck und keine herumliegenden Gegenstände oder Fauna und Flora. Es ist eines dieser Mysterien der Randsektoren, über die man kaum etwas hört, weil es selbst nach Jahrzehnten der Forschung keine nennenswerten Entdeckungen gibt.«

»Und dann ist da noch Gorag selbst. Von diesem Ort haben wir schon viel gehört, meistens nur Schlechtes«, erinnerte sich Kate und musterte die Welt missbilligend.

Bravestone kratzte sich am Bart. »Der Planet hat einen schlechten Ruf. Das liegt aber nicht daran, dass er außergewöhnlich gefährlich oder lebensfeindlich wäre. Es geht hauptsächlich um die Goragran. Die Kultur auf Gorag ist von der früheren Clanmentalität geprägt. Die einzelnen Landstriche werden von verschiedenen Clans beherrscht, die ihre jeweils eigenen Besonderheiten und Bräuche haben. Etwa 60% von ihnen haben sich zur Hegemonie von Gorag zusammengeschlossen und regieren den Planeten. Der Rest hat kleinere Bündnisse gebildet oder agiert allein, doch fast alle erkennen die Führung der Hegemonie an.« Sein Blick ging durch die Runde. »Was wir als neutrale Partei beachten müssen, sind die Goragran selbst. Viele von ihnen sind nicht nur sehr intelligent, sondern auch entsprechend moralisch flexibel. Deshalb ist diese Welt die Heimat des Schattenmarkts, des größten Schwarzmarkts der Randsektoren. Außerdem ist Gorag das Zentrum des Sklavenhandels und der organisierten Kriminalität. Jede größere Bande, die ernstgenommen werden will, hat hier einen Außenposten.«

»Moralisch flexibel und brandgefährlich ... klingt wie Sopa-Kul«, fand Ruby.

Jaxo schmunzelte. »Ja, fühlt sich bestimmt ganz wie zuhause an.«

Der Onu warnte sie. »Die Barvados haben hier ebenfalls eine starke Präsenz. Da ihr es euch mit denen verscherzt habt, sollten wir sie nach Möglichkeit meiden.«

Kane war unbesorgt. »Damit werden wir schon fertig. Was ist mit der Gorao Tong?«

Bravestone winkte ab. »Die Tong ist durch uralte Verträge mit den meisten Clans des Planeten verbunden. Sie sind autonom, halten sich aber an die Gesetze. Solange wir nicht zum Ziel deklariert werden, sollten sie uns nicht behelligen. Ihr Ruf hat in den letzten Jahren etwas nachgelassen, seit der Contractor fort ist. Er war lange Zeit ihr tödlichster Assassine, ist aber verschwunden. Ich nehme an, er wurde getötet«, erklärte der Vigilancer, als Lato das Schiff in die Atmosphäre des grünbraunen Planeten brachte.

Die virtuellen Fenster zeigten die Umgebung. Gorag hatte weitläufige Waldgebiete mit diversen kahlen Stellen und gerodeten Arealen, viele karge Bereiche voller scharfkantiger Felsen, massive Gebirge in seltsamen Formen und große Meere. Die Flora und Fauna stellten für alle eine Gefahr dar, deren Haut weniger widerstandsfähig war als die der Goragran.

Die EI verkündete, »Ich sollte euch warnen. Die Schwerkraft ist hier stärker als auf anderen Welten, sodass euch die Bewegung schwerer fallen wird. Außerdem ist die Atmosphäre ammoniakhaltig und für Menschen nicht atembar. Jaxo und Ruby sollten damit klarkommen. Für Kane und Kate empfehle ich, die Helme aufzubehalten.«

»Na super ...«, murrte seine Schwester mit Blick auf Kane.

»Nichts, was wir nicht schon erlebt haben«, entgegnete er.

Die Dragonwing steuerte einen Landeplatz am Rand der Stadt Porrodov an, einer der größeren Ansiedlungen auf Gorag, gelegen am oberen Ende einer tiefen Kluft.

Nachdem sie sich ausgerüstet hatten und von der Rampe in den Bereich vor dem eigentlichen Ort traten, sah Kane sich genau um.

Das Gelände im Umfeld war karg mit nur vereinzelten knorrigen Bäumen und vielen herumliegenden Felsen diverser Größen. Säureteiche dampften zischend vor sich hin und das drohende Knurren fremdartiger Raubtiere schallte vom Waldrand zu ihm herüber. Der Himmel blieb permanent gelbbraun und immer etwas düster, was ihm ein bedrückendes, unangenehmes Gefühl gab.

Um sich einen Überblick zu verschaffen, schlenderten sie eine Weile lang herum, während Bravestone und Lato ihnen ein paar nützliche Hinweise lieferten.

Die Gebäude in der Stadt waren rechteckig mit abgerundeten Kanten, meist zwei- bis vierstöckig mit vielen Rohren und im Außenbereich angebrachten Lüftungssystemen. Eine breite Hauptstraße mit Geschäften und Markisen zählte zu den belebtesten Bereichen. Dazu kam noch ein mittelgroßer Sklavenbasar mit vertiefter, quadratischer Arena, wo man unverkäufliche Sklaven an gefangene Raubtiere verfütterte und Grubenkämpfe organisierte. Besonders Kate schien es mitzunehmen, die Grausamkeiten und den Jubel der Schaulustigen mit anzusehen. Selbst die hartgesottene Ruby brummte angesichts dieser Respektlosigkeit gegenüber dem Leben verärgert.

Kane beobachtete das Treiben mit rationaler Distanz und machte sich bewusst, dass Sklaverei an diesem Ort Teil der Kultur war. Die meisten Händler und Sklavenjäger betrachteten ihre Ware nicht als gleichwertige Lebensformen, sondern als Nutzvieh. Derart lange erlernte Sichtweisen konnte man nicht so einfach verändern.

Im Bandenviertel von Porrodov befanden sich viele größere Bauten mit farbigen Bannern der verschiedenen kriminellen Banden, wo rege rekrutiert und gehandelt wurde. Kane hörte einigen Gesprächen zu und lernte dabei mehr über den Ort. Ein prunkvoller Palast mit vier kantigen Türmen diente als Sitz des hiesigen Clanlords, einer kriegerischen Goragrani namens Zersy. An der Kante des Kliffs lag eine moderne Hochsicherheitseinrichtung aus Metall, die vom Protektorat finanziert wurde. Dort waren auch Horntruppen stationiert, von denen sie einige in der Stadt antrafen. Die Anlage verfügte über Flugabwehrkanonen, Lasertore und Sicherheitssysteme, die man von außen deutlich erkannte.

»Da sollen wir eindringen und das klauen, was sie am besten schützen?«, fragte Kate ungläubig.

Bravestone beruhigte sie. »Das ist eine Forschungsanlage. Da werden viele Dinge erforscht. Der Chip ist nur eines der dort gelagerten Objekte, allerdings wohl eines der Wertvollsten. Andernfalls hätten sich die Soraner nicht an den Silver Wolf gewandt.« Mit Blick auf Kane fragte er, »Hast du schon eine Idee, wie du vorgehen willst? Ich war zwar selbst eine Zeit lang Söldner, aber meine Spezialität waren immer schon direkte Kämpfe. Heimlichtuerei und Geschleiche waren nie meine Stärke.«

Der Wolf ließ den Blick über die Passanten und den Ort als Ganzes schweifen. »Wir befinden uns auf fremdem Territorium und kennen weder die Kultur noch die Gegebenheiten. Bevor ich irgendeine belastbare Aussage treffen kann, müssen wir Aufklärung betreiben, ein Gefühl für den Ort bekommen und mehr über das Zielobjekt in Erfahrung bringen. Das wird eine Weile dauern, fürchte ich. Du kennst nicht zufällig ein paar hiesige Leute, die uns behilflich sein können?«

Der Vigilancer, der an diesem Ort ebenfalls keinen Helm zum Atmen brauchte, rieb sich nachdenklich über den Bart. »Ich denke, ich kenne tatsächlich den ein oder anderen Gauner hier. Der Orden hat Kontakte in allen sozialen Schichten auf jeder Welt. Lass mich ein paar Anrufe machen und sehen, wer uns weiterhelfen kann.«

Der Taktikchip

Sie verbrachten mehrere Wochen in Porrodov, um die Lage auszuspähen und sich richtig vorzubereiten. Dazu gehörten Gespräche mit örtlichen Händlern, Jaxo hackte sich in jedes System, das er finden konnte, und sie trafen Kontakte des Ordens.

Kane und die anderen waren täglich in der Stadt unterwegs und suchten nach Hinweisen und neuen Personen, die ihnen weiterhelfen konnten. Dabei kamen sie oft durch die armen Viertel oder die Sklavenquartiere, wo die Leute unablässig bettelten.

Kate fragte ihren Bruder, »Wir haben so viel Geld, wieso geben wir den Leuten nicht ein bisschen was?«

Er blieb stehen und sah zu den verwahrlosten Bettlern hinüber. »Was glaubst du, was passiert, wenn du zum Beispiel diesem Mann dort etwas gibst? Er wird losziehen, um sich Essen zu kaufen. All die anderen hier sehen das und überfallen ihn entweder vorher oder spätestens nach dem Besuch auf dem Markt und nehmen es ihm weg. Vielleicht verprügeln sie ihn sogar noch.« Er ließ die Knöchel knacken. »Außerdem sollte man niemals die Herausforderungen anderer für sie bewältigen. Jeder Unit, den ein Bettler einfach so bekommt, hält ihn länger davon ab, sich eine dauerhafte Lösung zu suchen. Wenn jemand bekommt, was er nicht verdient hat, wird er immer wieder am Boden landen, weil er die nötige Stärke, um es zu behalten, nicht erworben hat. Passiert so etwas zu oft, beschwört ein solcher Narr sogar größeres Unheil herauf, weil sein Weltbild völlig verzerrt wird. Almosen und gute Taten dienen nur dazu, sich selbst besser oder überlegen zu fühlen. Die Situation dieser Leute hat einen Grund. Eingriffe in den Fluss des Lebens können ungeahnte Folgen haben.«

»Also findest du es akzeptabel, dass die Leute hier als Sklaven leben müssen?«, hakte Kate ungläubig nach.

»Das habe ich nicht gesagt. Andere zu unterdrücken finde ich niemals akzeptabel. Jegliche Art der Freiheitseinschränkung ist ein Verbrechen am Leben selbst, ebenso wie grundloses Töten. Allerdings ist das Prinzip dasselbe wie bei Bettlern.« Er deutete auf einen Mann in einem Käfig. »Befreie einen Sklaven und er wird wieder in Ketten enden, weil er immer noch nicht gelernt hat, wie er diesem Schicksal aus eigener Kraft entgeht. Du kannst den Sklavenhändler töten, aber dann wird ein Neuer nachrücken. Es wäre stets nur eine temporäre Verbesserung. Lehre den Sklaven das Kämpfen, statt ihn nur zu befreien, und er kann sich später selbst schützen. Dazu fehlt uns nur leider die Zeit.« Er sah seine Schwester an. »Früher dachte ich mal genau wie du. Ich wollte allen helfen und das Unrecht ausmerzen. Ich musste erkennen, dass Ungerechtigkeit ein fester Bestandteil des Lebens ist. Sie soll uns lehren, stärker zu werden. Manchen gelingt das, andere scheitern und zerbrechen daran. Ihre Seelen sind noch nicht bereit, müssen noch mehr lernen. Irgendwann bemühst du dich nicht mehr, zu helfen. Man kann nur eine bestimmte Anzahl schlimmer Schicksale sehen, bis es einen nicht mehr kümmert.«

Es fiel ihr sichtlich schwer, seine Ansichten nachzuvollziehen, doch er wusste, dass diese Erkenntnisse nur durch Zeit und eigene Erfahrung geformt werden konnten. Diesen Weg musste sie selbst gehen.

Nach einer Weile kam Bravestone mit einer zwielichtigen Goragrani in ihr Versteck, ein kleines Mietshaus für reisende Söldner. Die Frau trug eine abgenutzte Lederrüstung mit Panzerplatten aus gehärteten Schuppen irgendeines einheimischen Tieres. Zudem hatte sie eine hochwertige Pistole und ein sonderbares Gewehr, das wie eine Mischung aus Sturmgewehr und Armbrust aussah.

»Leute, das hier ist Dunzam, eine alte Freundin von mir. Ich bin ihr eben in der Stadt begegnet. Mir war nicht bewusst, dass sie inzwischen hier lebt. Sie ist eine sehr erfahrene Jägerin und Kriegerin des Ishak-Clans weit im Osten und ein Mitglied der Jodai, einer Kämpfergilde, die nur Aufträge auf Gorag annimmt.«

Die schlanke Goragrani hatte tiefe Klauennarben im Gesicht und am Kopf und auch ihre Kleidung zeigte Spuren von Kämpfen mit Raubtieren.

Da sie nichts sagte, fragte Jaxo, »Und warum bringst du sie mit? Klingt nicht, als wäre sie eine Anwohnerin von Porrodov oder eine Expertin für Technologie.«

Sie verschränkte die Arme und sah Bravestone an. »Mit diesen Typen willst du in die Zilerca-Anlage eindringen? Die fallen doch auf wie ein Gaslaaner im Wald.«

Kane trat an sie heran. »Deine Ausrüstung und der Zustand deines Gesichts sagen mir, dass du dich mit der Fauna und dem Gelände gut auskennst. Als Clanmitglied kennst du die internen Vorgänge hier und als Gildenmitglied hast du Zugang zu fast allen wichtigen Bereichen der Stadt. Wenn du eine alte Bekannte von Isaiah bist, muss er dich von einem seiner früheren Abenteuer kennen, was bedeutet, dass du fähig sein musst. Du sagst, wir wären für einen Einbruch in die Anlage ungeeignet, also musst du wissen, womit wir es da drin zu tun haben. Dein Wissen dürfte wertvoll für uns sein, also sei willkommen.«

Sie musterte ihn mit erhobener Braue. »Dann bist du wohl der berüchtigte Silver Wolf. Dein Auge ist scharf und dein Verstand noch schärfer, wie es scheint. Wie du richtig vermutest, kenne ich den guten Bravestone aus seiner Zeit als Söldner. Ich war damals selbst für einige Jahre in diesem Gewerbe tätig und nehme hier und da noch immer ein paar kleinere Jobs an, um über die Runden zu kommen. Entsprechend kenne ich hier jeden, der irgendwas weiß.«

»Was lässt dich glauben, dass wir den Einbruch nicht schaffen?«, wollte Ruby wissen und lehnte sich lässig an einen Tisch.

Die Goragrani betrachtete sie alle erneut. »Die Zilerca-Anlage ist ein Labor zur Erforschung von Kriegstechnologie. Sie gehört zu den wichtigsten Einrichtungen des ganzen Planeten und ist entsprechend gut gesichert. Wir reden hier von Horntruppen, Sicherheitskräften des Clanlords und einer Gruppe Tong-Assassinen. Dazu kommen noch die Sicherheitsvorkehrungen und Verteidigungsanlagen. Und ihr seid fremdartige Aliens in auffälligen Rüstungen, die sich nicht unbemerkt bewegen können.«

Jaxo sah von seinen Holobildschirmen auf und sagte, »Sicherheitssysteme zu kapern und zu umgehen ist seit Jahren mein Spezialgebiet. Kameras, Selbstschussanlagen, Sensoren und Drohnen werden kein Problem sein.«

»Mit der richtigen Ablenkung und einer guten Scharfschützin wie mir lässt sich die Mannschaft außen wie innen leicht reduzieren und kontrollieren«, fügte Ruby hinzu.

Kate kommentierte, »Jemand mit technischer Expertise im Inneren kann sich um sture Sicherheitstüren und andere unerwartete Hürden kümmern.«

»Und vergessen wir mal nicht, wo wir uns befinden. Gorag ist weder ein Kriegsschauplatz noch ein bedrohter Bereich für das Protektorat. Die Horntruppen hier sind eher zur Schau da. Ein guter Stratege würde niemals Elitesoldaten für Wachdienste verschwenden. Die Qualität der Verteidiger dürfte also höchstens mittelmäßig sein. Dasselbe gilt für die Goragran. Wären sie wirklich herausragende Krieger, würden sie in einer Gilde dienen oder zu den Unterstützungseinheiten gehören, um die Expansion voranzutreiben«, stellte Kane klar.

Nun sah Dunzam eher beeindruckt als skeptisch aus.

Bravestone fragte sie, »Und was denkst du jetzt?«

»Eure Chancen sind dramatisch gestiegen, das denke ich. Allerdings müsst ihr trotzdem einen verdammt guten Plan haben, wenn ihr das durchziehen wollt.«

»Genau deshalb bist du hier«, bestätigte der Onu. »Leider darf ich als Vigilancer keinesfalls mit dem Einbruch in Verbindung gebracht werden. Also werde ich stattdessen bei der Ablenkung helfen und mich dort sehen lassen. Jaxo bleibt hier und überwacht alles und RB ist unser Sniper. Sie sorgt dafür, dass die Aufmerksamkeit des Sicherheitspersonals immer zum Teil auf den Außenbereich gerichtet bleibt, sodass innen weniger Leute anzutreffen sind. Kane und Kate brauchen noch jemanden, der ihnen da drin hilft.«

Sie sah ihren alten Freund ernst an. »Das ist eine ziemlich dumme Idee, Bravestone. Selbst wenn die Kameras offline und die Wachen beschäftigt sind, gibt es da immer noch die Tong. Clanlord Zersy hat sie persönlich angeheuert, um bei Bedarf einzugreifen. Wenn sie uns sehen, sind wir geliefert.«

Der Wolf brummte, »Wir hatten schon früher mit ihnen zu tun. Sie waren stark, aber jetzt sind sie tot und werden dank ihrer eigenen Regeln nie wieder angreifen.«

Die Goragrani schüttelte den Kopf. »Es ist beeindruckend, dass ihr gleich mehrere von ihnen im Kampf besiegen konntet, aber das ist nicht das Gleiche wie bei einem Todesauftrag. Wenn ihr gesehen und erkannt werdet, wie ihr in diese Einrichtung eindringt und etwas stehlt, macht euch das zu Feinden des gesamten Volkes. In den Augen der Tong werdet ihr zu sogenannten Tirvann, zu Widersachern. Sie werden euch bis in alle Ewigkeit gnadenlos jagen, egal wie viele Leben es kostet. Glaubt mir, das wollt ihr nicht riskieren.«

Kate erwiderte, »Tote können uns nicht identifizieren.«

»Harte Worte, aber sie garantieren euch nicht, dass es auch gelingt«, gab Dunzam zurück.

Daraufhin sagte Kane. »Wir vermeiden es, gesehen zu werden. Wir töten nur, wenn es unvermeidlich ist. Kämpfe sind laut und hinterlassen Spuren. Mit Jaxo an den Kameras und meiner Erfahrung als Einbrecher müssen wir uns keine Sorgen machen. Ohne deine Hilfe könnte es aber unnötig schwer werden.«

Sie schnaubte. »Ihr verlangt von mir, mein Leben zu riskieren. Ich muss nach dieser Aktion noch auf Gorag leben können. Ich helfe euch nur unter einer Bedingung.«

»Die da wäre?«, hakte Bravestone nach.

Sie erklärte, »Mein Clan gehört zu den wenigen, die sich dem Willen der Hegemonie nicht beugen wollen. Zersy ist ein verräterisches Miststück. Sie wurde Clanlord, weil sie mehrere unserer besten Jäger verraten und getötet hat. Ich will, dass sie in Schande lebt! Wir platzieren Hinweise, dass ein anonymer Clan den Angriff ausgeführt hat, um ihr persönlich zu schaden und ihre Unfähigkeit aufzuzeigen, und dass es weitere Überfälle geben wird, solange sie ihren Posten behält. Um unnötige Schäden und Verluste zu vermeiden, wird das Protektorat sie absetzen und dann kann ich sie mir holen.«

Jaxo zuckte mit den Schultern. »Das sollte kein Problem sein. Ich kann eine digitale Spur legen, die zu einer anonymen Gruppe führt. Wenn ihr dann vor Ort noch ein paar deutliche Hinweise hinterlasst, wird es so aussehen, als wäre es ein geplanter Anschlag gegen die Verbündeten des Clanlords.«

Die Goragrani nickte mit geballter Faust. »In Ordnung. Dann lasst uns anfangen.«

***

Nach einer weiteren Woche, während der sie ihren Plan präzisierten und die nötigen Vorkehrungen trafen, waren sie bereit für den Einbruch.

Jaxo hatte dank einer Schwäche in den Sicherheitssystemen der Anlage einen Weg hinein gefunden und die Kontrolle über die Kameras und die Geschütze übernommen. Außerdem konnte er einen Großteil der Türen und Zugänge steuern.

»Alle Systeme sind online und ich bin ausgeschlafen, satt und bereit, euch durch die Anlage zu lotsen«, meldete er sich über Funk.

Kane, Kate und Dunzam warteten auf der Hauptstraße bei einem Händler, um sich als Kunden getarnt zu positionieren und zu warten.

»Verstanden, Jaxo. RB?«, fragte der Wolf.

Die Scharfschützin antwortete, »Ich liege auf einem der Türme des Palasts. Er ist unbemannt und von unten kann mich niemand sehen. Ich habe die gesamte West- und Südseite der Anlage im Blick. Die

Shifter-Projektile sollten die Energieschilde der Wachen problemlos durchdringen. Sag mir, wer sterben soll, und ich erledige ihn.«

»Perfekt. Wie sieht es bei dir aus, Bravestone?«

Der Onu erwiderte, »Ich bin jetzt in Position am Stadtrand. Die Ladungen sind platziert und können jederzeit aktiviert werden. Der Erdrutsch sollte groß genug sein, um ordentlich Panik auszulösen und einen ganzen Trupp Wachen abzuziehen, die sich um die Ordnung kümmern müssen. Ich helfe ihnen und sorge dafür, dass sie durch zusätzliche Detonationen wachsam bleiben und hoffentlich sogar noch mehr Leute anfordern. Das sollte euch ausreichend Zeit verschaffen.«

Kane ließ den Blick über die Straße schweifen. »Klingt gut. Wenn alle so weit sind, dann legen wir los.«

Es dauerte nur ein paar Sekunden, bis er aus einiger Entfernung drei Explosionen hörte. Gefolgt vom Geräusch großer Erdmassen, die den steilen Hang auf der Ostseite der Stadt hinab rauschten und Wohnhäuser und Randgebäude zu zerstören drohten. Bereits kurz darauf wehten die ersten panischen Aufschreie zu ihnen herüber und viele Leute rannten los, um nachzusehen.

»Wir warten noch«, sagte Kane und hielt Kate zurück, die schon losgehen wollte.

Knappe drei Minuten später eilte ein ganzer Zug Horntruppen und Goragran-Wachen in Richtung des Unglücks. Das war ihr Zeichen, loszulegen.

Sie gingen von dem Stand des Händlers auf den Haupteingang der Anlage zu, deren Energietor noch immer geschlossen war.

»RB, treib sie nach Westen«, befahl er.

»Verstanden«, bestätigte sie und erschoss jemanden auf der westlichen Gebäudeseite. Dadurch wurden die Wachen aufgeschreckt und viele eilten aus anderen Bereichen dorthin, sodass das Haupttor unbewacht zurückblieb.

»Jaxo, du bist dran.«

Sekunden später verschwand die Energiebarriere und die drei Einbrecher eilten auf das Gelände und durch die bereits offenstehende Tür in den Südflügel der Anlage.

»Alles klar, wir sind drin. RB, beschäftige die Typen weiter und scheuche sie herum«, sagte Kane.

Die Krodaa klang erfreut. »Mit dem größten Vergnügen jage ich diesen Sklaventreibern Angst ein.«

Jaxo meldete, »Ich sehe euch. Ihr seid in einem Warenlager in der Nähe der Sicherheitsbüros. Ihr müsst da rein und mir Zugang zu den inneren Kontrollmechanismen geben. Kate, du hast die nötigen Codes. Ihr anderen beiden müsst ihr genügend Zeit verschaffen.« Er murmelte etwas Unverständliches. »Und denkt daran: Immer Schalldämpfer benutzen und möglichst auf leise Waffen zurückgreifen. Keine Granaten oder sowas. Wenn ihr bemerkt werdet, dann schaltet die Feinde schnell, leise und vor allem endgültig aus.«

»Alles klar, Jaxo. Wir machen uns auf den Weg«, bestätigte Kate und sie bewegten sich vorsichtig zwischen den Lagerkisten.

Dunzams Schritte waren kaum zu hören und die Art, wie sie pirschte, machte deutlich, dass sie darin geübt war, sich lautlos an ihre Beute anzuschleichen.

Kane öffnete die Tür in die anderen Bereiche der Anlage und wartete, bis der Lorganer ihnen Entwarnung gab, bevor sie sich in den Gang bewegten und sofort zum Sicherheitsbüro abbogen.

»Da drin sind fünf Technikoffiziere der Horntruppen. Sie dürfen keine Zeit haben, Alarm zu schlagen«, warnte Jaxo.

Um sicherzugehen, zog der Wolf seine beiden Pistolen, die immer schallgedämpft waren. Mit einem kurzen Knopfdruck fuhr die Tür zischend zur Seite und innerhalb eines winzigen Moments erfasste er alles, was in dem Raum vor sich ging.

Zwei Techniker arbeiteten mit dem Rücken zu ihm an einer Konsole, einer bediente sein Multitool und achtete nur darauf und die beiden anderen schlenderten plaudernd auf die Tür zu und sahen ihn direkt an. Der Schreckmoment war seine Chance.

Mit einer Pistole schoss er den Burschen an der Konsole in den Kopf, damit sie keinen Alarm schlugen. Aus dem Augenwinkel sah er, wie Dunzam einen der beiden Kerle vor ihnen mit der klauenbewährten Hand tötete und in einer flüssigen Bewegung den zweiten mit einer Art Lederkordel erdrosselte.

Kate hechtete an ihm vorbei und rollte sich über einen Tresen, um den Techniker am Multitool zu erledigen, indem sie ihn gegen die Wand trat und dort mit einem Messer in seinen Hals stach.

Sie wartete nicht, sondern zog direkt einen der Toten von seinem Schwebestuhl und setzte sich an die Konsole. Kane schloss die Tür und gemeinsam mit der Goragrani schleifte er die Leichen in eine dunkle Ecke.

Kates Finger flogen über die Tastatur und sie sprach dabei leise mit Jaxo, der ihr half, die Backdoor in das System zu integrieren.

»Wie läuft es?«, fragte Dunzam und ihre Augen huschten zur Tür. »Wir sind hier leicht angreifbar.«

Kate antwortete, »Jaxo ist jetzt im System, aber wir suchen noch nach dem richtigen Labor. Die soranische Datei ist ziemlich vage, was den Zweck des Chips angeht.«

Die Tür öffnete sich und zwei weitere Techniker kamen schwatzend herein. »Wer seid ihr denn?«, fragte einer von ihnen, als er die gerüstete Kate dort sitzen sah.

Sofort packte Kane den Volakar an den Hörnern und schmetterte seinen Kopf gegen sein Knie, während die Goragrani dem anderen ihre Klauen in den Hals presste, bis er blutüberströmt zu Boden fiel.

Nachdem sie sich alarmiert umgedreht hatte, machte Kate weiter und sagte kurz darauf, »Das müsste es sein. Der Taktikchip. Was er genau tut, steht hier nicht, aber er wird im Computerlabor gelagert. Das liegt im Nordflügel.«

Sie stand auf und Jaxo meldete ihnen, wann sie in den nächsten leerstehenden Nebenraum huschen konnten. »Ruby hat draußen für einiges an Chaos gesorgt. Ich aktiviere Fehlfunktionen im südlichen Teil der Anlage, um mehr von den Wachen aus dem Norden abzuziehen. Trotzdem solltet ihr euch darauf einstellen, ein paar von ihnen auszuschalten.«

Die drei Einbrecher pirschten durch eine Seitentür in ein großes Labor mit hohen Tanks voller leuchtender Flüssigkeiten. Eine ganze Gruppe von Forschern und Wachen stand dort und es war nicht möglich, ungesehen an ihnen vorbei zum nächsten Durchgang zu kommen.

»Wie schnell könnt ihr töten?«, fragte Dunzam.

Kane aktivierte stattdessen seine Polytan-Schiene und schoss einen Giftbolzen ab, der einen der Volakar-Wächter traf. Nach kaum zehn Sekunden sprang er brüllend einen der Goragran-Forscher an und sorgte dafür, dass alle Anwesenden versuchten, die beiden zu trennen.

Der Tumult verstärkte sich, als der Wolf noch zwei weitere Personen erwischte. Das genügte, damit sich die drei am Rand des Raums an den streitenden Volakar vorbeibewegen konnten, ohne bemerkt zu werden.

»Nicht schlecht«, lobte die Jägerin.

Jaxo sagte, »Der nächste Abschnitt wird riskant. Ihr müsst jetzt links in den Gang abbiegen und auf die Panzertür am Ende zuhalten. Es gibt keinen anderen Weg in das Labor als diesen. Zwei andere Gänge führen ebenfalls dorthin und ich konnte nicht alle Wachen weglocken. Kate muss die Tür an der Steuerkonsole manuell überbrücken, aber das dauert einen Moment.«

Anstatt lange zu warten, bis man sie entdeckte, eilten sie los und sahen sofort die schwer gepanzerte Metalltür, die sechseckig und mit Sicherheitshinweisen bedeckt war.

Kate ignorierte die angrenzenden Gänge und widmete sich der Konsole. »Das ist ein schwieriges System und ich kenne die Sprache nicht gut. Haltet mir den Rücken frei!«

Kaum kamen die anderen zu ihr, sah Kane auch schon die Wachtrupps, die aus beiden Richtungen auf sie zukamen. Die Goragrani und er drückten sich in die Ecken, bevor man sie sah, um den Überraschungseffekt nicht zu verlieren.

»Denk dran: Leise«, zischte sie und holte ihre Lederschlaufe hervor, die er nun als Peitsche erkannte.

Er griff hinter seinen Rücken und zog die Zaruko, die er zu zwei Kurzspeeren entfaltete, deren aktivierte Sakalklingen blau schimmerten. Ihr Blick war erstaunt und fasziniert, doch sie hatte keine Zeit mehr, ihn länger zu beobachten.

Als die Trupps sich in der Mitte trafen, konnten sie sie unmöglich übersehen. Kane hechtete nach vorne und stieß beide Waffen in die Körper zweier Feinde. Sie durchdrangen ihre Rüstungen wie Butter. Er hatte sich bewusst dicht zwischen die Gegner bewegt, damit sie nicht schossen, sondern ihn physisch angriffen. Mit schnellen Bewegungen wich er ihren Schlägen aus und wehrte ihre Gewehrschäfte mit seinen Waffen ab. Jede Lücke nutzte er aus, um einen Arm, ein Bein oder einen Rumpf zu durchbohren. Einmal lehnte er sich zur Seite und rammte Zaruko durch den Hals einer Goragrani. Dort hielt er sie fest und riss sie um 90 Grad herum, was ein lautes Knacken zur Folge hatte. Nebenbei stieß er die andere Sakalklinge ins Herz eines Volakar. Beim Herausziehen des ersten Kurzspeers knallte er das Ende des Griffs gegen den Helm eines irritierten Horntrupplers, dessen Benommenheit von Dunzam ausgenutzt wurde.

Ihre Peitsche umschlang seinen Hals und er wurde zu ihr gezogen. Mit einer langen, gebogenen Klinge durchtrennte sie die Sehnen an seinen Knien und brach ihm das Genick mit einer seltsam akrobatischen Bewegung ihrer Beine. Ihr Kampfstil war durch schnelle Sprünge geprägt. Sie bewegte sich mit ihren Gegnern mit und nutzte ihre eigene Kraft gegen sie.

Als sich ein Volakar von hinten näherte, schoss Kane einen Elektrobolzen ab, der ihn im Stehen unkontrolliert zittern ließ, was ihr genügend Luft gab, ihn mit den Klauen zu zerfetzen.

Innerhalb kürzester Zeit lagen fast zwanzig übel zugerichtete Leichen um sie herum. Alles war voller Blut, auch die Wolfsrüstung.

Dunzam hatte eine kleine Schnittwunde an der Wange und Kane spürte, wie einige Prellungen verheilten, die er durch harte Treffer erlitten hatte.

In dem Moment sagte Kate, »Das wär's!«

Die große Panzertür fuhr zu beiden Seiten in die Wand hinein und gab den Eingang frei. Sie schloss sie hinter ihnen, damit niemand folgen konnte.

»Geheimhaltung wird schwierig, wenn überall Leichen auftauchen«, kommentierte Jaxo. »Ich versuche, die restlichen Patrouillen umzuleiten, aber früher oder später wird man das Ergebnis eurer Arbeit finden. Ich rate euch, das Tempo zu erhöhen.«

Der Bereich, in dem sie sich nun befanden, bestand aus einem kurzen Gang, der in vier Labors führte. Eines davon war das Computerlabor. Zuerst betraten sie den falschen Raum, wo verschiedene einheimische Bestien absichtlich mutiert und zu Killermaschinen verändert wurden.

»Wieso müssen Wissenschaftler immer wieder in die Natur eingreifen? Reicht es nicht, sie zu verstehen und Wege zu finden, besser darin zu leben? Immer müssen sie Gott spielen und ihre eigenen kranken Kreationen erschaffen«, kritisierte Kane, was er sah.

Er zog die Viper und schoss Haftbomben an mehrere kritische Stellen. Bevor sie den Ort hinter sich ließen, würde er diese Forschung vernichten.

Anschließend bewegten sie sich weiter und erreichten das gesuchte Computerlabor voller Server und hochmoderner Teträrcomputer.

Kate sah sich um und sagte, »Jaxo, das hier musst du sehen. Ein Paradies für uns beide. Ich würde zu gern ein paar dieser kleinen Schätze mitnehmen und zerlegen. Diese teträren Systeme sind faszinierend!«

»Such den Chip«, stupste Dunzam sie an.

»Wonach halten wir Ausschau?«, fragte Kane.

»Danach«, antwortete seine Schwester und deutete auf einen Bereich, in dem Tische mit kleinen Podesten standen, auf denen Prototypen lagen. Dahinter ragten einige hohe Servertürme mit schweren Sicherheitsschranken und voller Metallverkleidung in die Höhe.

»Stell dir nur vor, wie viel Rechenleistung so ein Server haben muss ...«, schwärmte sie und verband das System mit ihrem Multitool, damit Jaxo ihr half.

Während die beiden Technikexperten versuchten, den Chip aus dem Steuerungssystem des Sicherheitsservers zu entfernen, untersuchte Kane einen Computer in der Nähe, um herauszufinden, was dieser Taktikchip genau machte.

Als er die Antwort fand, stellte er eine Verbindung zu Bravestone her. »Isaiah. Wie sieht es bei dir aus?«

Die Reaktion kam verzögert. »Ich habe drei Explosionen ausgelöst. Eine noch, dann sind alle verbraucht. Die Sicherheitsleute sind schwer beschäftigt. Panische Bürger, halb verschüttete Gebäude und Ratlosigkeit über die Ursache. Seid ihr dem Ziel nähergekommen?«

»Sind wir. Das Labor ist gut geschützt, aber genau deshalb liebe ich meinen cleveren Lorganer. Ich sehe mir gerade die Funktionsbeschreibung des Chips an. Das ist ziemlich übel.«

Mit einem Seufzen entgegnete der Onu, »Na dann lass mal hören.«

Kane zählte auf, »Offenbar wurde dieser Taktikchip als Herzstück für moderne Reaktionssysteme entworfen. Er verfügt über umfangreiche Datenbanken zu Taktiken und Strategien aller Spezies der Randsektoren. El-Baran, Keluni, Morolan ... sogar Goragran und die Volakar selbst. Ein System mit diesem Chip kann die perfekte Reaktion auf jede militärische Gegenwehr berechnen. Mit so einer Datenbank könnte man jeglichen Widerstand brechen. Offenbar hat Ralek auch Rebellionen in den eigenen Reihen berücksichtigt. In den Händen der Horntruppen wäre dieser Chip verheerend, aber was würden wohl die Soraner damit anstellen?«

»Sie haben nie das geringste Interesse an Eroberung gezeigt«, erinnerte sich Bravestone. »Sie studieren uns, scheinen uns aber für primitiv und unwürdig zu halten. Vielleicht sind wir das, aber wir müssen es riskieren, wenn wir mehr über sie lernen wollen.«

»Ein paar mögliche Infos scheinen dir jeden Preis wert zu sein. Das passt gar nicht zu dir«, fand Kane.

»Lass uns darüber reden, wenn wir hier weg sind, in Ordnung?«

Um den Schaden zu maximieren, löschte der Wolf sämtliche Pläne und Daten über den Chip, um die Forschung zumindest zurückzuwerfen.

Derweil gelang es den anderen, den Prototypen zu entfernen. Kate hielt den Taktikchip zwischen zwei Fingern. »Nicht zu fassen, dass dieses kleine Ding mehr Power hat als die großen Rechenzentren auf Kunaz.«

Kurz darauf meldete sich Jaxo wieder. »Äh ... Leute? Problem. Das Entfernen des Chips hat einen stillen Alarm ausgelöst, der im System verborgen war. Er sendet ein Kurzstreckensignal.«

Dunzam spannte sich an. »Es ruft die Tong herbei! Wir müssen sofort verschwinden!«

Sie verloren keine Zeit und eilten durch das Sicherheitstor wieder hinaus in den Gang mit den Leichen, der unverändert aussah. Offenbar hatte Jaxo erfolgreich verhindert, dass man sie entdeckte.

»Wo müssen wir lang?«, fragte Kate und sah sich um.

»Am Besten nach rechts und durch ein paar kleinere Arbeitsbereiche und eine Montagehalle. Ruby hält die Feinde vom Haupttor fern, so lange sie kann«, antwortete der Lorganer.

Kane übernahm die Führung und eilte durch den Gang, dicht gefolgt von seiner Schwester und der Jägerin. Aus dem Augenwinkel sah er, wie ein Killer der Tong links aus einem angrenzenden Korridor kam, doch es gab keine Ausweichmöglichkeit. Stattdessen machte er eine Hechtrolle und entfaltete währenddessen die Zaruko als langen Stab.

Die Reflexe des Assassinen waren exzellent, sodass er dem ersten Schlag auswich und auch Kates Schuss entging. Mit seiner Sakalklinge hieb er nach Kane und fing Dunzams Peitsche mit dem gerüsteten Arm auf. Er zog sie daran zu sich und verpasste ihr einen Kniestoß in den Magen, bevor er sie auf Kate warf.

Der Wolf war jedoch nicht so leicht zu beeindrucken und wirbelte mit dem Stab mit den beiden Sakalklingen an den Enden herum, um die schnellen Attacken des Killers abzuwehren. Jeder Angriff wurde mit einer geeigneten Reaktion beantwortet, wobei selbst die Bolzen, die Kane zwischendurch abfeuerte, immer ins Leere gingen.

Dennoch bemerkte er, dass es den Attentäter anstrengte, da die Wolfsrüstung und sein Können mehr Widerstand leisteten, als der Mann gewohnt zu sein schien.

Er sah, wie sich Dunzam und Kate für einen gemeinsamen Angriff aufstellten, daher opferte Kane seine Deckung für einen akrobatischen Tritt.

Um auszuweichen, musste der Killer in die Schusslinie der anderen treten. Zwei Pistolentreffer gegen den Helm brachten ihn aus dem Gleichgewicht, sodass die Jägerin ihn mit einem surrenden Schuss aus ihrer Energiearmbrust an die Wand nagelte. Das leuchtende Projektil löste sich kurz darauf wieder auf und der Mann fiel schwer atmend zu Boden, wo Kane ihm den Rest gab, indem er das untere Ende von Zaruko durch seinen Schädel stieß.

»Nie zuvor sah ich einen der Tong versagen ...«, murmelte Dunzam mit großen Augen.

»Wir müssen weiter!«, mahnte Kate und zog sie mit sich.

Sie betraten ein kleineres Labor mit Arbeitstischen und breiten Holobildschirmen, die verschiedene chemische Formeln anzeigten. Kaum waren sie durch die Tür getreten, mussten sie sich auch schon hinter eine Tischreihe werfen, weil zwei Killer von der anderen Seite kamen.

Jaxo beobachtete das mit den Kameras. »Das war knapp! Sie haben euch scheinbar nicht gesehen. Bewegt euch jetzt geduckt und ganz leise entlang der Tische«, sagte er.

Kane und Kate hatten dank des HUDs in ihren Helmen Infrarotsicht und konnten die Wärmesignaturen der Feinde selbst durch Hindernisse hindurch sehen. Dennoch half das nicht, einzuschätzen, wohin die Kerle schauten. Die Hinweise des Lorganers erwiesen sich als unbezahlbar.

Immer wenn die Goragran in eine andere Richtung sahen, schlichen sie zur nächsten Tischreihe. In diesem Moment war der Wolf dankbar für seine Agency-Upgrades, die ihm lautlose Bewegungen ermöglichten.

Am Ende des Raums schien es unmöglich, ungesehen durch die Tür zu verschwinden. Der Lorganer aktivierte einen der Bildschirme auf der anderen Seite und spielte ein Video ab, sodass die beiden Killer dorthin sahen. Das gab ihnen das benötigte Zeitfenster, um hinauszuschleichen.

Anstatt jedoch kurz verschnaufen zu können, mussten sie sofort wieder in Deckung gehen. Der nächste Raum war eine Kontrollstation mit Fensterfront, die den Blick auf die Ebenen unter der Klippe und Teile des Palasts ermöglichte. Dort ging eine Killerin auf und ab. Sie schien etwas gehört zu haben, als Kate sich zu laut mit dem Rücken an eine Säule presste.

Dunzam hielt ihre Energiearmbrust fest in den Klauen und war bereit, anzugreifen, doch Kane signalisierte ihr, zu warten. Dank der Wärmesicht erkannte er deutlich, wie die Assassine aufmerksam und mit einem schnüffelnden Geräusch näherkam.

»Ich kann euch riechen, Beute«, schnurrte sie, wobei ihre Stimme von ihrem Helm gedämpft wurde. »Verstecken ist zwecklos. Wir finden euch, wohin ihr auch flieht. Niemand entkommt der Tong.«

Der Wolf flüsterte, »Jetzt wäre ein guter Zeitpunkt.«

Er trat hinter der Säule hervor und sah der Killerin direkt ins Gesicht.

»Du bist mutig und töricht, dich zu zeigen.«

Er kicherte leise. »Eine Leiche kann niemandem davon berichten.«

In diesem Moment brach ein Energieprojektil durch das Fenster und durchschlug ihren Kopf. Kane fing ihren Körper auf und legte ihn lautlos ab, damit die Kerle im Nebenraum nicht angelockt wurden. Nach kurzem Lauschen war er sicher, dass sie weder den Schuss noch die leisen Worte bemerkt hatten. »Guter Schuss, RB.«

Die drei schlichen weiter in Richtung Südausgang, als sich die Krodaa zurückmeldete. »Wolf, ich musste mich vom Palast zurückziehen. Man hat meine Anwesenheit bemerkt und wenn ich nicht verschwunden wäre, hätte man mich gesehen. Ich suche mir einen anderen Beobachtungspunkt, aber ich kann den Südzugang nicht länger freihalten.«

»Scheiße! Das ist der einzige Ausweg!«, fluchte Dunzam.

»Nicht ganz«, kam es von Jaxo. »Da die Klippe für jeden tödlich ist, der nicht fliegen kann, ist die Nordseite des Geländes nur mit einem Zaun gesichert. Es ist nicht ideal, aber ihr könntet an der Steilwand in Sicherheit klettern.«

»Ohne Kletterausrüstung?«, fragte Kate ungläubig, während sie sich in einer Ecke zusammengedrängt hatten.

Die Goragrani machte große Augen, als ob sie sich an etwas erinnerte. Sie sagte, »Wir müssen nicht weit klettern. Porrodov verfügt über ein thermisches Abluftsystem, dass den Druck der vulkanischen Aktivität unter diesem Gebirgszug verteilt und über Rohrleitungen in die Atmosphäre ablässt. Diese Rohre sind groß genug, um darin aufrecht zu stehen. Einer der Auslässe müsste sich an der Steilwand befinden und mit dem System verbunden sein. Es hat Wartungszugänge in der gesamten Stadt. So kämen wir ungesehen überall hin.«

Der Lorganer entgegnete, »Das klingt ideal! Ich durchsuche die städtischen Pläne danach und versuche, euch hinzulotsen.«

»So oder so müssen wir nach Norden. Bleiben wir in Bewegung!«, entschied Kane und pirschte wieder los.

Nach mehreren Gängen und kleinen Abstellkammern, wo sie zwei Male nur knapp der Entdeckung entgingen, kamen sie in eine hohe Halle. Der Wolf erwartete, dass dort Mitglieder der Tong nach ihnen suchten, doch zunächst sahen sie nur Horntruppen.

Vorsichtig und halb geduckt bewegten sie sich zwischen großen Bauteilen für Raketen und Kisten hindurch, um immer Deckung zu haben.

Als Kane gerade weitergehen wollte, wickelte sich Dunzams Peitsche um seinen Arm und riss ihn zurück, sodass er hart gegen eine Lagerkiste knallte.

Die Jägerin deutete nach oben, wo ein metallener Steg durch die Halle führte, der für Wartungsarbeiten und den Dachzugang gedacht war. Dort standen zwei Assassinen und sahen sich um.

Das laute Geräusch hatte nicht nur sie, sondern auch ein paar der Volakar aufmerksam gemacht. Zwei der gerüsteten Krieger kamen auf sie zu. Es gab keinen Weg, die Deckung am Rand der Halle zu verlassen, ohne von einem von ihnen gesehen zu werden.

»Das war's dann wohl«, sagte Jaxo. »Ich sehe keinen Ausweg. In diesem Raum kann ich nichts hacken.«

»Die wissen sowieso schon, dass wir hier sind. Dann kann es ja nicht schaden, wenn ...«, murmelte Kane und aktivierte die Haftbomben im Mutationslabor.

Ein lautes Rumpeln dröhnte durch die gesamte Anlage, als gleich sechs Sprengsätze simultan detonierten. Es war unmöglich zu ignorieren. Die Volakar wirbelten herum und eilten zu ihren Kameraden zurück. Die beiden Killer rannten über den Steg in Richtung des Geräuschs.

Das verschaffte den Flüchtigen die Gelegenheit, sich ungesehen aus dem Raum zurückzuziehen.

»Wir müssen schleunigst hier raus!«, murrte Dunzam.

Sie wählten den Weg in ein großes Labor, das in der Nähe eines Ausgangs zum Nordgelände lag.

Diesmal ging Kate vor und die Goragrani folgte ihr. Kane sah sich noch einmal um, als er dachte, er hätte eine Bewegung gesehen, doch es war nur ein Monitor am Ende des Ganges. Bevor er jedoch seinen Kameraden nachging, hielt er inne. Die beiden standen regungslos da und sein HUD markierte zwei Laserstrahlen, die auf ihre Herzen gerichtet waren. Die Tong-Attentäter mussten auf einer erhöhten Position gewartet haben.

Bevor Jaxo ihn warnen konnte, sagte er, »Wo stehen die Typen?«

»Auf einem Übergang wie in der letzten Halle. In diesem Raum gibt es keinen Zugang. Ich suche nach einem Weg, aber die meisten sind gut bewacht, seit Ruby die Horntruppler nicht mehr beschäftigt.«

Schnell sah er sich um und entdeckte einen Treppenaufgang. »Was ist damit?«

»Der Weg führt auf einen Außenbalkon, aber es gibt keine Verbindung mit dem Raum«, antwortete der Lorganer.

Während Kane fieberhaft überlegte, bemerkte er, wie das Tageslicht auf dem Boden vor Kate die Konturen eines Fensters nachbildete.

Sofort nahm er die Treppe und trat auf den Balkon. Von dort sah er das Außengelände, wo neben Shuttles und Lagercontainern auch haufenweise Soldaten herumstanden. Selbst auf dem Übergang, auf dem er nun stand, lungerten drei Volakar und starrten in die Ferne.

Sein Blick fiel auf das Dach, wo sich das Fenster befinden musste, über das er in den Raum gelangen konnte. Die Schubdüsen seiner Rüstung wären jedoch deutlich hörbar gewesen und er wollte nicht riskieren, aufzufallen. Stattdessen duckte er sich und pirschte lautlos hinter den drei Kerlen vorbei zu einer Wartungsleiter an der Gebäudeseite, die aufs Dach führte. Die rostigen Wandhalterungen schienen nicht im besten Zustand zu sein, aber das musste reichen.

Langsam und vorsichtig erklomm er Sprosse für Sprosse und sah immer wieder unter sich, um sicherzugehen, dass keiner der Soldaten auf dem Balkon oder am Boden nach oben sah. Plötzlich gab eine Sprosse nach und bog sich knarzend durch. In Erwartung, dass die Leiter komplett nachgab, warf sich Kane zur Seite und hielt sich mit einer Hand an der Kante des Dachs fest. Dabei zog er eine Pistole und schoss dank seiner jahrelangen Übung innerhalb eines Atemzugs in die Köpfe aller drei Horntruppler, bevor sie sich auch nur umdrehen konnten.

Die Leichen fielen hörbar um, doch er hievte sich schnell genug über die Kante und verschwand, bevor ihn jemand entdeckte. Die Toten wurden allerdings bemerkt und er hörte die Rufe der Soldaten. Es wurde allmählich wirklich eng.

Für alles bereit hockte er sich so neben das Dachfenster, dass sein Schatten nicht auf den Boden der Halle fiel. Durch das verdreckte Glas sah er auf dem metallenen Übergangssteg zwei Killer der Tong, die mit Gewehren auf Kate und Dunzam zielten, sich aber ansonsten nicht bewegten.

»Wieso haben die noch keine Verstärkung angefordert?«, fragte er sich mehr selbst als irgendwen sonst.

Dennoch antwortete Jaxo, »Weil ich ihre Kommunikation störe. Sie dürften bald dahinterkommen und mein Störsignal überwinden, aber bisher konnten sie nichts tun, als die beiden in Schach zu halten. Töte sie, sonst können sie euch beschreiben.«

Kane analysierte die Lage. Um anzugreifen, musste er die Scheibe zerbrechen. Lautlos war also nicht möglich. Das bedeutete, er musste auf gnadenloses Tempo und den Schockmoment vertrauen, um sie zu überrumpeln. Er ging seine Optionen durch und machte sich bereit.

Mit einem gezielten Sprung durchbrach er das Fenster, schoss noch in dieser Sekunde mit der Harbinger mehrere Elektrobolzen ab und zog seine Pistole. Die Killer wirbelten herum, konnten jedoch nicht schnell genug reagieren, um allen Bolzen auszuweichen, sodass sie beide im zuckenden Schockzustand verharrten. Das nutzte Kane, um einen mit gleich fünf Schüssen zu erledigen und sich mit den Schubdüsen auf den anderen zu stürzen. Dabei wechselte er zu den Zaruko und nagelte den Kerl damit an die Wand, indem er beide Schultern durchbohrte. Dort hängend hielt er sich an dem keuchenden Goragran fest. Er zog wieder die Pistole und presste sie ihm direkt unter das Kinn. Ohne Gnade drückte er zweimal ab und verteilte sein Hirn an der Wand. Anschließend riss er die Kurzspeere heraus und landete neben der Leiche auf dem Boden.

Die beiden Frauen sahen ihn dankbar an und er führte sie zum Nordausgang, bevor sich weitere Feinde näherten.

»Jaxo, kannst du wenigstens ein paar der Soldaten beschäftigen?«, fragte Kane.

»Leider gibt es auf dem Außengelände so gut wie keine an das System angeschlossenen Geräte«, entschuldigte sich der Lorganer.

»Keine Sorge, ich sehe euch«, kam es von Ruby. »Ich liege auf einem der hohen Hänge. Von hier aus kann ich auch das Endrohr des Abluftsystems an der Steilwand erkennen. Siehst du das Militärshuttle mit dem montierten Geschütz schräg links von dir, Wolf?«

Das besagte Fahrzeug war so wuchtig, dass man es unmöglich übersehen konnte.

»Was ist damit?«, wollte Dunzam wissen.

»Genau dahinter könnt ihr euch durch den Zaun schneiden und senkrecht nach unten klettern. Es sollte euch außerdem als Sichtschutz dienen. Wenn ich es euch sage, lauft ihr los, klar?«

Die drei machten sich bereit und eilten geduckt los, als sie ihnen das Kommando gab. Überall um sie herum waren irritierte Volakar und Goragran unterwegs, doch die präzisen Schüsse der Krodaa sorgten für genau die richtigen Opfer, um die Aufmerksamkeit der Wachen von ihnen abzulenken. So konnten ihre Kameraden den Zaun erreichen.

Mit Zaruko schnitt Kane einen langen Riss in das Metallgitter und bog die beiden Seiten keuchend mit seiner verstärkten Kraft auseinander.

Kate sah zu, wie sich die Jägerin geschickt über die Kante rollte und mit dem Abstieg begann. Dann schoss ihr Kopf zu ihrem Bruder. »Ich kann das nicht, Kane! Ich habe weder Klauen noch besonders starke Finger ...«

Er packte ihre Schulter. »Du kletterst, oder du stirbst! Jetzt gibt es keine Alternative mehr.«

Seine Worte waren so endgültig, dass sie hörbar schluckte und dann ganz vorsichtig versuchte, der Goragrani zu folgen. Sie bewegte sich langsam und extrem sorgsam, doch da sie außer Sicht blieben, sobald sie durch den Zaun traten, stellte das kein Problem dar.

Kane schwang sich über die Kante und hielt sich dort fest, um zu beobachten, wie sie vorankam. Gerade als er selbst mit dem Abstieg begann, hörte er sie fluchen. Er verschwendete nicht einmal die Zeit, nach unten zu sehen, sondern stieß sich ohne Zögern ab und ließ sich in die Tiefe fallen.

Kate stürzte schreiend ab und er aktivierte den Energie-Wingsuit, um auf sie zuzusteuern. Da er sie nicht auffangen konnte, ohne die Kontrolle zu verlieren, nutzte er stattdessen die Schubdüsen, um seinen Flug so zu steuern, dass er sie genau auf Höhe des Endrohrs erwischen und mit ihr hineinfallen konnte. Leider ging der freie Fall zu schnell und sie war daran vorbei, bevor er sie erreichte. Er rollte allein in das Rohr und fluchte laut. Er rappelte sich auf und nahm Anlauf, um sofort wieder rauszuspringen.

Bevor er dazu kam, meldete Ruby jedoch, »Ich hab sie!«

Wie ein rotes Flimmern schoss sie senkrecht an der Öffnung vorbei nach unten. Er eilte zur Kante, um zuzusehen, wie die Krodaa die kreischende Kate packte und ihre Schwingen galant ausbreitete, um den Sturz zu bremsen und langsam wieder aufzusteigen.

Dunzam erreichte das Endrohr und ließ sich neben den Wolf fallen. »Das war knapp, beeindruckend und wirklich verrückt zugleich ...«

Kurz darauf landete Ruby bei ihnen und setzte die heftig zitternde Kate ab, die sofort am Rand des Rohrs zusammensackte und schwer atmete.

»Ich weiß, du stehst gerade unter Schock, aber wir sind erst sicher, wenn wir die Dragonwing erreichen. Komm schon!«, ermutigte Kane sie und zog sie wieder auf die Beine.

Sie sah zu Ruby hinüber und umarmte sie fest. »Danke RB!«

Die Krodaa klopfte ihr sanft auf den Rücken. »Immer doch, Kate.«

»RB ist wohl die Heldin dieser Mission«, kam es von Jaxo.

»Das stimmt. Ohne dich wäre keiner von uns lebend wieder da rausgekommen«, lobte Kane sie.

Sie grinste frech. »Du sagst das, als wäre es was Neues.«

Der Lorganer meldete, »Alles klar. Ich habe die Pläne des Leitungssystems gefunden. Ein paar der Rohre stehen unter Druck, aber der Großteil dient nur als Ablassventil für die tieferliegenden Ausgleichsbehälter. Ihr könnt also gefahrlos hindurchgehen. Ich leite euch zu dem Wartungszugang, der dem Schiff am nächsten liegt. Bravestone ist schon an Bord und wir können los, sobald ihr da seid«, erklärte er.

***

Als sie über die schmale Leiter durch den runden Zugang zurück nach oben kamen, bemerkte Kane sofort die Unruhe vor Ort. Es war ideal, um zu verschwinden.

Bravestone und Jaxo erwarteten sie bereits beim Schiff.

Der Hacker sah zu Dunzam. »Ich habe deine Botschaft in den Systemen der Anlage hinterlassen und die Leichen, die ihr zurückgelassen habt, insbesondere die toten Mitglieder der Tong, dürften verdeutlichen, dass du es ernst meinst.«

Sie nickte zufrieden. »Als ich euch zum ersten Mal begegnet bin, war ich wirklich nicht überzeugt, aber ich habe nie zuvor gesehen, dass jemand einen Tong-Assassinen im Nahkampf überwältigt. Das war ... eine Offenbarung! Die Tong ist seit jeher auf dem ganzen Planeten gefürchtet. Man hält sie für unbesiegbar. Ihr habt mir gezeigt, dass selbst sie getötet werden können.« Sie ballte die Faust und blickte in den Himmel. »Diese Botschaft werde ich unter den Clans verbreiten, damit sie ihre Furcht ablegen und sich gegen diejenigen auflehnen, die vor dem Protektorat im Staub kriechen. Es mag euch nicht klar sein und vielleicht auch nicht kümmern, aber heute habt ihr den Funken des Widerstands auf Gorag entfacht.«

Bravestone umarmte seine alte Freundin. »Nutze ihn weise und lasse ihn zu einer lodernden Flamme anwachsen. Ich wünsche dir alles Gute, Dunzam. Hoffentlich sehen wir uns wieder.«

Auch die anderen verabschiedeten sich und gingen dann an Bord.

Der Vigilancer begutachtete den Chip und gab ihn Lato zur Analyse, während er die Dragonwing startete und sie den Planeten verließen.

»Wohin geht es jetzt?«, wollte Ruby wissen. Derweil lobte Jaxo Kate für ihre Leistung mit den Sicherheitssystemen.

Der Onu erklärte, »Die Botschaft besagte, dass wir den Chip, sobald wir ihn haben, auf einem Asteroiden nahe dem Felsplaneten Logant im Eoi-System abliefern sollen. In etwa 26 Stunden sollten wir dort sein, also entspannt euch erstmal.«

***

Wie angekündigt erreichten sie das Zielgebiet nach knapp einem Tag, wobei der Standardtag in den Randsektoren 30 Stunden hatte. Über die Außenkameras sahen sie den besagten Felsplaneten. Laut Lato gab es dort nur einige stillgelegte Minen der Onu und ein paar wenige Bergbauanlagen der Nimiraner.

Sobald das Schiff den Bereich des großen Asteroidengürtels erreichte, der sich in dem System befand, empfingen die Scanner der Dragonwing ein verschlüsseltes Signal. Es sendete auf einer Frequenz, die sie nur bemerkten, weil sie in der Botschaft erwähnt wurde.

Es führte sie zu einem kleinen, unscheinbaren Asteroiden inmitten des Gürtels, der jedoch aufgrund der Größe der umliegenden Felsen gefahrlos zu erreichen war.

Sorgsam steuerte Bravestone das Schiff manuell näher heran und setzte es vorsichtig am Boden ab, wo es sich mit Landekrallen im Stein verhakte. Knapp 20 Meter entfernt stand ein kleines Raumschiff unbekannter Machart. Es war schlank und schnittig, hatte aber eine seltsam gezackte Form. Die Außenhülle bestand aus einem spiegelnden Material, sodass es zwischen den Sternen so gut wie unsichtbar war.

»Das ist verrückt! So ein Schiff habe ich noch nie gesehen!«, staunte Bravestone.

Kane trat ihm in den Weg, als er gerade seinen Helm holen wollte, um von Bord zu gehen. »Vielleicht wäre jetzt ein guter Moment, um uns zu sagen, weshalb du bereit bist, diesen hochgefährlichen Chip abzuliefern. Was immer wir dort auf diesem Schiff an Informationen bekommen, muss ja unbeschreiblich wertvoll sein.«

Der Onu seufzte und prüfte den Sitz seiner Handschuhe. »Vermutlich ist es das tatsächlich nicht wert. Es wäre sogar möglich, dass wir damit unsere gesamten Sektoren verwundbar machen. Wir reden hier von Kräften, die wir nicht einmal im Ansatz verstehen. Der Kodex würde verbieten, was wir hier vorhaben. Schon der Einbruch auf Gorag war alles andere als in Ordnung. Deshalb habe ich auch niemandem im Orden davon erzählt.«

»Das sieht dir gar nicht ähnlich«, fand Kate, die bei Jaxo auf dem Sofa saß.

»Was hast du für ein Interesse an den Soranern?«, erkundigte sich Ruby.

Er sah sie nacheinander an. »Vor vielen Jahren, als ich mich entschied, dem Krieg auf Onu Ana den Rücken zu kehren, war ich nicht der Einzige. Mein Schützling und Kamerad Erosentis begleitete mich. Wir waren gute Freunde und wählten gemeinsam den Weg des Söldners. Das war noch, bevor ich mich entschied, den Vigilancern erneut beizutreten. Während dieser Zeit arbeitete ich auch mit Dunzam zusammen.« Er sog geräuschvoll die Luft ein. »Wir hatten aufgrund unserer Herkunft als Onu schnell einen beachtlichen Ruf. Auch wir erhielten eine Botschaft der Soraner für einen Job. Nur wollten sie uns die Details persönlich mitteilen und lockten uns an einen Ort wie diesen. Anstatt jedoch Anweisungen zu hinterlassen, wurden wir von Droiden überrumpelt, die uns entführen wollten. Erosentis warf sich schützend vor mich und wurde geschnappt. Nur seinetwegen entkam ich dieser Falle. Seither verfolge ich jede noch so kleine Spur, um herauszufinden, woher sie kommen. Ich will wissen, was sie mit meinem Freund gemacht haben.«

»Und das sagst du uns erst jetzt?!«, regte sich Jaxo auf. »Das hier könnte wieder eine Falle sein!«

Der Vigilancer schüttelte den Kopf. »Diesmal ist es anders. Sie haben uns konkrete Anweisungen gegeben und von hier können wir fliehen, falls nötig. Es fühlt sich anders an als damals.«

»Trotzdem war es falsch von dir, uns im Dunkeln zu lassen«, entschied Kane. »Wir sollten dich da allein reingehen lassen, aber das wäre nicht richtig. Du schuldest uns was«, sagte er mit erhobener Braue und aktivierte seinen Helm. »Jaxo, checke alle verfügbaren Signalspektren. RB, du bleibst mit Kate hier und machst dich bereit, dieses Schiff zu verfolgen, falls es abhauen will. Ich hoffe nicht, dass es dazu kommt, aber wir sollten auf jede Eventualität gefasst sein. Außer mir und Isaiah wird niemand dieses Ding betreten.«

Gemeinsam mit dem Onu verließ er die Dragonwing und nutzte die Schubdüsen seiner Rüstung, um sich auf dem Felsen ohne Schwerkraft fortzubewegen. Auch Bravestone verfügte zu diesem Zweck über einfachen Schub.

Das Schiff schien seit einer Weile dort zu sein. Kane vermutete, dass es der Ursprung der verschlüsselten Botschaft war. »Diese Soraner scheinen extrem umsichtig, geduldig und clever zu sein.«

»Du hast ja keine Ahnung«, erwiderte der Vigilancer.

Sobald sie nahe genug waren, öffnete sich die Zugangsrampe, sodass sie eintreten konnten. Auch das Innere wirkte vollkommen fremdartig mit vielen Kanten, dunklen, glatten Wänden und seltsamen Formen. Soweit Kane es beurteilte, schien niemand an Bord zu sein. Er bemerkte weder Lebensformen noch Droiden.

Im zentralen Teil nahe der Steuerungseinheit erschien ein holografischer Kopf. Es war eine sich ständig verändernde, formlose Gestalt mit roten Augen, die mit einer tiefen, verzerrten Roboterstimme sprach.

»Die Diener nähern sich mit dem Objekt der Begierde.«

Anstatt zu reagieren, aktivierte Bravestone sein Multitool und versuchte, so viele Daten von den Schiffssystemen zu kopieren, wie er nur konnte.

»Warum wollt ihr diesen Chip? Wer seid ihr? Was wollt ihr?«, fragte Kane.

»Die Dienerspezies können die Beweggründe unseres Handelns nicht ansatzweise begreifen. Sie sind Tiere, die einem Zweck dienen, der bald erfüllt ist. Legt das Objekt dort ab«, wies die Stimme sie an und ein kleines Podest fuhr aus dem Boden, in dem ein Schlitz auf die Einführung des Chips wartete.

Da es jetzt zu spät und zu riskant für einen Rückzieher war, steckte der Wolf ihn hinein.

Das Podest fuhr wieder in den Boden zurück.

»Transaktion abgeschlossen. Wir wissen von dir, Silver Wolf. Du bist ein besonderes Individuum, berührt von der Hand der Schöpfer. Wir beobachten dich.«

Ein Piepen seines Multitools zeigte an, dass er einen Geldbetrag erhalten hatte, dessen Ausmaß alles überstieg, was er sich jemals hatte vorstellen können.

»Diese Angelegenheit ist beendet. Du hast 30 Sekunden, um dieses Schiff zu verlassen«, sagte die Stimme und schaltete sich ab, bevor Bravestone nach seinem Freund fragen konnte.

Kane musste ihn beinahe gewaltsam über die Rampe hinaus schieben, bevor sie sich schloss und das Raumschiff verschwand.

Zurück auf der Dragonwing zeigte der Wolf den anderen, wie viel Geld sie bekommen hatten.

Ruby sank auf die Sitzbank. »Mir ist schwindelig ...«

»Damit können wir das ganze Protektorat kaufen«, lachte Jaxo kopfschüttelnd. »Woher haben die so viele Units?«

Niemand hatte eine Antwort.

Lato sagte, »Ich analysiere die kopierten Daten, Captain. Ich würde mir aber keine zu großen Hoffnungen machen. Der Code ist mir unbekannt und wurde seit dem letzten Kontakt mit dieser Spezies signifikant verändert.«

Kane hörte noch immer die Worte. »Das Hologramm sagte, wir seien Dienerspezies, die ihren Zweck bald erfüllt hätten. Und ich wäre von der Hand der Schöpfer berührt worden. Das ist ziemlich abgehoben. Entweder sind die Soraner aufgrund ihrer Isolation extrem fanatisch geworden, oder sie stehen meilenweit über uns.«

Zwar konnten sie mit den gewonnenen Informationen und Worten nur wenig anfangen, doch zumindest der gewaltige Reichtum, den sie nun hatten, eröffnete ihnen viele neue Möglichkeiten.

Alte Rivalität

Dreieinhalb Jahre später ...

In der Zeit nach ihrem Einsatz auf Gorag nahmen die Krisen rund um die Expansion durch das Protektorat immer mehr zu. Das Wolf Pack wollte das neue Geld nutzen, um sich eine eigene Basis aufzubauen und zu überlegen, wie sie ihre Zeit zwischen den Randsektoren und den Wallsektoren aufteilten. Solange die Kämpfe andauerten, war kein Planet innerhalb der Sektoren für eine sichere Zentrale geeignet. Daher halfen sie weiterhin den Vigilancern, auf verschiedenen Welten Gefahren zu beseitigen und Piraten zu jagen, die die Lage ausnutzten. Das verbesserte ihren Ruf immer weiter.

Jaxo schien mit der Situation jedoch zunehmend unzufrieden zu sein. Als Kane zwischen zwei Einsätzen zu ihm ging, wirkte er etwas abwesend.

»Was beschäftigt dich, Kumpel? Irgendetwas passt dir überhaupt nicht, das kann ich sehen.«

Der Lorganer rieb sich über das Gesicht. »Ich frage mich in letzter Zeit, ob wir jetzt Vigilancer sind. Wir arbeiten seit fast acht Jahren mit Bravestone in den Randsektoren. Das hier ist weder unser Zuhause noch geht uns dieser Krieg etwas an und doch sind wir länger hier, als wir damals in der Heimat Söldner waren. Und obwohl wir so viel Geld haben, leben wir immer noch auf Vigilance und fliegen in diesem kleinen Schiff herum. Haben wir denn ein langfristiges Ziel, oder treiben wir nur noch so dahin, bis du deine Bestimmung gefunden hast? Denn meine ist das hier nicht, so viel ist klar.«

»Hast du ein Problem mit den Vigilancern?«, hakte Kane nach.

Jaxo saß auf einem Stück Gras auf einem Platz der Station und der Wolf ließ sich ihm gegenüber nieder.

»Im Grunde nicht. Ihr Kodex und ihre Absichten sind etwas, das die Galaxie dringend braucht, aber die Wallsektoren haben sie nicht beschützt, als die Hazkan und die Vindurer kamen. Wieso helfen wir ihnen jetzt bei ihren Problemen?«, wollte er wissen.

»Das fragst du nach fast 8 Jahren? Reichlich spät für Zweifel, findest du nicht?«, wunderte sich Kane.

»Mag sein. Vielleicht bin ich es auch einfach nur allmählich leid, ständig für die Interessen anderer zu arbeiten. Geld ist ja gut und schön, aber das Söldnerdasein hat den Nachteil, dass man nie etwas Eigenes aufbaut. Vielleicht will ich auch einfach nur endlich wieder ein festes Zuhause«, brummte der Lorganer.

Nachdenklich antwortete Kane, »Weißt du, das klingt wie etwas, das Langtatze mir vor langer Zeit gesagt hat. Sie meinte, dass ich als Söldner zwar die Fließrichtung anderer beeinflusse, dabei aber selbst nicht weiterkomme. Inzwischen fange ich an, zu begreifen, was sie damit sagen wollte. Söldner zu sein, hat uns allen enorm viel Erfahrung gebracht, die wir brauchen können, aber vielleicht ist es bald an der Zeit, uns Gedanken zu machen, was wir damit anfangen wollen.«

Jaxo rieb sich ein Knie. »Du weißt, wir lassen dich nie im Stich, Kumpel. Aber das hier ist einfach nicht unser Kampf.«

Er nickte. »Verstehe schon. RB hat vor einer Weile was Ähnliches gesagt. Ich war so beschäftigt damit, in meinen eigenen Gedanken zu versinken, dass ich versäumt habe, auf euch zu achten, wie es ein guter Anführer tun sollte. Ich werde darüber nachdenken, was wir verändern können. Es ist Unsinn, ewig darauf zu warten, mit dem vielen Geld etwas anzufangen.«

Jaxo winkte ab. »Du musst dich nicht stressen. Kate und du scheint ja nicht länger der menschlichen Lebensspanne unterworfen zu sein und RB und ich sind noch nicht so alt. Es soll eine Anregung sein, damit wir in zehn Jahren nicht immer noch ziellos durch die Sterne dümpeln«, erwiderte der Lorganer gelassen.

Nach dem Gespräch ging Kane in sein Zimmer auf der Station und wollte Lara anrufen, doch sie lehnte die Verbindung ab. Daher kontaktierte er stattdessen Grace.

»Ist irgendwas vorgefallen? Lara hat meine Anrufe noch nie abgelehnt«, fragte er sie.

Seine Ex-Frau war inzwischen in ihren frühen 50ern und er fand, dass sie sehr gut alterte.

»Ich vermute, sie will vermeiden, dass du ihr *ich hab's dir ja gesagt* vorwerfen kannst. Man hat sie vor ein paar Tagen unehrenhaft aus dem Militär entlassen. Jetzt ist sie gerade etwas ziellos und braucht erst eine Weile, um mit der Situation zurechtzukommen«, antwortete sie.

Kane verzog leicht das Gesicht. »Es belastet mich, dass sie nicht mit mir reden will. Von allen Personen kann ich ihr in so einer Zeit am besten helfen.«

Mit einem Lächeln entgegnete Grace, »Dein Mangel an Einfühlungsvermögen erstaunt mich immer wieder. Sie ging doch überhaupt erst dorthin, um deinem Weg zu folgen. In ihren Augen hat sie dabei versagt. Sie denkt, dass sie unwürdig ist, deine Tochter zu sein. Ich habe versucht, ihr zu erklären, dass du gar nicht erwartest, dass sie deinem Beispiel folgt, sogar im Gegenteil.« Sie seufzte und verdrehte die

Augen. »Leider ist sie ein Sturkopf wie ihr Vater. Gib ihr Zeit, dann wird sie sich bei dir melden«, versicherte sie ihm.

Er atmete tief durch und verschränkte die Arme. »Als Ex-Soldatin sind ihre beruflichen Möglichkeiten eingeschränkt. Es gibt viele private Dienstleister, die kein sonderlich guter Umgang für sie wären. Allerdings habe ich im Blick behalten, was meine alten Kameraden machen. Oliver Herold, ein Mitglied meines früheren Trupps, leitet heute seinen eigenen privaten Sicherheitsdienst. Ich rufe mal an und bitte ihn, ihr ein Jobangebot zu machen. Er kann ein Auge auf sie haben.«

»Das wäre wunderbar! Sie braucht dringend eine neue Ausrichtung und wenn du ihm vertraust, dann könnte das die ideale Lösung sein«, freute sich Grace.

Nach dem Gespräch stellte Kane eine Verbindung zum ZigNet her und informierte sich. Oliver Herold schied kurz nach der Auflösung des Thanatos-Trupps aus dem Militärdienst aus und hatte einige Jahre später den privaten Sicherheitsdienst Spartan Security gegründet. Anhand der Daten im Netz erkannte der Wolf, dass es ein sehr erfolgreiches Unternehmen war. Er suchte sich die Kontaktdaten seines alten Kameraden heraus und rief ihn an.

Die Silhouette des Veteranen mit deutsch-afrikanischen Wurzeln erschien vor ihm. Er war sichtbar gealtert, wirkte aber noch immer fit und energetisch. Inzwischen hatte er eine Glatze, einen gestutzten Bart sowie einige Falten mehr als früher. Sein Gesicht zeigte Freude beim Anblick Kanes.

»Ich traue meinen Augen nicht! Kane Walker! Von dir habe ich nicht mehr gehört, seit wir damals in Australien die Welt gerettet haben. Man sagt, du seist ein berüchtigter Söldner und seit Jahren verschwunden.«

Seine Augen musterten den Wolf von oben bis unten. »Was immer du gemacht hast, es scheint dir gut zu bekommen. Wir haben das gleiche Alter und du siehst immer noch wie das blühende Leben aus!«, grüßte er seinen ehemaligen Captain.

Auch Kane bemerkte dezente Freude, den Scharfschützen wiederzusehen. »Ollie! Freut mich, dass es dir gut geht. Wie du siehst, bin ich nicht tot. Es wäre aber vielleicht etwas zu viel für dich, wenn du wüsstest, wo ich aktuell bin und was ich tue.«

»Mysteriös wie immer, der gute Silver Wolf«, kicherte Ollie. »Willst du sagen, dass du immer noch aktiv irgendwo kämpfst? Ich meine, du siehst zwar noch frisch aus, aber wenn ich heute länger als ein paar Stunden ausharre, um zu schießen, macht sich mein Rücken danach tagelang bemerkbar«, sagte er und seufzte grinsend.

Der Wolf setzte sich auf den Stuhl in seinem Zimmer. »Die Vorzüge biochemischer Hilfsmittel von Bionide.«

»Ach ja, du warst ja eine der Testpersonen für das Ascension-Serum. Das erklärt, wieso du trotz deines Alters noch mitten im Kampf steckst.«

»Ich habe gehört, du hast dir einen ganz netten Verdienst aufgebaut. Spartan Security. Du warst doch nie in Sparta, oder?«, schmunzelte Kane.

Nach einem leisen Lachen antwortete Ollie, »Ich kann nicht bestreiten, dass die Namensgebung einen Tribut an dich beinhaltet. Du hast mir sehr imponiert. Mittlerweile bin ich mehr Geschäftsmann und Taktiker als Kämpfer. Ich bilde meine Leute weiter, nehme Aufträge an und kümmere mich um die Eröffnung neuer Standorte. Wir sind derzeit ziemlich gefragt.«

»Sagt deine Frau nichts dazu, dass du ständig durch die Welt fliegst? Bei mir war das damals ein Problem«, lenkte Kane das Gespräch subtil in die gewünschte Richtung.

Der Veteran rieb sich die Nase. »Ich war mal für kurze Zeit verheiratet, aber das hat nicht lange gehalten. Ich war noch nie der Typ für feste Bindungen. Adler wie wir müssen frei sein, um zu tun, was wir tun. Diese Lektion musstest du vermutlich auf sehr viel unangenehmere Weise lernen als ich. Hast du noch Kontakt mit deiner Familie?«

Kane nickte. »Habe ich. Meine Mutter ist nach der Schlacht von Athen gestorben, aber meine Schwester ist bei mir und meine Ex-Frau lebt auf Mykonos. Meine Tochter ist jetzt Anfang 20 und versucht, in meine Fußstapfen zu treten. Sie ist aber genauso skeptisch und widerspenstig wie ich damals«, erklärte er.

Oliver erinnerte sich. »Puh! Dann hat sie es beim Militär wohl nicht leicht. Du hast die Grenzen der Insubordination immer wieder ausgetestet und gedehnt.«

»Nur konnten sie mich nicht rauswerfen. Sie hat diesen Vorteil nicht. Deswegen hat man sie auch unehrenhaft entlassen. Jetzt ist sie enttäuscht von sich und weiß nicht weiter. Ich hoffe nur, sie sucht sich keinen Job bei einem der privaten Dienstleister mit weniger moralischer Integrität. Moral ist mir zwar egal, aber solche Gruppen kriegen oft Probleme«, dachte Kane laut.

Nickend meinte sein alter Kamerad, »Da sagst du was. Einige meiner größten Konkurrenten sind jetzt weg, weil sie für Typen wie El Salvador oder Bionide gearbeitet und dann im Zuge von Skandalen ihren Ruf verloren haben. Es gibt immer noch zu viele skrupellose paramilitärische Dienstleister da draußen.«

Nun konnte Kane zum Kern des Gesprächs kommen. »Denkst du, du könntest mir einen Gefallen tun und meiner Tochter einen Job geben? Ein Auge auf sie haben?«

Er nickte lächelnd. »Ich dachte mir schon, dass du sowas fragst. Hast du denn eine Ahnung, wie gut sie ist? Ich lege Wert auf Qualität und wenn sie gerade erst mit der Ausbildung fertig ist, fehlt ihr definitiv Erfahrung«, warf Oliver ein.

Der Wolf überlegte. »Sie macht Kampfsport, seit sie laufen kann, und sie war schon Hobbyschützin, lange bevor sie sich verpflichtet hat. Ausgebildet wurde sie in Korinth, soweit ich weiß. Sie hat natürlich nicht die T'zun-Ausbildung, wie ich damals, aber sie war schon immer verbissen und rigoros, wenn sie etwas wollte. Da du mich kennst, kannst du sicher mit ihr umgehen. Und sie würde dich wohl mehr respektieren, wenn sie weiß, dass du in meinem Team warst.«

Ollie lehnte sich an einen Tisch. »Seit unseren Tagen hat sich viel verändert, Kane. Spätestens nach dem Ende des Lorganischen Krieges hat sich das Erdenmilitär einiges von den Utopianern abgeschaut und über die Initiative Alien-Ausbilder bezogen. T'zun-Nahkampftraining ist heute nicht mehr so selten wie früher. Die talentiertesten Rekruten verdienen sich dieses Privileg. Wenn deine Tochter so fähig ist, wie du sagst, hat sie vermutlich einiges dazugelernt.« Er grübelte einen Moment. »Ich stelle eigentlich keine Neulinge ein, aber es wäre wohl ein interessantes Projekt, zu sehen, wie sich jemand entwickelt, der direkt nach der Ausbildung in unserem Metier anfängt. Als Spross des Silver Wolfs lässt sich das meinen Leuten auch viel besser verkaufen. Ich strecke mal meine Fühler nach ihr aus.«

Das erleichterte Kane. »Ich danke dir, Oliver. Aufgrund meiner ständigen Abwesenheit bin ich kein sehr guter Vater, aber dennoch bin ich einer. Ich fühle mich viel besser, wenn ich weiß, dass jemand ein Auge auf sie hat, dem ich vertraue.«

»Hast du denn vor, bald zurückzukehren? Irgendwann muss sich auch eine Legende zur Ruhe setzen. Ich hätte definitiv einen lukrativen Posten für dich«, grinste sein Freund.

Darüber musste Kane lachen. »Ich denke nicht, dass ich je in die Wirtschaft gehe. Ich weiß noch nicht, wohin mich mein Weg führen wird, aber es wird wohl noch eine ganze Weile dauern, bis ich die Erde wiedersehe.«

Oliver hob die Brauen und nickte. »Das Angebot steht, alter Freund. Ich weiß, du hast dich nur wegen deiner Tochter gemeldet, aber falls du mal über die guten alten Zeiten plaudern oder dich über ein paar neuere Entwicklungen austauschen willst, dann ruf gerne an.«

Kane versicherte ihm, dass er häufiger von sich hören lassen würde, bevor er die Übertragung beendete. Es erleichterte ihn, dass er eine Lösung für Lara gefunden hatte. Es würde ihr nicht gefallen, dass er sich einmischte, doch sie war klug genug, diese einmalige Chance zu erkennen.

***

Ein paar Tage später waren sie an Bord der Dragonwing, um einen Ausflug zur Raumstation Manchetusa zu machen. Bravestone wurde als Fachexperte im Bereich der Soraner und der Legenden über die Omni gebeten, dort einige Funde zu begutachten.

»Wieso fliegen wir noch gleich mit? Das ist doch kein richtiger Auftrag«, wollte Ruby wissen, die nicht viel für Geschichte übrig hatte.

Kane saß ihr gegenüber und studierte eine Abhandlung über Polytan. »Weil die Soraner mir deutlich gesagt haben, dass sie mich beobachten. Ich wüsste gern, was das genau für uns bedeutet.«

Jaxo hatte die Arme verschränkt und sah sich einen lorganischen Film an. »Wissen ist Macht. Wenn du dich erinnerst, hatten wir schonmal mit einer abgeschottet lebenden Sekte zu tun, die uns umbringen wollte. So einen Mist können wir nicht gebrauchen.«

Kurz darauf meldete Lato, »Captain, ich empfange eine eingehende Übertragung aus dem Kanoris-System, in das wir gleich einfliegen. Die Kennung lässt auf die Rebellen schließen.«

Stirnrunzelnd kam Bravestone zu den anderen an den Holotisch. »Ungewöhnlich, dass sie uns direkt kontaktieren. Stell sie durch.«

Kurz darauf erschien die Abbildung von Meister Zadovar vor ihnen.

»Mit dir hatte ich nicht gerechnet, als eine Rebellenübertragung angekündigt wurde. Gibt es ein Problem?«, fragte der Onu.

»In der Tat, Meister Bravestone. Als wir die Dragonwing bemerkt haben, habe ich sofort angewiesen, Kontakt aufzunehmen. Ich hoffe doch, das Wolf Pack ist bei dir?«

Kane antwortete, »Wir sind hier, Zadovar.«

Hoffnung machte sich im Gesicht des nimiranischen Vigilancers breit. »Das ist hervorragend! Wir brauchen eure Hilfe.«

»Worum geht es?«, hakte Bravestone nach.

»Die Rebellen waren in diesem System auf der Suche nach Ressourcen. Wie ihr vielleicht wisst, war Sinee einst das Testgelände für die Schallwaffen gegen die Hazkan. Deshalb liegen viele ihrer Kadaver hier auf der Oberfläche herum. Dank dem Silver Wolf wissen wir, dass ihre Synthium-Panzer für bestimmte Anwendungsbereiche ein unbezahlbarer Rohstoff sind. Wir hatten vor, eine der alten Onu-Anlagen zu übernehmen, doch irgendjemand hat durchsickern lassen, dass der Anführer der Rebellion, General Dorsa, persönlich dort ist. Das Protektorat hat ihn aufgespürt und gefangen genommen. Wir haben nur wenige Schiffe hier und müssen ihn retten. Ihr wärt eine gewaltige Hilfe dabei«, erklärte Zadovar.

Der Onu verschränkte abwehrend die Arme. »Die haben Rex Dorsa zu ihrem Anführer ernannt? Nicht zu fassen ... Dieser selbstsüchtige Mistkerl! Ich kann nicht behaupten, es würde mich traurig stimmen, wenn er endlich für seine Verbrechen während des Vernichtungskrieges bezahlen würde.«

Der andere Vigilancer seufzte. »Isaiah ... Hier geht es nicht um deine persönliche Meinung über einen ehemaligen Befehlshaber, sondern um den Fortbestand der Rebellion. Was auch immer ihr für eine Geschichte teilt, heute ist er die Schlüsselfigur des Widerstands. Sein Tod würde ihnen schweren Schaden zufügen. Während wir hier sprechen, wird er vermutlich gefoltert, um an den Standort des Hauptquartiers zu kommen.«

Mit einem Seitenblick zu Kane fragte Bravestone, »Ich kann in dieser Angelegenheit nicht objektiv bleiben, fürchte ich. Was denkst du darüber? Du scheinst dir immer einen sachlichen Blick auf die Dinge bewahren zu können.«

Der Wolf legte sein Tablet zur Seite und beugte sich vor. »Wir alle haben genügend Orte bereist, an denen das Protektorat an der Macht war, um zu wissen, wie gnadenlos und unbarmherzig es unter ihrer Herrschaft zugeht. Das hier ist zwar nicht mein Krieg, aber es ist meine Überzeugung, dass sich jemand gegen Servan Ralek stellen muss. Ich habe den Eindruck, dass es für das Wohl der Randsektoren wichtig ist, dass dieser Rex Dorsa überlebt und befreit wird«, schätzte Kane die Lage ein.

Auch die anderen teilten seine Meinung, wobei selbst der zweifelnde Jaxo sicher wirkte.

Der Onu seufzte unzufrieden. »Also schön, dann ist es entschieden. Wir werden euch nach Sinee begleiten und diesen *noblen Anführer* retten. Ich hoffe wirklich, dass ich das nicht irgendwann bereue ...«

Zadovar gab ihnen die Koordinaten der Rebellenschiffe durch und Lato passte den Kurs entsprechend an.

Keine Stunde später erreichten sie die kleine Flotte, zu der die Bezeichnung eigentlich nicht passte, da es nur vier Fregatten und ein Kampfschiff waren.

»Dragonwing an Modesta: Wir sind in Reichweite«, meldete Bravestone.

Die Antwort kam sogleich, »Hier Commander Kriel von der Modesta. Wir haben Sie auf den Sensoren. Meister Zadovar wird an Bord ihres Schiffes kommen, um Sie zu briefen, während wir Kurs auf Sinee nehmen.«

»Verstanden.«

Es dauerte nicht lange, bis ein kleiner Raumjäger andockte und der Vigilancer durch die Deckenluke in das Schiff kam. Er betrat den Raum mit den Sitzbänken und hob die Hand zum Gruß.

»Es ist eine Freude, euch hier zu sehen! Lange her, dass ich die Dragonwing von innen gesehen habe. Ein wirklich einzigartiges Design.« Er sah sich wohlwollend um.

Die Schiffe der Rebellen beschleunigten und Lato folgte ihnen, während Zadovar sie darüber informierte, was sie erwartete. Der Holotisch zeigte den Planeten Sinee, der besonders dadurch auffiel, dass ein großes, rundes Loch durch die Mitte der Welt verlief. Eine veraltet aussehende Anlage mit Industrieschloten und Fertigungshallen war markiert, die über einen weitläufigen Hangar verfügte. Im Orbit oberhalb des Ortes schwebte eine kleine Flotte des Protektorats, bestehend aus sieben Schiffen.

»Rex war noch nicht richtig am Boden, als auch schon diese Angreifer auftauchten, seine drei Fregatten zerstörten und einen Landungstrupp absetzten. Seither ist der Kontakt abgebrochen, aber angesichts der Überzahl ist klar, wie die Lage aussieht. Wir haben Verstärkung angefordert, doch die meisten unserer großen Schiffe sind verteilt und nehmen andere wichtige Aufgaben wahr. Wir müssen vermutlich den Großteil der Arbeit mit dem machen, was ihr hier seht, bis sie eintreffen können«, erklärte er.

»Es wirkt seltsam, dass die Volakar eine so kleine Streitmacht entsendet haben, wenn sie es auf den Anführer der Rebellen abgesehen hatten. Ihnen muss doch klar sein, dass ihr darauf reagieren werdet«, wunderte sich Kate.

»Riecht nach einer Falle«, stimmte Kane zu.

Zadovar hob hilflos die Hände. »Leider haben wir keine andere Wahl, als das Risiko einzugehen.«

»Ist Dorsa denn so unersetzlich?«, wollte Bravestone wissen.

»Das nicht, aber im Gegensatz zu Parill und Gootan ist er charismatisch und ein Onu-Veteran. Die meisten Kämpfer des Widerstands sehen zu ihm auf und würden die Hoffnung verlieren, sollte er sterben. Aufgrund unserer geringen Anzahl ist die Moral der einzige Grund, weshalb wir überhaupt Siege einfahren. Verlieren wir Rex, wird niemand sonst die Rebellen zusammenhalten können. Dafür sind sie noch nicht groß genug«, stellte der Meister klar.

Kane rieb sich das Kinn. »Wir sollten uns auf Überraschungen gefasst machen. Wie wollt ihr vorgehen?«

Die Karte zeigte die Schiffe der kleinen Angriffsgruppe, wie sie sich auf das Zielgebiet zubewegte, während Zadovar erklärte. »So ungern ich es auch zugebe, seid ihr der beste Angriffstrupp, den wir zur Verfügung haben. Deshalb wollen wir sicherstellen, dass ihr auf jeden Fall am Boden ankommt. Die Modesta und ihre Begleitschiffe verwickeln die feindlichen Fregatten in eine Raumschlacht. Sie sorgen dafür, dass die Dragonwing am Getümmel vorbeikommt, um zu landen. Wir bilden die Vorhut des Angriffs und bereiten den Weg für die restlichen abgesetzten Infanteristen. Idealerweise erreichen wir Rex schneller, wenn wir vorausgehen. Dann schaffen wir ihn auf ein Schiff und bringen ihn weg.«

»Da kann mächtig viel schiefgehen«, kommentierte Ruby, die lässig auf der Bank saß und mit ihrem Teufelsschwanz zuckte.

Jaxo sah das ähnlich und zoomte an das Zielgebiet heran. »Die Anlage ist veraltet und war lange verlassen. Selbst wenn die Energieversorgung noch aktiv ist, werde ich euch von hier kaum helfen können. Überwachung ist alles, was ich euch zu bieten habe, denn ich gehe da ganz sicher nicht rein.«

»Das wird kein einfaches Unterfangen, das ist uns allen klar. Eure Expertise kann den Unterschied machen. Die gesamte Rebellion steht auf Messers Schneide. Alles hängt jetzt an uns«, machte Zadovar deutlich.

Kane atmete hörbar ein und aus. »Ist nicht unsere erste Mission mit hohem Einsatz. Wir holen euren Anführer da lebend raus.«

»Ich kann nur hoffen, dass es das wert ist«, murrte Bravestone.

***

Sinee kam in Sicht und die Schiffe der Rebellen gingen sofort zum Angriff auf die Volakar-Fregatten über. Innerhalb weniger Momente bildete sich ein heilloses Durcheinander aus Raumjägern und Energieprojektilen, die kreuz und quer in alle Richtungen schossen.

Das entstandene Chaos ausnutzend, beschleunigte Bravestone mit der Dragonwing und flog in einem weiten Bogen um die Raumschlacht herum, sodass kein feindliches Schiff in Schussreichweite kam. Da es sich nicht um eine Blockade handelte, konnten sie unbehelligt in die schwache Atmosphäre des durchlöcherten Felsplaneten eindringen.

Sobald die Dunstschwaden verschwanden und die Oberfläche sichtbar wurde, zog der Anblick die Augen aller Personen an Bord wie magisch an. Die alte Onu-Anlage lag genau am Rand des kolossalen Kanals, der durch den Planetenkern verlief. Die Ausmaße des Schadens waren unvorstellbar. Aufgrund der Länge des Tunnels konnte Kane die andere Seite nicht sehen. Rundherum lagen die uralten Kadaver von mindestens zwölf Hazkan, deren Größe ihn immer wieder ehrfürchtig machte. Dagegen wirkte die recht umfassende Industrieanlage am Abgrund vergleichsweise winzig. Der sichtbare Teil stand oberhalb der Öffnung an der Kante, doch es gab auch einen von oben weniger deutlich erkennbaren Bereich, der unterirdisch in den Fels geschlagen worden war. Am Innenrand des Kanals erspähte er eine große Hangaröffnung sowie einige Landeplattformen samt Übergänge und geschlossene Fensterfronten.

»Das ist mal eine krasse Aussicht ...«, kam es von Kate.

»Wo ist der beste Zugangspunkt?«, wollte Bravestone wissen.

Meister Zadovar deutete auf den oberen Bereich. »Die Horntruppen werden den Hangar sicher gut bewachen, da diese Anlage keine funktionierenden Verteidigungssysteme hat. Wenn wir sie überrumpeln wollen, sollten wir uns von oben nähern.«

Entsprechend steuerte das Schiff den Bereich um die hohen Schlote an und landete ein Stück neben der rissigen, löchrigen Außenmauer.

Sie alle rüsteten sich aus und Jaxo fuhr sämtliche Bildschirme hoch, die Lato ihm anbieten konnte. »Meine körperlose beste Freundin und ich werden unser Möglichstes tun, um die Bewegungen des Feindes zu erfassen und euch zu leiten. Vielleicht können wir auf die Sensoren der feindlichen Schiffe zugreifen und sie sabotieren. Vorerst geht ihr aber blind da rein. Die Anlage ist so alt, dass es keine Pläne mehr gibt.«

Kane überprüfte den Sitz der Viper. »Die Sonarkarte wird helfen.«

Für diesen Einsatz setze sogar Ruby ihren Helm auf. Derweil betrachteten sie Zadovar, dessen Ausrüstung sich deutlich von Bravestone unterschied. Er trug weit weniger Rüstungsteile, die zum Teil eher grau als silbern aussahen. Die Armschienen lagen über den Ärmeln des beigefarbenen Mantels, der Rest lag darunter. Anders als sein Ordensbruder behielt er ihn an. Auch hatte er keinen Helm, sondern nur eine Visormaske, die sein Gesicht verdeckte.

Der Onu legte seinen Umhang wie üblich ab und seine glänzend silberhelle Rüstung samt aufwändigem Helm glänzte. »Dann lasst uns mal ein paar Volakar erledigen.«

Die Rampe öffnete sich und sie traten auf den staubigen Steinboden. Kane hatte die Viper angelegt und ging voraus, da die HUD-Systeme seines Helms jeden Feind schnell bemerkten.

Sie mussten sich leicht ducken, um durch einen breiten Riss in der Mauer zu pirschen, durch den sie den Innenhof erreichten. Dort standen die vier großen Schlote, deren untere Bereiche von Metallgerüsten gestützt wurden. Diese waren über gewundene Rohre mit Löchern und fehlenden Stücken mit kleineren Außengebäuden verbunden.

»Das hier war mal eine Raffinerie. Hier hat man Legierungen und veredelte Kompositmaterialien für die großen Schallkanonen hergestellt, mit denen die Hazkan vertrieben wurden«, erklärte Zadovar. »Die vielen verschiedenen Maschinen und Anlagenbereiche hier sind sehr vielseitig nutzbar, weshalb Rex den Ort ausgewählt hat. Ich kann mir nicht vorstellen, wer uns verraten haben könnte.«

Ruby schob ein Trümmerteil aus dem Weg. »Nicht immer ist Verrat die Ursache für so etwas. Eure Kommunikation könnte abgefangen worden sein, der Bereich könnte überwacht gewesen sein. Die Suche nach Verrätern schwächt das Vertrauen und lenkt von den wichtigen Dingen ab.«

In den oberen Abschnitten unter freiem Himmel gab es keine feindlichen Einheiten, daher traten sie zum Eingang ins Hauptgebäude. Die Doppeltür war noch intakt und die Druckschleuse schien zu funktionieren. So konnten sie sich im Innenbereich leichter bewegen, da die Schwerkraft künstlich angepasst wurde.

Sofort aktivierte der Wolf die in seinem Helm integrierte Sonarsicht. Sie sendete ein Schallsignal in alle Richtungen und erzeugte anhand der Resonanz eine dreidimensionale Karte der direkten Umgebung.

»Wie sieht's aus, Jaxo?«

Der Lorganer antwortete, »Die ersten Bilder kommen rein, Kumpel. Lass das System laufen, während ihr weitergeht, dann kriege ich nach und nach ein besseres Bild eurer Umgebung. Außerdem kann Lato mögliche Feindbewegungen berechnen.«

Der Bereich hinter der Tür stellte eine Fertigungsstraße dar, deren genauen Zweck sie nicht identifizieren konnten. Sie war eher klein und grenzte an einen Gang, der weiter in die Anlage führte.

»Wieso ist hier niemand?«, wunderte sich Zadovar.

Bravestone entgegnete, »Das ist eine große Fabrik. Zu groß, um alles zu bewachen. Wenn wir die ersten Feinde sehen, kommen wir näher.«

Möglichst leise und aufmerksam folgten sie dem Gang mit gezogenen Waffen an einigen Lagerräumen und Büros vorbei.

Ein offenstehender Aufzugschacht weckte Kanes Interesse. »Das hier sollte uns das Leben erleichtern.«

»Wie das?«, wunderte sich Kate.

Der Wolf griff eines der Stahlkabel und seilte sich daran ab, während die anderen Enterhaken verwendeten, um ihm zu folgen. Mit aktiver Infrarotsicht glitt er so lange weiter abwärts, bis er die ersten roten Silhouetten hinter einer Tür entdeckte. Dort hielt er an und die anderen sahen ihn fragend an.

»RB, Kate, genau wie auf Barakar«, sagte er. Sie nickten und zielten dicht über seine Schultern, während er die beiden Aufzugtüren packte und mit Gewalt auseinander drückte.

Die vier Volakar im Raum dahinter wirbelten herum und wollten reagieren, doch die Projektile des Wolf Packs erwischten sie, bevor sie die Waffen hochnehmen konnten.

Nachdem die Türen offenstanden, traten sie alle wieder auf festen Boden.

»Ihr seid jetzt sieben Etagen tiefer als vorher«, meldete Jaxo. »Das Sonar misst über dreißig Feinde im angrenzenden Bereich, verteilt in einem sehr großen, hohen Raum mit seltsam aussehenden ... Schalen?«

»Das muss eine Konstruktionshalle für die Parabolverstärker der Schallkanonen sein«, vermutete Zadovar.

»Völlig egal, was es ist, da drin ist ein Haufen Feinde, aber es gibt viel Deckung. Sucht euch Ziele und geht taktisch klug vor. Nicht mitten rein laufen, sondern den Raum von einer Seite zur anderen säubern«, sagte Kane sachlich und trat an die letzte Tür.

Sie alle machten ihre Waffen bereit und atmeten noch einmal tief durch, bevor sie nacheinander nickten.

Mit einem Stoß presste er die Tür auf und rannte sofort geduckt hinter eine der unfertigen Parabolantennen, die dort überall auf Gestellen standen. Dutzende Projektile fegten ihm um die Ohren, da man sie erwartet hatte.

Anders als der Rest schlug Zadovar Haken und sprintete direkt auf eine Gegnergruppe zu. In einer Hand hatte er eine Pistole, mit der er unentwegt feuerte. In der anderen Hand aktivierte er eine Sakalklinge in Form eines geraden Schwerts, das er geradewegs in den Leib eines Volakar rammte. Beim Herausziehen stieß er sich von dessen Körper ab und vollführte einen Sprung über zwei Gegner, währenddessen er einen davon mit einer Drehung aufschlitzte. Bei der Landung schoss er dem zweiten, irritierten Feind direkt in den Kopf.

»Verdammt!«, staunte Kate, als sie ihm zusah.

»Augen auf den Kampf«, ermahnte Kane sie und verließ schießend die Deckung. Mit Dreiersalven schoss er auf eine größere Gruppe Horntruppler. Nebenbei platzierte er zwei Haftgranaten an den Rändern zweier der Schüsseln. Sein Energieschild hielt einiges ab, doch er machte eine Hechtrolle, um einer Energiegranate zu entgehen. Ein Volakar mit einer modernen Streitaxt hieb nach ihm, sodass er die Viper hochriss, um den Schlag abzuwehren. Die Kraft des Hornvolkes war beachtlich, denn er musste die Muskeln dabei maximal anspannen.

Um sein Gewehr zu schonen, steckte er es weg und wechselte zu Pistole und einer Hälfte von Zaruko, ähnlich wie Zadovar. Die dafür nötige Zeit verschaffte ihm Bravestone, der zwei massige Feinde mit seinen wuchtigen Revolvern aus dem Weg pustete.

Der Onu wehrte eine Reihe körperlicher Angriffe ab und verpasste den Volakar harte Schläge, die sie zurückweichen ließen. Dabei ignorierte er mehrere Schüsse und feuerte selbst immer wieder. Sein Vorgehen war gnadenlos, brutal und heftig. Kane vermutete, dass er noch viel Zorn auf die Horntruppen in sich trug, die seine Heimat zerstört hatten.

Nachdem der Wolf eine gehörnte Kriegerin mit vier Schüssen in die Brust erledigt hatte, machte er zwei Schritte die Wand hoch. Er stieß sich ab, bevor ihn ein Scharfschütze von einem Gerüst nahe der hohen Decke treffen konnte. Mit der Sakalspitze seines Kurzspeers durchbohrte er den Helm eines Hünen und benutzte ihn als Schutzschild.

»RB, schaff uns die Sniper vom Hals!«, rief er und duckte sich unter einem Axtangriff weg.

Die Krodaa schlug mit den Flügeln und stieß damit alle Feinde von sich weg, bevor sie abhob und die an den Wänden verteilten

Präzisionsschützen mit ihrem Gewehr nacheinander erledigte. Da sie dadurch zu einem einfachen Ziel für die Schützen am Boden wurde, behielt Kate sie im Auge und lenkte jeden ab, der sie ins Visier nahm.

Kane beobachtete, wie sie sich gegen die bulligen Gegner behauptete. Mit ausgefahrenen Stacheln an der Stachelkopfkeule machte sie ordentlich Lärm, wenn das Metall auf die Rüstungen der Horntruppen krachte. Bravestone half ihr, indem er alle Volakar abknallte oder mit seinen Fäusten bearbeitete, die sie nicht kommen sah.

Gerade als Kane einen Kerl aufhalten wollte, der mit gesenktem Kopf auf ihn zu rannte, um ihn aufzuspießen, kam Zadovar aus dem Nichts und enthauptete den Mann mit seiner Sakalklinge. Der Schädel rollte dicht am Wolf vorbei und das Blut spritzte fontänenartig nach oben, doch der Vigilancer beschäftigte bereits drei andere Feinde.

»Jaxo, wieso habe ich das Gefühl, dass das mehr als nur dreißig Typen sind?«, fragte Ruby, die wieder landete, um nicht herunter geschossen zu werden.

»Weil von irgendwoher immer mehr von denen kommen. Ich sagte ja, ich habe keinen Überblick, was sich sonst noch in dieser Anlage tut. Es gibt aber gute Nachrichten. Eure Verstärkung ist eben gelandet und sollte gleich da sein. Ich habe ihnen eure Position geschickt und sie suchen jetzt einen Weg, euch zu erreichen«, kam es von dem Lorganer.

Als die Feinde die Angreifer immer weiter auseinandertrieben, zündete Kane die beiden Haftbomben und schleuderte damit mehrere Volakar quer durch den Raum. Zusätzlich flogen Stücke der großen Schüsseln umher und rissen mehr Gegner um. Auch er selbst wurde voll erwischt, als ein Horntruppler gegen ihn krachte und ihn zu Boden schmetterte. Der Aufprall fühlte sich an, als wäre sein Hals dabei umgeknickt worden, doch der Schmerz verschwand wieder, sobald die Selbstheilung einsetzte. Er musste besser aufpassen, da er sich nicht auf diese Gabe verlassen wollte. Mit beiden Pistolen feuerte er um sich und zog die Aufmerksamkeit auf sich, damit Ruby und Zadovar mehr Luft hatten. Gebrüll, Schüsse und zusammenbrechende Bauteile erfüllten den Raum mit Lärm.

Bravestone sprang hinter einem Trümmerteil hervor und warf sich auf eine Volakar, deren Helm unter seinen unnachgiebigen Schlägen auseinanderbrach. Mit seinem gebogenen Sakal-Kurzschwert durchbohrte er ihren Kopf und brüllte dabei.

Kane wollte länger zusehen, doch er musste reagieren, als ein weiterer Hüne auf ihn zu stampfte. Seine Schüsse halfen nichts, da dessen Schild extrem stark war. Daher steckte Kane die Waffen weg und verpasste dem Kerl mehrere harte Schläge gegen den Torso.

Das schien ihn kaum zu stören. Er packte den Wolf am Kopf, hob ihn hoch und schmetterte ihn durch eine massive Steinwand, ohne loszulassen. Reiner Schmerz durchzog Kanes gesamten Körper und er dachte, er würde zerrissen werden. Dennoch blieb sein Wille stark und er rammte beide Hälften von Zaruko in dessen Leib. Dank der Sakalspitzen hatte dieser Angriff Erfolg und er wurde fallengelassen. Einige Sekunden lang konnte er sich nicht bewegen, bis sich seine Knochen wieder zusammensetzten. Ein Stampfer auf seine Brust presste ihm die Luft aus den Lungen. Mit einer Hand hielt er den Panzerstiefel des Riesen fest, bevor er Zaruko durch sein Bein rammte.

Der Kerl brüllte auf und zog eine massive Energieflinte, die er direkt auf Kanes Kopf richtete. Plötzlich stolperte er vorwärts und trat ihm dabei auf den Helm. Dennoch rappelte sich der Wolf kurz danach auf und beobachtete, wie Bravestone an dem riesigen Volakar hing und seinen Hals von hinten umschlang. Mit dem freien Arm stieß er sein Kurzschwert immer wieder in dessen Schulter. Selbst diese Aktion schien den massiven Gegner nicht fällen zu können.

Kane aktivierte seine Polytan-Multischiene und rannte los. Mit zwei kurzen Schritten stieß er sich von ein paar Trümmern an der Wand nach oben und schlug mit voller Kraft und seinen Nahkampfkrallen dessen Helm kaputt. Während er sich am Brustpanzer festhielt, riss er den vorderen Teil des Helms herunter und hielt den Arm an den aufgerissenen Mund des Volakar. Nachdem er eine Hurricane-Granate in seinen Hals geschossen hatte, eilten Bravestone und er durch die zerstörte Wand und warfen sich auf den Boden. Die Explosion zerfetzte den Kerl und seine Einzelteile fegten in alle Richtungen. Zudem richteten die Synthium-Projektile zusätzlichen Schaden in der Umgebung und beim Feind an. Die komplette Wand war daraufhin rot gefärbt.

Als Kate den beiden gerade wieder auf die Beine half, wurden die Türen auf der anderen Seite der Halle eingetreten und ein Dutzend Kämpfer der Rebellen stürmten herein, die das Blatt wendeten. Das erlaubte es dem Wolf Pack, einen Moment durchzuatmen.

Erst jetzt, wo er die Gelegenheit hatte, sich richtig umzusehen, bemerkte er, wie viele Gegner sie in der kurzen Zeit getötet hatten. Zudem fiel ihm nun auf, dass eine unscheinbare Tür am Rand des Raums die Stelle war, von der die meisten Feinde hereinkamen. Dort mussten sie den Anführer der Rebellen gefangen halten.

»Da lang ...«, sagte er und ging los, wobei er sich immer noch leicht benommen fühlte.

Zadovar übernahm die Führung der Rebellentruppen und diente als leuchtendes Beispiel für sie, während sie die letzten Volakar erledigten. Derweil saß Ruby am Rand einer der Schüsseln und hielt sich den Arm, der trotz der Rüstung stark blutete. Sie sprach mit Kate, die ihr von dort runter half.

»Wie schlimm ist es?«, fragte Kane.

Sie knurrte. »Keine Ahnung. Wissen wir erst, wenn ich mich ausziehe.«

»Darauf haben wir alle gewartet! Ich hoffe, du zeichnest das auf, Kumpel!«, kam es spöttisch von Jaxo.

»Fick dich, Salamander«, gab die Krodaa kichernd zurück und zischte dann, weil es dadurch mehr schmerzte.

»Die Rebellen kümmern sich um dich. Bleib einfach mit Kate hier. Wir gehen Rex suchen«, sagte Bravestone.

Die beiden traten zu der Tür und gingen hindurch. Dahinter lag ein Korridor mit einigen leerstehenden Nebenräumen, wo halb leere Becher und holografische Kartenspiele darauf hindeuteten, dass sich dort die Volakar aufgehalten hatten. Am Ende des Ganges durchschritten sie eine weitere Doppeltür und zielten mit ihren Gewehren nach vorne.

Auf einem einzelnen Stuhl saß ein gefesselter Mann in Unterhose. Fünf Horntruppler standen um ihn herum und richteten die Gewehre auf ihn. Dahinter lagen die Leichen von fast vierzig Rebellen, alle mit deutlichen Anzeichen für brutale Folter.

Der Mann auf dem Stuhl war ganz klar ein Onu. Sein schulterlanges, schwarzes Haar hing ihm blutverkrustet im Gesicht. Offene Wunden bluteten neben vielen Narben auf seinem muskulösen Körper.

»Keinen Schritt näher, sonst hat euer geliebter Anführer ein Loch im Schädel!«, drohte einer der Volakar.

Kane analysierte die Situation mit dem HUD. Die fünf Gegner hatten die Finger am Abzug. Sie zu töten, konnte auch Rex' Ende bedeuten. Ganz langsam richtete der Wolf die Viper nach oben und hängte sie an die Magnethalterung an seinem Rücken.

Bravestone sah ihn an und fragte, »Was hast du vor?«

»Vertrau mir.«

Während nun auch der Vigilancer widerwillig das Gewehr senkte, richtete der Wolf die Arme gerade nach vorne aus und hielt die Hände vor sich, als würde er sich ergeben.

»So ist's recht!«, knurrte der Horntruppler, der wohl das Kommando hatte. »Ihr werdet eure Waffen und Rüstungen ablegen und sie da drüben auf den Leichenhaufen werfen, sonst ist er tot.«

Das HUD markierte die Schwachstellen der fünf Gegner.

»Kane ...«, murrte der Onu nervös.

»Wird's bald?!«, brüllte der Volakar.

Die anderen Horntruppler entspannten sich jedoch, was dem Wolf genügte. Die Polytan-Schiene wandelte sich zur Harbinger und er ballte die Hände zu Fäusten. In dieser Sekunde schoss die Unterarmwaffe zehn Projektile simultan ab und traf jeden der Gegner an zwei kritischen Stellen, sodass sie innerhalb eines Atemzugs tot zu Boden fielen.

Bravestone starrte ihn an. »Sowas kannst du?«

»Man sollte immer ein paar Asse im Ärmel haben«, antwortete Kane zufrieden.

Der Gefangene richtete sich in seinem Stuhl auf und verengte die Augen, als der Vigilancer den Helm abnahm. »Bist du das, Bravestone?«

»Allerdings. Und du kannst dich glücklich schätzen, dass ich mich habe überreden lassen, deinen wertlosen Arsch zu retten!«, erwiderte er und löste die Fesseln des Mannes.

Kane half ihm auf die Beine, als er auf die Beleidigung reagierte. »Ich bin nicht stolz auf das, was ich im Krieg getan habe, Isaiah ... Ich habe seither versucht, es besser zu machen. Deswegen bin ich ja hier. Ich will verhindern, dass anderen Welten widerfährt, was unserer Heimat passiert ist.«

»Jetzt ist nicht die Zeit für moralische Diskussionen«, sagte Kane entschieden und führte den Mann zu seinen Leuten, die bereits durch die Gänge eilten, um ihn in Empfang zu nehmen.

Zadovar trat zu ihnen und nickte zufrieden, den Mantel voller Blut. »Das war gute Arbeit, Silver Wolf. Ich sehe jetzt, woher dein beachtlicher Ruf stammt. Ich habe soeben Meldung erhalten, dass die Ersten unserer Schiffe Sinee erreicht und die Verteidigung des Feindes durchbrochen haben. Es ist vorbei.«

Kane hatte jedoch ein ungutes Gefühl. Er sagte, »Ich rate euch, einige eurer Schiffe auf sicherer Distanz zum Planeten zurückzuhalten.«

»Wozu? Jedes zusätzliche Schiff kann unsere Defensive stärken. Wir haben sowieso schon zu wenige hier«, wunderte sich der Vigilancer.

»Überleg doch mal: Das Protektorat wusste, dass Rex hier sein würde. Trotzdem haben sie nur sieben Fregatten eingesetzt und diesen Ort so schlecht gesichert, dass wir ihn beinahe zu fünft erobern konnten. Das ging viel zu leicht. Irgendwas stimmt hier nicht«, erklärte er.

Zadovar rieb sich das Kinn. »Hmm. Da könntest du recht haben. Wir hatten kaum Verluste und sie haben Rex nicht getötet. Dass sie uns herlocken wollten, war klar, aber für eine Falle war das zu dürftig.«

»Das war vielleicht noch gar nicht die Falle«, überlegte Kane.

»Ich werde die Hälfte unserer Schiffe anweisen, sich in Abrufbereitschaft zu halten«, entschied der Vigilancer, musste jedoch feststellen, dass sein Langstreckensignal nicht durchkam. »Ein Störsignal. Aber woher kommt es?«

Jaxo meldete sich. »Leute? Ich würde euch empfehlen, zum Hangar zu gehen.«

Sie folgten seinem Rat und trafen sich mit den anderen im großen Hangarbereich, einem riesigen Raum mit hoher Decke. Er war fast zwei Kilometer breit und wurde durch eine halbdurchlässige Energiewand vom Außenbereich des gigantischen Kanals durch den Planeten getrennt.

Bereits dort sahen sie, was los war. Während sie damit beschäftigt waren, Rex zu finden, hatte sich ein Großteil der Rebellenschiffe im Orbit gesammelt. Genau dann war eine Armada des Protektorats aufgetaucht und hatte sie eingekesselt. Dazu gehörten mehrere Schlachtschiffe und eine überwältigende Zahl von Raumjägern. Da Sinee nur eine schwache Atmosphäre hatte, konnten sie die vielen hundert Schiffe am Himmel sehen.

»Oh Scheiße …«, sagte Zadovar.

»Das war's dann wohl«, seufzte auch Kate, die gerade mit der zusammengeflickten Ruby neben ihnen stehenblieb.

Tatsächlich musste selbst Kane zugeben, dass es düster für sie aussah.

Kein Entkommen

Die Rebellen in der Anlage waren sichtbar verzweifelt und demoralisiert angesichts der feindlichen Übermacht. Zudem meldeten die Techniker, dass sich die ersten gegnerischen Transporter auf den Weg zur Fabrik machten.

Da General Dorsa noch immer von den Sanitätern behandelt wurde und Meister Zadovar mit den Kapitänen der Schiffe sprach, schien es niemanden zu geben, der Ordnung in das Durcheinander brachte.

Kane ging auf die Stelle zu, an der man einen behelfsmäßigen Kommandoposten aufgebaut hatte. Dort standen einige Personen herum und warteten verunsichert auf jemanden, der ihnen Befehle erteilte.

»Soldat! Welche Verteidigungsoptionen hat diese heruntergekommene Fertigungshalle?«, fragte er streng.

Eine Frau zuckte zusammen und antwortete, »Nun ja ... äh ... ich glaube ...«

Der Wolf unterbrach sie. »Sie sollen nicht glauben, sondern meine Frage beantworten. In diesem Moment nähert sich eine Flotte unserer Position, die uns auslöschen wird, wenn wir nicht augenblicklich etwas unternehmen. Also welche Möglichkeiten hat dieser Ort? Das ist eine Einrichtung der Onu. Niemand kann mir erzählen, dass es hier keinerlei Abwehrsysteme gibt.«

»Tatsächlich gibt es Luftabwehrgeschütze, doch sie stehen schon ebenso lange still wie der Rest der Anlage, Sir. Die Energieversorgung sollte gleich wiederhergestellt sein, aber die Steuerung und die Kanonen wurden ewig nicht gewartet«, erklärte sie.

»Dann schicken Sie Ihre Leute los und bringen Sie das in Ordnung! Diese Geschütze sind das Einzige, was unser Überleben sichern kann. Es gibt jetzt nichts Wichtigeres«, befahl er.

Ein anderer, noch recht junger Soldat sah ihn misstrauisch an. »Und wer sind Sie? Wir unterstehen General Dorsa und nicht irgendeinem Söldner.«

Kanes zog die Brauen zusammen. »Im Moment sind eure Anführer leider nicht in der Lage, die Situation zu bereinigen. Genau betrachtet waren sie es, die uns alle überhaupt erst in diese Scheiße geführt haben.« Er setzte dem Jungen einen Finger auf die Brust. »Ich war schon Soldat, da haben Ihre Eltern sich nicht mal gekannt. Wenn Sie überleben wollen, rate ich Ihnen dringend, Ihren Arsch in Bewegung zu setzen!« Die Autorität in seiner Stimme ließ keinerlei Raum für Zweifel. »Jaxo, ich brauche dein Können hier unten. Bring deine Drohnen mit. Kate! Geh mit den Technikern und hilf ihnen, diese Geschütze online zu bringen!«, rief er und seine Schwester rannte sofort los. »RB, sieh zu, ob du die Steuerung in Gang kriegst.«

Bravestone trat neben Kane, als der junge Mann davon eilte. »Wir sind nicht hier, um die Rebellen zu führen. Das ist Dorsas Problem.«

»So, wie ich das sehe, ist das hier gerade unser aller Problem. Nicht mal die Dragonwing kommt hier heil raus, solange diese Flotte über uns schwebt. Unser Überleben hängt jetzt vom Ausgang dieser Schlacht ab. Ich überlasse mein Schicksal sicher nicht denselben Leuten, die uns diese Scheiße eingebrockt haben«, stellte Kane klar.

In diesem Moment kam Zadovar mit Rex Dorsa zu ihnen. Der Onu trug eine verzierte Rüstung mit einem Helm, der vom Stil her Bravestones Modell ähnelte. Als er das sah, wurde sein Blick finster.

Zadovar kommentierte Kanes Worte. »Wir konnten ja nicht ahnen, dass der Protektor so weit gehen würde. All die gefolterten Leute, die vielen Opfer und das gnadenlose Vorgehen ... Das ist einfach nicht richtig.«

Über diese Aussage musste der Wolf den Kopf schütteln. »Habt ihr aus dem Vernichtungskrieg denn gar nichts gelernt? Ralek kennt keine Grenzen. Wer moralische Überlegenheit taktischen Überlegungen vorzieht, wird immer den Kürzeren ziehen. Im Krieg gibt es keine Tabus. Wenn ihr einen Feind besiegen wollt, der keine Ehre hat, müsst ihr euch anpassen, denn er wird eure ausnutzen. Genau deshalb braucht ihr jetzt jemanden wie mich.«

»Du willst das Kommando übernehmen, Silver Wolf? Dir ist die Rebellion doch egal«, wunderte sich der nimiranische Vigilancer.

»Euer Kampf kümmert mich auch nicht, aber mein Leben schon. Ich werde tun, was immer nötig ist, um diesen Tag zu überstehen. Wie ich das sehe, ist das nur gemeinsam möglich. Euer General ist nicht in der Verfassung, um zu führen. Und du hast nicht den Willen, das zu tun, was nötig ist«, stellte Kane klar.

Rex trat an den Tisch und stützte sich ab. Bravestone musterte ihn von Kopf bis Fuß. »Wie kannst du es nur wagen, die Rüstung der Einen zu tragen? Du bist nicht würdig, das Emblem des Kraven-Clans zu führen.«

Darauf reagierte der Anführer gelassen. »Ach nein? Ich mag vielleicht nicht immer die richtigen Entscheidungen getroffen haben, aber wenigstens habe ich meine Welt nicht im Stich gelassen, nur weil meine Leute umgebracht wurden. Du hast dein Volk verlassen und dich den Vigilancern angeschlossen, während ich bis zum letzten Tag auf Onu Ana gekämpft habe.« Sein Blick wurde vorwurfsvoll. »Seither arbeite ich Tag und Nacht daran, diesen Widerstand aufzubauen und das Protektorat bis aufs Blut zu bekämpfen. Ich führe jene, die trotz aussichtsloser Lage aufrecht stehen. Vielleicht bin ich nicht der unnachahmliche Krieger, der du heute bist, aber ich bin allemal würdig, die Kraven-Rüstung zu tragen. Sie bringt allen Onu Hoffnung, die den Krieg überlebt haben. Sie erinnert die Galaxie daran, dass unser Volk noch nicht tot ist.«

Kane stimmte ihm zu. »Es ist eine Rüstung. Sie wurde gemacht, um getragen zu werden. Nicht mehr, nicht weniger. Und das Aufgebot an Truppen über uns ist Beweis genug, dass Servan Ralek die Rebellen als Bedrohung betrachtet. Sie haben dich als Köder benutzt, um möglichst viele deiner Leute anzulocken und auszulöschen.«

Mit schmerzerfülltem Gesicht aktivierte Rex ein Hologramm der Schlacht über ihnen. Die Volakar-Schiffe hatten die Flotte der Rebellen eingekreist und setzten ihnen heftig zu.

»Ich fürchte, sie haben uns in der Hand ...«, sagte der General.

»Ist das die Reaktion eines erfahrenen Veteranen der Onu? Kein Wunder, dass das Protektorat euch immer wieder zurückdrängt«, knurrte Bravestone.

»Wir haben nicht annähernd die Stärke, uns gegen diese Übermacht zu behaupten! Ich bin General, kein Zauberer!«, protestierte Dorsa.

Wieder schüttelte Kane den Kopf. »Es braucht schon mehr als zahlenmäßige Überlegenheit, um mich zu beeindrucken.«

»Hat der große Silver Wolf auch einen Plan, oder nur großspurige Kommentare?«, wollte Zadovar wissen und kreuzte die Arme.

In dem Moment meldete sich Jaxo, sodass es alle hörten. »Wir haben einige der Geschütze flott gemacht und RB hat die Steuerung kalibriert.

Wenn die Herren ihre Aufmerksamkeit auf die Außenkameras richten möchten.«

Ein Holobildschirm zeigte den Bereich über der Anlage, wo die ersten Angriffsschiffe in Reichweite kamen. Anstatt zu landen oder anzugreifen, wurden sie von den verheerenden Flugabwehrkanonen der alten Onu in Stücke gesprengt.

Rex sah sofort hoffnungsvoll aus, ebenso wie viele der Rebellen im Umkreis. »Ich habe keine Reparaturen beauftragt ...«

»Aber ich«, stellte Kane klar. »Ihr beiden seid nicht die Einzigen, die in einem Krieg gekämpft haben. Die Kanonen können uns etwas Zeit verschaffen, aber wir müssen trotzdem von hier verschwinden. Jaxo und Kate helfen euren Technikern, noch mehr Geschütze in Betrieb zu nehmen, aber der Rest von uns muss sich um die Evakuierung kümmern.«

»Wie stellst du dir das vor?«, fragte Zadovar und zuckte mit den Schultern. »Jedes Schiff, das da hoch fliegt, wird genauso zerfetzt wie unsere Flotte.«

Selbst der ansonsten unnachgiebige Bravestone starrte ratlos auf die Übertragung der Raumschlacht.

Mit verschränkten Armen sah Kane auf das Hologramm. »Die Volakar haben drei Schlachtschiffe um die Rebellenschiffe verteilt, die von Fregatten flankiert und von Raumjägern umflogen werden. Demnach gibt es drei Bereiche, die der Feind kontrolliert. Würden wir einen davon öffnen, könnten eure Leute verschwinden. Ich sage, wir brechen gleich zwei.«

»Ach was. Und wenn wir schon dabei sind, erobern wir gleich Volak mit dazu, was?«, spottete Dorsa.

Kane zeigte jedoch nicht das geringste Anzeichen von Humor. »Bravestone und mein Team erledigen das. Wir legen die Rüstungen von Horntruppen an und benutzen eines ihrer Schiffe, um uns an Bord eines der Schlachtschiffe zu schleichen. Von dort suchen wir uns einen Weg auf die Brücke und kapern es. Wir steuern es direkt in eines der anderen beiden hinein und zerstören damit zwei auf einen Schlag, indem wir ihre Stärke gegen sie verwenden. Viele ihrer Schiffe werden daraufhin das letzte Schlachtschiff beschützen und euch einen Fluchtweg öffnen. Wenn dieser Moment kommt, müsst ihr bereit sein.«

»Das ist ein extrem verwegener Plan mit geringen Erfolgsaussichten. Wie sollen wir bitte an Bord kommen und den Kaperversuch überleben?«, wollte Bravestone wissen.

Zadovar fügte hinzu, »Außerdem klingt das nach einer Selbstmordmission. Bis ihr in einer Rettungskapsel verschwinden könnt, hätte die Besatzung Zeit, den Kurs noch zu ändern. Jemand müsste bis kurz vor dem Aufprall an Bord bleiben und sich opfern.«

Kane ließ sich nicht beirren. »Eure Jäger müssen unseren Anflug decken, damit sie nicht darauf achten, wer sich ihrem Schiff nähert. Wir sind Experten für Infiltration und werden einen Weg auf die Brücke finden. Sobald der Aufprall bevorsteht, wird mein Team uns mit der Dragonwing rausholen. Ihr müsst einfach nur fluchtbereit sein und mir vertrauen.«

Rex hielt sich die Seite und stöhnte leise. »Es ist ja nicht so, als hätte irgendjemand hier eine Wahl. Du weißt offenbar, was du tust. Wir können dich ohnehin nicht aufhalten, zumal du nur deine eigenen Leute in Gefahr bringst. Du kriegst deine Chance, Wolf. Aber wenn du das vorhast, solltet ihr keine Zeit verlieren.«

***

Ein paar halbwegs intakte Rüstungen der Horntruppen in ungefähr passenden Größen waren schnell gefunden, doch die anderen sorgten sich wegen des verrückten Plans.

Kate fragte, »Wir haben schon viele irre Sachen gemacht, aber wie soll das funktionieren?«

»Jaxo und RB bleiben hier und sorgen für die Exfiltration. Die beiden sind die besten Piloten, die ich je gesehen habe. Du und Isaiah begleitet mich, falls es zum Kampf kommt. Es gibt Rettungskapseln direkt bei der Brücke, die wir kurz vor dem Aufprall benutzen können. Im Grunde ist es kein komplizierter Plan«, erklärte er, während er sich testweise in der Volak-Rüstung bewegte.

Bravestone probierte gerade verschiedene Armschienen aus. »Es ist nicht die Komplexität, sondern es sind die Erfolgsaussichten, die uns Sorgen machen. Drei Personen auf einem Schlachtschiff voller Feinde sind so gut wie tot.«

»Wenn wir nichts tun, sind wir definitiv tot. Ich verschaffe uns zumindest eine Chance«, argumentierte Kane.

Gerüstet wie Horntruppen marschierten sie durch den geschäftigen Hangar und wurden dabei teils finster, teils neugierig angestarrt. Der Wolf, Kate und Bravestone hatten nun je ein Gewehr, ein Messer, ein paar Granaten und einen Jetpack. Das war wesentlich weniger, als sie normalerweise hatten, doch jede Waffe, die nicht zur Standardausrüstung gehörte, würde sofort auffallen. Die hornlosen Helme stammten von den Enforcern, Alien-Helfern der Horntruppen.

Jaxo und RB standen beim Ausgang zu den Außenlandeplätzen, zusammen mit Rex und Zadovar.

Die Krodaa hatte einen dicken Verband am Arm und sah sie unzufrieden an. »Ich sollte mit euch kommen ...«

Kate erwiderte, »Selbst mit einer falschen Rüstung würden deine Flügel auffallen, RB. Du hast deinen Teil getan. Ruh dich aus.«

Jaxo legte ihr seine Pranke auf die Schulter. »Wir warten in der Dragonwing auf euren Ruf und kommen euch holen. Das wird ein Höllenritt, aber auch nicht verrückter als damals bei der Crimson Void. Sorgt ihr dafür, dass wir hier wegkommen, wir sorgen dafür, dass ihr nicht hilflos im All trudelt. Achte auf deinen Bruder«, sagte er zwinkernd zu Kate. »Er bringt sich gern in Schwierigkeiten und macht verrückte Sachen.«

Sie grinste. »Diesmal sind wir alle verrückt.«

»Macht unserem Orden Ehre, Meister Bravestone. Wir alle hier zählen auf euch«, kam es von Zadovar.

Auch Rex sah ernst aus. »Der Fortbestand dieser Rebellion liegt jetzt in euren Händen.«

Daraufhin mahlte der Vigilancer mit dem Kiefer. »Du tätest gut daran, das nicht zu vergessen.«

Anschließend verließen die drei den Hangar mit aufgesetzten Helmen und gingen über den schmalen, metallenen Steg zu einer Landeplattform, auf der ein kleines Volak-Transportschiff stand. Es hatte dieselbe Sichelmondform wie alle Modelle von Volak, deren Tragflächen halbrund nach vorne gebogen waren.

Kate blieb kurz stehen und blickte über das Geländer in die gähnende Tiefe des gewaltigen Kanals, der durch Sinee verlief. »Die Ausmaße sind unvorstellbar. Da kann einem schon schwindelig werden ...«

Der Wolf nahm sie bei der Hand und zog sie weiter bis zum Schiff, wo Bravestone das Steuer übernahm.

Schon als seine Schwester sich an einem Griff über ihr festhielt und auf den Start wartete, spürte Kane ihre Nervosität deutlich.

»Ich werde nicht lügen und behaupten, dass alles gut wird, aber ich habe solche Situationen schon früher erlebt. Unser Weg endet heute noch nicht. Bleib immer in meiner Nähe, dann kriegen wir das hin«, versicherte er ihr.

»Kannst du denn ein Schlachtschiff steuern? Braucht man dafür nicht eine ganze Mannschaft?«, fragte sie.

»Oder eine besonders fähige EI«, rief der Onu aus dem Cockpit, während sie abhoben und senkrecht in die Höhe flogen, wobei Jaxo mit den Abwehrgeschützen eine Schneise für sie öffnete.

Sie mussten den herabfallenden Trümmern gesprengter Raumjäger ausweichen, bis sie den Orbit erreichten. Dort beobachteten sie einen Moment lang das Chaos. Die Schiffe der Rebellen waren eingekesselt und in Bedrängnis. Viele ihrer Jäger und Bomber wurden gejagt und die Fregatten, die das einzige Schlachtschiff ihrer Flotte schützten, wiesen bereits starke Beschädigungen auf.

Kane entschied sich für eines der drei großen Kriegsschiffe des Protektorats und der Vigilancer kontaktierte Commander Kriel. »Commander. Hier Infiltrationsteam Alpha. Wir nehmen jetzt Kurs auf das feindliche Schlachtschiff Destructor. Erbitten eine Ablenkung für die reibungslose Annäherung.«

Die Antwort der Kuza-Kommandantin kam so emotionslos und sachlich, wie man es von ihrer Spezies kannte. »Verstanden, Team Alpha. Wir senden unsere besten Piloten, um einen Angriff vorzutäuschen und sie zu beschäftigen. Wir alle hoffen, dass das klappt, Meister Bravestone. Hals- und Beinbruch.«

Sofort nahm er Kurs auf das riesige Schiff. »Kane, der Weg vom Hangar zur Brücke ist weit. Bist du sicher, dass wir das schaffen können?«

Der Wolf trat hinter den Pilotensitz und spähte nach vorne, wo das feindliche Schlachtschiff immer näherkam. »Wann habe ich was von Hangar gesagt?«

»Wie war das gerade?!«, rief Kate hinter ihm.

»Im Hangar werden sie sofort unsere Codes prüfen und feststellen, dass dieser Transporter zum Landeteam gehörte, das ausgelöscht wurde. Außerdem hast du recht. Je länger der Weg, desto größer das Risiko, zu früh bemerkt zu werden. Wir springen raus und nutzen eine Wartungsluke für den Einstieg«, erklärte er, wissend, dass es nun zu spät für einen Rückzieher war.

Bravestone knurrte leise. »Falls wir das hier überleben, trete ich dir in den Arsch.«

Kane klopfte ihm auf die Schulter. »Du darfst es gern versuchen«, sagte er grinsend.

Das Transportschiff erreichte das Ziel und sie beobachteten, wie die meisten Raumjäger in die andere Richtung sausten, wo die Finte begonnen hatte. Auch die Außenbordgeschütze feuerten, sodass nicht ein einziger Funkspruch durchkam, der nach ihrer Kennung verlangte.

»Wo willst du eindringen?«, fragte der Onu.

Mit einem Finger in der entsprechenden Richtung antwortete der Wolf, »Da unten bei dieser Antennengruppe. Es liegt weit genug von der Brücke entfernt, um nicht bemerkt zu werden.«

Das Schiff ging runter und flog nah an der Außenhülle des riesigen Schlachtschiffs.

»Destructor 3-6 an Landungsschiff. Sie fliegen zu dicht an der Hülle. Nennen Sie Ihre Kennung und Ihre Mission!«, verlangte eine Stimme über Funk.

»Wir wurden wohl bemerkt«, stellte Bravestone überflüssigerweise fest.

Da Kate noch nervöser herumzappelte, sagte Kane. »Einfach ignorieren. Die werden das Schiff weiter verfolgen, kämen aber nie auf die Idee, dass jemand sie von außen entern würde.«

»Ja, weil das auch völlig bescheuert ist!«, erwiderte sie.

»Und genau deshalb wird es funktionieren«, gab er mit unerschütterlicher Überzeugung zurück.

Kurz darauf kam der Vigilancer zu ihnen nach hinten. »Wir sind über der Absprungzone. Jetzt gilt es.«

Sofort öffnete der Wolf die Seitenluke des Transporters und sie mussten sich festhalten, um nicht ins Vakuum gesaugt zu werden. Er lugte vorsichtig hinunter, wo die Konturen der Hülle schnell vorbeizogen. Bevor er es sich anders überlegen konnte, sprang er aus dem Schiff und aktivierte den Jetpack, um senkrecht nach unten zu fliegen. Dabei hoffte er inständig, dass die Rüstung trotz des schlechten Sitzes dicht blieb. Mit Blick nach hinten sah er die anderen beiden, wie sie ihm folgten. Er hörte über ihre verschlüsselte Kommunikation, wie seine Schwester laut fluchte.

»Lato, hörst du mich?«, fragte er.

Die EI antwortete, »Laut und deutlich, Kane. Ich kann die Sensoren eurer Rüstungen nutzen, um eure Bewegungen zu verfolgen, auch wenn wir von hier unten nichts für euch tun können, bis du mich in ihr System lässt.«

»Kannst du mir eine geeignete Einstiegsluke auf dem Visor markieren?«, fragte er.

»Scanne nach markanten Strukturen«, erwiderte sie.

Kurz darauf wurde eine Stelle optisch hervorgehoben.

»Du bist die Beste«, lobte er und passte seinen Flugwinkel an.

Sobald er den Boden fast erreicht hatte, ging er in einen waagerechten Flug über und wich einzelnen Antennen aus, die nach oben ragten. Er ignorierte bewusst die Sterne, die Raumschlacht und den Planeten, um nicht von der überwältigenden Aussicht abgelenkt zu werden. Stattdessen fokussierte er nur sein Ziel und wurde langsamer, als er sich näherte. Mit einem letzten kurzen Schub erreichten seine Finger den Griff der Luke und er zog sich heran. Dort wartete er, bis auch die anderen beiden bei ihm waren.

Mit Blick auf Kate sagte er, »Merk dir diesen Moment. An den wirst du später noch oft zurückdenken.«

»Mir wird schlecht ...«, murmelte sie nur und wartete, bis er die Luke mit einigen Knopfdrücken geöffnet hatte.

Sie zogen sich nacheinander hinein und schlossen sie wieder, damit der Druckausgleich starten konnte. Anschließend nahmen sie eine schmale Leiter in einen Wartungsraum, in dem sich niemand aufhielt.

Alle drei prüften ihre Ausrüstung und Bravestone seufzte. »So weit so gut.«

Derweil stellte Kane an einem Terminal eine Verbindung für Lato her, damit sie Zugriff auf die Systeme des Schiffes bekam.

»Sobald du kannst, weise uns den schnellsten Weg zur Brücke«, sagte er dann.

»Meinst du nicht vielleicht den sichersten Weg?«, fragte Kate.

»Wir werden so oder so kämpfen müssen. Tempo und Überraschung sind unsere einzige Chance«, antwortete er.

Kurz darauf meldete sich Jaxo, »Okay Leute! Ich kann immer noch nicht glauben, wo ihr gerade seid, aber ich habe euch im Blick. Ruby lässt die Dragonwing warmlaufen.«

Dank Lato und des Lorganers, die ihnen Richtungsanweisungen gaben, traten sie den gefährlichen Gang zur Brücke an.

Zunächst verließen sie den Wartungsraum und bewegten sich nebeneinander durch einen breiten Durchgang. Sie hielten dabei ihre Gewehre in den Händen und achteten auf eine stramme und marschierende Haltung.

Es dauerte nicht lange, bis sie den ersten anderen Horntruppen über den Weg liefen. Hin und wieder nickten sie ihnen zum Gruß oder traten beiseite, wenn ein Schwebewagen vorbei wollte. Ansonsten gingen sie schweigend voran, als würden sie dazugehören. Das funktionierte erstaunlich gut, da die wenigsten Truppen an Bord miteinander interagierten, während sie sich durch die Gänge bewegten. Erst als sie den Aufzug zur Etage der Brücke nahmen, wurde es schwierig, da höherrangige Offiziere und andere Soldaten mit nach oben wollten.

Einige von ihnen plauderten leise. Einer der Männer stieß Bravestone an und meinte, »Hast du die Übertragung der Abfangjäger gesehen? Ich weiß, wir sollen uns nicht in ihre Übertragungsfrequenzen einklinken, aber ich musste einfach sehen, wie diese erbärmlichen Rebellen für ihre Dummheit in die Luft gesprengt werden!« Der Kerl lachte schadenfroh.

»Ich hatte noch keine Zeit dafür«, gab der Onu tonlos zurück.

Ein Offizier kommentierte, »Die Führungsetage weiß ganz genau, dass wir alle einen Blick riskieren werden. Ich meine, wie dumm muss man sein, einem Narren wie Rex Dorsa gegen uns in den Krieg zu folgen? Oder nicht?«, fragte er mit Blick auf Kane.

Der antwortete, »Völlig richtig. Wir sind ganz eindeutig allen anderen überlegen. Wir sind alle gleich ausgebildet, erfüllen unsere Pflicht, ohne unsere Befehle zu hinterfragen, und wir gehorchen dem allwissenden, unfehlbaren Protektor, der nur unser aller Wohl im Sinn hat. Wie kann man das nicht begreifen? Selbst nachzudenken und seinen eigenen Weg zu gehen führt doch nur zu Chaos.«

»Genau!«, stimmte der Offizier zu, aber dann schien er über das nachzugrübeln, was er gehört hatte. »Moment ... Willst du damit etwa sagen, dass wir es uns zu einfach machen? Das klingt mir schwer nach Zweifeln, Soldat!«

Kane wusste sofort, dass ihre Tarnung auffliegen würde, und legte den Finger an den Abzug. »Zweifel? Ich? Wie könnte ich nur so etwas denken? Niemals würde ich die absolut perfekte, zweifelsfreie Logik der Eroberung kritisieren. Selbstverständlich glaube ich an die Sache! Ich bin nur ein einfacher Infanterist, Sir. Ich würde es nie wagen, unerlaubt zu denken, Sir.«

Ihm war klar, dass seine provokativen Worte zu einem Kampf führen würden, doch er konnte es sich nicht verkneifen. Im Angesicht derart sturer Verbohrtheit und grenzenloser Dummheit keinen spitzen Kommentar abzugeben, bereitete ihm beinahe körperliche Schmerzen, daher musste er dem Drang einfach nachgeben.

Das kleine Hirn des Offiziers schien zu realisieren, dass er zum Narren gehalten wurde. »Eine derart freche Insubordination ist mir noch nie untergekommen!«

Kane schmunzelte, konnte aber nicht aufhören. »Angesichts Ihrer offenkundigen Begriffsstutzigkeit wundert mich das. Andererseits sind stumpfsinnige Mitläufer leicht zu verwirren.«

Nun war es direkt genug, dass der begrenzte Verstand des Mannes den Angriff erkannte. »Name und Dienstnummer! Sie werden so lange Latrinen putzen, dass Sie sich wünschen werden, Sie hätten die Klappe gehalten!«

»Wie war noch gleich das Wort, das willensschwache Wichtigtuer so selten verwenden, wenn man ihnen hirnlose Befehle erteilt? Es liegt mir auf der Zunge.« Dabei schnipste er mit den Fingern. »Ach richtig! Es lautet ... Nein«, gab er zurück und schoss dem Kerl zwischen die Augen.

Kate und Bravestone eröffneten ebenfalls das Feuer und sie beeilten sich, da es keine Deckung gab.

Mit der Faust erwischte der Wolf eine Volakar am Helm, packte sie am Horn und warf sie in einen Kameraden, bevor er beide abknallte. Ein größerer Offizier knallte ihn mit dem Rücken gegen die Wand. Kane zog das Messer und stieß es ihm in schneller Abfolge in die Schwachstellen der Rüstung, bis er blutend auf die Knie sank, wo er seinen Kopf mit einem lauten Knacken um 180 Grad herumdrehte. Auch Kate und Bravestone machten kurzen Prozess mit ihren Gegnern.

Am Ende waren nur doch die drei falschen Truppler am Leben, umgeben von neun Leichen.

»Na großartig, Kane! Hättest du nicht einfach still sein können?«, beschwerte sich der Vigilancer.

Er richtete beide Hände auf den toten Offizier. »Ich habe es wirklich versucht, aber diese Typen sind so unfassbar beschränkt, dass ich es nicht mehr ausgehalten habe. Wie kann man nur derart gedankenlos und blind einem so zerstörerischen Pfad folgen? Abgesehen davon sagte Jaxo, dass wir kurz hinter dem Aufzug auf eine Kontrolle stoßen, die nur befugtes Personal in die Nähe der Brücke lässt. Unsere Tarnung ist also gleich sowieso dahin«, erklärte er. Das schien die beiden zu besänftigen. »Was denn? Dachtet ihr wirklich, ich würde unsere Leben für einen spitzen Kommentar aufs Spiel setzen?«

»Der Gedanke ist mir tatsächlich kurz gekommen«, erwiderte seine Schwester. Als der Aufzug piepste und ihnen die Ankunft in der richtigen Etage bestätigte, kicherte sie und sagte, »Spielt einfach mit.«

Als die Tür aufging und die wartenden Soldaten die Leichen sahen, rief Kate. »Ihr müsst uns helfen! Dieser Offizier hatte den Verstand verloren! Er hat rumgebrüllt, dass wir verrückt wären, einem Monster wie Servan Ralek zu folgen und all diese Leute zu töten, die einfach nur frei sein wollen. Dann fing er an, da drin herumzuballern! Wir konnten ihn überwältigen, aber er sagte, er und seine Freunde würden so viele Raumjäger sabotieren, wie sie könnten, um diesen Kampf zu beenden!«

Das Blut an Kanes Rüstung half ihm dabei, verwirrt und geschockt auszusehen, sodass einige der Volakar Alarm schlugen und man sie aufforderte, sich im nächsten medizinischen Bereich untersuchen zu lassen.

»Das war ziemlich clever«, gab Bravestone zu, als sie sich unbehelligt weiterbewegten.

»Es hat ein paar der Typen aus dem Weg geschafft, aber ich fürchte, das nutzt uns ab hier nichts mehr«, erwiderte sie und zeigte auf einen Kontrollpunkt, an dem zwei gelangweilte Soldaten standen.

Sie waren dort, um die Berechtigungen zu prüfen und nur autorisierte Personen durchzulassen. Dieser Prüfung konnte ihre Tarnung nicht standhalten.

»Jaxo, wie weit noch bis zur Brücke?«, fragte Kane.

»Noch ein Gang, der Vorraum und die Brücke selbst. Noch näher hättet ihr nicht ohne Kampf kommen können«, versicherte er ihnen.

Sie blieben vor den Horntrupplern stehen, die sie erwartungsvoll ansahen. »Autorisierungscode?«

Kane sah seine Kameraden an und seufzte. »Tja, ich schätze, es ist so weit.« Mit Blick auf die Wachen sagte er, »Meine Autorisierung lautet drei ... zwei ... eins ...«

Zwei Schüsse erledigten die beiden und sie rannten los durch den Gang. Die Aktion wurde sofort bemerkt und der schiffsweite Alarm ertönte. Kane empfand es als nervtötendes Geräusch.

»Ich weite den Ursprung des Alarmsignals auf das gesamte Schiff aus, damit niemand weiß, wo der Angriff stattfindet. Das verschafft euch etwas mehr Zeit«, meldete Lato.

»Sehr gut! Danke!«, gab Bravestone zurück.

Bereits im Gang kamen die ersten Feinde, um auf sie zu schießen. Es waren jedoch nur einzelne Soldaten, die sie im Lauf erledigten. Hierbei war Kate besonders hilfreich, die schnell reagierte und immer wieder auf Feuerlöschtanks schoss, um für Ablenkung zu sorgen.

Der Vorraum der Brücke diente hauptsächlich als Kommunikationsraum, sodass sich dort viele Offiziere und hochrangige Soldaten aufhielten, um den Angriff zu koordinieren.

»Kate! Bring Lato ins System, damit sie verhindert, dass andere Schiffe alarmiert werden!«, rief der Wolf.

»Bin dran!«, bestätigte sie und rutschte hinter eine Konsole, um dem Beschuss zu entgehen.

Zwei breit gebaute Volakar flankierten den Eingang zur Brücke mit schweren Schnellfeuerkanonen. Das Dauerfeuer auf sie begann sofort und Kane wurde mehrmals erwischt. Aufgrund der schlechten Qualität der Rüstung gingen viele Treffer durch und er spürte die Wunden. Davon abgelenkt verfehlten einige seiner Schüsse, doch es fielen dennoch mehrere Feinde zu Boden.

Bravestone hielt sich nicht erst lange mit den normalen Schützen auf, sondern rannte mit gesenktem Kopf durch den Beschuss und rammte jeden aus dem Weg, der vor ihn trat.

Nun wusste Kane nicht, wem er zuerst helfen sollte. Er entschied sich, die Gegner aus dem Weg zu räumen, die der Onu hinter sich zurückließ, bevor sie aufstehen und zu einem Problem werden konnten. Kate war gut genug ausgebildet, um sich selbst zu schützen. Er rappelte sich auf und ignorierte den Schmerz der noch nicht verheilten Wunden, während er die liegenden, kriechenden oder in Deckung hockenden Feinde ins Visier nahm. Mit einer Rolle über ein flaches Holoterminal trat er einer Soldatin gegen die Brust und rammte ihr sein Messer in den Hals. Danach warf er es in den Rücken eines Schützen, der auf seine Schwester angelegt hatte. Bevor er seinen Beschuss fortsetzen konnte, wurde ihm das Gewehr von einem der schweren Truppler aus der Hand geschossen und ein El-Baran in Horntruppenrüstung packte ihn.

Die vier kräftigen Arme machten es Kane so gut wie unmöglich, sich aus der tödlichen Umarmung zu befreien. Er nutzte seine verbesserte Stärke, um sich etwas Luft zu verschaffen, aber selbst das genügte nicht, um sich loszureißen. Ein Kopfstoß sollte den Feind aus dem Konzept bringen, doch das wuchtige Alien störte sich daran kaum.

»Scheiße!«, fluchte er und knurrte, während er sich zu befreien versuchte.

»Lato ist drin!«, rief Kate, musste aber sofort wieder in Deckung springen, als der schwere Schütze sie ins Visier nahm.

Kane knurrte. Zwar konnte der El-Baran ihn nicht zerquetschen, doch er konnte sich auch nicht befreien. Je länger der Kampf andauerte, desto geringer wurden die Erfolgschancen.

»Ich brauche hier mal Hilfe!«, rief er.

»Ich würde ja helfen, aber ich bin hier leider selbst etwas beschäftigt!«, antwortete Kate, die hinter der Deckung feuerte und nur hin und wieder jemanden erwischte.

Bravestone sagte, »Gleich haben wir das Problem nicht mehr!«

Zwischen zwei der Arme seines Kontrahenten konnte Kane beobachten, wie der Vigilancer mehreren Gegnern auswich, einige im Lauf erschoss und sich dann auf den ersten schweren Schützen warf. Dabei musste er Treffer einstecken. Nun schien jedoch die berühmte Robustheit der Onu zu greifen, denn nichts davon hielt ihn auf, als er den Kopf des Volakar so lange gegen die Panzertür knallte, bis er sich nicht mehr rührte. Anschließend griff er sich die schwere Waffe und durchlöcherte den zweiten Schützen, was Kate ermöglichte, wieder aus der Deckung zu kommen.

Mit voller Geschwindigkeit rannte sie auf Kane zu, während Bravestone ihr Deckung gab. Sie machte zwei kurze Sätze auf ein Terminal und eine hohe Konsole. Von dort sprang sie ab und rammte dem El-Baran ihr Messer seitlich in den Hals. Den Schwung ausnutzend, riss sie den Griff weiter und trennte dessen Kopf fast ab, bevor sie unsauber landete und einige Schritte strauchelte.

Für den Wolf reichte diese Aktion, um die Arme des Kerls zu lösen und auf Abstand zu gehen, wobei der El-Baran mit einem lauten Krachen in eine Steuerkonsole fiel.

Schwer keuchend kam seine Schwester zu Kane und er nickte ihr aufmunternd zu.

»Ich blockiere den Funkverkehr des Schiffes mit der Flotte, aber das wird sie schnell misstrauisch machen. Ihr solltet euch beeilen«, warnte Lato.

»Alles klar. Öffne den Durchgang zur Brücke«, forderte Bravestone sie auf und richtete die schwere Waffe auf die Panzertür.

Auch Kate schnappte sich eine davon und ächzte angesichts des Gewichts.

Kane hob stattdessen zwei Pistolen auf, die er als Energierevolver erkannte. Es handelte sich um Protektoratsmodelle mit starker Durchschlagskraft. Genau das brauchte er in diesem Moment. Seinen Nacken lockernd wartete er darauf, dass die Tür aufging.

Als das passierte, kamen sofort haufenweise Energiegeschosse in ihre Richtung. Der Onu und Kate ballerten direkt los und mähten die erste Feindeswelle nieder.

Derweil rannte der Wolf an ihnen vorbei und sprang seitlich von der Kapitänsplattform auf die Ebene, wo die Techniker und Administratoren ihre Stationen bemannten. Dort schoss er mit beiden Waffen abwechselnd in verschiedene Richtungen und hinterließ nichts als qualmende Krater, wo immer er traf. Da die meisten der Anwesenden keine Krieger waren, hatten sie auch keine Rüstungen und nur einfache Pistolen. Sie flohen sofort und rannten Haken schlagend vor ihm weg - genau ins Sperrfeuer seiner Kameraden.

Der Admiral der Destructor verfolgte den Kampf, bewegte sich aber nicht. Er stand mit auf dem Rücken gefalteten Händen vor seiner Steuerungskonsole und wartete, bis Kane schwer atmend vor ihn trat.

»Ich schalte Lato auf die Steuerung«, sagte Kate und ging an eines der Terminals, während Bravestone alle Feinde in Stücke schoss, die sich der Brücke näherten.

»Ein beeindruckend gewagtes Manöver, die Brücke meines Schiffes direkt anzugreifen. Ein derart riskantes und irrsinniges Vorgehen konnten selbst unsere besten Taktiker nicht vorhersehen. Dafür gebührt euch Respekt«, sagte der hochgewachsene, stattliche Volakar mit seinen seitlich abstehenden Hörnern. »Allerdings bin ich als Admiral an meine Ehre gebunden. Ich werde mein Schiff nicht kampflos aufgeben und sicherlich gemeinsam damit untergehen, sollte es dazu kommen.« Er holte zwei glänzende Langschwerter hinter seiner Konsole hervor und warf eines davon Kane zu. »Wer einen solchen Plan erfolgreich durchführt, verdient ein ehrenhaftes Duell.«

Der Wolf schleuderte die Pistole beiseite und hob die Klingenwaffe auf, um sie prüfend zu wirbeln. Sie war gut ausbalanciert, wenn auch etwas wuchtig für seinen Geschmack.

»Der Kollisionskurs ist berechnet, Kane. Soll ich das Schiff in Bewegung setzen? Wenn es losgeht, habt ihr noch knapp fünf Minuten, um das Schiff zu verlassen. Das reicht gerade aus, um die Rettungskapseln zu erreichen. Dann würde der Admiral jedoch meine Steuerung überschreiben. Die heranstürmenden Verstärkungen werden euch aber überrennen, wenn wir nicht sofort agieren«, warnte Lato.

Dies war der Moment, den Kane hatte kommen sehen. Er hatte bereits vermutet, dass er zurückbleiben musste, um den anderen die nötige Zeit zu verschaffen.

»Dann ist heute wohl der Tag, an dem wir herausfinden, wie gut meine Selbstheilung wirklich ist, was? Ich werde hierbleiben und sicherstellen, dass niemand den Kurs ändert. Kate, Isaiah! Verschwindet von hier!«, befahl er.

Der Admiral machte keine Anstalten, ihr Gespräch zu unterbrechen, sondern wartete ruhig ab, was passierte.

Kate protestierte, wie zu erwarten war. »Nein! Ich lasse dich doch nicht hier sterben! Nicht für diese unfähigen Rebellen!«

»Ich finde schon einen Weg hier raus! Das tue ich immer! Aber ihr beiden müsst hier sofort weg!«, sagte er eindringlich, als Lato den Antrieb des Schlachtschiffes aktivierte und es frontal auf eines der anderen ausrichtete.

Eine Menge roter Warnleuchten fingen an zu blinken, als der Kollisionskurs gesetzt wurde und das Schiff beschleunigte.

»Du kannst mir nichts befehlen, Wolf!«, kommentierte Bravestone.

»Sieh es ein, Bruder! Wir lassen dich nicht zurück!«, beharrte Kate.

Mit einem Blick auf den Admiral sagte er, »Nicht weglaufen. Wir klären das gleich.«

Anschließend trat er zu seiner Schwester, als ob er auf sie einreden wollte. Stattdessen packte er sie und aktivierte ihren Jetpack, sodass sie mit vollem Antrieb in den Vorraum katapultiert wurde und Bravestone mit sich riss. Sofort zog er sein Messer, schloss die Panzertür manuell von innen und zerstörte die Steuerung.

»Du opferst dich für deine Kameraden, genau wie ich. Es ist eine Schande, das wir auf gegensätzlichen Seiten stehen«, sagte der Admiral, als der Wolf seinen Helm absetzte und auf eine Konsole legte.

»Kane, du Mistkerl! Komm gefälligst da raus!«, brüllte Kate über den Empfänger in seinem Ohr.

»Verschwindet von diesem Schiff, bevor es zu spät ist! Jaxo und RB sollten schon unterwegs sein, um euch aufzusammeln. Wir sehen uns wieder Kate«, antwortete er und schaltete die Kommunikation ab.

Anschließend atmete er tief durch und hob die Klinge. »Du stehst als Einziger zwischen dem Überleben der Rebellion und ihrer Vernichtung.«

Ein einfaches, respektvolles Nicken war die Antwort des Admirals, als er sein Schwert ebenfalls in Position brachte.

Sofort gingen die beiden aufeinander los und schlugen die Waffen gegeneinander. Mit einer Drehung löste sich Kane aus der Parade und zielte auf die Beine seines Gegners. In Erwartung dessen wehrte der Volakar ihn ab und verpasste ihm einen Tritt gegen die Brust, der ihn zurücktaumeln ließ. Das war jedoch kein Problem für den Wolf, da er nun mehr Platz hatte, um anzutäuschen und sich um den Feind herum zu bewegen. Er war so schnell, dass er ihn am Rücken erwischte, wenn auch nur oberflächlich.

Der Admiral war ein echter Volakar-Krieger. Daher wurde er nun umso wilder und er schlug mehrfach in rapider Abfolge nach Kane.

Einige Hiebe gingen daneben und hinterließen tiefe Dellen in den Terminals.

Ohne die Wolfsrüstung würde jeder Treffer spürbare Folgen haben, daher wich der Wolf immer wieder zur Seite oder nach hinten aus und passte seine Angriffe zeitlich ab. Er konnte trotzdem nicht verhindern, hart in den Magen getroffen zu werden. Die Volakar-Rüstung splitterte und mindestens drei Rippen brachen, doch er hatte keine Zeit, auf die Selbstheilung zu warten. Stattdessen biss er durch den Schmerz und nutzte eine Schwäche in der Deckung des Gegners aus, um ihn am Oberschenkel zu treffen, diesmal etwas tiefer.

»Zwei Minuten bis Kollision«, meldete Lato.

Vor dem Fenster der Brücke erkannte Kane das nächste Schlachtschiff deutlich. Die Fregatten im Umkreis flohen bereits auf sichere Distanz, während andere vergeblich versuchten, das heranfliegende Schiff vorher zu zerstören.

Ein Tritt gegen den Kopf brachte Kane aus dem Gleichgewicht und er knallte mit dem Rücken an eine Wand. Um Haaresbreite entging er dem darauffolgenden Stoß, der stattdessen an der Metallwand abprallte. So konnte der Wolf dem Admiral den Schwertgriff ins Auge schlagen, was ihn jaulend zurückdrängte. Nun hatte er die Oberhand und nutzte eine Reihe von Schnittbewegungen und Tritten, um den Kontrahenten am Durchatmen zu hindern.

Mit einem wütenden Aufschrei hörte der Volakar auf, sich zu verteidigen, und ignorierte die tiefen Schnitte, die Kane ihm daraufhin an der Seite und dem Arm beibrachte. Stattdessen packte er ihn so fest, dass er die Klinge fallen ließ. Mit schäumendem Zähnefletschen rannte er voran und schmetterte den Wolf mit voller Härte gegen die Panzertür, hinter der er hörte, wie die Truppen versuchten, durchzubrechen. Mehrere Knochen brachen dabei und Kane spürte den immensen Schmerz. Dieser wurde noch verstärkt, als der Admiral sein Schwert mitten durch seinen Leib stieß. Seit der Folter vor langer Zeit in Kamerun auf der Erde hatte er keine derart intensive Pein mehr erduldet.

Der Volakar kam dicht mit dem Gesicht an ihn heran. »Trotz all deiner Stärke fehlt dir der Wille zum Sieg, weil du nicht an die Sache glaubst, die du hier verteidigst. Das ist nie dein Krieg gewesen, Söldner.«

Zitternd und mit Schnappatmung war es jedoch einzig Kanes Wille, der ihn nun am Leben hielt. Während sich der Admiral darauf konzentrierte, ihn zu belehren, griff er nach dem Messer in seinem Beinhalfter und rammte es ihm ohne Zögern von unten in den Hals.

Mitten im Satz brach der Volakar ab, als ihm das Blut aus dem Mund lief und seine Augen glasig wurden. Er war tot, bevor er den Wolf losließ und zu Boden ging.

Mit dem Ende des Gegners fiel auch Kane auf die Knie und wartete kurz, bis seine Knochen so weit geheilt waren, dass er seine Arme wieder bewegen und das Schwert aus seinem Körper ziehen konnte. Sein Blut lief auf den Metallboden und vermischte sich mit dem des besiegten Feindes. Wie in Trance wartete er stöhnend darauf, dass sich die große Wunde von selbst schloss und der Schmerz endlich nachließ. Mit angestrengtem Ächzen kam er wieder auf die Beine.

»Es braucht schon mehr als das, um meinen Willen zu überwinden«, sagte er keuchend mit Blick auf den Toten.

Neues Ziel

»Dreißig Sekunden bis Einschlag«, meldete Lato und er kehrte mit einem Ruck in die Gegenwart zurück. Die Hülle des feindlichen Schlachtschiffs war nun so dicht vor dem Fenster, dass ihm mulmig zumute wurde.

Nun hatte er nur noch eine einzige Chance, zu überleben. Er setzte seinen Helm wieder auf, griff sich die beiden Energie-Revolver und sprintete auf die Scheibe zu, die er mit schnellen Schüssen beschädigte. Die vielen Treffer in kurzer Folge durchbrachen das Material der Frontscheibe und er schoss mit dem Jetpack durch die entstandene Öffnung, Sekunden bevor die beiden Schiffe aufeinanderprallten.

Zwar konnte er sich damit davor retten, von mehreren hundert Tonnen Metall zerquetscht zu werden, doch er befand sich noch immer in unmittelbarer Nähe zu zwei kollidierenden Schlachtschiffen. Die Risse und Schäden an seiner Rüstung machten sie undicht und die Kälte und der Sog des Alls zerrten an seinen Gliedern. Auch die Sauerstoffversorgung seines Helms wurde beschädigt und das Atmen fiel ihm schwer.

Nichts davon besorgte ihn lange, da die beiden Schiffe direkt unter ihm zusammenstießen. Während sich das eine Schlachtschiff ungebremst in die Seite des anderen bohrte, wurden zahllose Teile der Hülle abgetrennt und flogen unkontrolliert in alle Richtungen. Nur Sekunden später explodierten die ersten Tanks und Gasleitungen an Bord, sodass eine Kettenreaktion ausgelöst wurde, deren Druckwelle Kane voll erfasste.

Mehrere große Metallstücke prallten gegen ihn, schleuderten ihn herum, brachen seine Knochen erneut oder rissen neue Löcher in die Rüstung. Als dann die Hitze der Explosion und die Kälte des Alls mit der Druckwelle und den Bruchstücken kombiniert wurden, fühlte es sich für ihn an, als würde er in Stücke gerissen. Mit irrwitziger Geschwindigkeit wurde er aus der Detonationszone geblasen, was ihm zwischen den Trümmern und Sternen jedoch nicht so vorkam. Er nahm nur die extremen Schmerzen wahr, die durch eine große Palette verschiedener Verletzungen gleichzeitig entstanden.

Eine ganze Weile hielt er sich nur die Arme vor den Kopf und hoffte, dass es bald aufhörte. Zu überleben hatte er bereits abgeschrieben, doch seine Selbstheilung hielt ihn am Leben, obwohl es ihn längst hätte zerreißen müssen.

Als sein Umfeld sich beruhigte, weil er weit genug von der noch immer andauernden Kollision entfernt war, konnte er wieder mehr Details seiner Umgebung erkennen. Überall sausten Trümmerteile um ihn herum, darunter die Leichen von Soldaten. Dennoch bemerkte er viele Energieprojektile, die weiterhin in alle Richtungen flogen.

Aus seiner Position sah er, dass die Rebellenflotte den Bruch in der Blockade nutzte, um zu verschwinden. Auch mehrere Schiffe von Sinee kamen in den Orbit und schlossen sich ihnen an. Sie waren jedoch allesamt zu weit entfernt und er war nur ein winziges Objekt in einem Meer aus Chaos und Trümmerteilen. Selbst mit einem Peilsender hätte man ihn in diesem Durcheinander niemals finden oder sicher bergen können.

Es erleichterte ihn enorm, als er bemerkte, dass sein Jetpack wie durch ein Wunder noch funktionierte, sodass er sich fortbewegen konnte. Er wusste zwar nicht, wohin er sich wenden sollte, aber alles war besser, als einfach unter Schmerzen im Vakuum treibend auf den Tod zu warten.

Es war nur eine Frage der Zeit, bis auch seine Selbstheilung die Effekte des Alls nicht mehr aufhalten konnte, daher suchte er nach etwas, worin er abgeschirmt wäre. Eine Gruppe Wracks von Raumjägern erweckte sein Interesse. Die Druckkabinen dieser kleinen Schiffe waren ideal, um zumindest etwas länger durchzuhalten.

Mit einiger Mühe steuerte er darauf zu und hielt sich an einem davon fest. Es war nur noch der Korpus übrig und das Cockpit konnte er vergessen. Bei den Restlichen sah es nicht viel besser aus. Meistens war die Zerstörung eines Jägers endgültig, aber eine andere Hoffnung hatte er nicht.

Nachdem er sieben Wracks untersucht hatte, bemerkte er, wie unter ihm Teile des Hangars eines der Schlachtschiffe vorbeiflogen. Dazwischen befanden sich auch leere Raumjäger, die zur Zeit der Kollision unbemannt waren. Er beeilte sich, um mit vollem Schub darauf zuzufliegen, bevor sie außer Reichweite schwebten. Er wusste um die Risiken, genau in die Flugbahn der zum Teil noch glühenden oder sogar brennenden Bruchstücke zu geraten. Zwei Male wurde er erwischt und verlor dabei den Rest der Rüstung an seinem linken Arm. Der Schmerz nahm immer stärker zu und er musste sich ranhalten, wenn er ihn nicht verlieren wollte.

Gerade, als er sich nach einem der intakt aussehenden Jäger umsah, riss ihn einer davon mit. Für einen Augenblick hing er hilflos an der Unterseite, während sich seine Luftversorgung endgültig verabschiedete. Nun hatte er nur noch wenige Momente, bevor er erstickte. Er hoffte inständig, dass wenigstens das Cockpit funktionierte. Mit viel Mühe kletterte er zur Oberseite und stellte erleichtert fest, dass zumindest die Kabine unbeschädigt aussah. Über den Außenhebel öffnete er sie und zog sich hinein. Seine Lunge fing bereits an, zu brennen. Sofort fuhr er die Systeme hoch, schloss die Luke und aktivierte den Druckausgleich.

Mit zurückgelehntem Kopf sog er schnappend die Luft ein, die nun ins Cockpit geleitet wurde. Auch der Schmerz ließ langsam nach, als seine Selbstheilung die vielen Schäden stückweise reparierte.

Sobald er sich einigermaßen beruhigt hatte, führte Kane einen Systemcheck durch und konnte sein Glück nicht fassen, dass der Jäger mit nur wenigen leichten Schrammen aus dem Hangar geschleudert wurde. Er fuhr den Antrieb hoch und steuerte das Schiff zunächst aus der Gefahrenzone und möglichst weit weg von den letzten Resten der Raumschlacht.

Da sein Helm zerstört war, konnte er Lato nicht erreichen. Stattdessen aktivierte er die Kommunikation des Jägers und suchte nach der Frequenz des Wolf Pack, die sie in Notfällen verwendeten.

»Silver Wolf an Wolf Pack! Ich lebe noch! Ich wiederhole: Ich lebe noch!«, sagte er deutlich.

Nach einer halben Minute, in der er die Nachricht stetig wiederholte, kam eine Antwort von Jaxo. »Kane! Allen Göttern sei Dank! Ich traue mich gar nicht, zu fragen, wie du dieses Inferno überlebt hast!«

»Haben Kate und Isaiah es noch rechtzeitig von Bord geschafft?«, wollte er sofort wissen.

»Wir haben sie in einer Rettungskapsel aufgelesen, kurz bevor es gekracht hat. Sie haben es gerade so überstanden. Beide waren völlig überdreht und Kate ist fast ausgerastet, weil sie dich zurücklassen mussten«, brabbelte der Lorganer gehetzt. »Selbst jetzt ist sie noch ... Kate? Ja, er lebt noch! Ja, du kannst gleich ... Hey! Pass doch auf! Nicht ...«

»Kane?! Kane, du verdammtes Arschloch! Wie konntest du mir das antun?! Ich hoffe, es hat so richtig wehgetan, als alles explodiert ist! Wenn ich dich in die Finger kriege ...«, fluchte seine Schwester, während Jaxo hörbar versuchte, sie zu beruhigen.

Nach einem kurzen Gerangel hörte Kane Bravestones Stimme. »Wolf! Das war viel zu knapp eben. Um ein Haar wären wir alle draufgegangen! Wo steckst du?«

»In einem Raumjäger des Protektorats. Ich sende dir die Kennung. Leite sie an die Rebellen weiter, damit man mich nicht in Stücke sprengt, wenn ich auftauche«, bat er den Onu.

»Kein Problem. Die Dragonwing ist inmitten der Rebellenschiffe und wir kommen hier schlecht weg. Die Jäger der Volakar haben aber gute Antriebe. Ich schicke dir die Koordinaten von Helion. Triff uns in der Basis der Rebellen. Und Kane ... Das war eine beeindruckende Leistung«, sagte er noch.

***

Es war keine angenehme Erfahrung für Kane, fast zwei Tage ohne Essen und Wasser in einem kleinen Raumjäger bis ins Pan-System nach Helion zu fliegen. Es erschien jedoch wie ein geringer Preis dafür, noch immer zu atmen.

Der Zielplanet war eine Welt im frühen Stadium der Bewohnbarkeit. Es gab Felder und kleine Ansiedlungen von Überlebenden von Onu Ana, jedoch nichts, was erwähnenswert gewesen wäre. Kane hielt es für taktisch klug, einen Ort für das Hauptquartier zu wählen, der so nah am Feindgebiet lag. Damit rechnete niemand.

Die Koordinaten führten zu einer großen, tiefen Schlucht, einem Spalt im Fels eines weitläufigen, schneebedeckten Gebirges. Dort ging er vorsichtig in den Sinkflug über und meldete seine Ankunft. Da man ihn bereits erwartete, konnte er problemlos landen. In einer beachtlichen Tiefe hatten die Rebellen Hangaröffnungen in die Seiten der Felswände getrieben. Zudem gab es Landeplattformen aus Metall, die von starken Metallträgern über der Schlucht verankert wurden. Auf einer davon landete er.

Kaum hatte er sich aus dem Cockpit gezwängt, wurde er auch schon fast von Kate umgerissen, die ihn so fest umarmte, dass es wehtat.

»Immer mit der Ruhe, Schwesterherz!«, stammelte er schwankend.

Hinter ihr standen Bravestone, Ruby und Jaxo. Sie alle lächelten ihn an.

»Wie hast du das nur überlebt, Wolf?«, fragte die Krodaa, nachdem Kate ihn losließ.

Er schilderte ihnen, wie er der Kollision entgangen war und trotzdem fast gestorben wäre.

Jaxo schüttelte ungläubig den Kopf. »Wie oft willst du dich eigentlich noch ohne viel Schutz aus Luftschleusen stürzen? Du scheinst dich für einen Gastaucher zu halten.«

Der Vigilancer sagte, »Vielleicht hatte deine Lehrmeisterin ja recht. Es hatte einen Grund, weshalb der Smaragd in deinen Händen gelandet ist. Es war vorherbestimmt, dass er dich retten würde.«

»Du wirst hier von vielen Leuten erwartet«, verkündete Kate.

Er löste den lockeren Handschuh der völlig zerstörten Volakar-Rüstung und warf ihn in die Schlucht. »Bevor ich irgendwas anderes tue, will ich jetzt was essen, trinken, duschen und meine eigene Rüstung wieder anziehen. Alles andere kann warten.«

***

Nachdem er all die genannten Dinge erledigt hatte, kam er in den Aufenthaltsbereich der Dragonwing. »Viel besser! Jetzt bin ich bereit für Lobpreisungen und Geschenke«, grinste er.

Die anderen sahen jedoch weniger begeistert aus. »Wir wurden schon ausreichend für unsere Taten mit Dank überhäuft und man hat uns mehr Geld überwiesen. Ich für meinen Teil bin froh, wenn wir hier wieder verschwinden. Solche Rebellionen sind meistens recht vereinnahmend und wedeln überall mit ihrer Moral herum«, kam es von Ruby, die sich wieder in einen Roman vertiefte.

Jaxo stimmte ihr zu. »Ja. Ich wäre gern hier weg, bevor sie versuchen, uns in ihre Pläne einzubeziehen.«

»Also wollt ihr mich allein gehen lassen?«, wunderte sich Kane.

Bravestone antwortete, »Zadovar und Dorsa wollen sich persönlich bei dir bedanken. Vermutlich werden sie ihre Fehler trotzdem nicht zugeben. Ich für meinen Teil will den Kerl nicht sehen. Wenn ich ihn noch einmal in der Rüstung von Ulona Kraven herumstolzieren sehe, vergesse ich mich.«

Entsprechend verließ Kane das Schiff allein und trat durch den Haupteingang in das ungewöhnlich modern aussehende Hauptquartier der Rebellen. In seiner Wolfsrüstung fühlte er sich wesentlich wohler. Ebenso gefielen ihm die vielen ehrfürchtigen Blicke, die er nun erntete.

Zunächst fand er Meister Zadovar bei einigen anderen Vigilancern, die den Rebellen halfen. Er winkte ihn heran.

»Ah, Silver Wolf! Ich kann es immer noch nicht glauben, wie es dir gelungen ist, uns alle aus dieser ausweglosen Lage zu retten. Dass du noch in einem Stück bist, ist ein Wunder ...«, sagte er kopfschüttelnd.

»Was ist das für ein seltsamer Ort?«, fragte Kane und ging nicht auf seine Aussage ein.

»Faszinierende Architektur, nicht wahr? Es ist eine Omni-Stätte. Ein Ort, der allem Anschein nach von den alten Omni oder ihren Jüngern erbaut wurde, um ein mächtiges Artefakt zu verwahren. Wir fanden ihn vor einigen Jahren und erkannten den Wert seiner Lage. Wir entdeckten zudem Hinweise, dass der mysteriöse Söldner Ghost vor vielen Jahren hier den Gürtel der Kraft fand. Ein mächtiges Objekt, das sich nun im Besitz von Servan Ralek befindet und den Quell seiner Macht darstellt. Es ist der Hauptgrund, weshalb bislang kein Attentatsversuch auf ihn von Erfolg gekrönt war. Selbst die Sentinels haben versagt, als sie es kürzlich versuchten«, erzählte er, während er den Wolf zur Kommandozentrale führte.

Dort stand Rex Dorsa in seiner prunkvollen Rüstung und gab Befehle. Sobald er Kane bemerkte, schickte er die meisten seiner Leute fort. »Da bist du ja wieder. Ich hatte gehofft, die Gelegenheit zu bekommen, mich persönlich bei dir zu bedanken. Die Rebellion kann nur dank deines mutigen und entschlossenen Handelns ihre Aufgabe fortsetzen. Möglicherweise wird die Befreiung der Randsektoren eines Tages nur dank dir Realität werden.«

»Wie gesagt, Rex, ich wollte nicht auf diesem staubigen Fels für eure Sache sterben. Nur deshalb habe ich so gehandelt«, blieb Kane sachlich.

»Nun, wie dem auch sei, war das eine unglaubliche Aktion. Mit nur drei Personen eine derartige Blockade aufzubrechen ... Das wird in die Geschichte eingehen. Du bist jetzt eine Legende. Es wäre fahrlässig von mir, dich nicht zu bitten, dich uns anzuschließen. Mit deiner Erfahrung und Schlagkraft könnten wir in nur wenigen Jahren Volak befreien.«

Der Wolf lehnte mit erhobenen Händen ab. »Mein Team und ich sind keine Helden oder Anführer. Wir sind Söldner. In der Vergangenheit haben wir uns schon zu oft in die Kriege anderer eingemischt und einen hohen Preis dafür gezahlt. Es lohnt sich für uns nie, in derart große Konflikte einzugreifen. Ich denke, wir werden jetzt erst einmal für eine Weile Urlaub machen. Was danach kommt, weiß ich noch nicht.«

Während er das sagte, bemerkte er aus dem Augenwinkel, wie sich ein breit gebauter Mann mit dunkler Hautfarbe näherte. Zuerst hielt er ihn für einen weiteren Onu, doch dann erkannte er ihn wieder. Es war Roderick Tindall, der Chief. Er trug nun eine völlig andere Rüstung und schien bei den Rebellen willkommen zu sein. Kane konnte sich nicht vorstellen, wie er in den Randsektoren gelandet war.

Grinsend sagte er, »Anscheinend ist es hier in Mode, ausgemusterte Veteranen der Wallsektoren als Experten einzuberufen. Chief Roderick Tindall in Fleisch und Blut. Was um alles in der Welt machst du denn so weit weg von zuhause?«

Rod lachte und reichte ihm die Hand. »Dasselbe könnte ich dich fragen, Walker. Ich weiß ja, dass du viel rumkommst, aber so weit draußen ist schon etwas überzogen.«

»Wie ich sehe, kennt ihr beiden euch bereits. Das freut mich. Offenbar sind Menschen eine sehr zähe und fähige Rasse. Der Silver Wolf hat mit meinem alten Freund Bravestone dafür gesorgt, dass die

Rebellion weitergehen kann. Sie haben die Flotte und mich gerettet. Und von Ferocia weiß ich, dass ihr den Protektor persönlich herausgefordert habt. Inzwischen wissen wir, dass er noch lebt und außer sich ist, dass seine Pläne durchkreuzt wurden. Ihr mögt ihn nicht getötet haben, aber jeder einzelne Rebell ist verdammt beeindruckt von dem, was ihr da geschafft habt. Ihn in seinen eigenen Räumlichkeiten so bloßzustellen war ein Zeichen für uns alle. Ihr seid damit zu Legenden geworden«, sagte Rex begeistert. »Ganz ähnlich wie der gute Silver Wolf hier. Die Sentinels waren nicht die Einzigen, die uns an mehreren Fronten behilflich waren.«

Rod sah Kane an. »Ich weiß nicht, wieso du hier bist, aber ich bin wirklich froh, ein vertrautes Gesicht zu sehen. Bleibst du bei uns und hilfst im Kampf gegen den Protektor?«

Der Wolf rieb sich über den Bart. »Nein, ich bleibe nicht. Ich bin Söldner, wie du weißt. Ich schließe mich keiner Allianz an und mache mir damit mehr Feinde als nötig. Das hatte ich zuhause schon zu Genüge. Es gibt hier in der Gegend haufenweise lukrative Aufträge für das Wolf Pack. Aber keine Sorge, Rod, wenn ich was Nützliches höre, melde ich mich. Pass gut auf dich auf, Chief.«

Anschließend machte sich der Wolf auf den Weg zurück zur Dragonwing, die sofort startete und Helion in Richtung Vigilance verließ.

Sobald Lato das Steuer übernahm, kam Bravestone zu den anderen, die angeregt rätselten, wie der Chief in den Randsektoren gelandet sein mochte. Als sie den besorgten Gesichtsausdruck des Onu bemerkten, verstummten sie.

Er setzte sich und sagte. »Ich habe vorhin eine besorgniserregende Nachricht erhalten. Es gibt außerhalb der Randsektoren einige schwerwiegende Probleme. Mehrere unserer Ordensbrüder sind getötet worden, als sie einem seltsamen Krieger begegneten, der sich selbst Jackal nennt. Es scheint eine Art Supersoldat zu sein, der allem überlegen ist, was wir bislang gesehen haben ... ganz ähnlich wie du, Kane.«

Als der Wolf den Blick von Jaxo und Ruby bemerkte, die angesichts einer weiteren langen Reise innerlich aufstöhnten, entschied er, »Das klingt gefährlich und problematisch, aber ich denke, wir haben fürs Erste genug Reisen ins Unbekannte hinter uns. Es ist an der Zeit, dass wir uns überlegen, was wir künftig tun wollen. Wir können nicht ewig auf Vigilance in Zimmern leben und wie Vagabunden mit dir herumziehen. Wir brauchen ein Zuhause, ein eigenes Schiff, vielleicht kehren wir auch in unsere Heimat zurück. Vor allem brauchen wir aber die Zeit, um diese Entscheidungen zu treffen.«

Der Onu nickte verständnisvoll. »Wir sind bereits wesentlich länger zusammen gereist, als ich es erwartet hatte. Trotz Höhen und Tiefen bin ich dankbar für unsere gemeinsame Zeit. Ich habe leider nicht den Luxus, einen derartigen Auftrag abzulehnen. Es ist euer gutes Recht, nun wieder auf eigene Faust loszuziehen, aber ich muss schon bald los, um diesen Jackal zu verfolgen.«

Kane lächelte leicht. »Deinetwegen haben wir Dinge erleben dürfen, die kaum jemandem in den Wallsektoren vergönnt sind, mein Freund. Ich denke nicht, dass wir sofort zurückkehren werden. Wenn du von deiner Reise wiederkehrst, lass es uns wissen. Wir sind immer offen, dich bei kleineren Aufgaben zu unterstützen. Jetzt muss das Wolf Pack aber wieder seinen eigenen Weg gehen.« Er sah in die Runde zu Jaxo, Ruby und Kate, die ihm ermutigend zunickten. »Die Randsektoren haben noch viel zu bieten. Ich bin gespannt, wohin unser Weg uns als Nächstes führen wird.«

Epilog

Kane verbrachte im Anschluss an Bravestones Aufbruch mehrere Tage mit der Suche nach einem geeigneten Raumschiff für das Team. Der Onu hatte ihnen neben ihren Sachen auch den Stein der Weisen dagelassen, da er überzeugt war, dass der Silver Wolf dessen Hüter sein sollte.

Während er überlegte, worauf er bei einem neuen Schiff wert legte, empfing er einen dringenden Holoanruf.

Als er bestätigte, bildete sich die Silhouette von Kalanah Morgan, der Prinzessin von Nimira. Sie war inzwischen Anfang zwanzig und sah erwachsener aus als bei ihrem letzten Treffen.

»Kalanah? Dich habe ich ja seit dem Attentatsversuch auf euch nicht mehr gesehen. Wolltest du noch ein paar Übungsstunden oder einfach nur mal hören, was dein Lieblingssöldner so macht?«, lächelte er freundlich.

Sie sah jedoch sehr ernst aus. »Kane ... Ich ... Ich brauche deine Hilfe«, sagte sie und schien mit den Tränen zu kämpfen.

Er runzelte die Stirn. »Was ist denn passiert?«

»Meine Eltern sind tot. Sie wurden ermordet. Jetzt bin ich Königin und werde zwangsverheiratet. Meine engsten Vertrauten sind nun auch in Gefahr und ich habe niemanden, auf den ich mich wirklich verlassen kann. Bitte, Silver Wolf ... Komm nach Nimira und hilf mir!«, bettelte sie und er konnte die Verzweiflung in ihrem Gesicht deutlich ablesen.

Er stand auf und nickte. »Gib mir ein paar Tage, dann komme ich und sehe nach dir. Versprochen.«

Als die Übertragung endete, entschied er, zunächst lieber einen Transport nach Nimira zu buchen und den Kauf eines Schiffes zu verschieben. Die Lage schien ernst zu sein und er hatte die Familie Morgan sofort gemocht. Kalanah erinnerte ihn an Lara. Wenn sie in Schwierigkeiten steckte, würde er ihr helfen.

Tauchen Sie in die Welt der Omni Legends ein

Weitere Kurzgeschichten, das Omni-Wiki mit allen wichtigen Charakteren, Orten, Gegenständen und Planeten, Links zu weiteren meiner Werke und die korrekte Lesereihenfolge aller Titel der Omni Legends-Reihe und ihrer Subreihen finden Sie auf www.omni-legends.com/de.

Bleiben Sie immer auf dem Laufenden und folgen Sie mir:
Facebook: https://www.facebook.com/OmniLegends/
Instagram: https://www.instagram.com/kevin.groh.autor/